왕의 창녀

온우주
단편선
0 0 3

왕의 창녀

정도경 작품집

온우주

왕의 창녀

© 정도경, 2013.

이 책은 저작권법에 의해 보호를 받는 저작물이므로 무단전재와 복제를 금지합니다.
이 책 내용의 전부 또는 일부를 인용하려면 반드시 저작권자와 ☞은우주의 서면동의를 받아야 합니다.

이 도서의 국립중앙도서관 출판시도서목록(CIP)은 서지정보유통지원시스템 홈페이지(http://seoji.
nl.go.kr)와 국가자료공동목록시스템(http://www.nl.go.kr/kolisnet)에서 이용하실 수 있습니다.
(CIP제어번호: CIP2013009291)

차 례

온우주
단편선

왕 의 창 녀

왕 의 창 녀

왕은 독재자였다.

그의 얼굴을 보거나 목소리를 들은 사람은 남녀노소를 막론하고 모두 왕과 사랑에 빠졌다. 그리고 왕이 원하는 것은 무엇이든—재산도, 명예도, 인간으로서의 품위나 자존심도—아낌없이 바쳤다. 왕은 이 특별한 능력을 이용하여 그 왕국의 국경 안에 거하는 자 누구에게나 무소불위의 권력을 휘둘렀다. 수많은 무고한 사람들이 왕의 명령 한 마디에 재산과 신분과 가족과 심지어 목숨까지 빼앗겼지만 아무도 불평하지 않았다. 왕의 지하 감옥은 언제나 죄 없이 붙잡혀 끌려온 사람들로 가득했다. 그러나 그들은 지독한 고문 속에 천천히 끔찍한 죽음을 맞이하면서도 감옥 창문 밖으로 왕이 지나가는 발소리를 들었다는 사실에 행복해하며 기꺼이 형장의 이슬로 사라졌다. 그리고 왕은 그런 광경을 즐기기 위해 무작위로 사람들을 잡아 와서 가둬두고 괴롭히고 죽였다.

나는 그런 왕의 자문 위원이었다. 낮 동안 공식적인 나의 임무는 내정에 관한 모든 사안에 국왕을 보조하고, 질문에 답변하고, 때에 따라 필요한 조언을 하는 것이었다. 그리고 밤이 되면 왕은 나를 침전으로 불렀다.

그것은 욕정과 수치심으로 얼룩진, 더러운 중독이었다. 왕의 곁에 있으면, 그의 모습이 보이고 목소리가 들려오면, 몸과 마음은 머릿속의 의지와는 반대로 움직였다. 가슴이 뛰고 다리에 힘이 빠지고 마치 쇠가 자석에 끌리듯 그렇게 오감이 본능적으로 이끌렸다. 그러나 순간의 쾌락이 지나간 후 그가 배설한 욕정의 냄새를 온몸에 휘감고 침전을 나와 등 뒤로 문을 닫으면, 나에게 남는 것은 또다시 그의 노리개가 되었다는 모멸감뿐이었다.

물론 왕의 장난감은 나 하나가 아니었다. 나라 안 모든 여자들이 왕의 것이었다. 그리고 나는 언제부터인가, 그 모든 여자들 중에서 왕의 입맛에 맞을 만한 여자들을 골라 궁으로 데려오는 일도 맡아서 하게 되었다.

적어도 다른 여자들이 왕의 침전에 있을 때만은 중독에서 벗어날 수 있었다. 이끌림에 저항할 필요도 없었고, 욕정에 잡아먹히거나 그 순간이 지나간 후의 자괴감에 괴로워할 필요도 없었다. 그러나 왕의 품에 다른 여자가 안겨 있는 모습을 보아야만 할 때는 또 다른 종류의 모멸감이 찾아 들었다— 그것은 나 또한 왕에게는 수많은 장난감 중 하나일 뿐이라는, 상기하고 싶지 않은 깨달음이었다. 그리고 그런 모멸감에서 벗어나기 위해 나는 마음

한편으로 다음번에 왕이 침전으로 부를 때를, 나만을 부르는 그 때를 기다렸다. 그러면서 그렇게 기다리는 나 자신을 경멸했다.

성년을 맞이하자마자 궁에 들어온 이후로 내 인생에서 자유로 웠던 때는 단 한 번, 잠시 나라 밖으로 나가 해외의 문물을 수학하 던 때였다. 사람의 마음을 빼앗는 왕의 기이한 힘은 국경 밖으로 는 미치지 못했다. 그래서 단 한 번이라도 국경을 벗어나 생각과 행동의 참된 자유를 맛본 사람들은 언제나 그때를 그리워했다.

반역의 씨앗은 그런 자유의 기억에 뿌리를 내리고 싹을 틔웠다.

그리고 나는 그녀를 떠올렸다.

그녀는 오래전에 외국에서 수학하던 그 시절에 만난 친구였 다. 내 나라 사람도 아니고 그곳 사람도 아니었다. 그녀가 정말로 어디서 왔는지는 아무도 몰랐다. 어딘가 알려지지 않은 나라에서 온 고관대작의 딸이라는 이야기가 떠돌았지만, 진위를 알 수 없 이 떠도는 이야기일 뿐이었다.

함께 정치와 외교를 공부했지만 그녀는 무술과 군사학 쪽에 더 재주가 있었다. 학교를 떠나 내 나라로 돌아와서 궁으로 들어 온 지 몇 년이나 지난 뒤에 나는 또다시 바람결에 그녀의 소식을 전해 들었다.

그래서 나는 그녀를 수소문했다. 그녀가 마침 이 나라에 와 있 다는 소식을 들었을 때, 한편으로 놀랐지만 다른 한편으로는 하 늘이 주신 기회라고 생각했다.

숙소로 은밀히 찾아갔을 때 그녀는 놀라지 않았다. 왕을 죽여

달라고 부탁했을 때, 그녀는 대답하지 않고 잠시 생각했다.

"왜, 어려워?"

내가 물었다.

"아니, 그런 건 아니고……."

그녀는 천장을 올려다보며 머릿속으로 한동안 뭔가 헤아리는 것 같았다. 그리고 마침내 대답했다.

"해볼게. 기한은?"

그녀가 나를 만나러 궁으로 찾아오기로 했다. 왕은 새로운 여자가 눈앞에 나타나면 무조건 흥미를 보였으므로, 그녀를 접근시키기 위해서는 이 방법이 최선이었다.

그리고 왕은 기대를 저버리지 않았다. 상냥하게 웃으면서 정중하게 고개를 숙여 보이는 그녀를 바라보는 왕의 눈에는 전부터 익히 보았던 탐욕의 표정이 떠올랐다. 외국에서 수학하던 시절의 친구이며, 나를 만나기 위해 놀러왔다는 말에 왕은 자애로운 미소를 띠었다.

"그래? 과인이 총애하는 신하의 친우라면 또한 이 궁의 귀한 손님이기도 하다. 오래오래 마음 편하게 쉬다 가도록 하라."

그녀는 다시 한 번 웃으면서 허리를 굽혔다.

왕은 어전에서 물러나 숙소로 돌아가는 그녀의 뒷모습을 지켜보았다. 나는 그런 왕을 지켜보았다.

그녀가 사라진 후에 왕은 그녀에 대해 꼬치꼬치 캐물었다. 외국 출신이며 신분 높은 집안의 뛰어난 인재라는 소개를 듣고 왕은 말했다.

"다시 한 번 궁으로 불러라."

그리고 왕은 잠시 생각한 후에 덧붙였다.

"내 오래전부터 외국의 언어와 문물에 관심을 가졌는데, 그처럼 뛰어난 인재가 찾아왔다니 좋은 기회로구나. 궁에 머무르면서 내게 자기 나라의 말과 풍습을 가르쳐준다면 융숭히 대접하겠노라고 전해라."

그렇게 말하며 나를 쳐다보는 왕의 눈빛이 가시가 되어 마음에 박혔다.

왕의 명을 전하면서 나는 다시 한 번 당부했다. 왕을 조심해야 한다. 그의 눈앞에 서면 의지를 빼앗기게 된다. 그의 얼굴을 보고 목소리를 들은 자는 이제까지 모두 그와 사랑에 빠져 꼭두각시가 되었다……

"너도?"

그녀가 갑자기 물었다.

대답 대신 시선을 피하면서 나는 말을 이었다.

"특별히 너를 찾은 것은 네가 외지인이기 때문이다. 이 나라 사람들 중 왕의 마수에 걸려들지 않은 자, 아무도 없었다. 외지인은 뭔가 다를지도 모른다는 것이 유일한 희망이다. 하지만, 일단 국경 안으로 들어온 이상 그것도 확신할 수는 없다."

그녀는 고개를 끄덕였다. 그리고 간단히 꾸린 짐을 챙겨 들었다.

"가자."

그렇게 그녀는 궁에 들어갔다.

그녀가 왕과 '수업'을 하는 자리에는 언제나 내가 통역 자격으로 동석했다. 정해진 수업 시간이 있는 것은 아니었으므로 왕은 심심할 때면 그녀를 불러 무슨 핑계를 대서든 곁을 떠나지 못하게 했다. 그리고 그녀도 별달리 꺼리지 않고 왕의 명을 잘 따랐다.

왕의 곁에 있을 때 그녀는 다른 사람 같았다. 내가 기억하는 그녀는 건조하고 감정 표현을 거의 하지 않았다. 그러나 왕의 앞에서 그녀는 웃었다. 언제나 등을 꼿꼿이 세우고 있던 자세를 무너뜨려, 옆구리에서 허리를 거쳐 골반과 허벅지로 이어지는 선이 뚜렷이 보이도록 몸을 살짝 비틀고 다리를 깊이 꼬고 앉았다. 고개를 한쪽으로 살며시 기울이고 눈웃음 섞인 시선으로 왕을 쳐다보면서 긴 머리를 천천히 하얀 목 뒤로 쓸어 넘겼다.

어렵사리 그녀와 둘만 남게 되었을 때, 나는 경고했다.

"그의 수작에 걸려들면 위험하다고 했지."

그녀는 나를 쳐다보았다. 그리고 입술을 한쪽 끝만 조금 올려 피식 웃었다.

"알아서 할게."

……얼마 지나지 않아 왕은 나에게, 이제 통역은 필요하지 않다고 통보했다.

아무렇지 않은 얼굴로 고개를 끄덕이기 위해서는, 상당한 노력이 필요했다.

이후 한 달 동안 왕은 거의 매일 그녀와 밤낮으로 함께 지냈다. 왕을 찾으러 가보면 언제나 그녀가 곁에 있었고, 매번 왕과 그녀가 앉은 자리의 거리는 조금씩 가까워졌다.

마침내 짧은 시간이지만 그녀와 둘만 있게 되었을 때 나는 진행 상황을 물었다. 그녀는 무표정한 얼굴로 나를 보면서 건조하게 내뱉었다.

"알아서 한다니까."

뭐라고 더 물어보려 했지만, 그녀는 그대로 방을 나갔다. 그리고 왕의 침전이 있는 쪽으로 느긋하게 걸어갔다.

그로부터 다시 한 달이 더 지난 후에 왕이 어전으로 나를 불렀다. 집무를 위해 내가 왕을 찾아다닌 적은 있었지만, 왕이 먼저 나를 부르는 것은 그녀가 궁에 들어온 이후 처음이었다.

안으로 들어서자, 왕이 짧게 명령했다.

"문."

나는 등 뒤로 문을 닫았다.

왕은 책상 앞에 앉은 채로 손가락만 움직여 가까이 오라고 신호했다. 나는 가까이 갔다.

거대한 집무용 책상을 사이에 두고 앞에 선 나를 향해 왕이 다시 손가락만 움직였다. 이번엔 책상을 돌아서 오라는 신호였다.

나는 책상 옆으로 돌아서 왕의 바로 앞으로 갔다.

왕은 한참 동안 아무 말도 하지 않고 나를 쳐다보았다.

언제나 그렇듯이, 나는 조금씩 어쩔 줄 모르게 되었다. 내 표정을 보면서 왕은 싱긋 미소를 지었다.

그리고 그는 손을 뻗어 내 허리를 잡았다. 옷 아래로 손을 넣어 배꼽 주변을 어루만지기 시작했다.

그의 손이 지나갈 때마다 전류가 흐르는 것 같았다. 나도 모르게 목구멍에서 신음 소리가 흘러나왔다.

그는 배에서부터 시작하여 허리 주변을 거쳐 갈비뼈 부근까지 천천히 여유 있게 손을 움직였다. 그리고 자리에서 일어섰다. 한 손으로는 내 허리를 감싸 안고, 다른 한 손으로 어루만지기 시작했다. 결코 지나치게 힘을 주지 않고, 살살……. 여자의 몸이 녹을 정도로만.

엄지손가락으로 젖꼭지 주변을 둥글게 둥글게 쓰다듬으면서 그가 내 귓가에 얼굴을 가져다 댔다.

"어떻게 하면 좋을까……."

그가 속삭였다. 나는 눈을 감았다. 목소리는 귓가가 아니라 몸 전체를 울렸다.

"그 여자를 꺾고 싶다."

이 말을 듣자, 이제까지 하얗게 폭발하던 머릿속에 한 줄기 이성이 되돌아왔다. 꺾고 싶다고? 꺾고 싶다……. 그렇다면, 아직 침대까지는 가지 않았다는 뜻이다……. 왕과 그녀, 침대까지는…….

"그녀는 외국인이지만, 귀족의 딸입니다……."

내가 숨을 헐떡이며 속삭였다.

"함부로 건드리면, 문제가 커집니다……."

왕이 내 목에 입술을 대고 역시 가볍게 살살 비볐다. 가슴을 만지던 손이 미끄러져 내려갔다. 치마를 들추고 다리 사이로 들어갔다. 절대로 서두르지 않고 한참이나 속옷 위로 살그머니 돌아다니던 손가락이 마침내 속옷을 끌어내리기 시작했다.

"그러니까 '자문'을 구하는 거다."

왕은 나를 책상 위에 앉혔다. 질펀하게 젖은 속옷을 완전히 벗겨서 바닥에 던졌다. 내 눈을 들여다보면서 야비한 웃음을 지었다.

"방법을 생각해내거라……."

그리고 그가 내 몸 속으로 들어왔다.

절정에 이를 때까지, 나는 아무 말도 하지 않고 그에게 몸을 맡겼다. 그리고 원하는 것을 얻고 나서 그가 한숨을 쉬며 몸을 빼냈을 때, 왕의 귓가에 속삭였다.

"그녀는 당신을 암살하러 이 나라에 왔습니다……."

반역자는 국적을 가리지 않고 이 나라의 법에 따라 엄히 처단한다. 혹여 외교 문제로 비화되더라도, 죄가 있는 것은 그녀 쪽이므로 칼자루는 우리가 쥐게 된다. 확실한 증거만 있다면 이 나라에서 그녀는 신분과 지위를 모두 빼앗기고 왕의 죄수가 된다. 확실한 증거만 찾는다면 그녀의 목숨은 왕의 손안에 있게 된다. 그렇게 되면 죽이지 않고 살려두는 것만으로도 왕은 관용을 베푼 셈이 된다.

그 '확실한 증거'를 찾는 일은 물론 나에게 맡겨졌다.

왕의 경비병들과 함께 그녀를 체포하러 갔을 때 그녀는 나를 가만히 쳐다보았을 뿐, 아무 말도 하지 않았다. 지하 감옥으로 걸어가면서도 역시 한 마디도 하지 않았다. 감옥에 들어섰을 때에도 지하에서 풍겨 나오는 눅눅한 악취에 잠깐 눈살을 찌푸렸을 뿐, 전혀 입을 열지 않았다.

나의 명령에 따라 경비병들은 그녀를 벽에 쇠사슬로 묶은 후 모두 물러갔다. 지하실에는 그녀와 나만 남았다.

"말로 할 때 곱게 자백하는 게 좋을 거다."

한동안 그녀의 얼굴을 들여다보다가 내가 천천히 말했다.

"그렇지 않으면 국법에 따라 널 고문해서라도 자백을 받아내겠다."

그녀는 내 얼굴을 마주 쳐다보았다. 그리고 언젠가 그랬듯이 입술을 한쪽 끝만 올리며 피식 웃었다.

"네가 날 불러놓고 뭘 자백하라는 거야?"

나는 머리 위로 들어 올려 벽에 수갑으로 고정시킨 그녀의 팔을 쳐다보았다. 그리고 고개를 돌려 오른쪽 벽에 줄지어 걸린 고문 기구들을 바라보았다. 끝이 날카로운, 길고 굵은 쐐기 못을 집어 들었다. 그녀 앞에 바짝 다가서서, 그녀의 얼굴을 들여다보며, 못을 그녀의 손바닥에 대고 양손으로 꽉 눌렀다. 못의 반대쪽 끝이 그녀의 손바닥을 파고 들어가는 것이 느껴졌다.

그녀는 얼굴이 창백해졌다. 눈을 가늘게 뜨고, 이를 꽉 물고 나를 쳐다보았다. 그러나 아무런 소리도 내지 않았다.

"두 달이다."

내가 그녀의 귓가에 입술을 대고 속삭였다.

"두 달 동안, 네가 한 일이라곤 그의 앞에서 교태를 부리고, 그와 희롱하고……, 애를 태워 감질을 낸 것밖에 없다."

나는 못을 누르는 손에 힘을 주었다. 그녀가 눈을 감았다. 턱 근육이 긴장하는 것이 보였다.

"이제 너에게 자백을 받고 왕에게 넘겨주면 나는 그가 가장 신뢰할 수 있는 신하가 된다."

그녀의 손바닥에서 솟아난 피가 하얀 팔목을 타고 흘러내렸다. 어깨까지 드러난 팔에는 흰 피부보다 더 하얗게 빛바랜, 오래된 흉터들이 여기저기 흩어져 있었다. 핏줄기가 그런 흉터를 가로지르며 흘러내려 어깨를 적셨다.

"왕은 너를 데리고 놀다가 언젠가 지겨워지면 버리겠지만 반역자를 처단한 나만은 결단코 평생토록 버리지 못할 것이다……."

그녀는 눈을 감은 채로 조금 웃었다.

"고작 그거냐."

나는 못을 누르던 손을 놓았다. 그리고 한 걸음 물러섰다.

그녀가 눈을 뜨고 나를 바라보았다. 낮은 목소리로 조용히 물었다.

"너, 왜 이렇게 됐냐."

나는 대답하지 않았다. 그녀의 눈을 들여다보며, 다시 한 걸음 물러섰다.

그리고 돌아서서 감옥을 나왔다.

상황을 보고하자 왕은 화를 냈다. 그리고 더 이상 그녀의 몸에 상처를 내지 말라고 명령했다.

손바닥에 박힌 못을 뽑을 때도, 그녀는 아무런 소리도 내지 않았다. 이번에는 눈도 감지 않았다. 가만히 고개를 들고 못을 뽑는 경비병의 손을 올려다볼 뿐이었다.

못을 뽑아낸 후에 경비병은 그녀의 상처 난 손에 알코올을 들이부었다. 알코올이 닿는 순간 온몸의 근육이 모두 수축하는 것이 보였다. 그녀는 다시 눈을 감고 이를 악물었다.

"자백해라."

내가 말했다.

"왕의 자비는 여기까지다."

그녀는 다시 눈을 감은 채로 피식 웃었다. 그리고 눈을 뜨고 나를 보면서 중얼거렸다.

"어쩌라는 거야."

나는 경비병에게 고개를 끄덕였다.

경비병이 그녀 앞으로 가서 불시에 명치를 가격했다. 그녀가 입을 조금 벌리고 헉, 하는 소리를 냈다.

잠시 그대로 정지했다가, 호흡을 되찾기 위해 콜록콜록 기침을 하는 그녀에게 내가 말했다.

"장난치지 않는 게 좋을 거다."

경비병이 다시 그녀 앞으로 가서 섰다. 주먹을 치켜들었다.

"알았다."

그녀가 기침 사이로 말하며 고개를 저었다.

"네가 원하는 대로 할게. 자백한 걸로 치자."

나는 경비병에게 고개를 끄덕였다. 경비병이 다시 그녀의 아랫
배로 주먹을 날렸다.

그녀가 아윽, 하고 목 안으로 비명을 질렀다. 경비병이 주먹을
거두고 몸을 바로 세우자 그녀의 고개가 축 늘어졌다.

"장난하지 말라고 했지."

내가 낮은 목소리로 말했다.

그녀는 고개를 숙인 채로 눈을 감고, 얕고 빠르게 호흡했다. 그
리고 이 사이로 내뱉었다.

"자백한다."

그녀가 중얼거리듯이 말했다.

"나는 왕을 암살하기 위해 이 나라에 왔다."

나는 경비병에게 눈짓했다. 경비병이 물러섰다.

그녀의 앞으로 다가가서 나는 손으로 그녀의 턱을 잡고 고개
를 들어 올렸다.

"누가 시켰지?"

그녀가 한순간 나를 똑바로 쳐다보았다. 시선이 마주치자 그녀
는 싱긋 웃었다.

"가서 너의 왕을 불러와라."

그녀가 속삭였다.

"직접 말하겠다."

"누가 시켰지?"

내가 다시 물었다.

그녀는 아까처럼 싱긋 웃었다. 그리고 대답하지 않았다.

나는 경비병에게 다시 고갯짓을 했다.

경비병이 와서 세 번째로 그녀에게 주먹을 날렸다. 이번에도 명치였다.

그녀는 처음에 그랬듯이 헉, 하는 소리를 냈다. 이어서 고개가 앞으로 축 처졌다.

그녀가 정신을 잃은 것을 확인한 후에 나는 왕에게로 갔다.

그녀가 자백했다는 말에 왕은 웃었다. 그리고 만족스럽게 고개를 끄덕였다.

"잘했다."

왕은 자리에서 일어섰다. 왼쪽 허리춤에 찬 단검의 손잡이를 만지작거렸다. 그리고 말했다.

"앞장서라."

지하 감옥의 문을 들어서서 왕은 고갯짓으로 경비병들을 내보냈다. 나도 나가려 했으나 왕의 손짓을 보고 멈추어 섰다.

왕이 그녀에게 다가갔다. 그녀는 여전히 고개를 푹 숙인 채 움직이지 않았다.

왕은 허리춤에서 단검을 뽑아 그녀의 턱 아래 대고 고개를 들어 올렸다. 그리고 그녀에게 입 맞추었다.

그녀가 눈을 떴다.

그녀가 정신을 차린 후에도 왕은 오랫동안 그녀에게 입 맞추었다. 한 손에는 든 단검으로 그녀의 턱 밑을 받치고, 다른 한 손을 그녀의 옷 아래로 넣어 왕은 그녀의 허리께를 더듬기 시작했다.

"나를 죽이러 왔다고?"

왕이 그녀의 귓가에 입을 바짝 대고 물었다. 그녀는 지친 표정으로 살짝 고개만 끄덕였다.

단검을 든 손이 아래로 미끄러져 내려갔다. 칼날이 그녀의 허벅다리를 그었다. 얇은 천이 스르륵 잘라지면서 희고 가늘고 단단한 맨다리가 드러났다. 피부 표면에서 바알간 피가 한 줄로 가느다랗게 배어났다.

왕이 그녀의 허리를 어루만지던 손으로 목을 잡았다.

"누가 시켰지?"

나는 긴장하여 그녀를 지켜보았다.

그녀는 아무 대답 없이 멍하니 왕을 쳐다보았다. 홀린 듯한 표정에, 눈을 크게 뜨고 있었다.

그 표정을 보고 왕은 의기양양하게 웃었다. 그리고 오른손에 쥔 단검의 칼날 끝으로 그녀의 윗옷을 살짝 들어 올렸다. 칼끝이 피부에 닿자 그녀는 흠칫 몸을 떨었다.

왕이 다시 물었다.

"누가 시켰지?"

단검 끝이 그녀의 배에서 가슴까지 천천히 기어 올라가면서 피부에 빨갛게 가느다란 줄을 그었다. 팔이 그랬듯이, 윗옷이 밀려 올라가며 드러난 그녀의 배에도 하얗게 빛이 바랜 흉터가 여기저기 새겨져 있었다. 그것은 팔의 흉터보다 훨씬 크고, 길고, 굵었다.

단검 끝이 그런 흉터들을 지나 가슴까지 줄을 그으며 올라갔다. 그리고 젖꼭지 바로 아래에서 멈췄다.

그녀는 여전히 넋이 나간 듯한 표정으로 눈을 크게 뜨고 왕의 얼굴을 들여다볼 뿐, 아무 대답도 하지 않았다.

왕이 웃었다. 그리고 다시 한 번, 이번에는 좀 더 조심스럽게 그녀에게 입 맞추었다.

놀랍게도 이번에는 그녀도 그 입맞춤에 화답했다. 마치 현실의 모든 상황을 잊은 듯 정열적으로 그의 입술을 갈구했다.

고개를 돌리면서 나는 지금 내 표정이 아까 손의 상처에 알코올이 닿았을 때 그녀의 표정과 비슷하리라고 생각했다.

마침내 왕이 그녀에게서 얼굴을 뗐다. 여전히 미소를 띠고 그녀의 눈을 들여다보았다. 검을 들지 않은 손으로 그녀의 얼굴을, 입술을 쓰다듬으면서 중얼거렸다.

"하긴, 여기서 곧장 대답해버리면 재미가 없지."

그리고 왕은 내게 손짓했다.

벽에 걸린 고리에서 그녀의 수갑을 벗겨내는 것을 지켜보면서 왕이 중얼거렸다.

"머지않아 전부 털어놓게 되겠지……."

내가 그녀의 수갑을 벽에서 벗겨낸 후에 왕은 그녀에게 다가가 상처 난 손을 불시에 꽉 쥐었다. 그녀의 얼굴에서 넋 나간 듯 멍한 표정이 순식간에 사라졌다. 내가 그녀의 발목에 채운 족쇄를 푸는 동안 왕은 계속 양손으로 그녀의 수갑 찬 손을 꽉 쥐고 상처 난 오른손을 주물렀다. 그녀는 아무 말 없이 눈을 감고 입을 꽉 다물고 있었다.

발목의 족쇄가 풀어지자, 왕이 여전히 그녀의 상처 난 손을 힘주어 쥔 채로 말했다.

"얌전히 따라오면, 이 손을 놓아주마."

그녀는 대답하지 않았다. 왕이 다시 속삭였다.

"얌전히 따라올 거지?"

그녀는 눈을 감고 이를 악문 그대로 고개만 끄덕였다.

왕이 천천히 손의 힘을 뺐다. 그러나 손을 놓는 척하다가 돌연히 그녀의 오른손을 다시 힘주어 비틀었다. 그녀가 짧은 비명을 질렀다. 왕은 미소 띤 얼굴로 그녀의 오른손 손등에 입 맞추었다.

그리고 왕은 그녀의 손을 놓고, 대신 수갑에 달린 쇠사슬을 잡아끌면서 지하 감옥을 나섰다.

나도 서둘러 따라 나갔다.

미리 경비병들에게 명령을 내려두었기 때문에 지하 감옥에서 왕의 침전까지 돌아오는 길에는 아무도 없었다. 왕이 그녀를 끌고 앞서 갔고 나는 뒤에서 따라갔다. 그녀는 말없이 왕이 끄는 대로 고분고분 따라 걸었다.

침전 문 앞에 이르러 왕은 문을 열었다. 그리고 수갑의 쇠사슬을 놓아준 후에 팔을 과장되게 움직이며 그녀에게 안으로 들어가라는 몸짓을 했다. 그러나 그녀는 침전으로 들어가는 대신 갑자기 돌아서서 나에게 말했다.

"이거, 풀어줘."

그리고 그녀는 수갑 찬 양손을 내밀었다.

나는 왕을 쳐다보았다.

그녀가 다시 말했다.

"아무 짓도 안 할 테니까, 이거 풀어줘."

왕이 뒤에서 그녀의 어깨를 감싸 안았다.

"그건 안 되겠는데."

왕이 그녀의 귓가에 얼굴을 바짝 대고 속삭였다.

"그걸 풀어주면 재미가 없……."

그때 그녀가 갑자기 양손을 모아 쥐고 왼쪽 팔꿈치로 등 뒤에 서 있는 왕의 명치를 가격했다. 왕은 순간적으로 헉, 하고 숨을 들이쉬며 몸을 반으로 접었다. 그녀는 돌아서서 그대로 양손을 모아 쥔 채 오른쪽 팔꿈치로 그의 아래턱을 후려쳤다. 왕은 중심을 잃고 바닥에 쓰러졌다.

그러자 그녀는 얼른 왕을 타고 앉아 그가 허리에 차고 있던 단검을 빼 들었다. 그리고 어떻게 말릴 새도 없이 왕의 심장에 칼을 꽂았다.

왕은 가슴에 단검이 꽂힌 채로 경련했다. 그러나 곧 조용해졌다.

왕이 완전히 움직임을 멈춘 후에 그녀는 왕의 목에 손가락을 대고 맥박을 확인했다. 그리고 가슴에 꽂혔던 단검을 도로 뽑더니 왕의 시체에 쓱쓱 문질러 피를 닦아냈다. 일어서서 왕의 죽은 얼굴에 퉤, 하고 침을 뱉었다.

"변태 새끼……."

그녀가 나지막하게 투덜거렸다.

그리고 그녀는 단검을 양손으로 모아 쥐고 돌아서서 나를 향해 칼끝을 겨누었다.

"어…… 어쩔 생각이야?"

본의 아니게 더듬거리면서, 내가 물었다.

"날, 주, 주, 죽일 건가?"

"아니."

그녀는 생긋 웃으며 고개를 저었다.

"너는 의뢰받은 적이 없으니까."

"의, 의뢰?"

내가 되물었다.

"내, 내가 부탁한 걸, 지, 지킨 거야?"

"네 부탁?"

그녀가 다시 피식 웃었다.

"왕을 죽여달라고 날 찾아온 사람이 너 하나뿐이었을 거라고 생각해?"

"뭐?"

내 표정을 보고 그녀가 전처럼 입끝을 한쪽만 올려 미소 지었다.

"애초에 내가 볼일도 없이 이런 나라에 왜 와 있었겠어?"

말하면서 그녀는 칼끝을 내게 겨눈 채로 점점 가까이 다가왔다. 나는 뒤로 물러나다가 발이 엉켜서 넘어졌다.

그녀가 넘어진 내 옆에 쪼그리고 앉았다. 그리고 왼손으로 단검을 들고 그대로 나에게 칼끝을 겨눈 채 오른손으로 내 주머니를 뒤져 수갑 열쇠를 꺼냈다.

"그럼, 이, 이젠, 어떻게 되는 거지?"

그녀가 일어서서 수갑을 한쪽씩 푸는 것을 올려다보면서 내가 물었다.

"글쎄."

그녀가 심드렁하게 대답하고는 수갑을 풀어서 왕의 시체 쪽으로 내던졌다.

시선이 수갑을 따라 왕의 시체로 향했다. 그의 가슴에서 흘러나온 피를 바라보면서 나는 그토록 오랜 시간 동안 마음을, 영혼을 옭아매었던 끈이 드디어 끊어진 것을 알았다.

그러나 그것을 깨달은 순간 느낀 감정은 자유나 환희가 아니었다. 허탈함, 배신감, 그리고 가슴을 저미는, 돌이킬 수 없는 상실감이 나를 덮쳤다.

그녀가 손목을 문지르면서 말했다.

"저걸 의뢰한 사람들이 너도 알아서 처리하겠지."

그리고 덧붙였다.

"그전에 너도 네 사람들을 부르는 게 좋을걸."

말을 마치고 그녀는 단검을 쥔 채로 가버리려 했다.

"자, 잠깐만."

내가 그녀를 불렀다. 아무리 억누르려 해도 목소리가 떨리는 걸 막을 수 없었다.

내 사람들 따위는 없다는 것을 그녀가 이해할 리 없었다. 왕이 죽었으니 이제 남은 것은 나로 인해 왕에게 딸을 빼앗긴 아버지들, 아내를 빼앗긴 남편들, 그리고 어머니를 빼앗긴 아이들뿐이었다. 그리고 이제 왕의 죽음과 함께 그 마술도 사라졌으므로 그들에게 남은 것 또한 상실감과 분노뿐일 것이었다.

그녀가 돌아보았다.

"나, 나도 데려가줘."

그녀는 잠시 어이없다는 표정이 되었다.

"널? 왜?"

"와, 왕이 없으면…… 난, 여, 여기 있을 이, 이유가 없어…….
여, 여기엔, 더, 더 이상, 있을 수 없어."

"그래?"

그리고 그녀는 다시 돌아서서 가버리려 했다.

"자, 잠깐만!"

내가 다시 불렀다. 그녀는 한숨을 푹 쉬고는 다시 돌아보았다.

"또, 왜?"

"아, 안 데려갈 거면, 나, 나도, 주, 주, 죽이고 가."

내가 뱃속에 남은 용기를 모두 쥐어짜서 말했다.

그녀는 말없이 무표정한 얼굴로 나를 내려다보았다. 내가 다시
말했다.

"치, 친구로서, 마, 마지막으로 부탁하는 거야……. 날, 이, 이대
로 두고 가지 마."

그녀가 싱긋 웃었다.

"친구?"

그리고 그녀는 다시 돌아서서 걸어가기 시작했다.

멀어지는 그녀의 뒷모습을 바라보다가 나는 몸을 일으켰다. 달
렸다. 그녀에게 덤벼들었다.

그러나 그녀는 살짝 몸을 비켜서 피했다. 나는 복도에 그대로 나동그라졌다.

"또, 뭐?"

그녀가 짜증스럽다는 듯이 물었다.

"네, 네 탓이야. 너, 너 때문에, 저, 전부 망쳤어."

내가 소리쳤다. 그러나 목소리는 어쩐지 울먹거리는 것처럼 들렸다.

그녀가 되물었다.

"내가 뭘?"

"내, 내가 해달라는 기한 안에 해줬으면, 그랬으면……, 그랬으면 애초에 이런 일도 없었을 것 아냐! 시, 시간만 끌면서, 그 사이에 다른 사람들에게 이, 이중으로 의뢰를 받아서, 내 뒤통수를 치고……."

그녀가 한숨을 쉬었다.

"의뢰는 저쪽이 먼저 했어. 그리고 네가 석 달 줬잖아. 알아낼 것도 있고 해서, 시간 좀 끌어도 되는 줄 알았지."

"아, 알아내다니, 뭐, 뭘 알아내! 겨, 결국 넌, 내, 내 부탁을 받고도 뒤로 따, 딴 짓을 하고 있었던 거잖아!"

내가 소리쳤다.

그녀가 조금 짜증스럽게 대답했다.

"어차피 같은 의뢰였어. 그리고 저쪽은 돈을 많이 줬거든. 넌 나한테 돈 안 줬잖아?"

그 말을 듣자, 가슴속에서 뭔가 불끈 치솟았다. 나는 외쳤다.

"이런, 창녀!"

그녀는 피식 웃었다. 그리고 대답했다.

"나, 창녀 아냐. 용병이지."

"그거나 저거나, 다를 게 뭐야? 돈에 팔리긴 마찬가지 아냐?"

내가 다시 소리 질렀다. 그녀는 빙긋 웃으며 고갯짓으로 왕의 시체를 가리켰다.

"뭐가 다른지 방금 봤잖아."

그리고 그녀는 다시 돌아서서 걷기 시작했다.

그녀의 뒷모습에 대고 나는 목청껏 고함쳤다.

"넌, 내가 지난 십 년간 어떻게 살았는지 모르지!"

그녀가 멈춰 섰다. 그리고 돌아서서 나를 보았다.

그 얼굴에 나타난 몹시 딱하다는 표정 때문에 나는 더욱더 악에 받쳐 소리 질렀다.

"내가 저 남자 노리개로 살면서 무슨 생각을 했는지, 뭘 참아가면서 어떻게 여기까지 왔는지, 넌 전혀 모르지! 그러면서 무슨 자격으로 날 경멸해! 네가 뭔데, 네까짓 게 뭐라고 날 이렇게까지 비참하게 만들 수가 있어! 네가 뭔데!"

그녀는 내가 악 쓰는 것을 조용히 듣고 있었다. 울부짖음이 지나가고 흐느낌으로 바뀔 때까지 기다렸다가 그녀가 차분하게 말했다.

"넌 지난 십 년을 왕의 침실에서 보낸 모양이구나."

그 어조가 조금 동정적이었기 때문에, 나는 고개를 들고 그녀를 쳐다보았다.

"난 그 세월을 전쟁터에서 보냈어."

그녀가 왼손에 든 단검을 내려다보면서 생각에 잠긴 듯 나지막한 목소리로 중얼거렸다. 뭐라고 다시 대꾸하려다가 나는 입을 다물었다.

그녀는 단검을 조금 이상하게 들고 있었다. 손잡이가 엄지손가락 쪽을 향하고, 칼날은 새끼손가락 바깥쪽으로 튀어나왔다. 그렇게 단검을 쥐고 그녀는 왼손 손목을 움직여 칼날을 이리저리 돌리면서 잘 벼린 쇠가 복도의 불빛을 받아 반짝이는 모습을 무심히 들여다보았다. 그런 식으로 칼을 쥐고 그렇게 움직여 사용하는 것이 편하고 익숙한 모양이었다.

그렇게 아무렇지 않은 듯 방금 사람을 죽인 칼을 들고 있는 그녀는, 낯선 타인이었다.

그녀가 가볍게 한숨을 쉬며 단검을 쥔 손을 내렸다. 고개를 들어 나를 보았다.

"잘 있어."

낯선 그녀가 조금 쓸쓸한 미소를 지으며 말했다.

그리고 그녀는 여전히 한 손에 칼을 든 채로 성큼성큼 걸어서 사라져버렸다.

침전 앞 복도에 쓰러진 시체 곁에, 나는 왕을 잃은 왕의 창녀가 되어 혼자 남았다.

■ 왕 의   창 녀 는 ……

  친구라고 생각했던 사람이 나를 대단히 괴상한 관계에 끌어들이려고 했
던 적이 있었다. 남자에게 오랫동안 이용당하다가 벗어나려고 했던 것 같은
데, 여러 가지 이유에서 쉽게 벗어날 수 없었기 때문에 나를 대신 그 자리에
집어넣고 자신은 빠지려고 했던 듯하다는 게 훨씬 지나서 되돌아보는 지금
의 추측이다. 이제는 친구가 아니게 되어버린 그녀가 하고많은 사람 중에 하
필 나를 그런 입장에 끌어들이려고 할 정도로 절박했었구나 생각하면 화가
나기보다는 불쌍하다. 그러나 지금 생각해도 어이가 없는 부분은 그 남자가
당연히 내 눈에도 그렇게 한없이 매력적으로 보일 거라고 그녀가 전제했다
는 점이다. 세상 모든 여자가 다 그 남자의 눈짓과 말솜씨에 녹아버릴 거라고
생각했던 걸 보면 그녀는 아마 그 남자를 정말 좋아했던 것 같다.

온우주
단편선

어 두 운 입 맞 춤

어두운 입맞춤

하늘 아래 새로운 이야기는 없다. 나의 이야기도 새롭지 않다. 폭력적인 주인, 그 주인을 이유 없이 충실히 섬기는 하인, 그리고 그 하인이 처음으로 사랑을 느낀 여자가 주인의 아내—라는 이야기는 이미 한 세기 전에 어느 작가가 쓴 단편이다.

나의 이야기도 비슷하다. 다만 모든 이야기가 그렇듯이 세부 사항이 조금씩 다를 뿐이다. 그리고 그 때문에 새롭지는 않더라도 조금은 다른 이야기가 되었을 것이다.

피해자는 남성, 이름은 김인혁, 나이 32세, 가정부의 신고를 받고 경찰이 도착했을 당시 자택 거실에 반듯하게 누운 자세로 발견되었다. 시신 옆에는 피해자의 아내가 서 있었다. 경찰이 들이닥치자 그녀는 조용히 무표정하게 "내가 죽였어요."라고 말하고 입을 다물었다.

처음에 경찰은 아내의 말을 믿었다. 피해자는 재벌까지는 아니지만 강남에서도 꽤 산다는 집안의 아들로, 무분별하고 폭력적인 성격 때문에 이미 십대 시절부터 경찰과 몇 번 달갑지 않은 접촉을 했던 전력이 있었다. 매번 문제가 생길 때마다 집에서 돈을 발라 해결하기는 했으나 그 때문에 당사자는 더욱더 방종해져, 바로 최근까지도 집안의 고용인들에게 심심하면 주먹질을 해서 경찰에 신고가 들어왔다가 터무니없는 합의금을 주고 해결한 경우가 몇 번 있었다. 그래서 피해자의 이름과 주소를 듣자마자 경찰은 피해자가 피해자가 아니라 가해자일 것이라고 예상했다. 아내가 살인을 자백했을 때 경찰은 가정 폭력일 것이라 추측했으며 그래서 모두들 취조실에 무표정하게 앉아 아무 말도 하지 않는 호리호리하고 연약해 보이는 젊은 여성을 은근히 동정했다.

상황이 복잡해진 것은 여자의 이름과 주민등록번호를 조회했을 때였다. 그 이름과 그 주민등록번호에는 관련된 기록이 전혀 없었다.

이름은 진짜였다. 주민등록번호도 진짜였다. 여자가 제시한 주민등록증이 진짜였으므로 그렇게 상정할 수밖에 없었다. 그러나 그 이름과 주민등록번호가 등재된 주민등록도, 출생신고 사실도, 혼인신고 사실도, 은행계좌도, 가족관계 등록도, 주민등록증이 발급되었다는 기록도, 도대체 법적인 기록이라고는 아무것도 없었다. 그저 이름과, 주민등록번호가 있을 뿐이었다.

"그럼 도대체 뭐야, 저 여잔? 달랑 민증만 들고 하늘에서 뚝 떨어지기라도 했다는 거야?"

"피해자 기록에는 결혼했다고 나오는데요……."

"뭐가 결혼해? 저 여잔 이름이랑 민번 빼고 기록이 하나도 없잖아?"

"여기 피해자 주민등록 보세요…… 배우자 이름이랑 주민번호 일치하는데요……."

"뭐야, 그럼? 피해자는 저 여자랑 결혼했지만, 저 여자는 피해자랑 결혼 안 했다는 거야?"

부검 결과가 나왔을 때 이미 복잡했던 상황은 조금 더 복잡해졌다.

"검시관 말이, 사인이 일단은 경추 골절이라는데요……."

"목이 부러져서 죽었다고?"

"예, 그런데 그게……."

"그럼 저 여자가 다 큰 어른 남자를 목을 부러뜨려서 죽였단 말이야?"

"그것 자체로는 뭐 아주 불가능한 일은 아닌데요, 그게 그러니까……."

"그러니까 뭐?"

"검시관 말이, 그러니까…… 시신에 혈액이 거의 안 남아 있었답니다……. 남은 혈액은 떡처럼 응고돼 있고……."

"뭐야, 그럼? 살해당하고 한참 있다가 발견된 건가?"

"하지만 발견 당시엔 시신이 아직 따뜻했는데요……. 사후강

직도 아직 안 일어났고…….”

“그럼 도대체 뭐가 어떻게 됐다는 거야?”

“저, 그게 다가 아니고요, 그것 말고도…….”

“그것 말고도 뭐?”

“두개골이, 정수리 부분이 함몰돼 있다는데요…….”

“함몰? 그 정도면 부상이 굉장히 심했단 얘긴데, 발견 당시에 왜 못 봤나?”

“발견됐을 땐 시신에 외상이 전혀 없었습니다……. 검시관도 부검하려고 열어보고 나서 알았다고…….”

“허어, 나 참. 그리고, 또 뭐?”

“검시관 말이, 그 함몰된 부위가, 그러니까…….”

“뭐야? 뜸들이지 말고 빨리 말해!”

“그러니까, 그게, 손자국이라는데요…….”

“그건 또 무슨 소리야? 손자국? 뼈에?”

“검시관이, 자기도 이런 건 처음 본다고……. 진흙에 찍은 것처럼, 뼈에 손자국이 뚜렷하게 나 있다는데요…….”

“갈수록 태산이네. 그래서, 결론이 뭐야?”

“그러니까 검시관 말이, 가해자가 피해자 정수리에 이렇게 오른손을 얹고, 병뚜껑 따듯이 이렇게 확, 돌려서 한 번에 목을 꺾은 것 같다는데요…….”

“그게 무슨 소리야? 가해자가 특수부대 출신이라도 된다는 말이야?”

“검시관 말이, 그러려면 가해자가 피해자보다 키가 훨씬 더 크고, 힘도 굉장히 세야 한다고…….”

“피해자 키 몇이야?”

“180센치 정도인데요…….”

“저 여자는?”

“잘해야 160 정도…….”

“그럼 뭐야, 저 여자가 공중에 떠서 특공무술로 피해자 목을 비틀었다는 건가?”

“하지만 손자국이 일치해서, 지금으로서는 그것밖에 가능성이…….”

“장난하나? 그게 어떻게 가능성이야? 헛소리 말고 나가! 나가서 주변 사람 몽땅 탐문해서 제대로 된 용의자 잡아와!”

그렇게 해서 용의선상에 떠오른 인물이 운전사였다.

피해자의 집에서 사는 사람은 피해자와 피해자의 아내 외에도 상주 고용인 네 명이 있었다. 가정부, 요리사, 정원사에게 나머지 고용인 한 명의 행방을 묻자 모두들 하나같이 기묘한 표정을 지으며 입을 한 일자로 꾹 다물었다. 담당 수사관이 포기하지 않고 계속 수첩을 들고 따라다니자 마침내 경찰에 신고했던 가정부가 입을 열었다.

“내가 원, 이 집에 뼈를 묻을 것도 아니고, 기왕지사 이렇게 된 거 다 얘기해버리면 속이나 시원하지……. 원 참, 보다 보다 이렇게 썩어빠진 집구석은 또 처음 보겠네. 내가 어디 가서 시장 좌판을 하든지 식당 아줌마를 해서 먹고살아도 이보다는 맘 편하게 잘 살겠다, 에잇, 퉤. 그놈의 돈이 웬수지, 그저 돈 있는 것들은 다⋯⋯."

형사는 가정부의 넋두리가 끝날 때까지 끈기 있게 기다렸다. 마침내 가정부가 한숨을 쉬며 털어놓았다.

"나머지 한 사람은 운전수예요."

"지금 어디 있습니까?"

"몰라요, 그 사단 나던 날 어디로 도망쳤어요."

"그날 집에서 무슨 일이 있었습니까?"

"부부 싸움이죠, 뭐. 그 양반들이야 사흘이 멀다 하고 싸움질이니⋯⋯."

"왜 싸웠는지 혹시 아십니까?"

"우리 사장님 그 양반이 꼭 이유가 있어야 싸우나요, 그 성질머리에⋯⋯."

가정부는 다시 한숨을 쉬었다. 그리고 말을 이었다.

"하긴 마누라가 바람이 나면 나라도 제정신 아니겠지만, 또 남편이라는 작자가 그 모양이면 마누라가 바람이 안 날 수도 없고⋯⋯. 에휴, 꼬였다 꼬였다 해도 또 이렇게까지 꼬인 집안이란 내 원 살다 살다⋯⋯."

형사는 귀를 곤두세웠다.

"바람이 나요? 누가요?"

"누구긴 누구겠어요, 사모님이지."

"사모님이 누구하고 바람이 났는데요?"

"누구긴 누구예요, 그 운전수지."

"그래서 사장님이 그 사실을 알아채서 부부 싸움이 났단 말이죠? 그럼 부부 싸움을 할 당시에 운전사는 어디 있었습니까? 혹시 아십니까?"

가정부는 불안한 표정을 지으며 망설였다.

형사가 기다리다가 다시 물었다.

"사건 당시에 운전사가 집 안에 있었습니까?"

"집 안에…… 있었어요."

가정부가 한참을 망설이다 대답했다. 형사가 다시 물었다.

"혹시 사장님과 사모님이 부부 싸움을 하는 자리에 그 운전사도 같이 있었습니까?"

"같이…… 있었을 거예요."

가정부는 몹시 불편한 표정으로 간신히 대답했다.

가정부의 표정 때문에 형사는 더욱 집요하게 계속 물었다.

"운전사가 혹시 사장님하고 싸웠습니까? 그런 장면 목격하셨어요?"

"아녜요, 난 아무것도 못 봤어요!"

가정부가 펄쩍 뛰었다.

"그럼 왜 그러십니까?"

가정부는 주위를 둘러본 후 얼굴을 찡그렸다.

형사가 정색을 했다.

"지금 살인 사건 수사 중입니다. 목격하신 대로 정직하게 말씀해주시지 않으면 최소 공무집행 방해, 경우에 따라서는 살인 사건 공범으로 체포되실 수도 있습니다."

형사는 일부러 '살인 사건'이라는 두 단어를 또렷하게 되풀이해 발음했다. 가정부는 말을 더듬기 시작했다.

"고, 공범은 무, 무슨 공범이에요. 나, 나, 난 아, 아무것도 몰라요. 그, 그, 그냥, 그게……."

"정직하게 말씀하시죠. 뭘 목격하신 겁니까?"

"내가 뭘 모, 모, 목격한 게 아니고……."

가정부는 고개를 흔들었다.

"나, 난 아, 아, 아무것도 몰라요. 그 우, 운전사 찾아내서, 지, 직접 물어보세요."

형사가 좀 더 추궁했으나 가정부는 더 이상 아무 말도 하지 않았다.

지난 세기의 어떤 작가가 쓴 그 단편에 의하면 하인은 벙어리였다. "땅딸보에 얼굴이 몹시 얽고 입이 크다"라는 그다지 호의적이지 못한 묘사에 의하면 벙어리일 뿐만 아니라 상당히 불운한 외모를 타고났던 모양이다. 그러나 일을 잘하여 주인집의 신뢰를 받았고, 맹목적으로 충직하여 "그 집에서 떠나가려거나 또는 생활환경에서 벗어나려는 생각을 한 번도 해보지 못하였다."

그는 그렇게까지 맹목적으로 충직하지 않았다. 그 집에서 떠나가려는, 혹은 자신의 생활환경에서 벗어나려는 생각도 자주 했다. 그러나 생각만 할 뿐, 실천에 옮기지는 못했다.

그는 벙어리가 아니었다. 그렇게 따지면 못생긴 편도 아니었다. 그러나 목쉰 소리 이상으로 또렷한 음성을 내어 정상적으로 말을 할 수 없었다. 몸에 난 흉터는 옷으로 일부분 가릴 수 있었으나 보기에 아름답다고는 할 수 없었다.

세상은 돈 없는 자에게 관대하지 못하다. 이 사실을 그는 아직 어린 나이에 전깃줄로 목을 졸리면서 배웠다. 그의 아버지가 거액의 빚을 남기고 자살한 후에 아버지의 친구였던 남자의 아버지가 목이 졸려 죽어가던 그를 구해주었다. 그가 남자의 집에서 운전사로, 비서로, 잡역부로 일하게 된 계기는 그러하였다. 그 집을 떠나가려는, 혹은 자신의 생활환경에서 벗어나려는 생각이 들 때면, 여전히 남아 있는 빚과, 재혼한 어머니와, 이제 막 독립적인 인생을 시작한 두 동생과, 으스러진 목울대 위에 새겨진 흉터가 그의 발목을 잡았다. 그는 목숨을 구해준 은인에게 충직한 것이 아니라 단지 자신이 갇힌 울타리를 벗어나기가, 또다시 전깃줄에, 이번에는 온 가족이 함께 목을 졸릴 가능성이 있는 바깥세상으로 나가기가 두려운 것이었다. 그도 그 사실을 알고 있었고, 자신이 겁쟁이임을 인정했다.

그러다가 달빛에 비친 그녀를 보았다.

그녀가 남자와 결혼한 것은 3년 전이었다. 두 사람 사이에 아이는, 최소한 서류상으로는 없었다. 남자의 기록에는 거기까지만 나와 있었다.

그녀가 누구인지는 남자의 부모조차 정확히 알지 못했다. 남자의 어머니는 결혼 전에 이미 병으로 죽고 없었고, 남자의 아버지는 재혼한 후 남자와는 거의 연락을 끊고 지냈다. 남자가 살해되었다는 연락을 받았을 때도, 남자의 시신을 확인한 후에도, 남자의 아버지는 그저 얼굴을 찡그리며 혀를 끌끌 찰 뿐이었다. 취조실에 앉아 있는 그녀를 창문 밖에서 보고, 그녀가 고개를 돌려 눈이 마주치자, 남자의 아버지는 한동안 홀린 듯이 그녀를 쳐다보다 퍼뜩 고개를 돌렸다. 그리고 도망치듯 황급히 나가버렸다.

남자의 아버지가 나간 후 그녀가 혼자서 웃은 것은 아무도 보지 못했다.

남자는 밤길에서 마주친 나의 불운한 먹잇감이었다. 남자에게 관심이 생긴 것은 순전히 남자가 피를 빨리고도 죽지 않았기 때문이었다.

피를 빨리고도 그 자리에서 죽거나 나와 동류가 되지 않는 인간에게는 여러 가지로 흥미로운 일이 많이 일어난다. 물론 인간 당사자에게는 그다지 흥미롭지 않겠지만 누군가 내 심장에 말뚝을 박아 햇볕에 널어놓는 그날까지 무미건조한 영생을 살아가야 하는 나로서는 인간의 광기란 대단히 재미있는 구경거리일뿐더러 정서적인 간식거리이기도 하다. 그래서 나는 남자를 따라가 그의 아내가 되었다.

남자는 나를 만나기 전부터도 광기와 폭력으로 충만한 인간이었다. 나를 만난 후, 대부분의 인간이 그렇듯이 그의 광기는 증폭되었다.

나는 가능한 한 그가 폭력을 휘두르는 현장에 있기 위해 노력하였다. 남자는 내가 가까이 다가가면 더욱 폭력적이 되었다. 상승 작용과 순환 작용은 완벽했다.

주변의 인간들은 끔찍한 남편과 지옥 같은 환경에 갇힌 나를 동정했다. 나는 남자가 미쳐 날뛸 때마다 대기 중에 풍요롭게 퍼지는 피 냄새와 그가 온몸으로 발산하는 흥분, 증오, 파괴, 고통의 향기를 만끽했다. 나와 같은 존재에게 남자와 같은 인간은, 글쎄, 말하자면 최고의 남편이었다.

그리고 나는 그가 나를 주목하고 있음을 눈치채었다. 남자가 주변을 파괴할 때마다 그는 안타까운 눈길로 나를 지켜보았다. 내가 얼마나 즐기고 있는지 그가 알 리 없었다.

평균 3년, 길어야 5년. 나에게 물린 인간에게 남은 수명이다. 남자는 점점 더 자주 제정신을 잃고 미쳐 날뛰었다. 수명이 다 돼가고 있다는 증거였다. 머지않아 새로운 먹잇감이 필요해질 것이다. 그래서 나는 그가 나를 지켜보도록 내버려두었다.

"관계요? ……아무 관계도 없었습니다."

경찰에 자진 출두한 그는 피해자의 아내와 어떤 관계인가, 라는 수사관의 질문에 처음에 이렇게 대답했다. 형사가 계속 추궁하자 그는 말했다.

"제가 혼자 좋아했습니다. 그것 말고는 정말 아무 관계도 없었습니다."

"거짓말 마쇼. 아무 관계도 없으면서 남이 부부 싸움하는 현장에는 왜 있었어요? 증거도 있고 목격자도 있는데 자꾸 시치미 뗄 거예요?"

"목격자? 무슨 목격자요?"

그가 갑자기 긴장하는 것을 보고 형사는 더 강하게 추궁했다.

"사건 당일 김인혁 씨가 자기 아내랑 당신이 같이 있는 걸 발견해서 싸움이 난 거 아냐! 당신은 싸우다 홧김에 김인혁 씨를 죽인 거고!"

그는 형사의 얼굴을 한동안 쳐다보았다. 그리고 말했다.

"싸운 적 없습니다."

"무슨 소리야, 목격자 말이⋯⋯."

"제가 일방적으로 얻어맞았습니다."

그가 형사의 말을 가로막았다.

"사장님이 화풀이로 주변 사람을 아무나 때리는 일이 자주 있었습니다. 그날도 운이 나빠서 사장님 눈에 보이는 곳에 있다가 그렇게 얻어맞았고⋯⋯ 그래서, 더 이상 참을 수가 없어서⋯⋯ 화가 나서 죽였습니다."

용의자다운 용의자의 자백다운 자백에 담당 수사관은 드디어 화색을 띠었다. 그러나 어떻게 죽였느냐는 형사의 질문에 그가 탁상시계로 후두부를 가격했다고 대답했기 때문에 수사는 원점으로 돌아갔다.

남자에게 일방적으로 얻어맞았다는 그의 말은 사실이었다. 그가 보름달이 뜬 밤에 정원에 서 있는 나를 본 후로, 그리고 나를 보는 그의 시선을 남자가 본 후로, 남자의 폭력은 세 번 중 두 번 꼴로 그를 향했다.

대상이 누가 됐든 나에게 피 냄새는 모두 똑같은 피 냄새였다. 그래서 나는 그에 대한 남자의 폭력을 저지하지도 장려하지도 않았다. 단지 관전할 뿐이었다.

"도대체 왜 그렇게 맞고 살았어요?"

병원 기록과 피해자의 고용인들 증언을 확인한 후 담당 수사관이 그에게 물었다.

"사지 멀쩡한 젊은 남자가 그래, 고용주가 때린다고 그냥 맞아요? 폭행죄로 고소하고 그따위 직장은 그만둬버리지, 그걸 왜 참고 버티다가 이런 꼴을 당해요?"

그는 한동안 대답하지 않았다. 그리고 속삭였다.

"그녀…… 때문에요."

"즐기고 있습니까?"

남자가 그를 때릴 만큼 때리고 집에서 나가버린 후, 피투성이가 되어 거실에 쓰러져 있는 그를 지켜보는 내게 그가 속삭였다. 그가 내게 직접 말을 한 것은 그때가 처음이었다.

나는 그의 얼굴을 들여다보았다. 그의 표정에 분노나 원한 심지어 냉소조차 전혀 없었기 때문에 나는 한편으로 조금 실망했지만 다른 한편으로는 흥미가 동했다.

그가 나를 보고 다시 물었다.

"이런 상황이 즐겁습니까?"

나는 대답할 필요를 느끼지 않았다. 그대로 서서 피 냄새를 맡고 있었다.

그가 천천히 힘겹게 몸을 일으켰다. 내게 한 발자국 다가왔다. 피 냄새가 진해졌다. 이대로 물어버릴까, 나는 잠시 고민했다.

그가 속삭였다.

"한 가지만 대답해주시겠습니까?"

나는 눈을 감았다. 얼굴 바로 앞의 공기를 온통 뒤덮은, 맥박 치는 인간의 피 냄새.

황홀하다.

"어떻게 달빛이 몸을 그대로 통과하는 겁니까?"

나는 눈을 떴다. 남자는 안락의자 팔걸이를 붙잡고 간신히 몸을 지탱하며 내 얼굴을 들여다보고 있었다.

그 질문과 피 냄새 때문에 나는 그를 죽이기로 결정했다. 순간 그가 다시 쓰러지지 않았다면 아마 그대로 그의 목에 이를 박았을 것이다.

그가 바닥에 쓰러져 의식을 잃었기 때문에 오랜만의 풍요로운 식사 계획은 중단되었다. 의식을 잃은 인간은 맛도 재미도 없다.

나는 잠시 망설이다가 구급차를 불렀다.

구급 요원들이 당연하다는 듯이 나를 '보호자'로 취급했기 때문에 나는 엉겁결에 구급차에 올라탔다. 의식을 잃었어도 그의 피 냄새는 여전히 진하고 황홀했고, 조금 전까지 그의 목에 이를 박고 피를 빨려던 내가 인간의 '보호자'로 취급받게 된 상황이 나는 몹시 재미있었다.

그 밤은 잊지 못할 즐거운 밤이었다. 응급실은 피 냄새로 가득했다. 병든 육체의 역겨운 냄새와 약 냄새도 함께 가득 퍼져 있지 않았다면 나는 당장 그와 남자를 물어 죽이고 남자의 집을 떠나 응급실 간호사가 되었을 것이다. 눈을 돌리는 곳마다, 매 순간 순간이 인간의 고통, 불안, 갈등, 피와 폭력의 향연이었다. 이토록 매혹적인 장소를 왜 아직껏 몰랐던가. 나는 그가 응급처치를 받고 수액을 꽂고 안정을 취하는 동안 주위를 둘러보며 감탄했다.

자정이 한참 지나 그는 의식을 되찾았다. 내 얼굴을 보고 그가 물었다.

"여기가 어딥니까?"

대답 대신 나는 웃었다. 이곳은 놀이공원이다.

입원을 권하는 간호사를 뿌리치고 그는 굳이 응급실을 나왔다. 동이 트기 전에 나는 그와 함께 택시를 타고 집에 돌아왔다.

택시에서 내리면서 그가 속삭였다.

"고맙습니다."

"그 여자가 그렇게 좋았어요? 대신 얻어맞고 험한 꼴 당하면서도 참을 정도로?"

담당 수사관이 한숨을 쉬었다. 그는 고개를 저었다.

"달랐어요."

"예?"

그는 쉰 목소리로 다시 말했다.

"제가 여태까지 본 사람들하고는 전혀 달랐습니다."

"뭐가 달라요?"

그는 한동안 생각했다. 그리고 대답했다.

"보통 사람이라면 무서워할 상황을…… 즐기는 것 같았어요. 남편이 수시로 때리고, 그렇게 미쳐 날뛰는데도…… 그걸, 즐기는 것 같았습니다."

"무슨 소리예요, 그게?"

형사가 답답하다는 듯이 취조실 책상을 탁 쳤다.

"그 여자가 즐기는 걸 보고 싶어서 얻어맞았다, 지금 그 말이에요?"

"그런 건 아니지만……."

그는 다시 생각했다. 그리고 고개를 저었다.

"이 세상 사람이…… 아닌 것 같았어요. 그걸, 확인하고 싶었습니다."

수사관이 다시 책상을 탁 쳤다.

"아, 정말, 말이 되는 소리를 해요!"

그는 대답하지 않았다. 수사관은 투덜거렸다.

"젠장, 마누라나 남편이나 내연남이나 하나같이 미친놈들이니 이거야 원……."

이 말에 그는 조금 웃었다.

그와 함께 응급실에 다녀온 다음 날 오후에야 남자는 집에 들어왔다. 내가 그와 함께 응급실에 다녀왔다는 소식이 가정부를 통해 남자의 귀에 들어갈 것을 나는 예상했다. 그 뒤에 무슨 일이 일어날지 상당히 기대하고 있었다.

예측대로 남자는 그의 방으로 돌진했다. 아직도 여기저기 붕대를 감은 모습을 보고 남자는 조금 기세가 수그러들었다. 그리고 뒤따라간 내게 덤벼들었다. 남자를 저지하기 위해 그가 남자에게 덤벼들었다.

기대했던 것보다 훨씬 큰 소동이 벌어졌다. 남자가 그를 죽이는 것은 바라던 바가 아니었으므로 나는 적당한 선에서 남자를 막았다. 남자가 숨을 헐떡거리며 그와 나를 질투에 찬 눈으로 노려보다 휘청거리며 밖으로 나가버린 후, 나는 일어서서 얼굴에 묻은 남자와 그의 피를 손가락으로 훑어 입에 넣고 빨았다. 다른 한 손으로 흐트러진 머리카락을 정리했다. 남자와 노는 동안 다른 건 몰라도 머리카락만은 좀처럼 깔끔하게 유지할 수가 없었다. 그것이 단 한 가지 귀찮은 일이었다.

머리를 매만진 후 나는 종이뭉치처럼 구겨져 바닥에 내던져진 그를 내려다보았다.

벌써 죽어버리면 재미가 없다. 요 며칠간 그와 남자는 내가 전혀 예상치 못했던 오락거리를 제공해주었다.

나는 그를 들어 올려 침대에 눕혔다. 얼굴에 묻은 피를 핥았다. 달콤했다. 당장 목을 물고 싶었지만 참았다.

그가 눈을 뜨고 나를 보았다.

"어떻게 하는 겁니까?"

그가 속삭였다.

"도대체 어떻게…… 다치지 않고, 겁내지 않고…… 즐기는 겁니까?"

나는 대답하지 않고 그의 방을 나왔다.

남자가 집에 돌아오지 않는 밤이면 나는 사냥을 나갔다. 즐겁게 식사를 마치고 집으로 돌아와서, 간혹 달빛이 맑은 밤이면 방으로 돌아가지 않고 정원에 서서 달을 즐겼다.

그런 밤이면 그도 잠들지 않고 내가 돌아오기를 기다렸다. 정원에 서서 말없이 나를 맞이하였다.

함께 달을 즐길 사람이 있다는 것은 아주 오랜만의 일이었다. 기억할 수 없는 긴 세월 동안 달이 뜬, 혹은 뜨지 않은 밤하늘 아래 나는 언제나 혼자였다. 그래서 나는 그가 나와 함께 달을 바라보도록 내버려두었다.

그런 밤에 그는 지난 세기의 작가가 쓴 단편을 이야기했다. 아직 부모의 보호 아래 학교에 다니며 그런 이야기들을 읽던, 안온했지만 짧았던 지난 시절의 일들을 속삭였다. 정상적인 목소리를 낼 수 없었기 때문에, 쉰 목소리나마 남이 들을 수 있을 정도로 목을 쓰는 것이 신체적으로 고통스러웠기 때문에 평소에 그는 말을 거의 하지 않았다. 달빛 아래 정원에 단둘이 서서 그는 보통 사람에게는 들리지 않을 정도로 낮은 목소리로 천천히, 평온하게, 편안하게 이야기했다.

지난 세기의 작가가 쓴 이야기의 벙어리 하인은 어떻게 되었느냐는 나의 질문에 그는 대답했다.

"주인집에 불을 지르고, 주인아씨를 품에 안고 죽습니다."

나는 그에게 물었다.

"집에 불을 지르고 싶어요?"

그는 웃으며 고개를 저었다. 그리고 대답했다.

"두려워하지 않고…… 겁내지 않고 살고 싶습니다. 그게 전부입니다."

"그래서 나한테 매혹됐어요? 겁내지 않기 때문에?"

그는 대답하지 않았다.

그래서 나는 그런 어느 밤에, 벙어리 하인의 이야기에 대한 답례로 같은 작가의 다른 이야기를 들려주었다. 소작인의 딸이 지주의 아들을 사모하다 상사병으로 죽은 후, 매년 자신의 기일에 귀신이 되어 지주의 아들을 찾아와 문밖에서 부르는 이야기였다.

"그래서 지주의 아들은 어떻게 됩니까?"

"세 번 부르기 전에 대답하면 귀신한테 끌려가서 죽게 되는데 그 어머니가 때 맞춰 막아줘서 살아나요."

그는 잠시 생각했다. 그리고 물었다.

"절 끌고 가서 죽이고 싶습니까?"

나는 그를 쳐다보았다.

"그런 생각을 안 해본 건 아니지만."

그는 시선을 피했다.

"인간이 아닌 것은 함부로 가까이 하지 말라는 얘기예요. 안 좋은 일을 당하는 수가 있으니까."

그는 말없이 한동안 발밑의 잔디를 내려다보았다. 그리고 속삭였다.

"전 빚에 팔려와 이 집에 갇힌 거나 다름이 없습니다. 가족을 만날 수도, 제가 원하는 인생을 살 수도, 마음대로 이 집을 나갈 수도 없습니다. 더 이상 어떻게 안 좋아질 수가 있습니까?"

나는 대답하지 않았다. 더 안 좋아질 수 있는 길은 여러 가지가 있었지만 구체적인 예를 들어 설명하기에는 달빛이 너무 아름다웠다.

그가 잠시 망설이다가 나를 보고 물었다.

"저를…… 인간이 아닌 것으로 만들어주실 수 있습니까?"

나는 그를 마주 쳐다보았다. 그리고 웃었다.

"할 수 있지만 안 할래요."

그는 더 이상 부탁하지 않았다.

"그래서, 사건 당일에는 무슨 일이 있었던 겁니까?"

담당 수사관이 짜증에 찬 목소리로 물었다.

"본인 말대로 근 2년이나 참고 살았다가 그날 갑자기 폭발했으면 무슨 계기가 있었을 거 아녜요? 시간 순으로 말해봐요."

"이미 말씀드린 대로입니다."

그는 속삭였다.

"계기 같은 건…… 없었습니다. 그냥……. 더 이상…… 참을 수가 없어서……."

"도대체 뭐라는 거야?"

형사는 노트북 뚜껑을 탁, 소리 내어 덮고 신경질적으로 취조실을 나갔다.

그는 눈을 감고 고개를 숙였다. 악문 이 사이로 한숨을 내쉬었다.

남자는 그와 나를 서재로 불렀다. 드물게 술에 취하지 않은 상태였다.

남자가 나를 향해 움직이는 것을 보고 그는 긴장했다. 그러나 남자의 동작이 평소보다 성급했기 때문에 나는 손짓으로 그를 막았다. 남자의 의도가 나는 궁금했다.

남자는 나를 돌려 세워 책상 위로 밀었다. 나는 남자가 떠미는 대로 책상 위로 엎어졌다. 남자는 저 새끼한테 네가 누구 마누라인지 보여주마, 라고 중얼거리며 한 손으로 내가 입은 치마를 걷어 올렸다. 다른 손으로는 자기 바지 앞섶을 헤치기 시작했다.

나는 돌아서서 남자를 가볍게 밀어냈다. 남자는 간단하게 밀려났다. 나는 치맛자락을 내리고 옷매무새를 가다듬었다.

남자가 욕설을 퍼부으며 다시 달려들었다. 나는 옆으로 살짝 피했다. 남자는 풀어헤친 자기 바지에 걸려 그대로 책상 위로 엎어졌다.

몸을 일으킨 남자는 입술이 찢어져 피를 흘리고 있었다. 중심을 잡은 후 남자는 다시 덤벼들었다. 내가 밀어내자 남자는 잠시 휘청거리다 또 달려들었다.

한동안 이렇게 나와 춤을 추다가 남자는 포기했다. 방향을 돌려 이번에는 그에게 덤벼들었다.

남자가 그를 바닥에 깔아 눕히고 올라타서 주먹질을 하는 동안 나는 남자가 책상 위에 흘린 피를 손가락으로 찍어 맛을 보았다. 남자의 피에서는 아무 맛도 나지 않았다.

이것은 이제 곧 남자의 생명이 다한다는 뜻이다. 지금의 이 발작적인 흥분 상태는 단말마의 비명이나 다름없다. 그래서 나는 남자의 마지막을 관찰하기로 했다.

남자는 그를 일으켜 세워 책상으로 끌고 갔다. 나에게 했듯이 그를 떠밀어 책상 위로 내던진 후 뒤에서 양팔로 몸통을 조이고 그의 바지 앞섶을 풀기 시작했다.

"넌 내 개야."

남자가 헐떡이며 중얼거렸다.

"저년은 내 마누라고, 넌 내 개란 말이다. 이 집에 있는 건 다 내 거라고."

남자가 그의 속옷을 내리면서 말했다.

"그러니까 내가 대라면 대고, 까라면 까는 거란 말이다."

그가 한 팔을 뻗어 책상 위의 시계를 잡았다. 힘들게 몸을 돌려 남자에게서 벗어나면서 그는 남자의 머리를 탁상시계로 후려쳤다. 남자가 쓰러지자 한 번 더, 다시 한 번, 또 한 번, 온 힘을 다해 그는 몇 번이고 되풀이해서 내리쳤다.

이 모든 과정을, 나는 책상 옆에 서서 관찰하고 있었다.

남자의 피가 아무 냄새도 없는 끈끈한 온기를 공중으로 피워 올렸다.

그는 천천히 옷을 도로 입었다. 얼굴에 튄 피를 손으로 문질러 닦아냈다. 그리고 바닥에 쓰러진 남자를 내려다보았다.

남자는 얼굴이 짓이겨진 채로 발작하고 있었다. 남자의 머리가 있었던 곳은 피와 살점과 머리털이 엉긴 덩어리로 변했다.

보통 사람 같으면 벌써 죽었을 것이다. 남자를 그대로 두었다면 역시 저절로 죽었을 것이다. 그러나 나에게 물리고 그에게 맞으면서 자연스러운 죽음의 과정을 여러 차례 방해받은 남자는 이제 고장 난 시계처럼 죽지도 살지도 않은 채 영구히 발작하는 육신 안에 갇혀버렸다.

그가 이런 것을 이해할 리 없었다. 그저 표정도 생기도 전혀 남아 있지 않은 얼굴로 멍하니 남자를 내려다볼 뿐이었다.

"나가요."

내가 그에게 말했다.

그는 바닥에 누워 발작하는 남자에게서 눈을 떼지 않았다.

"나가라고요."

그가 고개를 돌려 나를 보았다.

내가 다시 말했다.

"나가요."

그는 계속 나를 보고 있었다. 눈에 조금씩 초점이 돌아왔다.

나는 조용히, 차분하게 말했다.

"이 집에서 나가요."

그가 천천히 눈을 감았다가 다시 떴다. 나는 덧붙였다.

"나가서 다시는 돌아오지 말아요."

그는 문 쪽으로 시선을 돌렸다. 느리고 조심스러운 동작으로 몸을 움직였다. 조금 절룩거리면서 그는 서재 문밖으로 사라졌다.

그가 사라진 후 나는 남자의 피와 상처를 처리했다. 이미 생명이 다한 남자의 피에서는 아무 맛도 나지 않았다. 그래도 나는 어쨌든 마지막 한 방울까지 모두 없앴다. 그리고 끝없이 발작하는 남자의 목을 꺾었다. 남자는 조용해졌다.

　나는 남자를 들고 거실로 나갔다. 바닥에 깔끔하게 내려놓았다. 그리고 옆에 서서, 기다렸다.

　취조실 문이 열렸다. 그가 들어왔다.

　나는 일어서지 않았다. 수사관들의 관찰하는 시선을 창 너머로 느낄 수 있었다.

　"왜 왔어요?"

　내가 앉은 채로 그를 올려다보며 물었다.

　"다시 돌아오지 말라고 했는데."

　대답 대신 그가 물었다.

　"왜 거기 계셨습니까?"

　그가 한 발자국 다가섰다.

　"그냥 사라질 수도 있지 않았습니까?"

　나는 대답하지 않았다.

　그가 한 발자국 더 다가섰다.

　"저를 인간이 아닌 것으로 만들어주시겠습니까?"

　나는 대답하지 않았다.

　그가 목쉰 소리로 물었다.

　"지난 며칠간 제가 무슨 생각을 했는지 아십니까?"

　나는 대답하지 않았다.

그가 속삭였다.

"전 이미 인간이 아닙니다……."

나는 그를 쳐다보았다.

"이리 와요."

내가 손짓했다. 손목에 걸린 수갑이 가볍게 찰그락 소리를 냈다.

그는 내가 앉은 의자 앞으로 다가와서 꿇어앉았다. 나는 그를 향해 몸을 숙였다. 그가 내 어깨에 머리를 기댔다.

나는 그의 목을 물었다.

그의 피는 내 기억 속 그 어떤 인간의 피보다도 향기롭고 풍성하고, 짜릿했다. 나는 주어진 짧은 순간 동안 최대한 많이 빨아들이고 최대한 즐기기 위해, 그리고 최대한 나의 역할을 다하기 위해 노력했다. 담당 수사관들이 취조실 문을 박차고 들어와 나에게서 그를 떼어놓았을 때 그는 이미 발작하고 있었다. 수사관들이 황급히 그를 끌고 나가면서 구급차를 부르는 소리에 귀를 기울이며 나는 이후의 일을 모두 운에 맡겼다.

취조실에 있던 피해자의 아내는 수사관들이 운전사를 끌어낸 직후 사라졌다. 담당 수사관이 돌아왔을 때에는 취조실 탁자 위에 수갑만 남아 있었다.

피해자의 운전사도 그날 밤 병원에서 사라졌다. 병실은 7층에 위치한 독실이었고 창문에는 창살이 쳐져 있었으며 병실 밖에는 정복 경찰관이 지키고 있었다. 담당 경관은 자정 무렵 약 일 분간

정전이 일어났으며, 정전이 일어난 순간 옷자락이 얼굴을 스치고 지나가는 것 같은 느낌을 받았다고 진술했다. 그러나 정전이 일어난 짧은 동안, 혹은 그 전이나 후에도, 병실에 외부인이 드나들었다는 증거는 찾을 수 없었다.

이후 두 사람의 행방은 밝혀지지 않았다.

모텔방 천장에는 거울이 달려 있었다. 나는 옆에 누운 그에게 천장을 가리켰다.

"저기 봐요."

나는 거울에 비친 그의 몸을 가리키며 말했다.

"저게 당신이에요."

거울 속에 비친 침대에 누워 있는 것은 그 한 사람뿐이었다. 나는 그와 나란히 누운 채로 거울에 비친 그의 몸이, 그 몸에 새겨진 흉터와 함께 서서히 사라지는 모습을 지켜보았다.

"만족해요?"

그의 반영이 거울 속에서 완전히 사라진 후 나는 그에게 물었다.

"아직…… 잘 모르겠습니다."

그가 조금 웃으며 속삭였다. 그리고 내게 물었다.

"다시 만날 수…… 있습니까?"

나는 고개를 저었다.

영원한 불모의 생명에 동반자 따위는 없다. 그저 한정된 먹잇감을 노리는 경쟁자가 하나 늘었을 뿐이다. 다음번에 그와 마주친다면 그는 기꺼이 내 심장에 말뚝을 박아 햇볕에 널어놓으려들 것이다. 그런 존재로 바뀌어 있을 것이다.

"보고 싶을 겁니다."

그가 다시 속삭였다. 나는 다시 고개를 저었다.

그의 손가락이 내 가슴에서 배로 미끄러져 내려갔다. 핏기 없는 살갗 위, 가늘고 하얗게 빛바랜 길고 깊은 흉터를 따라 천천히 움직였다.

"시간이 지나면 잊을 수 있습니까?"

그가 물었다.

나는 고개를 끄덕였다.

그가 계속 내 흉터를 어루만지며 물었다.

"얘기해주실 수 있습니까?"

나는 고개를 저었다.

한때는 기억했던 것 같다. 언젠가 내 안에도 욕망과, 증오와, 분노와, 고통과, ……슬픔이 소용돌이치던 때가, 있었던 것 같다.

……이제는 오래되어 모두 잊었다.

나는 그의 목을 바라보았다. 아직 아물지 않은 조그만 구멍 두 개를 검지로 만져보았다.

"좀 자는 게 좋겠어요."

내가 그에게 말했다.

"자고 나면 아물어 있을 거예요."

그 구멍이 아물 때쯤, 나는 그의 곁에 없을 것이다.

그가 창백한 얼굴로 다시 깨어나기 전까지, 나는 오랫동안 그의 잠든 얼굴을 바라보며, 그렇게 그와 함께 누워 있었다.

이야기 속에서 두 사람이 말하는 작품은 나도향의 「벙어리 삼룡이」와
「꿈」이다. 전자는 설명이 필요 없지만 후자는 잘 안 알려진 것 같은데 〈전설
의 고향〉 삘이 나서 꽤 재미있다.

양쪽 모두 여성은 일방적인 피해자이며 무력한 존재로 등장한다. 그래서
그걸 뒤집어보고 싶었다. 가해자가 폭력을 가하면 가할수록 피해자는 거기
에 당하는 것이 아니라 그걸 즐기고, 그러면서 가해자야말로 스스로 해를 입
으며 혼자 미쳐 날뛰다가 죽음에 이르는 상황을 만들어보고 싶었다. 요즘 세
상에 「벙어리 삼룡이」 같은 세팅이 이루어지기는 흔치 않으니 이 이야기도
개연성은 많이 떨어지지만 여러 가지 욕망과 판타지의 집합체로서는 나쁘지
않은 결과물이라고 생각한다.

휘 파 람

휘 파 람

그는 쫓기고 있었다. 살기 위해 도망쳤다. 앞은 낭떠러지였고 뒤는 검은 허공이었다. 그 검은 허공 속에서 적들이 떼를 지어 쫓아왔다. 그는 뛰었다. 그러나 다리를 움직일 수 없었다. 안간힘을 써도, 아무리 몸부림을 쳐도 전혀 움직일 수 없었다. 그리고 뭔가가 폭발했다. 그는 찢어질 듯 밝은 빛 속으로 내던져져 비명과 고통 속에 진저리 치며 산산이 부서졌다.

깨어났을 때 그는 묶여 있었다. 팔도 다리도 움직일 수 없었다.
그는 공포에 질렸다. 어떻게든 몸을 움직여보려고 했다. 아무래도 움직일 수 없었기 때문에 그는 공황 상태에 빠졌다. 팔다리를 당겨보려던 시도는 점점 광기에 찬 몸부림이 되었다.
움직이면 움직일수록 팔다리를 묶은 끈은 더 조여들 뿐이었다.

한참이나 그렇게 몸부림치다가 그는 제풀에 지쳐서 그만두었다.

사방을 둘러보았다. 그곳은 그가 예상했던 장소가 아니었다. 그 사실을 깨닫자 미친 듯이 치밀어 오르던 공포감이 조금은 가라앉았다. 동시에 다른 의문이 솟아올랐다. 그럼 대체 여기는 어디일까? 어떻게 된 걸까?

침침한 어둠 속에서 팔다리를 단단히 묶여 움직일 수 없게 된 채 누워서 어딘지 알 수 없는 위쪽을 올려다보며 그는 생각했다.

그는 탈출했었다. 비행정을 훔쳐 타고 도망쳤다.

그리고 연료가 떨어졌다. 그는 추락했다.

어디에?

그는 한참이나 그렇게 생각하고 있었다. 잠깐 잠들었던 것도 같다.

머릿속이 흐릿했다. 기억이 분명하게 떠오르지 않았다. 생각의 고리가 매끄럽게 이어지지 않았다.

어둠 속에서 몽롱한 안개에 잠긴 듯, 얼마인지 알 수 없는 시간 동안 머릿속에 나타나는 대로 이런저런 생각의 파편들 사이를 떠다니면서 그는 서서히 몸이 아프다는 사실을 의식하기 시작했다.

정확히 어디가 아픈지 딱히 꼭 집어서 말하기는 힘들었다. 그냥 온몸이 다 아팠다. 묶인 채로 함부로 흔들어댄 손목과 발목이 가장 확연하게 아팠다. 등도, 목도 아팠다. 움직이려고 하면 갈비뼈가 송곳으로 찌르는 것처럼 아팠다. 다리와 허리도 뻐근하게 쑤시는 것도 같고 저리는 것도 같이 아팠다. 어둠 속을 하염없이 올려다보고 있자니 머리도 어째 조금씩 지끈거리는 것 같았다.

그때 바스락 소리와 함께 어둠을 가리고 있던 뭔가가 젖혀졌다. 엷은 빛이 흘러들어 왔다. 그는 아픈 머리와 목과 어깨를 가능한 한 움직여서 열린 틈새 쪽을 바라보았다.

사람이 있었다. 여자인 것 같았다. 밖에서 흘러들어 오는 빛을 역광으로 받아서 새까만 윤곽만 보일 뿐, 정확한 생김새는 전혀 알 수 없었다. 여자인 듯한 사람은 안으로 들어서서 열린 틈을 닫았다. 방 안에 다시 진회색 어둠이 덮였다.

어둠 속에서 사람이 다가오는 기척이 느껴졌다. 그는 긴장했다.

여자가 다가왔다. 그의 바로 옆에 섰다.

부드럽고 탄력 있는 것이 그의 몸을 때렸다. 툭. 그는 깜짝 놀랐다. 아프지는 않았다. 오히려 좀 간지러웠다. 다시 그의 몸을 때렸다. 툭, 툭, 툭. 알 수 없는 부드럽고 탄력 있고 너덜너덜한 뭔가가 몸에 닿을 때마다 서걱서걱 소리가 났다.

"뭐 하는 거야?"

그는 말하려 했다. 목소리가 나오지 않았다.

그는 목을 가다듬었다. 다시 외치려 했다.

"나한테 지금 뭐 하는 거냐고!"

역시 목소리가 나오지 않았다.

말을 할 수 없다. 어찌된 일인지 알 수 없다. 여기가 어딘지, 저 사람이 누군지, 나에게 무슨 짓을 하고 있는지도 알 수 없고 물어볼 방법도 없다. 다시 공포가 목구멍으로 치받쳐 올라왔다. 그는 몸부림치려 했다. 팔다리를 묶은 끈을 끊고 옆에 서 있는 사람을 때려눕히고 빛이 흘러나오는 곳으로 도망치려 했다.

여자가 낮게 휘파람을 불었다.

그는 움찔, 놀랐다. 움직임을 멈추었다. 서걱서걱하고 너덜너덜하고 부드럽고 간지러운 것이 다시 그의 몸에 닿았다. 이번에는 조심스럽게 쓸어내렸다.

갑자기 그는 몸이 아프지 않다는 것을 깨달았다.

완전히 아프지 않게 된 것은 아니었다. 계속 당기고 흔들었던 손목과 발목은 여전히 쓰렸다. 그러나 목에서 등줄기를 따라 고여 있던 둔중하고 불길한 통증, 움직이려 할 때마다 갈비뼈에서 느껴지던 날카롭고 무시무시한 고통은 이전에 비해 훨씬 가라앉아 있었다.

여자가 다시 한 번 휘파람을 불었다. 짧고 낮았지만 아까와는 음조가 조금 달랐다.

부드럽고 서걱서걱한 것이 다시 그의 몸을 때리기 시작했다. 이전보다는 조금 더 세게 때렸지만 여전히 아프지는 않았다. 여자는 그의 목 아래에서 시작해서 배 쪽으로, 허벅지로, 다리로 내려갔다가 발에 닿으면 쓸어내린 후에 다시 올라와서 조금 위쪽, 얼굴부터 툭툭 치면서 다시 아래로 내려가기를 반복했다.

부드럽고 서걱서걱한 물체가 직접 닿았기 때문에 그는 자신이 벌거벗었다는 사실을 깨달았다. 그리고 여자가 때리는 동작을 되풀이할 때마다 조금씩 중앙부가 일어서는 것을 느꼈다.

그는 당황했다. 여자는 동작을 멈추지 않았다. 그는 여전히 목소리가 나오지 않았다. 어둠 속에서 여자가 자신을 볼 수 있는지 확신할 수 없었다. 어쨌든 그는 여자에게 그만하라고 알리고 싶었다. 그의 신체 부위는 원치 않게 점점 더 단단해졌고, 여자는 계속해서 서걱서걱한 물체로 그를 때렸고, 목소리는 여전히 아무래도 나오지 않았고, 그래서 그는 당황하다 못해 울고 싶어졌다.

여자가 동작을 멈추었다. 세 번째로 휘파람을 불었다. 낮고 조용하게, 위로하는 듯한 음조였다.

그리고 여자는 다시 어딘가의 틈새를 열고 밖으로 나가버렸다.

어둠 속에 혼자 누워서 그는 안도했다. 창피했다. 사실은 그 서걱서걱한 것이 몸에 닿던 느낌이 몹시 기분 좋았기 때문에 더 창피했다.

여자는 다시 돌아오지 않았다. 그는 한동안 침침한 어둠을 멀거니 바라보며 단단해진 부분의 불편한 느낌과 함께 그대로 누워 있었다. 시간이 지나면서 원치 않았던 흥분은 다행스럽게도 차츰 가라앉았다. 동시에 허리와 갈비뼈에 마지막까지 남아 있던 희미한 통증이 모래 속으로 스며드는 물처럼 자신이 누운 땅 아래로 점차 스며들어 사라졌다.

그는 서서히 다시 잠이 들었다.

깨어났을 때 그는 여전히 침침한 어둠 속에 누운 채로 묶여 있었다. 옆에 여자의 형상이 서 있었다. 또다시 그 서걱서걱한 물건을 사용하려는 것일까. 그는 긴장했다. 자기도 모르게 움찔거렸고, 그러자 아직도 묶여 있는 손목과 발목이 당겼다.

거무스레하게만 보이는 여자의 형상이 가볍게 고개를 저었다.

그의 입술에 축축한 것이 닿았다. 그는 깜짝 놀랐다. 고개를 돌리려 했다. 여자가 그의 턱을 살짝 잡고 입술을 조금 벌렸다. 입안으로 차갑고 납작한 것이 들어왔다. 달고 시원하고 물기가 많았다.

음식이다. 음식일까? 먹어도 안전할까?

그는 뱉어내려 했다. 그러나 여자가 여전히 턱을 잡고 있었다. 입을 다물 수도 고개를 돌릴 수도 없었다. 부드럽고 납작하고 달콤한 조각이 입안을 채웠다. 혀에 닿는 맛과 코끝에 전해지는 향 때문에 본의 아니게 군침이 돌았다.

잠시 망설이다가 그는 먹기 시작했다.

그가 삼키고 나자 여자가 다시 그의 입안으로 같은 것을 집어넣었다. 그는 고분고분 받아먹었다.

입안으로 들어오는 조각들은 제각각 조금 더 달기도 하고 조금 더 시기도 했지만 무척 맛있었다. 그는 게걸스럽게 씹어 삼켰다. 그러면 여자는 부지런히 그의 입에 조각들을 넣어주었다.

그리고 여자가 갑자기 멈추었다. 음식이 더 들어올 것을 예상하고 입을 벌리고 있다가 그는 실망했다. 쩝, 하고 입맛을 다시자 여자가 그의 얼굴을 쓰다듬어주었다. 그는 조금 민망해졌다. 그리고 여자는 나갔다.

그는 기분 좋은 포만감을 느끼며 한동안 누워 있었다.

음식을 먹게 해주고 잠을 자게 해주는 걸 보니 이곳이 감옥은 아닌 것 같다고 그는 생각했다. 자신의 나라가 아닌 것 같다고 생각했다. 감옥은 감옥인데 다른 나라의 감옥일 수도 있다. 회유하려는 수단일지도 모른다. 혹은 이렇게 돌봐주는 듯하다가 저들이 원하는 대로 행동하지 않으면 갑자기 고문하기 시작할지도 모른다. 말을 할 수 없다는 것이 이런 상황에서 얼마나 불리할지 혹은 유리할지 그는 궁리했다. 아니면 목소리를 낼 수 없게 된 것도 저들의 무슨 실험이나 처치 때문인 걸까?

어찌 됐든 이제까지의 경험은 그의 예상과는 전혀 달랐다.

감옥이라고 가정했을 때의 예상이다. 감옥이 아니라면 그에게는 예상 따위 없었다. 여기가 어디고 자신이 어떤 입장인지 전혀 상상도 할 수 없었다.

손목과 발목을 조금 움직여보았다. 여전히 묶여 있었다.

먹여주고 재워주더라도 묶여 있다면 포로 아니면 노예가 분명하다고 그는 쓸쓸하게 생각했다. 목숨을 걸고 탈출한 결과가 고작 이것이던가.

다시 틈새가 열렸다. 여자가 들어왔다. 그는 긴장했다.

여자는 그의 옆에 앉았다. 그리고 손목을 풀어주기 시작했다. 그가 목소리를 내보려고 노력하는 사이에 여자는 그의 양 손목을 한데 모아 묶은 끈을 풀고 그를 일으켜 앉혀주었다.

몸을 일으키자 머리가 띵했다. 눈앞에 반짝이는 것이 보이며 머리 속의 핏기가 일시에 빠져나가는 것이 느껴졌다. 기절할지도 모르겠다고 그는 생각했다.

그가 도로 쓰러지지 않고 앉은 자세를 유지하려 애쓰는 사이 여자는 이어서 그의 발목도 풀어주었다. 그는 일어서려 했으나 무릎이 휘청거려 넘어지다시피 도로 다시 앉았다. 여자가 쓰러지려는 그를 부축해 똑바로 앉혔다. 그의 입에 무언가 넣어주었다.

그는 지난번의 달콤한 것을 생각하고 무심코 씹었다. 그런데 무시무시하게 썼다. 반사적으로 도로 뱉으려 했다. 여자가 재빨리 손으로 그의 입을 막았다. 입을 막은 채로 그의 고개를 뒤로 젖혔기 때문에 그는 강제로 씹던 것을 삼켜야 했다.

화를 내려 했는데, 다음 순간 그는 일어서 있었다. 여전히 머리가 좀 띵하고 아직 몸에 기운이 없었으나 조금 전의 기절할 것 같은 느낌은 사라졌다.

여자가 그의 등을 받치고 있던 손을 떼었다. 허리에 뭔가 둘러주는 것을 느꼈다. 그는 실험적으로 한 걸음 걸어보았다. 다시 한 걸음.

손에 뭔가 닿았다. 여자가 그의 손을 잡고 이끌고 있었다. 그는 여자가 이끄는 대로 조심스럽게 한 걸음씩 걸어갔다.

여자가 장막을 걷었다. 쏟아져 들어오는 빛에 그는 잠시 눈을 감았다. 여자가 빛 속으로 그를 인도했다.

그는 포로도 노예도 아니었다. 일어나서 걸을 수 있게 된 뒤에 그는 곧바로 이 사실을 깨달았다. 그가 자기 힘으로 걸을 수 있게 되자 여자는 더 이상 그를 묶어두지 않았다. 그는 어디든 자유롭게 돌아다닐 수 있었다.

그곳은 빽빽이 우거진 밀림 속에 자리 잡은 촌락이었다. 사람보다, 다른 어떤 동물보다 나무가 훨씬, 훨씬 더 많았다. 수풀 사이로 다른 사람들, 어른들이나 아이들이 아주 가끔씩 나타났다가 사라졌다. 마을 전체에 인구가 몇이나 되고 밀림의 바깥에는 무엇이 있으며 밀림의 바깥이 어디쯤 가야 있을지 짐작조차 할 수 없었다.

그리고 물어볼 수도 없었다. 그는 당연히 이 사람들의 언어를 알지 못했다. 그리고 얼마 안 되는 시간 동안 나타났다 사라졌던 얼마 안 되는 사람들을 관찰한 결과 그는 이 사람들이 그가 아는 형태의 언어를 사용하지 않는 것 같다고 생각하기 시작했다.

그는 어디로 가야 할지 알지 못했으므로 그대로 여자와 함께 머물렀다. 가끔씩 여자를 찾아오는 사람들은 마치 새가 지저귀는 듯한 소리를 냈다. 휘파람을 불기도 했다. 하늘까지 가리도록 우거진 나무와 잎사귀를 뚫고 높고 날카로운 새소리 같은 것이 끊임없이 들려왔다. 그러면 여자도 때때로 거기에 답하여 비슷한 소리를 내며 휘파람을 불었다. 그것이 그들의 언어였다. 저런 방식이라면 어디서부터 어떻게 배워야 할지 엄두조차 나지 않았다.

휘파람 소리는 사방에서 언제나 들려왔지만 실제로 사람이 찾아오는 일은 드물었다. 대부분 그는 혼자였다. 여자가 그를 위해 지어준 것이 분명한, 가느다랗고 탄력 있는 나뭇가지와 어린 줄기를 촘촘히 엮고 그 위에 천을 덮은 오두막에서 자거나 아니면 밖에 나와서 여자를 기다렸다. 여자는 해가 뜨면 밀림 속으로 사라졌다가 어스름이 내릴 때쯤 먹을 것을 들고 나타났다. 그에게도 먹을 것을 나눠 주고 해가 완전히 질 때까지 모아온 식재료를 손질하거나 나무를 깎거나 다른 여러 가지 그가 이해하지 못하는 자질구레한 노동에 열중했다. 그리고 어두워지면 여자는 자신의 오두막으로 사라졌다. 다시 해가 뜨고 하루가 시작되고 여자가 밀림 속으로 사라져 혼자 남으면 그는 주변을 탐험해보려 시도했으나 곧 포기했다. 밀림 속, 여자가 사라진 방향으로 두 걸음 걸어 들어가자마자 방향을 분간할 수 없게 되었다. 그리고 그 사실을 깨달은 순간 친숙한 공포가 목구멍으로 치받쳐 올라왔다. 그는 겁에 질렸고, 그래서 더욱더 방향을 분간할 수 없게 되었다. 그로 서는 영원과도 같은 시간 동안 나무와 나무 사이로 같은 장소를 빙빙 돌다가 마침내 그와 여자의 오두막이 나란히 보이는 빈터로 나왔을 때 그는 하마터면 울 뻔했다. 그래서 그는 다시는 혼자서 밀림으로 들어가지 않기로 결심했다.

그러나 그는 걱정하고 있었다. 비행정을 찾아야 했다. 이곳이 어디인지는 알 수 없지만, 언제까지나 이곳에 있을 수는 없었다.

그러나 이곳에 머무르지 않는다면 달리 어디로 가야 할지 그 는 알지 못했다.

그래서 어느 아침에 그는 빽빽이 우거진 나무 사이로 여자의 뒤를 따라 들어갔다.

여자는 힘들이지 않고 나뭇가지를 헤치면서 앞으로 앞으로 나 아갔다. 그는 여자를 도무지 따라잡을 수가 없었다. 여자는 중간 중간에 멈추어 서서 나뭇가지 같은 걸 꺾어서 어깨에 걸치고 있 던 바구니에 넣기도 하고 열매를 따서 그에게 주기도 하고 혹은 다른 뭔가를 따거나 뽑아서 바구니에 넣기도 했다. 그렇게 멈춰

서서 가볍게 손을 놀리는가 싶으면 또다시 앞으로 나아갔다. 그리고 시시때때로 대기를 뚫고 들려오는, 새들의 비명 소리 같은 휘파람 소리에 답했다. 답하면서 방향을 바꾸기도 했고 가끔 되돌아가기도 했다.

그는 무작정 따라갔다. 여자가 멈춰 서면 같이 멈추어 쉬었다. 여자가 뭔가 건네주면 먹었다. 대부분 달고 부드럽고 시원했지만 어떤 것은 시었고 어떤 것은 쓰거나 떫기도 했다. 그래도 그는 여자가 주는 대로 다 먹었다. 그리고 여자가 걷기 시작하면 또 충실하게 따라갔다.

가끔 여자는 나무를 탔다. 바구니를 어깨에 멘 채로 마치 나무껍질을 타고 위를 향해 흐르는 것처럼 날렵하고 능숙하게 올라갔다. 그는 감탄하며 바라보았다. 그의 시선이 미치지 않는 곳, 나뭇잎과 가지에 가려진 높은 곳까지 올라가서 여자는 열매와 잎사귀를 따서 바구니를 채우고 하늘을 향해 휘파람을 불었다. 그리고 올라갈 때처럼 흐르듯이 가볍게 내려와서 그에게 달콤한 열매를 내밀고 미소 지었다.

매일같이 여자를 따라다니면서 그는 여자의 몸이 그가 알던 어떤 방식과도 다르게, 독특하게 움직인다는 것을 눈치채었다.

앞을 막는 나뭇가지를 헤치고 나갈 때면 여자는 밀어젖히되 꺾지 않았다. 나무뿌리나 쓰러진 큰 덩어리를 넘어가야 할 때면 여자는 마치 큰 걸음으로 한 번 걷듯이 사뿐하게 넘어갔다. 여자의 움직임은 간결했고, 효율적이었고, 그래서 우아하고 아름다웠다. 그러다가 아주 가끔 마음에 드는 동물을 발견했을 때 여자의 공격하는 움직임은 그 쉽고 부드러웠던 몸짓과는 달리 집약된 에너지를 폭발적으로 전달했다. 그것은 근본적으로 생존을 위해서 오랜 기간 훈련되고 숙달된 몸짓이었겠지만 그 모습에는 생존을 위해서라는 절박함이 전혀 없었다. 나뭇가지가 바람에 흔들리듯, 혹은 빗물이 잎사귀를 타고 흐르듯, 여자의 움직임은 언제나 가볍고 자연스러웠다.

그는 사람의 몸이 그런 식으로 움직이는 것을 본 적이 없었다. 그는 글 쓰는 사람이었다. 그의 일상은 컴퓨터 앞에 앉아서 손가락을 놀리는 것이었다. 그가 살았던 세계에서는 인간의 몸이 여자와 같은 방식으로 움직일 필요가 없었다. 사실 그가 살았던 세계에서는 인간의 몸이 움직일 필요 자체가 별로 없었다. 그래서 그는 여자가 그 길고 가늘고 단단한 팔다리를 춤추듯이 뻗을 때마다 정신없이 매료되어 쳐다보곤 했다. 그러면 여자가 그의 시선을 느끼고 돌아보았고, 눈이 마주치면 그는 당황해서 시선을 돌렸다. 여자는 웃었고, 그리고 무심하고 가볍게 하던 일을 계속했다. 그럴 때면 그는 어쩔 수 없이 여자가 자신의 벌거벗은 몸을 나뭇가지로 두드렸을 때를 떠올렸다. 잎이 무성하게 달린 여러 나뭇가지들이 맨 살갗을 툭툭 치고 부드럽게 쓸면서 위에서 아래로 훑어 내려가던 느낌과 벌거벗은 중앙부에서 일어나던 단단함에 생각이 미치면 그는 얼굴을 붉혔다. 여자는 아름다웠고, 그래서 그는 부끄러웠다.

그렇게 매일같이 여자를 따라다니면서 그는 밀림의 촌락에서 여자가 일종의 의사라는 것을 알게 되었다. 가끔씩 여자를 찾아오는 사람들은 모두 어딘가 아팠다. 여자는 그들에게 나무 열매나 잎사귀 혹은 말린 풀을 주거나, 조그마한 도구로 몸의 안 좋은 곳을 째고 피와 고름을 짜내거나, 혹은 그에게 했던 대로 잎사귀 달린 나뭇가지를 엮어서 몸의 아픈 곳을 두드려주기도 했다. 여자를 찾아오는 사람들은 특히 그 나뭇가지 치료법을 좋아하는 것 같았고, 그래서 여자는 여러 다른 종류의 나뭇가지를 여러 다른 방식으로 엮어서 각 환자의 상태에 맞게 성심껏 두드려주었다.

그리고 아기를 안은 젊은 엄마가 찾아왔다. 아기는 입술이 푸르스름하고 기운이 없었다. 여자는 아기에게 여러 가지 풀잎을 으깨어 짜낸 즙을 먹이고 나뭇가지로 두드려주었다. 입술에 조금 혈색이 돌아온 것 같았지만 아기는 여전히 기운이 없었다. 젊은 엄마는 여자의 품에 안겨 한참 울다가 돌아갔다.

아기와 엄마가 돌아간 뒤에 여자는 다시 바구니를 메고 숲으로 향했다. 그러나 여자의 움직임은 이전과 달랐다. 젊은 엄마와 기운 없는 아기에게 신경 쓰고 있는 것이 분명했다. 여자는 평소보다 천천히 움직였고, 가끔 멈추어 서서 아무것도 하지 않고 땅을 가만히 내려다보거나 눈앞의 나뭇잎을 들여다보았다. 그러다가 잎을 따서 바구니에 넣기도 했다. 열매보다도 여자는 나뭇잎과 풀잎과 잎사귀 달린 나뭇가지를 따서 모았다. 그는 뒤를 따라가면서, 이미 가득 차서 무거워졌기에 바구니에 더 이상 넣을 수 없는 나뭇가지를 여자가 꺾어서 건네주면 받아서 들고 걸었다.

그러다 그는 여자가 언제나 따주는 나무 열매를 발견했다. 단

맛보다는 신맛이 강했지만 시원하고 물이 많았다. 그는 열매를 땄다. 달려가서 앞서 걸어가는 여자의 어깨를 건드렸다. 여자가 돌아보았다. 그는 열매를 내밀었다.

여자는 처음에 어리둥절한 표정이 되었다. 그러나 곧 열매와 그의 얼굴을 번갈아 쳐다보다가 조금 웃었다. 그 웃음에는 기쁨과 고마움, 그리고 일종의 대견함이 섞여 있었다.

여자는 열매를 맛있게 먹었다. 그는 기뻤다. 조금 자랑스러웠다. 조금은 부끄러웠다.

그는 열심히 나무 열매를 찾아서 따기 시작했다.

다음 날, 여자는 숲으로 가지 않았다. 아침 일찍부터 나뭇가지를 이리저리 엮는 데에만 열중했다. 그가 옆에 다가가도 돌아보지 않았고 전날 따다 둔 열매를 권해보아도 입에 대려 하지 않았다. 그는 자신이 알아듣지 못하는 휘파람 대화를 통해 아기를 안은 젊은 엄마가 다시 찾아오기로 한 것이리라 짐작했다. 여자의 언어를 이해하지 못하는 것이 조금은 아쉽게 느껴졌다.

여자가 몹시 집중하고 있었기 때문에 그는 방해하지 않는 것이 좋겠다고 생각했다. 여자를 남겨두고 그는 용기를 내어 혼자 밀림으로 들어갔다.

처음 혼자 숲에 발을 디뎠을 때만큼 무섭지는 않았다. 이미 여자와 함께 몇 번 다녀봤고, 특별히 큰 나무나 모양이 특이한 돌은 표지 삼아 눈여겨 보아두기도 했다.

그러나 밀림은 쉬지 않고 자라났다. 조금 전에 지나온 곳도 돌아서면 모양새가 바뀌어 있었다. 나뭇가지는 마치 동물처럼 제멋대로 형태와 위치를 바꾸는 것 같았고, 거기에 잎사귀가 우거지면 그 밑의 땅은 전혀 알아볼 수 없게 되었다. 당연한 이야기지만 얼마 못 가서 그는 길을 잃었다. 그리고 길을 잃었기 때문에 추락한 비행정을 발견했다.

여자의 오두막에서 이토록 가까운 곳에 비행정이 있었다는 것을 그는 전혀 모르고 있었다. 그러나 생각해보면 여자가 혼자서 의식이 없는 그를 끌고 밀림을 헤치고 집으로 돌아오려면 비교적 가까운 거리여야만 가능했을 것도 같았다. 단지 이 방향으로는 와본 기억이 없었고, 이렇게 가까웠다면 여자가 일부러 이쪽 방향을 피해서 오지 않았던 것이라고밖에 생각할 수 없었다.

여자는 그를 붙잡아두려 했던 것일까?

그랬던 거라면 굳이 비행정을 숨길 필요까지도 없었다. 비행정은 완전히 파손되어 있었다. 언뜻 보기에도 그다지 희망이 없었다. 그래도 어쨌든 발견했으므로 그는 가까이 가보았다. 이래서는 포기하는 수밖에 없겠다고 그는 한숨을 쉬었다. 그는 정비 기술 쪽에는 전혀 소질이 없었다. 그가 아는 "수리"는 전원을 껐다 켜는 정도뿐이었다. 그리고 설령 비행정을 고쳐낼 기술이 있었다 하더라도 지금 상황으로서는 수리할 도구도 부품도 없었다.

비행정 입구에 그의 옷가지가 널브러져 있었다. 그러니까 그는 여기서 발견된 것이다. 여자가 옷을 벗겼을 것이라 생각하니 창피하고 당황스러우면서도 어쩐지 기분이 나쁘지는 않았다.

그는 아무렇게나 내팽개쳐진 옷을 집어 들었다. 찢어지고 피가 묻어 있었다. 피가 많이 묻어 있었다.

그는 새삼 자신의 몸을 내려다보았다. 아물어가는 흉터들을 보며 감탄했다. 이 정도 부상을 입었는데 여자가 나뭇가지와 잎사귀로만 두드려서 살려냈다는 게 믿어지지 않았다.

한동안 선 채로 옷가지를 들여다보다가 그는 비행정 안으로 들어갔다.

사실 제대로 안에 들어갈 수는 없었다. 입구는 추락의 여파로 인해 찌그러져 있었다. 그는 찌그러진 공간에 맞추어 상체를 비튼 것 같은 이상한 자세로 숙여서 고개만 집어넣고 안을 들여다보았다.

비행정을 운전해볼 생각은 애초에 없었다. 안에 물도 먹을 것도 없다는 사실도 이미 알고 있었다. 그는 다른 물건을 찾고 있었다.

바닥에 떨어져 있는 가방이 눈에 띄었다. 그는 가방을 집어 들었다. 팔을 한껏 뻗어 손가락 끝으로 끌어당겨야 했지만 어쨌든 잡는 데 성공했다. 비행정 밖으로 나와서 그는 가방을 열었다. 태블릿은 화면에 커다랗게 금이 가 있었지만 전원을 넣자 어쨌든 작동했다.

아주 잠깐 동안 그는 이런저런 프로그램들을 구동시켜보았다. 손가락이 화면을 스치는 느낌이 낯설었다. 물론 화면에 전에 없던 금이 가 있기 때문이기도 했지만, 그보다도 밀림의 한가운데에서 허리춤에 수건 비슷한 천 조각만 두른 채 이 컴퓨터의 화면을 다시 만지게 되리라고는 일평생 상상조차 해본 적이 없었기 때문이었다. 거기까지 생각하고 그는 혼자 피식 웃었다.

그는 자료를 불러냈다. 깨진 화면에 그가 썼던 기사와 관련자료, 사진과 메모들이 주르륵 펼쳐졌다. 정부 고위층의 비리에 대한 폭로 기사였다.

고국의 지도자는 본래 군 정보부 출신의 무명 인사였다. 바로 그 무명이라는 사실 때문에 이전 지도자의 신뢰를 얻어 측근이 되었고 마침내 체제를 전복하거나 이전 지도자를 감옥에 보내지 않는 조건으로 평화롭게 정권을 넘겨받았다. 일단 권력을 쥔 후에 지도자는 자신과 동향 출신인 지인 중에서 강력한 재력과 인맥을 갖춘 사람들을 선발하여 소규모의 배타적인 파벌을 형성하고 이런 측근들에게 정부 최고위직과 국영 대기업의 이권을 나누어 주었다.

그 이후로는 일사천리였다. 정치와 군사, 금융까지 국가의 핵심 권력은 지도자를 중심으로 그의 최측근들이 모두 장악했고, 법에 정해진 임기가 끝나면 서로 자리만 바꿔 앉았다. 선거가 필요하면 부정을 저지르고 국회의 동의가 필요하면 동의하지 않는 의원들을 매수하거나 협박하거나 매수하고 협박했다. 그는 지난 10년간 이 최고위층, 특히 지도자가 저지른 부정과 비리에 대한 결정적인 자료들을 모으고 있었다.

물론 자료들을 모으기란 쉽지 않았다. 그런 자료들을 찾으려 한다는 사실이 알려지면서 온갖 협박에 시달리기도 했다. 동료한 명은 자기 아파트에서 죽음을 당했다. 배달시킨 음식이 왔다고 해서 문을 열어주러 나갔다가 현관에서 총에 맞아 죽었다. 그 일을 계기로 다른 동료들은 일을 그만두고 숨거나 외국으로 도피했다.

그는 숨지도 도망치지도 일을 그만두지도 않았다. 부모님은 이미 오래전에 외국으로 이민 갔고, 형은 기사 쓰는 작업을 시작하기 전에 설득해서 부모님이 계신 나라로 보냈다. 자기 한 몸만이라면 두려울 게 없었다. 두려울 게 없다고 생각했다.

그러나 한밤중에 현관문이 부서졌을 때 그는 두려웠다. 몹시 두려웠다. 자료를 백업해둔 태블릿과 비행정은 최후의 수단이었다. 그 최후의 수단을 정말로 이용하는 날이 올 줄은 몰랐다. 비행정을 타고 탈출하면 그 자료를 들고 어디로 가야 할지 정해놓지도 않았다. 그저 추상적인 의미에서 최후의 수단이었다. 그런데 현관문은 현실적으로 부서졌고, 총알도 현실적으로 날아왔다. 생명의 위협이라는 게 어떤 것인지 실제로 겪어보기 전에 그는 전혀 상상도 하지 못했다. 세상의 모든 일이 다 그렇듯이.

그리고 지금은 하늘을 가로질러 어딘지 모를 땅에 내던져졌지만 그는 여전히 살아 있는 것이다. 휘파람으로 대화하고 나뭇잎으로 치료하는 사람들의 세계에서.

그는 태블릿을 껐다.

화면이 까맣게 죽으면서 동시에 먼 고국의 독재자가 그에게 가졌던 무게와 의미도 같이 사라졌다. 목숨을 걸었던 일인데, 인생을 걸었던 일인데, 이런 상황에서는 아무래도 상관없다는 걸 깨달아버린 자신이 견딜 수 없이 비겁했다. 그러나 그에게는 지금 이곳이 현실이었다. 혹은 그가 추락했을 때 이미 죽었고 지금 이 모든 것이 죽은 뒤에 꾸는 꿈일지도 몰랐다. 그에게는 아무래도 마찬가지였다. 고국의 독재자는 이제 그의 현실에 아무런 영향도 미치지 못했다. 같은 의미에서 그의 자료들도, 그의 기사도 먼 땅의 독재자에게는 이제 아무런 위협도 되지 못했다. 그는 말하고 싶은 대로 다 말하고 태블릿의 전지가 지탱하는 한 쓰고 싶은 대로 전부 쓸 수 있었다. 그래서 그는 자신이 원하지 않았던 기묘한 방식으로 완벽하게, 허무하게 자유로웠다.

그는 깨진 태블릿을 다시 가방에 넣었다. 피 묻은 옷가지와 함께 비행정 안에 집어넣었다. 어깨의 바구니를 고쳐 메고 현실의 허기를 달랠 만한 먹을 것을 찾으러 갔다.

그는 바구니를 가득 채웠다. 도저히 더 이상 들어가지 않아서 남은 열매는 손에 몇 개 들고 걷다가 좀 먹었다. 달콤한 과육을 입에 하나 가득 넣고 우물우물 씹으면서 돌아왔다.

여자는 울고 있었다.

움직이지 않게 된 아기를 앞에 놓고 엎드려서 여자는 흐느꼈다. 그 맞은편에서 젊은 엄마와 아이의 아버지로 보이는 젊은 남자가 땅을 치고 자신의 머리를 때리며 통곡했다.

상황을 이해하기까지 몇 초 정도 시간이 걸렸다. 그는 뭐라고 해야 할지, 어떻게 해야 할지 알지 못했다. 손에 열매를 쥐고 바보처럼 멍하니 선 채 자식을 잃은 부모와 환자를 구하지 못한 치료사가 오열하는 광경을 바라보았다.

엎드려 울부짖던 아기 아빠가 일어섰다. 아기 엄마가 따라서 일어섰다. 아기 아빠가 뭔가 날카로운 소리를 냈다. 여자가 천천히 일어섰다.

죽은 아기의 아빠가 여자를 향해 달려들 듯이 돌발적인 몸짓을 했다. 사나운 표정에는 격렬한 분노가 서려 있었다. 그는 들고 있던 먹을 것을 내던지고 반사적으로 여자 쪽으로 다가갔다.

여자는 움직이지 않았다. 아기를 잃은 아빠를 조용히 쳐다보고 있을 뿐이었다.

아기 아빠가 여자를 향해 위협적으로 한 걸음 다가섰다.

아기 엄마가 남편의 손을 잡았다. 아기 아빠가 움찔, 걸음을 멈추었다. 아기 엄마가 다른 한 손을 남편의 어깨에 얹었다. 다정하게 쓰다듬었다.

아기 아빠가 고개를 숙였다. 몸에 서려 있던 위협적이고 공격적인 분노가 일시에 무너졌다. 아기를 잃은 아빠는 돌아서서 아내의 품에 안겨 어깨를 들먹이며 다시 울기 시작했다.

아기 엄마가 남편을 감싸 안았다. 자식을 잃은 부부는 한참이나 얼싸안고 서서 통곡했다. 그리고 두 사람은 여전히 흐느껴 울면서 손을 잡고 함께 밀림 속으로 사라졌다.

여자는 눈을 감고 한숨을 쉬었다. 다시 죽은 아기의 시체 앞으로 돌아와서 털썩 앉았다. 몸을 한껏 웅크리고 죽은 아기를 말없이 뚫어져라 쳐다보았다.

그는 여자에게 다가갔다. 뭐라고 위로하고 싶었다. 그러나 그는 여자의 언어를 알지 못했다. 그리고 여전히 목소리가 나오지 않았기 때문에 자신의 언어로도 위로할 수 없었다.

그래서 그는 여자 옆에 다가앉았다. 입을 열었다. 목소리가 나오지 않는다면 속삭여서라도 위로하고 싶었다.

그때, 그의 눈앞에서 죽은 아기가 일어섰다.

그는 반쯤 공황상태에 빠지고 반쯤은 매료된 채로 일어선 죽은 아기를 바라보았다. 사실 그것은 죽은 아기가 아니었다. 죽은 아기는 여자 앞에 얌전히 누워 있었다. 그러나 동시에 죽은 아기는 벌떡 일어서서 그를 똑바로 쳐다보고 있었다. 그를 향해 한 걸음 다가왔다. 입을 열었다. 그리고 하늘과 땅이 찢어질 듯 날카로운 휘파람 소리를 냈다.

그는 엉겁결에 물러났다. 물러나려 했다. 여자 옆에 웅크리고 앉아 있다가 아기가 다가오자 앉은 것도 아니고 일어선 것도 아닌 이상한 자세로 서둘러 뒤쪽으로 움직이려다가 중심을 잃고 쓰러졌다. 얼굴이 땅에 처박혔다.

땅의 흙에서 이상한 냄새가 났다. 역겨워서 그는 얼른 몸을 일으켰다. 그러나 일어서려다가 다시 주저앉았다. 세상이 눈앞에서 무지갯빛으로 물들었다. 그리고 빙글빙글 돌기 시작했다. 죽은 아기가 둘, 다섯, 열, 스물, 백 명으로 늘어나서 보이는 모든 곳을 가득 채우고 고막이 찢어질 듯한 휘파람 소리를 내며 무지갯빛 세상과 함께 빙글빙글 돌았다. 그와 함께 썩은 풀냄새 같은 텁텁하고 고약한 냄새가 주위를 감쌌다. 그는 몸을 돌리고 웅크리고 앉아서 토하기 시작했다.

뭔가 따뜻하고 가느다란 것이 가볍게 그의 어깨를 건드렸다. 그는 손등으로 입가를 닦아내고 돌아보았다. 여자가 걱정스러운 얼굴로 옆에 다가앉아 바라보고 있었다.

다음 순간 그는 자신의 몸에서 분리되었다. 자신의 몸이 여자에게 덤벼들어 쓰러뜨리는 광경을 그는 마치 오래된 영화의 한 장면을 구경하듯이 그렇게 옆에서 지켜보았다.

눈으로 보면서도, 묘하게 객관적인 방식이지만 어쨌든 감각으로 느끼면서도, 그는 자신이 여자를 공격하고 있다는 걸 믿을 수 없었다. 그는 그런 일을 원해본 적이 없었다. 그는 강압과 폭력에 극렬히 반대했고 그 때문에 핍박받았던 사람이었다. 다른 인간에게 강압과 폭력을 행사할 생각은 전혀 없었다. 특히나 여자에게 그런 짓을 하는 것은 더더욱 원하지 않았다.

그런데도 지금 여기서 그는 여자를 깔아뭉개고 위에 올라타려 하고 있었다. 자기 몸이 하는 행동을 마치 남의 일처럼 한 발 물러서서 구경하면서 그는 아까 먹은 열매 중에 뭔가 이상한 것이 섞여 있었던 것 같다고 희미하게 깨달았다.

여자는 목을 조르려는 그의 양 손목을 재빨리 붙잡았다. 특유의 가볍고 능숙한 움직임으로 그를 쓰러뜨리고 위에 올라탔다. 양 다리로 그의 갈비뼈를 조이면서 붙잡은 손목을 그의 머리 위로 올리고 몸무게를 실어서 움직일 수 없게 했다. 그는 몸부림쳐서 여자를 떨어뜨리려 했다. 여자가 한 손으로 그의 손목을 잡아누른 채 다른 손을 번개같이 움직여 그의 목울대를 쳤다. 그는 순간적으로 숨을 쉴 수 없게 되었다. 눈앞이 하얗게 변했다. 다시 호흡과 시력이 정상으로 되돌아왔을 때 그는 여자의 오두막에서 처음 정신을 차렸을 때처럼 손목과 발목이 단단히 묶여 있었다.

묶인 채로 그는 몸부림쳤다. 죽은 아기가, 죽은 아기들이 둥글게 원을 그리며 그의 주위를 맴돌았다. 죽은 아기들이 내지르는 쇳소리가 하늘과 땅을 갈랐다. 그리고 그 갈라진 틈에서 텁텁하고 고약한 썩은 냄새가 피어올랐다. 그는 입을 한껏 벌리고 몸속에서부터 비명을 질렀다. 그러나 목에서는 아무런 소리도 나오지 않았다. 죽은 아기가 그의 목 위에 올라앉았기 때문이었다.

휘익, 짝, 소리와 함께 그는 살이 찢어지는 듯한 날카로운 통증을 느꼈다. 그와 함께 목 위에 앉아 있던 죽은 아기가 사라졌다.

그는 누운 채로 위를 쳐다보았다. 여자가 손에 나뭇가지를 들고 있었다. 잎사귀가 달리지 않은 가느다란 나뭇가지 하나였다. 그 나뭇가지로 여자가 다시 그의 몸을 내리쳤다. 짝, 소리와 함께 그는 다시 타는 듯한 아픔을 느꼈다. 그러나 동시에 죽은 아기들이 지르던 쇳소리가 갑자기 작아졌다.

여자는 쉬지 않고 계속해서 인정사정없이 그의 몸을 내리쳤다. 나뭇가지가 지나간 자리는 새빨갛게 부어오르면서 불이 붙은 듯이 화끈거렸다. 그러나 피부에 느껴지는 고통이 심할수록 그는 머릿속이 점점 맑아지는 것을 느꼈다. 죽은 아기들의 환영이 점점 옅어졌고, 아기들이 지르는 쇳소리도 점점 작아졌고, 땅에서 피어오르던 텁텁하고 고약한 썩은 냄새도 점차 사라졌다.

치료─ 처벌이 끝났을 때 그의 몸은 온통 벌겋게 부어오른 회초리 자국으로 뒤덮였다. 그러나 죽은 아기는 모두 사라졌다. 쇳소리도 들리지 않았고 냄새도 없어졌다. 그는 더 이상 구토증세도 이유 없는 공격 충동도 가슴을 옥죄던 공포도 느끼지 않았다. 그저 맞은 자리가 아플 뿐이었다.

그는 조심스럽게 팔을 움직여보았다. 상처 난 피부가 욱신거렸다. 그러나 손목은 더 이상 묶여 있지 않았다.

그는 천천히 일어나 앉았다. 발목도 자유로웠다. 그는 조금 겁내며 주의 깊게 움직여 서서히 몸을 일으켰다.

오두막 바깥으로 나왔을 때는 동이 트고 있었다. 여자는 그를 향해 등을 돌린 채 뭔가 하고 있었다. 여자에게 다가가려다가 그는 여자가 죽은 아기의 시체를 천으로 감싸고 있는 것을 보았다. 그래서 그는 방해하지 않기 위해 물러섰다.

여자는 그를 돌아보지 않고 천천히 정성스럽게 아기의 시신을 다루었다. 천으로 다리를 감싸고, 양손을 모아 가슴 위에 놓은 뒤에 몸통을 감싸고, 마지막으로 얼굴을 감싼 뒤에 다시 한 번 온몸을 단단하게 감쌌다. 작업이 끝난 뒤에 여자는 아기의 시신을 품에 안았다. 그리고 하늘을 향해 휘파람을 불었다.

새의 비명 소리와도 같은 휘파람 소리가 곧 여자의 외침에 대답했다. 그리고 또 한 번. 다시 한 번. 여자가 하늘을 쳐다보며 길고 슬프게 한숨 같은 곡조를 불었다. 이에 답하는 비탄에 찬 날카로운 휘파람 소리가 대기를 뒤덮었다.

마을은 애도하고 있었다.

그는 주위를 뒤덮은 휘파람 소리에 잠긴 채 어쩔 줄 모르고 서 있었다. 여자는 숨이 닿는 한 휘파람을 불었다가 잠시 멈추고는 다시 깊이 숨을 들이쉰 후에 또 하늘을 향해 휘파람을 불었다. 그러면 마을 전체가 이에 답했다. 모두 함께 소리쳤고, 모두 함께 탄식했고, 모두 함께 슬퍼했다.

그리고 그가 뭔가 소리를 내거나 주의를 끌기 전에 여자는 아기의 시신을 소중히 품에 안고 천천히 숲을 향해 걷기 시작했다.

그는 여자를 부르려다가 그만두었다. 목소리는 나오지 않았고 그는 여자와 그녀의 사람들이 하는 방식대로 휘파람 불 줄 몰랐다. 그들은 슬퍼하고 있었고, 그는 이방인이었다. 공동의 애도가 하나의 커다란 울음이 되어 하늘을 뒤덮는 비탄의 순간에 그들을 방해할 자격이 그에게는 없었다.

여자는 그를 돌아보지 않았다. 아기를 품에 안은 채 여자는 나무 사이로 사라졌다.

오두막 앞에 혼자 남아서 그는 그대로 한동안 서 있었다. 이제부터 어떻게 해야 할지 알 수 없었다.

기다리면 여자는 물론 언젠가 돌아올 것이었다. 그러나 그는 여자를 똑바로 볼 수 있을 것 같지 않았다. 이전처럼 대할 수 있을 것 같지 않았다. 뭔가를 잘못 먹었다고는 해도 그는 어쨌든 여자를 공격했다. 부상당한 자신을 살려주고, 돌봐주고, 먹여주고 재워주었는데, 아기의 죽음과 부모의 비탄이라는 최악의 상황을 감내해야 했을 때 그는 하필 그런 순간을 골라 여자에게 덤벼들었다. 자신이 오두막에서 나와 등 뒤에 서 있는 것을 알면서도 여자가 한 번도 돌아보지 않았다는 것이 그에게는 일종의 신호로 여겨졌다. 그는 더 이상 이곳에 있을 수 없었다. 애초에 이곳에 속하지 않았고, 더는 이곳에서 환영받지 못했다.

그래서 그는 여자의 오두막을 떠나 비행정을 향해 걷기 시작했다.

　물론 비행정으로 간다고 해서 해답이 나오는 것은 아니었다. 무엇보다도 비행정은 완전히 망가진 상태였다. 그걸 타고 어딘가 다른 곳으로 간다는 건 불가능했다. 그러나 타고 떠나지는 못하더라도 망가진 문짝을 떼어내고 안으로 들어갈 수만 있다면 여자의 오두막 대신 비행정에서 얼마간 지낼 수는 있을 것이라고 그는 생각했다.

　그런 생각을 하며 그는 비행정에 도착했다. 막상 도착해서 보니 문짝은 기억했던 것보다 훨씬 더 심하게 우그러져 있었다. 몇 번 힘주어 흔들어봤지만 문은 꿈쩍도 하지 않았다. 공구가 없이 완력만으로 떼어낼 수는 없을 것 같았다. 할 수 없이 그는 찌그러진 문 사이로 다시 몸을 반쯤 들이밀어보았다. 온몸의 살갗이 얼어맞아 벌겋게 부어 있어서 문에 쓸리자 무척 아팠다. 그리고 문 틈이 벌어지질 않아서 아무리 안간힘을 써도 상반신이 반밖에 들어가지 않았다. 이런 상태라면 비행정 안에서 지내는 것도 불가능하겠다고 그는 절망적으로 생각했다.

　반쯤만 비행정에 탔다기보다는 낀 채로 그는 한껏 팔을 뻗어 손 닿는 곳에 있는 계기반을 이것저것 만지작거렸다. 당연히 아무 반응도 없을 것이라고 생각했다. 그러나 반중력 장치의 전원을 넣은 순간 우웅, 소리가 나면서 불이 들어왔다. 그리고 비행정이 움직이기 시작했다.

제대로 시동이 켜진 것은 아니었다. 비행정은 떠올랐다기보다는 펄쩍 뛰어서 반 바퀴 돌면서 옆으로 한 걸음 정도 물러났다. 그가 얼른 제동을 걸지 않았다면 바깥에 나와 있는 다리 한쪽이 비행정에 깔릴 뻔했다. 그러나 어쨌든 반중력 장치는 제동을 걸었는데도 꺼지지 않았다. 비행정이 땅에서 두 뼘 정도 뜬 채로 더 이상 올라가지 못하는 걸 보면 이것이 한계인지도 몰랐다. 그러나 꼭 하늘을 날지 않더라도 어딘가 갈 수만 있다면 그걸로 충분했다.

……하지만 어디로?

상반신의 절반은 비행정에 끼다시피 하고 한쪽 다리는 밖에 내놓은 이상한 모습으로 운전석에 앉아서 그는 허공에 낮게 뜬 채로 멍하니 계기반을 들여다보았다. 질문에 대한 대답은 아무래도 찾을 수 없었다.

한참 만에 그는 비행정을 다시 착륙시켰다. 반중력 장치의 전원을 껐다. 다른 장치들도 모두 껐다. 비행정은 다시 부서지고 죽어버린 모습으로 되돌아갔다. 그는 들어갈 때보다 몇 배의 노력을 들여서 간신히 운전석에서 빠져나왔다.

그리고 그는 땅바닥에 주저앉아 비행정에 등을 기댔다. 쫓겨났다는 사실이 새삼 절절하게 마음에 다가왔다. 고국에서 도망쳐 나와 다시는 돌아가지 못하리라는 것을 깨달았을 때에도 이 정도로 슬프지는 않았던 것 같다고 그는 생각했다.

어쩔 수 없었다. 이제는 스스로 알아서 살아갈 수밖에 없다. 일단 나무열매를 모으면 하루 이틀 정도는 지낼 수 있을 것이라고 그는 생각했다. 그리고 저 문짝은 돌 같은 걸로 쳐서라도 어떻게든 떼버리는 편이 낫겠다. 어디로 가야 할지 모르지만, 갈 수 있다면, 갈 수 있을 때 어디로든 가는 편이 나을 것이다.

그래서 그는 몸을 일으켰다. 비행정을 어디까지 쓸 수 있을지 좀 더 점검해보기 위해서 운전석에 다시 한 번 상반신을 끼워 넣으려 했다.

그때 그는 숲을 가로지르는 휘파람 소리를 들었다.

어떻게 그 소리를 알아들었는지는 그 자신도 알지 못했다. 그때까지 휘파람 소리를 끊임없이 듣기는 했지만 그는 대부분 새소리와 구분하지 못했다. 그것이 다른 사람들이 내는 휘파람 소리라는 사실을 짐작할 수 있었던 것은 오로지 여자가 휘파람을 불어 대답했기 때문이었다.

그러나 그는 휘파람 소리를 알아들었다.

여자가 그를 부르고 있었다. 그것은 가지 말라는 애원도, 돌아오라는 명령도, 잘 가라는 인사도 아니었다. 그저 부르는 소리였다.

그는 화답할 방법을 알지 못했다. 그래서 그는 부르는 소리를 따라서 여자를 향해 갔다.

여자는 그를 향해 오고 있었다. 언제나 그렇듯이 가볍고 부드럽게 몸을 놀려 숲을 헤치고 그에게 다가왔다. 여자를 보고 그는 멈추어 섰다.

그가 멈추어 섰기 때문에 여자도 멈추어 섰다. 그는 기다렸다. 그러나 여자는 그를 가만히 바라보기만 할 뿐, 아무 소리도 내지 않고 아무런 움직임도 보이지 않았다.

그는 여자에게 다가갔다. 그리고 양손을 모아 여자를 향해 내밀었다.

여자가 확인하듯 그를 쳐다보았다. 그는 눈짓으로 대답했다.

여자는 입은 옷을 묶고 있던 여러 개의 끈 중에서 하나를 풀었다. 그리고 자신을 향해 내민 그의 양 손목을 묶었다. 손목이 단단히 묶일 때까지 그는 움직이지 않고 기다렸다.

여자가 그를 눕혔다. 그는 여자가 이끄는 대로 축축하고 기름진 대지의 신선한 풀과 나뭇잎 위에 누웠다. 여자가 그의 묶인 손목을 머리 위로 밀어 올렸다. 그리고 그에게 입 맞추었다. 그의 몸 구석구석에 입 맞추었다.

그래서 그는 이제 아무 데도 가지 않겠다고 결심했다. 갈 곳이 없었고 더 이상 갈 필요도 없었다.

그는 여자에게 묶여 있었다.

그는 행복했다.

아마존에 사는 어떤 부족은 실제로 멀리 떨어진 사람들끼리 휘파람을 불어 대화한다고 한다. 평소에는 보통 말하는 방식으로 대화하지만 거리가 멀고 사람이 여러 명이면 휘파람으로 바꿔도 똑같이 대화를 할 수 있다는 것이다. 굉장히 효율적인 방식이라고 생각한다.

그런 이야기를 읽었던 무렵에 러시아에서 총선과 대선이 있었다. 온갖 비리와 루머로 얼룩진 선거였고 결과는 예상대로 푸틴의 압승이었으며 그 비리를 밝혀내려던 언론인들은 실제로 탄압당하고 체포되거나 테러를 당했다. 러시아 사람들에게는 국가의 미래와 자신들의 미래가 달린 일이고 전공자인 나로서도 밥줄이 달린 사안이었는데 그 외의 일반 한국 사람들에게는 너무나 먼 나라의 너무나 상관없는 일인 것이 나는 좀 신기했다. 그래서 러시아, 혹은 그 비슷한 나라 출신의 언론인이 아무 상관 없는 곳으로 가는 이야기를 쓰려다 보니까 아마존이 되어버렸다.

그러면 다음 수순은 디폴트인 치정이라고 생각했는데, 편집장님의 논평을 듣고 보니 나의 디폴트는 치정이 아니라 아이였던 듯싶다. 이야기 전개가 안 되면 무조건 아이를 들고 나왔던 방만한 태도를 반성하며 앞으로 더 치정에 일로매진해야겠다.

방 문

방 문

동생은 연락도 없이 갑자기 찾아왔다. 몇 년 만인지 기억도 나지 않는다.

"뭐냐, 너? 무슨 일이야?"

"형한테 부탁할 게 있어서."

인터폰을 통해 들려오는 동생의 목소리는 기묘하게 가늘고 불안정했다. 흑백 화면에 비친 희끄무레한 회색 얼굴은 윤곽이 불분명한 데다 이마만 기형적으로 확대되어 그 불안정한 목소리만큼이나 비현실적으로 느껴졌다.

그는 잠시 망설이다가 어쩔 수 없이 문을 열어주었다.

"들어와."

"무슨 부탁인데?"

"아버지 일이야."

"내 그럴 줄 알았다."

그가 내뱉었다.

"그 인간, 내 알 바 아니다. 시간 낭비하지 말고 가라."

그리고 그는 일어섰다.

"부탁이야, 형."

동생이 버텼다.

"찾아가라는 것도 아니고 돈을 내라는 것도 아냐. 그냥 보호자로 형 이름이랑 연락처만 남겨놓으라는 거야."

아버지가 치매 증상을 나타내기 시작한 뒤로 동생이 요양원에 아버지를 맡겼다는 것 정도는 그도 건너건너 연락을 받아서 알고 있었다.

"네가 갖다 맡겼으면 네가 보호자지, 왜 나야? 여태까지 하던 것처럼 하면 될 거 아냐?"

"좀 그럴 일이 있어."

동생이 우물거렸다. 그리고 다시 사정했다.

"이름만 올려놓으라는 거지, 실제로는 별로 할 일도 없어. 돈도 이미 다 냈고, 무슨 일 있으면 거기서 알아서 해줘."

"그렇게 알아서 잘해주면 내 이름은 왜 필요한데?"

"아버지 죽으면 연락 좀 받아달라고. 형이 상주 노릇은 해야 될 거 아냐."

"싫어."

그는 잘라 말했다.

"내가 미쳤냐? 죽건 살건 그 인간 쪽으론 침도 안 뱉을 거다. 그 딴 부탁 하러 왔으면 나가."

"형."

"나가!"

그는 동생을 떠밀었다. 동생은 비틀거리며 뒤로 몇 발자국 물러났다. 그리고 뭐라고 말할 듯하다가 그대로 얌전히 문밖으로 사라졌다.

동생이 나간 뒤에 그는 동생의 발자국이 현관부터 거실까지 지저분하게 남아 있는 것을 발견했다. 입안으로 욕을 하면서 그는 걸레를 가져다가 대충 바닥을 닦았다. 그리고 환기를 위해 창문을 모두 열었다.

동생은 며칠 뒤에 다시 찾아왔다.

"또 똑같은 소리 하러 왔냐?"

그는 인터폰 화면에 동생의 얼굴이 비치자마자 상대가 뭐라고 말도 꺼내기 전에 신경질부터 냈다.

"안 된다고 내가 말했지. 가."

"그런 거 아냐."

"아니면 뭔데?"

"사과하러 왔어."

"무슨 사과?"

"몇 년 만에 불쑥 나타나서 형이 싫어하는 얘기만 한 거, 미안하다고."

이 자식이 이번엔 무슨 수작을 걸려는 거냐, 라는 생각이 들지 않은 것은 아니었지만, 그는 어쨌든 문을 열 수밖에 없었다.

"들어와."

"앉아라. 뭐 마실래?"

동생은 고개만 저었다. 그는 부엌으로 가서 찬장에서 아무 술이나 꺼내 역시 아무렇게나 잔에 따라 거실로 가지고 나왔다. 동생 앞에 잔을 내려놓았으나 동생은 다시 고개만 저을 뿐, 건드리려고 하지 않았다. 그래서 그는 동생 앞에 앉아 자기 잔의 내용물을 입안에 털어 넣었다. 잔을 탁, 소리가 나게 내려놓은 후 동생의 잔을 들어 내밀었으나 동생은 세 번째로 고개만 저었다. 그래서 그는 동생의 잔에 있던 술까지 자기 입안에 부었다.

"좀 적당히 마셔."

동생이 조용히 말했다.

"잔소리하러 왔냐?"

"아니."

"그럼 뭐야?"

그는 일어서서 다시 부엌으로 갔다. 술병을 가져와서 탁자 위에 놓았다. 자기 잔에 다시 한 잔 따랐다.

"형은 그동안 잘 지냈어?"

"뭐, 그럭저럭."

다시 잔을 들어 한 모금 마신 후, 이번에는 그가 물었다.

"넌?"

동생이 모호하게 대답했다.

"뭐, 그냥⋯⋯."

"장가는 갔냐?"

동생은 고개를 저었다.

"여자 없어?"

동생은 다시 고개를 저었다.

"왜? 너 여자들한테 나보다 훨씬 인기 좋았잖아?"

"형은 여자 없어?"

동생이 반문했다. 그는 고개를 젓고 술잔을 들어 한 모금 마셨다.

"그런 거 신경 끊은 지 오래됐다."

"일은?"

"그냥 그래."

"불경긴데 형네 회사는 괜찮아?"

"요새 괜찮은 회사가 어딨냐. 다들 죽네 사네 하지."

그는 잔에 남은 술을 전부 마셨다. 그리고 다시 한 잔 따랐다.

"그런데 넌 이런 시답잖은 얘기 하려고 여기까지 왔냐?"

동생은 조금 웃었다.

"왜, 동생이 형하고 이런 얘기 하면 안 돼?"

"너, 솔직히 불어."

그가 동생의 얼굴을 들여다보면서 말했다.

"사고 쳤지?"

"무슨 사고?"

동생이 소심하게 되물었다.

"갑자기 아버지를 나한테 떠맡기려고 드는 거 보면 무슨 사고 친 거 맞잖아."

동생은 모호하게 고개를 저었다.

"그런 거 아냐."

"사채 썼냐?"

그 말에 동생은 피식 웃었다.

"아냐."

"그럼, 보증 섰어?"

"아니라니까."

"뭐야, 그럼? 회사 짤렸어?"

"짤린 건 아니고…."

"짤린 게 아니면 뭐야? 그만뒀어?"

"응."

"왜?"

"그냥."

"그냥이라니?"

그의 목소리에 짜증이 섞였다.

"너 지금 회사 때려치운 김에 귀찮은 일은 나한테 떠맡기고 어디로 잠수라도 타려는 거냐?"

"응."

동생은 웃지도 않고 고개를 끄덕였다.

그는 어이가 없어서 웃었다.

"이 새끼 봐라. 몇 년 만에 처음 찾아와서 한다는 소리가 고작 그거냐?"

"형이잖아."

동생이 조용히 말했다.

"형한테도 아버지잖아. 그 정도는 부탁할 수 있잖아."

"나한텐 아버지 아냐. 난 아버지 없어."

그는 동생의 멱살을 잡아 소파에서 일으켜 세웠다.

"일어나. 그따위 소리 할 거면 꺼져. 다신 오지 마."

"이거 놔."

동생이 여전히 차분하게 말했다.

"형, 이런 식으로 행동하지 마."

"내 집에서 내 맘대로 행동하는 게 어때서. 잔말 말고 나가."

"자꾸 그러지 마. 아버지 같잖아."

그는 왼손으로 동생의 턱을 갈겼다. 동생은 바닥에 쓰러졌다.

그는 동생이 천천히 몸을 일으키는 모습을 지켜보았다. 그리고
말했다.

"나가."

동생은 일어선 후에도 오른손으로 턱을 감싸고 아무 말도 하
지 않았다.

그는 동생의 팔을 잡고 현관으로 질질 끌고 갔다. 현관문을 열
고 동생을 밖으로 집어던졌다.

"꺼져, 새꺄. 다신 오지 마."

그는 쾅, 소리를 내며 현관문을 닫았다.

한참을 씩씩거리며 현관 앞에 서 있다가 그는 다시 거실로 돌

아왔다. 창문을 전부 열었다.

소파 위, 동생이 앉았던 자리에 거무스름하게 커다란 얼룩이 진 것이 보였다.

그는 입안에서 상욕을 중얼거리며 부엌에서 걸레를 가져다가 소파 표면을 문질렀다. 그러나 얼룩은 흐려지면서 더 넓게 퍼지기만 할 뿐, 좀처럼 지워지지 않았다.

그리고 동생은 다음 날 다시 찾아왔다.

"또 뭐야?"

그는 인터폰에 대고 고함쳤다.

"꺼지라고 몇 번을 말해야 알아들어?"

"형……."

"당장 사라져, 새꺄!"

그는 악을 썼다.

"다신 오지 마!"

그리고 그는 인터폰을 껐다.

약 한 시간 후에 그는 문에 달린 어안 렌즈를 통해 밖을 내다보았다. 동생이 멍하니 바닥을 내려다보며 서 있는 것이 보였다. 어안 렌즈에 비친 동생의 몸이 일순 물결이 일렁이는 것처럼 불분명하고 묘하게 투명해 보여서 그는 눈을 깜빡였다. 그리고 문을 열었다.

"너 여기서 뭐 해?"

동생이 고개를 들었다.

"꺼지란 소리 못 들었냐?"

"형만 힘들었던 거 아냐."

동생이 그의 얼굴을 똑바로 들여다보면서 조용히 말했다.

"형만 아버지 미워하는 거 아냐. 그러니까 혼자만 괴로운 척하지 마."

그러고 동생은 돌아서서 가려 했다.

그는 동생의 등 뒤에 대고 고함을 질렀다.

"네가 무슨 자격으로 그런 소릴 해?"

동생이 멈춰 서서 돌아보았다.

"네가 뭘 알아? 엉?"

"그럼 형은 뭘 아는데?"

동생이 차분한 목소리로, 그러나 날카롭게 반문했다.

"무슨 말이야?"

"그렇게 말하는 형은 나하고 아버지에 대해서 뭘 아냐고?"

그는 분노와 호기심이 섞인 채 동생을 쳐다보다가 물었다.

"너, 도대체 하고 싶은 말이 뭐냐?"

동생은 말없이 돌아서서 가려고 했다.

"들어와."

그가 동생의 등 뒤에 대고 말했다.

"무슨 일인지, 들어와서 얘기해."

신발을 벗고 들어서려는 동생 앞에 그는 걸레를 깔았다.

"좀 씻고 다녀, 새꺄. 양말은 구정물에 빨아 신었냐?"

동생은 대답하지 않았다. 말없이 걸레에 발을 문지르고 동생은 들어와서 그가 시키는 대로 다시 거실 소파에 앉았다.

그는 이번에는 묻지도 않고 부엌으로 가서 냉장고에서 맥주를 두 개 꺼냈다. 거실로 와서 하나를 동생 앞에 놓고 하나는 따서 일단 한 모금 마셨다.

"말해봐. 내가 뭘 모르는데?"

그가 한 모금 마신 맥주를 탁자 위에 내려놓고 말했다.

"아니 그보다, 왜 갑자기 찾아와서 이런 얘기를 꺼내는 거야?"

"나라고 아버지가 좋아서 이러는 줄 알아?"

동생이 낮은 목소리로 말했다.

"네가 아버지 싫어할 이유가 뭐가 있는데?"

기가 차서 그가 반문했다.

"아버지가 너한텐 잘해주셨잖아?"

"안 때리면 잘해준 거야?"

그는 눈쌀을 찌푸렸다.

"심리적 학대 어쩌고 하면서 어리광 부릴 생각이면 꿈도 꾸지 마라. 내가 당한 거에 비하면……."

"나, 아버지한테 강간당했어."

그는 잠시 할 말을 잃었다.

"…… 뭐?"

동생이 여전히 차분한 목소리로 무감정하게 되풀이했다.

"아버지가 날 강간했다고."

"웃기지 마……. 너 남자잖아."

동생이 건조하게 대답했다.

"아버진 어린애 좋아해. 성별 안 가려."

그는 잠시 입을 벌리고 동생을 멍하니 쳐다보았다.

"마…… 말 같은 소리를 해."

그가 간신히 말했다. 목소리가 갈라졌다.

동생이 피식 웃었다.

"그럴 줄 알았어."

"뭐…… 뭘?"

"안 믿잖아."

그리고 동생은 일어섰다. 그도 얼떨결에 따라 일어섰다.

"야…… 아, 앉아."

"뭐 하러. 어차피 믿지도 않을 거잖아."

동생은 할 말을 잃고 얼빠진 표정으로 바라보는 그의 얼굴을 마주 쳐다보았다. 그리고 말했다.

"어머니 나가시고 나서 아버지랑 잠깐 동거했던 아줌마, 기억해?"

"그 아줌만 또 갑자기 왜?"

"그 아줌마가 데리고 들어왔던 애, 기억나?"

그는 어리둥절한 채 고개를 끄덕였다.

"그 아줌마가 왜 말도 없이 갑자기 나가버렸는지 알아?"

그는 오랫동안 잊고 있었던, 한때 새어머니였던 사람을 떠올렸다. 새어머니가 데리고 들어왔던 어린 여자아이와 그 여자아이를 바라보던 아버지의 표정과 아버지를 바라보던 그 여자아이의 표정을 떠올렸다. 그러자 그 당시에는 이해할 수 없고 이해하려고 하지도 않았던 모든 사정들이 갑작스러운 깨달음이 되어 뒤통수를 후려갈겼다.

동생이 중얼거렸다.

"나 그 아줌마 무진장 싫어했지만, 적어도 자기 딸한텐 엄마 노릇 제대로 하는 것 같더라고⋯⋯. 어쨌든, 믿어줬으니까."

그는 여전히 아무 말도 못 하고 멍하니 서 있었다.

동생이 말했다.

"간다."

그리고 동생은 현관 쪽으로 몸을 돌렸다.

그는 동생의 팔을 잡았다.

"어⋯⋯, 언제⋯⋯? 언제, 그랬어?"

동생이 그를 돌아보았다. 잠시 그의 표정을 들여다보다가 마침내 동생이 말했다.

"여덟 살부터 열세 살 때까지."

"왜⋯⋯, 왜, 그, 그⋯⋯ 동안⋯⋯, 말⋯⋯."

"왜 말 안 했냐고?"

동생의 입술 끝이 기묘하게 말려 올라갔다.

"형 말대로, 난 남자잖아."

"어, 어머닌⋯⋯? 말, 했어? 아셔?"

"말했더니, 집 나갔잖아."

그는 초점을 잃은 눈으로 동생을 응시했다.

"그, 그런 얘길, 왜 이제 와서 하는데?"

그가 더듬더듬 물었다.

"그, 그러면서, 아, 아버지는 왜, 왜 돌봐주는데? 거기다가 왜 나, 나까지 끌어들이려는 거야?"

동생의 입술 끝이 다시 기묘하게 말려 올라갔다.

"끌어들이다니? 형이잖아. 형 입장에서 그게 할 말이야?"

"내 입장?"

그는 동생의 팔을 놓았다. 소파에 다시 털썩 주저앉았다. 탁자 위에 놓인 맥주를 기억해내고 한 모금 마셨다. 그리고 물었다.

"너, 나 원망하냐? 형이면서, 동생이 그런 일 당하는 거 막아주지 못해서?"

그는 자신이 무슨 말을 하는지 자각하지 못하는 채 정신없이 소리쳤다.

"그래서, 복수라도 할 생각이야? 아버지를 나한테 떠맡기는 걸로?"

"드라마 찍어? 유치하게."

동생이 피식 웃었다. 그리고 다시 현관 쪽으로 몸을 돌렸다.

"어딜 가?"

동생이 소파에 앉은 그를 내려다보며 내뱉었다.

"괜히 와서, 괜한 소리만 했잖아."

그리고 동생은 휘적휘적 현관 쪽으로 걸어가기 시작했다.

그는 벌떡 일어섰다. 따라 나갔다.

"야, 거기 서."

현관 앞에서 동생이 돌아보았다.

"왜?"

일단 불렀지만 그는 자신이 무슨 말을 하고 싶은 것인지 알 수 없었다.

"왜, 왜 진작 말 안 했어? 진작 알았으면, 경찰에 신고라도……."

"얘기했잖아. 말했더니 어머니가 집을 나갔다고."

그는 다시 말이 막혔다. 동생이 조용히 덧붙였다.

"난 내가 뭘 굉장히 잘못한 줄 알았어."

그는 머릿속에서 미친 듯이 날뛰는 여러 가지 생각들을 가라앉히려 애쓰며 다시 말했다.

"하, 하지만, 그 뒤에라도, 얘기했으면……."

"얘기했다가 형까지 집 나가면 난 어쩌라고?"

그는 어떻게든 반박할 말을 찾아 턱을 위아래로 조금 움직였지만 목에서 아무 소리도 나오지 않았다. 동생은 잠시 그런 그의 얼굴을 들여다보았다. 그리고 돌아서서 다시 나갈 채비를 하기 시작했다.

"가지 마. 내 얘기 아직 안 끝났어."

동생이 다시 돌아보았다.

"또 뭐."

"그 얘기를 왜 지금 하는데? 이십 년이나 숨기고 있었으면서 왜 지금 와서 그런 얘기를 하는 거야?"

그는 스스로도 이유를 모르면서 숨도 쉬지 않고 동생에게 퍼부었다.

"그리고, 그런 일이 있었으면 왜 진작 집 안 나왔어? 왜 치료비까지 대면서 그런 짐승 같은 새끼를 돌봐주는 거야? 억울하지도 않아? 화나지도 않아, 넌?"

"억울하지……. 아니, 정확히 말하면 억울한 건 아니고, 뭐라고 해야 할지 잘 모르겠는데……."

동생이 혼잣말처럼 중얼거렸다.

"그러니까, 어이가 없다고 해야 하나……."

다시 고함을 치려다가 그는 문득 입을 다물었다. 동생이 계속해서 중얼거렸다.

"병원에서 전화가 왔는데, 길에서 헤매다 쓰러진 걸 누가 구급차 불러줬다고……. 치매 같은데 입원시키고 정밀검사해보자고 그러는데…… 그 말 들으니까……."

동생은 말하면서 피식 웃었다.

"웃음이 나오더라고……."

"그때 나한테 말하지 그랬어?"

그가 간신히 제정신을 되찾고 물었다.

"처음에 연락 왔을 때 진작 말했으면……."

동생이 말을 잘랐다.

"형 그때 중국에 파견 나가고 없었잖아."

그는 할 말이 없었다.

"그, 그래도 그렇지……. 그렇다고 그걸 입원시키고 치료까지 해줘? 그것도 아버지라고?"

"사실은 그 생각도 많이 해봤는데."

동생이 다시 중얼거리듯이 말했다.

"확 그냥 길에다 버릴까, 어디 산에 가서 고려장이라도 시켜버릴까, 그런 생각도 해봤거든……."

동생이 고개를 들어 그를 보며 싱긋 웃었다. 그 눈빛을 보고 그는 소름이 끼쳤다.

동생이 계속 중얼거렸다.

"그렇게 그냥, 쥐도 새도 모르게, 어디다 갖다 버렸으면……, 진짜 개처럼, 밖에서 굶어 죽었을 거 아냐……. 그러면, 시체도, 쓰레기처럼…… 산짐승들이 와서, 뜯어먹고……."

동생은 다시 피식피식 웃기 시작했다.

"어디 도랑 같은 데 처박혀서, 비명횡사해버렸으면, 그랬으면……."

그리고 동생은 고개를 숙이고 한 손으로 눈을 가린 채 킥킥 웃었다.

"야……."

그는 동생의 어깨를 건드렸다.

동생은 계속 손으로 눈을 가리고 킥킥 웃었다. 그러면서 말했다.

"십새끼, 젊었을 땐 자기도 늙을 줄은 몰랐겠지……. 애는 어른이 되고, 자기는 치매 걸린 노인이 돼서…… 몸도 제대로 못 가누면서, 옛날에 자기가 짐승처럼 대했던 아들한테 밥 한 술만 달라고, 마누라 좀 찾아달라고, 그리고 칭얼거리는 정신 나간 늙은이가 될 줄, 그때는 상상도 못 했겠지, 개새끼……."

그는 동생의 어깨를 만지기 위해 손을 올렸다가, 내렸다. 동생
은 여전히 손으로 눈을 가린 채 속삭였다.

"그게, 어이가 없더라고……. 그런 일을 당하고도, 나는 그 새끼
아들이고, 그 십새끼는 내 아버지라는 게……."

동생은 눈을 가렸던 손을 뗐다. 손바닥을 들여다보았다.

"병원 사람들이야, 모르니까 나한테 연락했겠지……. 그래도
진짜, 어이없더라고, 그 새끼, 한평생, 남도 아니고 지 가족들, 지
새끼들 눈에 피눈물만 내면서 잘 먹고 잘살다가, 나이 좀 드니까
턱하니 치매 걸려서……, 죽지도 않고, 끈질기게 살아서……."

동생은 고개를 푹 숙이고 손바닥을 향해서 중얼거렸다.

"이제 와서 원망해봤자 소용도 없고……. 받은 만큼 돌려주려
고 해봤자, 본인은 뭐가 어떻게 된 건지 알지도 못하고, 나만 늙은
아버지 괴롭히는 나쁜 놈 돼버리게 생겼잖아……."

그리고 동생은 고개를 들었다. 붉게 핏발이 선 눈으로 그를 쳐
다보며 동생이 말했다.

"그래서 돌봐주는 거야, 나쁜 놈 되기 싫어서."

"뭐?"

"그렇잖아. 어렸을 때 당한 것도 억울한데, 아무것도 모르는 사
람들한테 내가 왜 치매 걸린 아버지 버린 비정한 아들 소릴 들어
야 돼? 왜 내가 그 새끼 때문에 죄책감을 느껴야 되냐고?"

동생이 한 손으로 눈을 문질렀다.

"그 새긴 짐승이지만 난 사람이야, 내 할 도리 다했으니까. 요
양원에 집어넣고 돈이랑 서류랑 다 해결했고, 연락 오면 받아줬

으니까 그걸로 내 할 일은 다한 거야."

그리고 동생은 다시 그 붉게 핏발 선 눈으로 갑자기 그를 쳐다보았다.

"그러니까 형도 형 할 일을 해."

그는 흠칫 놀랐다.

"야, 아무리 그래도……."

"성가신 거 알지만, 가족이잖아. 그 정도는 해줄 수 있잖아."

"그 새낀 내 가족 아냐. 네 얘기까지 들은 이상은 더더욱……."

"내가 형 가족이잖아."

그는 살짝 입을 벌렸다가 도로 다물었다. 동생이 다시 물었다.

"아냐?"

그는 잠시 동생의 얼굴을 들여다보았다. 오른쪽 턱, 그가 며칠 전 술김에 때렸던 곳이 검푸르게 변색된 게 새삼 눈에 띄었다. 그는 자기도 모르게 왼손을 들어 동생의 턱을 쓰다듬었다. 예상과는 달리 그의 손이 닿아도 동생은 가만히 있었다.

형제는 잠시 그렇게 마주 보며 서 있었다.

"크게 뭘 바라는 게 아냐."

동생이 다시 중얼거리는 목소리로 말했다.

"죽었다는 연락 오거든 확 태워서, 어디 멀리 안 보이는 데다 뿌려줘. 그거면 돼."

그는 동생의 얼굴에서 손을 내렸다. 그리고 이번에는 양손으로 동생의 두 손을 잡았다.

한동안 동생의 손을 잡고 있다가 그가 물었다.

"넌 어떻게 해줄까?"

"나? 나, 뭐?"

동생이 다시 피식 웃었다.

그는 웃지 않았다.

"너도, 확 태워서 어디 먼 데다 뿌려줘?"

동생이 다시 웃었다.

"어떻게 알았어?"

그가 축축하고 차가운 동생의 손을 여전히 잡은 채로 말했다.

"냄새 나서 알았다, 드러운 새끼야."

"미안해."

동생이 여전히 웃으면서 말했다.

"도저히, 더는 버틸 수가 없었어……."

그는 동생의 손을 내려다보았다.

"나한테 오지 그랬어."

그가 중얼거렸다.

"사람은, 죽지만 않으면, 다 어떻게든 살게 돼 있는 건데…….
진작 나한테 말했으면, 그랬으면……."

"그게 무서운 거더라고."

동생이 속삭였다.

"뭐가?"

"죽지 않으면, 살아야 한다는 게……."

"무슨 소리야?"

"죽고 싶다고, 맘대로 죽어지는 게 아니잖아……. 그러면 결국은, 살고 싶지 않아도, 살아 있어야 돼……. 그게 진짜 무서운 거야, 형."

"그래서, 이젠 시원하냐?"

그는 주먹을 쥐고 동생의 어깨를 가볍게 때렸다.

"소원 성취했냐? 이젠 그냥, 다 잊어버리고 전부 초월해서 좋은 데로 갈 수 있을 거 같애?"

"별로 안 그래."

동생이 웃었다.

"내 꼴 보면 몰라? 여기서 계속 이러고 있잖아."

"빨리, 다 잊어라."

그는 다시 동생의 손을 잡고, 잡은 손을 내려다보면서 말했다.

"다 잊고, 빨리 좋은 데로 가."

그는 동생의 손을 잡은 자기 손에 힘을 주었다.

"네가 계속 그러고 돌아다니면, 내가……."

그는 고개를 숙였다.

"내가……."

"알았어."

동생이 잡힌 손을 살그머니 빼면서 말했다.

"노력해볼게."

그러고 동생은 돌아섰다.

"야."

그가 갈라지는 목소리를 가다듬으며 뒤에서 불렀다.

"왜."

동생이 돌아보았다.

"묻는 말에 대답은 해주고 가야지."

"무슨 말?"

"너, 어떻게 하냐고."

그가 억지로 조금 웃으며 말했다.

"진짜로 확 태워서 어디 멀리 안 보이는 데다 뿌려줘?"

동생이 싱긋 웃었다.

"나중에 아버지랑 같은 데다 뿌리지만 마."

"그걸 말이라고 하냐."

"그것 말고는 형 맘대로 해."

동생이 다시 싱긋 웃으며 말했다.

"형이 가족이니까, 형이 원하는 대로 해."

그리고, 그가 뭐라고 대답도 하기 전에, 동생은 사라져버렸다.

다음 날 그는 경찰에서 걸려온 전화를 받았다. 강에서 건져낸 동생의 시체는 물에 불고 부패하여 얼굴을 알아볼 수 없었다. 경찰은 동생의 주머니에서 나온 신분증으로 조회하여 그에게 연락했다. 그리고 그는 동생이 마지막으로 만나러 왔을 때의 옷차림을 알아보았다. 그래서 그는 얼굴을 알아볼 수 없게 된 시신이 동생임을 확인했다. 사인이 자살로 처리됐다는 말에 그는 대답하지 않고 고개만 끄덕였다. 그리고 수속을 밟아 시신과 유품을 인수했다.

시신은 동생의 말대로 화장하고, 유골은 오래전에 어머니가 다

넣던 절에 안치했다. 얼마 되지 않는 유품도 시신과 함께 태우려다가 어쩐지 마음에 걸려서 그만두었다.

동생의 시신을 화장하고 집에 돌아와 거실 소파에 앉아서 그는 탁자 위에 지갑과 시계와 물을 먹어 망가져버린 휴대전화를 늘어놓았다. 살고 싶지 않아도 살아 있어야 한다는 게 가장 무섭다던 동생의 말을 떠올렸다.

그는 살고 싶었다. 그에게는 아내도 아이도 없었다. 그런 세상과의 연결고리는 앞으로도 없으리라는 것을 그는 잘 알고 있었다. 그러므로 이제 동생을 잃은 그에게 남은 것은 아무도 없는 세상에서 순간순간 짓누르는 과거의 무게를 버티며 혼자서 살아가다 때가 되면 생각도 하고 싶지 않은 아버지를 거두어 묻는 일뿐이었다.

그래도 그는 어쨌든, 죽고 싶지 않았다.

살아 있다는 사실이, 살고 싶다는 갈망이 형벌처럼 느껴지는 날이 있다. 그에게는 동생을 보내고 돌아온 날이 그런 날이었다.

■ 방 문 은 ……

　예전에 전자책으로 냈던 다른 작품집에서 이 작품이 표제작이었다. 표제작이 될 만큼의 무게나 규모가 있는 이야기는 아닌 것 같은데 아마 담당 편집자는 제목이 마음에 들었던 것 같다. 그리고 분위기나 문체나 이야기의 흐름이 아주 '나다운' 이야기라는 평가도 들었다. 처음 쓰기 시작했을 때의 예상보다 훨씬 더 어두운 이야기가 되기는 했지만 그래서 마음에 남는 이야기이다.

온우주
단편선

사 흘

사 흘

······ 자신이 살아 있으며 자신과 자신이 사랑하는 사람들이 죽으리라는 사실 외에는 아무것도 확신할 수 없다. 삶에서 의미를 찾으려는 욕구는 삶의 목적과 의미를 본질적으로 알 수 없다는 사실로 인해 좌절되도록 운명 지워져 있다. 자신이 왜 살아 있으며 왜 죽는가라는 질문은 절대로 확실하게 대답할 수 없다.

데이비드 웬델, 「죽음의 그림자 속에서 고통의 가치에 대하여」, 128쪽

어머니는 마약중독자였다. 그녀는 어렸을 때부터 그 사실을 알고 있었다. '마약' 혹은 '중독'이라는 단어의 뜻을 아직 이해하지 못하던 나이부터 그녀는 어머니에게 세상에서 가장 중요한 무엇인가가 있다는 사실을, 딸인 그녀보다도, 남편인 아버지보다도, 세상의 그 어떤 사람이나 사물보다도 더 중요한, 비밀스러운

무엇인가가 있다는 사실을 눈치채고 있었다. 그리고 조금 더 나이가 들고 나서는 그 '무엇인가'가 때로는 어머니를 매우 즐겁게 해주지만 때로는 제정신을 앗아가며 결과적으로 매우 곤란한 상황을 종종 초래하기도 한다는 사실 또한 이해하게 되었다.

그녀는 그것이 어머니라는 개인의 특정한 습관이 아니라 어른이라는 상태의 특성이라고 이해했다. 어른이 되면 그렇게 소중하디 소중한, 제정신을 빼앗기고도, 다분히 곤란한 상황을 당하고 나서도 다시 찾을 만큼 중요한 무엇인가가 생겨나게 되는 것이라고 생각했다. 그래서 그녀는 어른이 되기를 몹시 갈망했다.

아버지가 그녀와 어머니를 떠났을 때에 그녀는 열네 살이었다. 그녀가 어머니를 떠났을 때 어머니는 마흔여섯 살이었다.

그녀는 걱정하지 않았다. 어른이 된다고 해서 모든 사람에게 다 그토록 소중한 어떤 것이 생기지는 않는다는 사실을 이제는 알 정도로 그녀도 어른이 되어 있었다. 그러나 어머니는 달랐다. 어머니에게는 딸보다도 남편보다도, 자기 자신보다도 더 소중한 그것이 있었다.

어머니가 죽어간다는 소식을 듣고 돌아왔을 때 어머니는 쉰여섯 살이었다. 어머니 곁에는 그녀와 나이가 비슷해 보이는 젊은 남자가 있었다. 그녀는 신경 쓰지 않았다. 어머니에게 그것보다 더 소중한 사람이 세상에 존재할 리 없었다. 그러므로 남자는 어머니에게 별 의미가 없었고, 그러므로 그녀에게도 그다지 의미가 없었다.

그녀가 돌아왔을 때 이미 어머니는 의식이 없었다. 일주일간

의식이 없다가 어머니는 죽었다.

남자도 어머니도 병원 장례식장에 빈소를 빌릴 만한 돈이 없었다. 그녀는 그런 돈을 내놓을 의향이 없었다. 원래는 있었지만 10년 만에 돌아와 일주일간 병원에서 어머니의 약물 남용과 관련하여 의사와 간호사에게 시달리고 경찰서에도 몇 번 드나든 끝에 어처구니없는 액수의 병원비를 뒤집어쓴 후, 있던 의향이 사라졌다. 그래서 빈소는 집에 차렸다.

문상 올 사람은 많지 않았다. 그러나 어쨌든 사흘간은 집을 지켜야만 했다. 첫날 이모와 외가 쪽 친척 한두 명이 잠시 다녀간 후 문상객의 발길은 끊어졌다. 밤이 되자 그녀는 남자와 단둘이 남았다. 남자가 그녀에게 하나밖에 없는 안방을 양보했다. 그녀는 문을 닫아걸고 잠자리에 누웠다.

날씨는 살갗을 물어뜯을 듯이 추웠고, 언덕 꼭대기 달동네에 자리 잡은 쓰러져가는 단층집에는 난방이 제대로 들어오지 않았다. 냉골에 이불을 깔고 누워 그녀는 추위 때문에 잠을 이루지 못했다. 이리저리 뒤척이다 결국 그녀는 일어나서 불을 켰다. 시계를 보았다. 12시가 조금 넘은 시각이었다. 짐가방을 열었다. 오래 머무를 예정이 아니었기 때문에 변변한 옷가지는 없었다. 하는 수 없이 그녀는 옷장을 열고 어머니의 옷가지를 뒤지기 시작했다.

달각.

그녀는 뒤를 돌아보았다. 아무도 없었다.

잠자리에 들기 전에 그녀는 분명히 방문을 닫고 문손잡이의 꼭지를 눌러 잠갔다.

그녀는 잠시 기억을 더듬으며 방문을 노려보았다. 문은 분명히 잠갔다. 그리고 닫혀 있었다.

그녀는 다시 옷장을 뒤지기 시작했다. 제법 따뜻해 보이는 카디건을 발견했다. 잠옷 위에 껴입었다. 그러나 여전히 다리가 시렸다. 서랍을 열고 입을 만한 바지를 찾기 시작했다.

달그락. 삐걱.

그녀는 다시 뒤를 돌아보았다. 문이 살짝 열려 있었다. 문틈으로 바깥의 어둠이 보였다.

"상현 씨?"

그녀는 남자의 이름을 불러보았다. 문틈에서는 아무 대답도 들리지 않았다.

그녀는 다시 한 번 불렀다. 이번에도 문틈에서는 아무런 대답도 들리지 않았다.

그녀는 벌어진 방문 쪽으로 조심스럽게 다가갔다.

방문이 갑자기 열렸다. 그리고 죽은 어머니가 방 안으로 들어왔다.

그녀는 물러섰다.

그녀가 물러서는 대로 어머니의 시체는 성큼성큼 방 안으로 걸어 들어왔다.

그녀는 이불에 걸려 주저앉았다.

어머니의 시체는 그녀에게 눈길조차 주지 않았다. 방 안으로 들어올 때처럼 아무렇지도 않은 걸음걸이로 성큼성큼 벽장 쪽으로 다가갔다. 그녀가 바지를 찾느라 열어젖힌 서랍 앞에 웅크리고 앉았다. 그리고 손싸개를 벗어 던지고는 서랍 안의 물건들을 하나하나 꺼내기 시작했다.

그녀는 그런 어머니를 바라보며 그대로 이불 위에 앉아 있었다. 아무 생각도 나지 않았다. 목소리가 나오지 않았다. 몸이 움직이지 않았다.

어머니의 시체가 두 번째 서랍을 열어젖혔다. 왈칵 여는 바람에 서랍이 빠졌다. 어머니의 시체는 빠진 서랍을 바닥에 엎었다. 그리고 뒤지기 시작했다.

그녀는 다리에 힘을 모아 간신히 일어섰다. 그리고 가능한 한 조용히, 살금살금 걸어서 방을 나왔다. 거실로 나왔다. 불을 켰다. 제단을 모셔두었던 곳은 관 뚜껑에 밀려 병풍이 쓰러지고 향로가 바닥에 엎어져 엉망진창이었다. 그 와중에도 남자는 거실 한구석에서 색색 고르게 숨을 쉬며 죽은 듯이 잠들어 있었다.

그녀는 남자를 흔들었다.

남자는 반응하지 않았다.

그녀는 남자를 좀 더 세게 흔들었다.

"상현 씨."

남자는 반응하지 않았다.

그녀는 남자를 있는 힘껏 흔들었다.

"상현 씨!"

"에?"

남자가 눈을 떴다. 잠시 어리둥절한 표정으로 그녀를 쳐다보았다. 그 멍한 표정이, 흐릿하게 탁해진 눈이 굉장히 낯익다고 그녀는 생각했다.

남자가 잠에 취한 목소리로 물었다.

"왜요? 무슨 일이에요?"

그녀는 대답하지 않고 침실 쪽을 가리켰다.

남자는 쓰러진 병풍과 엎어진 향로를 보고 몸을 일으켰다. 조심스럽게 안방으로 갔다. 그녀는 거실에 그대로 서 있었다.

남자가 안방 문가에 서서 그녀를 돌아보았다. 그리고 고개를 끄덕였다.

"괜찮아요."

남자가 입모양으로 말했다.

"내가 알아서 할게요."

그리고 남자는 안방으로 들어갔다.

그녀는 그대로 거실에 선 채 한동안 망설였다.

안방에서 남자가 뭔가 말하는 소리가 들렸다.

그녀는 안방 쪽으로 다가갔다. 문가에서 멈춰 섰다. 조심스럽게 안을 들여다보았다.

남자가 익숙한 솜씨로 주사기를 톡톡 치고 공기를 뺐다. 그리고 수의를 입은 어머니의 팔에 바늘을 꽂았다.

어머니의 시체는 곧 축 늘어졌다. 그리고 움직이지 않게 되었다.

남자는 잠시 기다렸다. 그리고 어머니의 시체를 안아 들었다. 남자가 문가로 다가왔다. 그녀는 비켜섰다. 남자가 어머니의 시체를 안은 채 거실로 나갔다. 그녀도 따라갔다. 남자는 어머니의 시체를 도로 병풍 뒤의 관에 눕히고 관 뚜껑을 닫았다. 병풍을 바로 세우고 향로를 제자리에 도로 얹고 향을 꽂았다. 바닥에 쏟아진 향로의 재를 손으로 모아 대충 치웠다.

그녀는 남자 뒤에 서서 그 일련의 과정을 지켜보고 있었다.

제단을 수습하고 향을 꽂고 불을 붙인 후 남자는 고개를 숙이고 눈을 감고 잠시 움직이지 않았다. 눈을 뜨고 남자는 돌아서서 그녀에게 말했다.

"이제 괜찮을 거예요."

남자는 그녀를 안심시키려는 듯이 조금 웃었다.

"그냥 약이 필요했……."

그녀는 남자의 뺨을 때렸다.

불의의 일격을 당하고 남자는 그대로 서서 움직이지 않았다. 그녀가 낮게 속삭였다.

"개새끼."

그리고 그녀는 돌아서서 안방으로 들어갔다. 문을 잠갔다.

남자는 거실에 그대로 서 있었다. 화끈거리는 뺨에 손을 대보았다.

방 안에서 그녀가 흐느끼는 소리를 들으며 남자는 중얼거렸다.

"미안해요."

그녀는 오랫동안 흐느꼈다. 남자는 그대로 서서 그녀가 흐느끼는 소리를 들으며 몇 번이나 되풀이해 중얼거렸다.

"미안해요……."

...... 이 치유의 과정이 완료되고 의식이 다시 한 번 그 일체감을 되찾으면, 치유된 마음은 처음 상처 입었을 때보다 더욱더 완전해진다. 그것은 이제, 이전처럼 황폐화되지 않고도 똑같은 상황의 공격을 받아내고 감수할 수 있는 것이다.

알렌 P. 페르지거, 「죽음과 성장: 고통의 문제」, 146~147쪽

이틀째인 다음 날 문상객이 한 명도 오지 않았다. 그녀는 언덕 꼭대기의 쓰러져가는 단층집에서 단둘이 하루를 지냈다. 그 하루 동안 그녀는 남자에게 한 마디도 하지 않았다.

해가 저물기 시작했을 때 그녀는 제단 뒤로 돌아갔다. 관 뚜껑을 열었다. 천금(天衾, 시신을 싸는 이불)을 헤쳤다. 남자가 대충 도로 수습해놓은 염포(殮布, 염습할 때 시체를 묶는 베)를 풀고 면모(얼굴싸개)를 벗겼다. 어머니의 얼굴이 드러났다.

죽은 어머니의 얼굴은 여위고 창백하고 뻣뻣했다. 그녀는 어머니의 코밑에 손을 대보았다. 어머니는 숨을 쉬지 않았다. 그녀는 어머니의 가슴에 손을 대보았다. 심장은 뛰지 않았다.

"엄마."

그녀는 나지막하게 불러보았다. 어머니는 대답하지 않았다.

"엄마, 눈떠봐."

어머니는 눈을 뜨지 않았다.

"엄마, 눈뜨고 나 좀 봐봐."

어머니는 반응하지 않았다.

뒤에서 누군가 가볍게 그녀의 어깨를 건드렸다.

"혜진 씨."

남자가 뭔가 말하려 했다.

그녀는 어깨에 닿은 남자의 손을 거칠게 쳐냈다. 면모를 대충 얼굴에 덮고 그 위에 천금을 도로 덮었다. 관 뚜껑을 닫았다.

밤이 되자 그녀는 전날처럼 안방으로 들어가 문을 잠갔다. 그리고 자리를 깔고 누웠다.

자정이 되었다.

이불 속에서 그녀는 추위와 긴장감으로 빳빳하게 굳은 채 문을 노려보며 앉아 있었다.

달각.

문손잡이가 움직였다.

그녀는 숨을 멈추었다.

달그락.

문손잡이가 다시 움직였다.

그녀는 벌떡 일어섰다.

어머니의 시체가 방 안으로 걸어 들어왔다. 그리고 전날처럼 옷장 앞으로 갔다. 옷장 문을 열고 서랍을 차례차례 빼어 방바닥에 엎었다. 그리고 옷가지와 잡동사니 속을 뒤지기 시작했다.

그녀는 방을 나갔다. 거실 불을 켰다. 전날처럼 병풍이 쓰러지고 향로가 나뒹굴고 재가 쏟아져서 거실은 또다시 난장판이 되어 있었다. 그런 와중에도 남자는, 전날처럼, 숨을 고르게 쉬며 깊이 잠들어 있었다.

"상현 씨."

그녀는 남자를 흔들었다. 남자는 일어나지 않았다.

"상현 씨!"

그녀는 좀 더 세게 흔들었다. 남자는 여전히 일어나지 않았다.

그녀는 남자의 허리를 발로 찼다.

남자는 한쪽으로 굴렀다가 벌떡, 몸을 일으켰다. 전날과 같이 멍청한 표정에 눈이 흐릿했다. 그러나 그 눈은 그녀를 보고 곧 초점을 되찾았다.

"왜 그래요? 무슨 일······."

그녀는 말없이 안방을 가리켰다.

남자는 일어섰다. 그리고 안방으로 들어갔다.

이번에 그녀는 남자를 따라가지 않았다. 남자가 축 늘어져 움직이지 않는 어머니의 시체를 안고 방에서 나올 때까지, 그녀는 거실에 그대로 서 있었다.

남자는 전날처럼 어머니를 관에 눕혔다. 복건을 도로 머리에 씌우고 면모를 도로 얼굴에 씌우고 염포를 도로 묶었다. 천금을 도로 덮고 관뚜껑을 닫았다. 병풍을 세우고, 향로를 도로 제단에 얹고, 바닥에 흩어진 재를 손으로 쓸어 모아 치웠다. 향로에 향을 꽂고 불을 피웠다. 전날처럼 잠시 고개를 숙이고 눈을 감고 그대로 움직이지 않고 서 있다가 남자는 눈을 떴다. 그리고 그녀를 향해 돌아섰다.

그녀는 남자를 쳐다보았다. 남자의 얼굴에는 아무 표정도 없었다. 그러나 남자의 눈은 맑고 부드러웠다.

남자가 조용히 물었다.

"안 때려요?"

그녀는 대답하지 않았다. 안방으로 들어가 문을 닫았다.

남자는 그대로 거실에 서서 귀를 기울였다. 안방에서는 아무런 소리도 들리지 않았다.

남자는 안방 문틈으로 비쳐 나오던 불빛이 꺼진 후에도 한참 동안 그대로 서 있었다.

　…… 고통을 나누는 것, 동참하는 이들의 연합된 동맹은 아낌없이 주고 희생하며 보호하는 등의 속성을 적극적으로 장려한다. 간단히 말해, 고통을 나누는 동참자들의 연합된 동맹은 사랑할 수 있는 인간의 능력을 확장시킨다. 고통의 부정은 인간적 사랑을 축소시킨다.

　　　　　　　　　　　　　　　　　데이비드 웬델, 131~132쪽

발인發靷이던 사흘째에는 아침부터 눈이 왔다. 눈이 녹아 질척거리는 골목길이 미끄러워서 언덕 꼭대기까지 운구차가 올라오지 못했다. 남자를 제외하면 운구할 사람이 없었고, 그녀는 남자에게 운구하도록 허락하지 않았다. 그래서 인부들이 올라와서 운구차까지 관을 들고 내려가야 했다. 중간에 몇 번이나 인부들이 미끄러졌고, 몇 번인가 관을 떨어뜨렸다. 다행히 관을 잘 묶어놓았기 때문에 관 뚜껑이 열리거나 시신이 튀어나오는 사고는 발생

하지 않았다.

관이 떨어져 땅에 닿을 때마다 그녀는 자신도 모르게 몸을 움츠렸다. 보다 못해 남자가 그녀의 어깨에 손을 얹었다. 그녀는 남자의 손을 쳐냈다.

시신을 화장하고, 유골을 안치소에 안치하고, 자질구레한 수속을 모두 마치고 나왔을 때에는 눈발이 점점 굵어지고 있었다. 지하철역을 나와 언덕 꼭대기의 단층집으로 가는 골목길에 들어섰을 무렵에는 앞을 분간할 수 없을 정도로 눈이 펑펑 쏟아졌다. 정장을 입고 구두를 신은 그녀가 두 번쯤 비탈길에서 미끄러졌을 때 남자는 그녀를 붙잡아주며 말했다.

"위험하니까 집까지 안 올라가는 게 좋겠어요. 어디 다른 데서 하룻밤만 묵는 게……."

그녀는 고개를 저었다. 남자가 다시 말했다.

"다른 뜻이 있어서 그러는 게 아니에요. 그런 구두 신고 이 눈속에 비탈길 올라가다간 다쳐요."

그녀는 다시 고개를 저었다. 언덕 꼭대기의 집 안방에 그녀의 짐가방이 있었다. 그녀는 집에 돌아가고 싶은 것이 아니었다. 그 가방을 가지고 언덕 꼭대기의 집을 나오고 싶은 것이었다. 나와서, 절대로 뒤도 돌아보지 않고, 떠나온 먼 곳으로 돌아가서 이곳에서의 일을 다시는 생각하지 않고 살아가고 싶은 것이었다.

그녀는 몇 발자국 간신히 올라온 비탈길을 다시 내려갔다. 골목길의 시장통으로 가서 싸고 바닥에 요철이 강하게 박힌 장화를 샀다. 비탈길 앞에서 구두를 벗어 손에 들고 장화로 갈아 신고 그녀는 올라가기 시작했다. 남자도 말없이 뒤를 따랐다.

　장화를 신고도 몇 번인가 미끄러지고 구른 끝에 그녀와 남자는 눈과 진흙과 땀으로 범벅이 되어 집에 도착했다. 그녀는 곧장 안방으로 들어가 짐가방을 가지고 나왔다.

　다시 장화를 신는 그녀를 남자가 말렸다. 그녀는 남자를 노려보고 아무 말도 하지 않았다. 그러고 현관을 나섰다. 마당으로 나왔다.

　해는 이미 졌고, 하늘은 깜깜했고, 이제는 천지를 분간할 수 없을 정도의 눈보라가 휘몰아치고 있었다. 마당이라고 이름 붙이기조차 부끄러운 현관부터 대문까지의 협소한 공간이 어둠과 눈보라가 뒤섞여 일렁이는 회색 추위 속에 완전히 잠겼다. 대문이 어디쯤인지 분간조차 할 수 없었다.

　"혜진 씨."

　남자가 뒤에서 불렀다.

　"제발 이러지 마세요."

　그녀는 입속말로 작게 욕설을 내뱉었다. 그리고 다시 현관으로 들어갔다. 장화를 벗었다. 안방에 짐가방을 내려놓고 외투를 벗었다.

　더운물은 오 분 만에 얼음장 같은 찬물로 바뀌었다. 그녀는 덜덜 떨면서 얼굴에서 진흙과 눈 녹은 물과 땀을 간신히 씻어냈다. 안방으로 돌아와 전처럼 문을 잠그고 자리를 깔고 누웠다.

　몸은 녹지 않았다. 그녀는 딱딱 마주치는 이를 악물고 이불 속에서 몸을 옹송그렸다. 해가 뜨면, 눈보라가 그치면, 이라고 그녀는 덜덜 떨리는 몸을 가느다란 양팔로 꽉 껴안고 악문 이 사이로 몇 번이나 중얼거렸다.

추위 때문에 잠이 오지 않았다. 그녀는 시계를 보았다. 자정이었다.

달각.

문손잡이가 움직였다.

그녀는 문을 쳐다보았다.

"상현 씨?"

아무도 대답하지 않았다.

달그락. 삐걱.

"상현 씨?"

대답 대신 문이 살짝 열렸다. 문틈으로 바깥의 어둠이 보였다.

그녀는 일어섰다.

그녀의 예상과는 달리, 문은 더 이상 열리지 않았다. 손가락 한 마디만큼 벌어진 틈 사이로 그녀의 어머니가 스며들어왔다.

육체를 잃은 어머니의 혼령은 죽은 어머니의 얼굴처럼 여위고 창백했고, 약간은 투명해 보였다. 그녀는 선 채로 굳어져서 희뿌옇고 반투명하고 창백한 어머니의 혼령이 옷장 쪽으로 가는 것을 지켜보았다.

혼령은 옷장 문을 열려 했다. 그러나 손은 옷장 문을 통과했고 옷장은 닫힌 채로 있었다. 혼령은 상황을 이해하지 못하는 듯 기계적으로 헛손질을 계속했다.

한동안 그렇게 팔을 휘두르다가 혼령은 멈추었다. 그리고 천천히 돌아섰다.

어머니의 혼령과 눈이 마주치기 전에 그녀는 방에서 뛰어나왔다.

"상현 씨!"

남자는 거실 한구석에서 색색 고른 숨을 쉬며 깊이 잠들어 있었다.

"상현 씨!"

남자는 깨어나지 않았다.

"일어나!"

그녀는 남자를 흔들었다.

"일어나!!"

그녀는 절규하며 남자를 흔들었다.

"혜진 씨, 혜진 씨."

남자의 목소리를 듣고 그녀는 흔들기를 멈추었다.

"왜 그래요?"

남자와 눈이 마주쳤다. 이전과는 달리, 남자의 눈은 맑고 초점이 또렷했다.

그녀는 말없이 안방을 가리켰다.

남자의 표정이 굳어졌다.

"여기 있어요."

남자가 일어서며 말했다. 그리고 안방으로 들어갔다.

그녀는 따라 들어갔다. 남자는 옷장을 열고 가장 아래쪽 서랍 안쪽에 팔을 넣어 휘저었다. 그리고 조그만 사각형 비닐 봉투를 꺼냈다. 안에 흰 가루가 들어 있었다.

어머니의 혼령은 흰 가루가 든 비닐 봉투를 보고 손을 뻗어 움켜쥐려 했다. 손은 비닐 봉투를 그대로 통과했다. 어머니의 혼령은 옷장 문을 열려고 했을 때처럼 헛되이 기계적인 동작을 되풀이했다.

그녀는 남자에게 다가가 흰 가루가 든 비닐 봉투를 낚아챘다.

어머니의 혼령이 동작을 멈추었다. 남자가 그녀를 올려다보았다.

"혜진 씨, 무슨······."

그녀는 남자를 무시했다. 어머니의 혼령에게 말했다.

"이게 갖고 싶어요?"

어머니의 혼령이 천천히 그녀 쪽으로 고개를 돌렸다. 혼령의 반투명하고 어두운 시선은 그녀가 아닌 비닐 봉투를 끊임없이 바라보고 있었다.

"이게 갖고 싶냐고!"

어머니의 혼령은 대답하지 않았다. 움직이지도 않았다.

그녀는 어머니의 혼령을 향해 비닐 봉투를 내민 채로 뒷걸음쳤다. 어머니의 혼령은 천천히 그녀 쪽을 향해 움직였다. 그녀는 조심스럽게, 그러나 재빨리 뒷걸음쳐서 안방을 나왔다. 어머니의 혼령도 천천히 그녀를, 혹은 흰 가루가 든 비닐 봉투를 따라서 나왔다.

그녀는 현관을 지나 마당으로 나갔다. 맨발이 차가운 눈 속에 발목까지 파묻혔다.

"이게 갖고 싶어요?"

그녀는 어머니의 혼령에게 다시 말했다. 혼령은 비닐 봉투에 시선이 붙박인 채 대답하지 않았다.

"갖고 싶으면 내 이름 불러봐요."

그녀가 말했다.

"혜진아, 그거 이리 줘, 라고 말해봐요."

어머니의 혼령은 비닐 봉투를 쳐다보며 대답하지 않았다.

"혜진아, 해봐요!"

그녀는 소리쳤다.

어머니의 혼령은 변함없이 비닐 봉투 쪽으로만 시선을 향한 채 대답하지 않았다.

그녀는 봉투의 입구를 찢었다. 마당의 눈에 흰 가루를 뿌렸다.

혼령의 입이 벌어졌다. 가슴까지, 바닥까지 닿을 정도로 벌어졌다. 우렁우렁한 고함소리가 집을 뒤흔들었다. 어머니의 혼령은 그녀를 통과하여, 흰 가루를 따라, 마당에 쌓인 눈 속으로 돌진했다. 그리고 흩어져서, 사라져버렸다.

어머니의 혼령이 완전히 사라진 후에도 그녀는 한동안 마당에 그대로 서 있었다.

"혜진 씨."

남자가 불렀다. 그녀는 대답하지도 움직이지도 않았다.

"혜진 씨!"

그녀는 반응하지 않았다.

남자가 자기 외투를 가지고 마당으로 나왔다. 그녀의 어깨에 외투를 둘렀다.

"혜진 씨, 들어가요."

그녀는 움직이지 않았다.

"여기 이러고 있으면 감기 들어요."

그녀는 대답하지 않았다.

"혜진 씨."

그녀는 아무 반응도 보이지 않았다.

남자는 그녀의 어깨에 팔을 둘렀다. 그녀를 집 안으로 데리고 들어가려 했다.

갑자기 그녀가 팔을 휘둘러 남자의 얼굴을 가격했다. 남자는 중심을 잃고 눈 속으로 미끄러져 쓰러졌다.

그녀는 쓰러진 남자에게 덤벼들었다.

남자는 몇 대 더 맞고서야 그녀를 제압했다. 몸부림치는 그녀를 안아서 집 안으로 옮겼다. 현관문을 닫았다.

그녀는 눈과 얼음조각과 눈 녹은 물에 뒤덮여 흠뻑 젖은 채 덜덜 떨면서 거실 한가운데 서 있었다. 남자가 욕실에서 수건을 가져왔다. 그녀를 조심스럽게 이끌어 안방으로 데려갔다. 이불을 둘러준 후 머리카락과 얼굴을 닦아내기 시작했다.

그녀가 돌연히 남자에게 입 맞추었다.

그녀가 남자의 옷을 벗기고 요 위에 눕혔을 때 남자는 저항하지 않았지만 적극적으로 반응하지도 않았다. 얼음처럼 차갑게 식은 그녀의 몸이 남자의 몸을 안았을 때 남자는 양팔로 그녀의 몸을 감쌌다. 그러나 남자가 아무리 감싸 안아도, 눈 덮인 사흘째의 밤이 조용히 시간 속으로 흘러 사라져갈 동안 그녀의 몸은 조금도 달아오르지 않았다…….

　　부재를 부재로서 인정하고 확인하는 데에는 궁극적인 해결책이란 존재할 수 없다는 사실과 자기 자신 혹은 다른 사람들에게 투영된 소멸될 수 없는 불안감을 인지하는 과정이 필요하다. 그것은 또한 [중략] 더욱 바람직한, 어쩌면 매우 다른—그러나 완벽하지도 완전하게 합일되지도 않는—지금, 여기의 삶을 창조하는 데 있어 긍정적인 가능성을 열어줄 수 있다.

도미닉 라카프라, 「외상, 부재, 상실」, 707쪽

다음 날 아침, 남자가 안방에 들어섰을 때 그녀는 이미 떠날 채비를 마친 상태였다.

"아침…… 먹고 가세요."

남자가 어색하게 말했다.

그녀는 대답하지 않았다. 남자를 돌아보지도 않았다.

"아직 추워요……. 밤새 눈이 언 것 같고."

그녀는 대답하지 않았다.

"몇 시간만 더 있으면…… 날이 풀릴 것 같은데……."

"그만해요."

그녀가 남자의 말을 잘랐다. 남자는 무안해져서 입을 다물었다.

그녀는 짐가방을 집어 들었다. 안방을 나왔다. 거실을 가로질러 현관으로 갔다.

장화를 신는 그녀에게 남자가 말했다.

"사십구재는…… 어떻게 하실 거예요?"

그녀는 대답하지 않았다.

남자가 다시 말했다.

"내년 기일엔……."

"맘대로 하세요."

그녀가 신발을 다 신고 일어섰다. 그리고 남자를 돌아보았다.

"이젠 상관 안 할 거니까, 그쪽 맘대로 하세요."

"혜진 씨……."

그녀는 현관문을 열었다. 좁은 마당으로 나왔다.

눈은 밤새 얼었다. 장화를 신은 그녀의 발밑에서 언 눈이 파삭파삭 소리를 내며 부서졌다.

흰 가루가 뿌려진 곳, 어머니의 혼령이 마지막으로 빨려 들어가 사라진 그곳은 어디인지 짐작조차 가지 않았다.

그녀는 조심스럽게 마당을 가로질렀다. 장갑 낀 손으로 대문을 밀었다. 얼어붙은 대문이 끼긱, 소리를 내며 열렸다.

"혜진 씨."

남자가 뒤에서 불렀다.

그녀는 잠시 망설였다. 그리고 돌아보았다. 남자는 한쪽 뺨이

불그스름하게 부어 있었다.

남자가 말했다.

"용서하세요."

그녀는 대답하지 않았다. 대문을 열고 골목으로 나왔다.

전철 안에서 그녀는 울었다. 그것은 장례 첫날 밤, 약을 찾아 관에서 걸어 나온 어머니의 시신을 보고 무섭고 놀라서 흐느꼈던 눈물과는 달랐다. 그것은 그녀가 처음으로 흘리는 애도의 눈물이었다.

그녀가 애도하는 것은 어머니의 죽음이 아니라 어머니의 부재였다. 그녀의 눈물은 자신에게 생물학적인 의미의 어머니 외에 사회적이고 정서적인 의미의 어머니가 존재하지 않으며, 살면서 이제껏 한 번도 존재하지 않았음을 뒤늦게야 인식하고 인정하는 눈물이었다.

가져본 적이 없는 것은 상실할 수 없다. 부재하는 것은 또한 존재하지 않으므로 용서할 수도 용서하지 않을 수도 없다. 그러므로 그녀는 어머니의 죽음이라는 삶의 중대한 사건을 맞이하여 아무런 권한도 책임도 없는 완전한 방관자의 입장이었다. 그래서 그녀는 울었다.

공항에서 탑승 시간을 기다리면서 그녀는 어깨에 전날 밤 자신의 차가운 몸을 감싸 안았던 남자의 온기가 남아 있는 것을 느꼈다. 망설이다가 탑승 안내 방송을 듣고 그녀는 마지막으로 휴대전화를 꺼냈다.

남자가 전화를 받았을 때 그녀는 말했다.

"고마웠어요."

남자는 잠시 아무 말도 하지 않았다. 그리고 나지막한 목소리로 대답했다.

"……예."

그녀는 전화를 끊었다. 그리고 이번에야말로 완전히 떠나기 위해, 일어섰다.

■ 사 흘 은 ……

　친구의 친구 집에 초대받아서 간 적이 있었다. 한겨울이었는데 비탈길을
한참이나 헐떡헐떡 올라가야 하는 언덕 꼭대기에 위치한 쓰러져가는 주택이
었다. 겨울이라 해도 빨리 져버린 데다가 골목이 구불구불하고 집도 을씨년
스러워서 초대해준 친구에게는 미안한 말이지만 호러소설의 배경으로 쓰면
좋을 것 같다고 생각했다. (그러나 그날은 피자 사다 먹고 잘 놀았다.)

　그 뒤에 학위논문을 쓰면서 논문 주제와 관련하여 고통과 죽음과 상실과
부재에 대한 여러 가지 자료들을 읽게 되었다. 이런 감정적인 주제에 대하여
객관적이면서도 조심스럽고 상냥하게 분석한 여러 가지 현명한 사람들의 글
을 읽으면서 굉장히 감명을 받기도 하고 충격을 받기도 했다. (여기에 인용
된 문구들은 다 실제 학자들이 실제로 쓴 논문에서 따온 것이다.) 그런저런
것들이 합쳐져서 완성한 것이 이 짧은 이야기이다. 다시 읽어도 참 춥다.

온우주
단편선

아 이 를 안 고 있 었 다

아 이 를 안 고 있 었 다

남자는 지하철을 탔다.

딱히 지하철을 싫어하는 것은 아니다. 그러나 주말 저녁이라 사람이 많았던 것은 사실이다. 저녁을 먹었던 레스토랑이라든가 정복을 입은 직원이 무릎을 꿇고 샴페인을 가져다주는 영화관이라든가, 본인이 말한 직업이나 현재 일하는 직장, 남자의 옷차림이나 소지품 등등, 그 정황의 모든 다른 요소들이 지하철과는 약간 어울리지 않았던 것도 사실이다.

이런 요소들 외에도 남자가 조금은 결벽증이 의심될 정도로 깔끔했기 때문에 처음 만난 순간부터 나는 남자가 자기 차 아니면 모범택시 족일 것이라고 지레짐작했다. 레스토랑에서 남자는 종업원이 놓아주고 간 포크와 나이프 아래의 냅킨을 빼서 특정한 모양으로 접었다. 식사하는 내내 남자는 냅킨 대신 주머니에서 손수건을 꺼내서 사용했다. 그러면서 때때로 사용하지도 않은 냅킨을 접거나 뒤집었다. 식사가 끝난 후 남자는 그 냅킨으로 물컵을 꼼꼼히 닦아냈다. 정작 립스틱을 바르고 나온 건 난데, 저 남자는 왜 자기 물컵을 닦는 것일까. 이에 대한 남자의 변명은 간단하게 "미안합니다, 습관이라서."였다. 어쩐지 나도 맞춰줘야 할 것 같아서 물컵에 묻은 립스틱을 냅킨으로 닦아냈다.

레스토랑을 나와 바로 앞의 택시 승차장에 모범택시가 한 대, 일반택시가 한 대, 이렇게 두 대나 '빈차'라는 빨간 등을 켜고 섰을 때는 "아, 저걸 타면 되는데."라는 말이 저절로 나왔다. 남자가 부드럽지만 단호하게 "지하철로 가죠."라고 대답했을 때는 냅킨 사건의 여파도 있고 해서 다분히 이상하다는 기분이 들기도 했다. 그래도 사람들이 꽉꽉 들어찬 지하철, 붐비는 주말 저녁을 평계로 다섯 정거장을 남자에게 거의 안기다시피 꼭 붙어 가다 보니까 생각이 조금씩 바뀌었던 것도 사실이다. 동행한 상대가 누구냐에 따라 지하철도 나쁘지 않다. 남자는 하이힐을 신은 나보다도 키가 크고 어깨가 꽤 넓은 편이었고, 보기에만 예쁠 뿐 도무지 제대로 서 있을 수가 없는 10센티미터 굽 때문에 흔들리는 전동차 안에서 기우뚱거릴 때마다 남자의 팔이 때맞춰 어깨를, 허리를 받쳐주었다. 그러나 그렇게 받쳐주면서도 남자의 시선은 어디까지나 점잖게 출입문 위의 노선도를 향해 있었다. 이 남자, 안 그런 척하면서 은근히 선수로군.

그리하여 정석대로 저녁식사 후 영화를 보고 커피를 마신 후 또다시 꼼꼼히 접은 냅킨으로 커피 잔을 꼼꼼히 닦아내고 또다시

지하철로 이동하여 역을 나와 남자를 따라 한동안 걷다가 멈춰서서 "여기 바의 칵테일이 괜찮은데, 한잔하시겠어요?"라고 남자가 말한 곳이 어느 호텔 앞이었을 때 나는 당연히 이 남자는 은근한 게 아니라 대단한 선수라는 결론을 내렸다.

뭐 여기까지 온 마당에 딱히 거절할 이유는 없었다. 사춘기 소녀도 아니고, 아무리 채팅방 제목이 '외로운 주말 저녁에 이야기 나누실 분'이었다지만 그걸 곧이곧대로 믿을 만큼 순진한 나도 아닌 것이다.

그래서 칵테일 한 잔과 위스키 한 잔을 앞에 놓고 한 모금씩 마신 후에 남자가 "다른 뜻은 없습니다. 정말로 얘기를 하고 싶었어요."라고 했을 때 나는 속으로 웃었다. '이야기 나누실 분'이라고 해놓고 저녁 7시에 만나서 11시가 넘어가도록 남자가 내게 한 말이라고는 좋아하는 음식이라든가 원하는 영화를 묻는 정도뿐이었다. 그러나 자연스럽게 분위기를 이끌어내는 것도 선수의 요건이려니. 바에는 의외로 사람이 그다지 많지 않았고, 칵테일이 은은했고 음악은 달콤했기 때문에 나도 유혹적인 음료를 한 모금씩 홀짝이며 자연스럽게 웃어 보였다.

그러나 남자는 위스키를 딱 한 모금 마신 후 더 이상 마시지 않았다. 유리잔만 뚫어지게 들여다보며 아무 말도 하지 않았다. 그리고 다시 냅킨을 집어 들어 위스키 잔을 일부분 닦아냈다. 술잔에 지문을 남기면 안 되는 사연이라도 있는 것일까. 그렇다면 선수보다는 범죄자 쪽이라는 데 생각이 미치고 보니 아무 의심 없이 받아 든 칵테일이 갑자기 의심스러워졌다. 기분 탓인지 어쩐지 어지러운 것도 같고. 남자는 그 와중에도 계속 위스키 잔만 뚫어지게 들여다보며 아무 말도 하지 않았다. 과연 약기운이 돌기라도 기다리는 것일까. 핸드백 속의 휴대전화를 만지작거리며 불안해하기 시작할 무렵, 남자가 여전히 위스키 잔을 들여다보며 말을 꺼냈다.

"좀 무거운 얘기인데, 해도 될까요?"

무겁다. 그 상황에서 의심스러운 칵테일과 지문을 닦아낸 위스키 잔과 남자의 머리 위를 떠도는 분위기를 묘사하기에 더없이 적절한 단어였다. 달리 뭐라고 대답해야 할지 알 수 없어서, 그리고 일단은 남자가 입을 열었다는 사실에 안도하며 나도 또한 무겁게 고개를 끄덕였다.

"아내가 교통사고로 죽었습니다. 6년 전에, 딱 이맘때였을 겁니다."

나는 당황했다.

그 한 마디를 던져놓고 남자는 다시 위스키 잔만 뚫어져라 들여다보았다. 나는 뭐라고 해야 할지 알 수 없었다.

"저런…… 상심이 크셨겠어요."

이 무슨 바보 같은 발언인가.

그러나 생각해보면, 오늘 처음 만나 저녁 같이 먹고 영화 같이 본 것이 전부인데 갑자기 6년 전에 아내가 죽었다고 하는 남자에게 우아하고 적절하게 대꾸해줄 방법이란 그다지 많지 않은 것이다. 그래도 유부남 아니고 홀아비라서 다행이다, 라는 생각이 머릿속을 스친 것은 비밀이고.

"상심이라기보다는, 어이가 없었습니다."

나는 더 당황했다. 갈 곳 잃은 칵테일 잔을 순전히 관성의 법칙에 의존해 손에 든 채로 그를 쳐다보는 나의 그야말로 어이가 없다는 표정을 아마 남자도 눈치챘으리라.

"가벼운 접촉사고였거든요. 사람이 죽을 만한 사고가 아니었어요."

남자는 설명했다. 비가 추적추적 을씨년스럽게 내리는 날씨, 늦은 밤, 그러나 전형적인 교통사고의 요건은 그것이 전부였다. 술을 마시지도 않았고 과속을 하지도 않았으며 고속도로도 아니었다. 집 앞에 거의 다 와서 골목길로 접어들었는데 운전대를 꺾는 순간 차가 미끄러져 90도 각도로 빙글 회전하여 전봇대를 박고 멈췄다. 전봇대를 '박았다'고 하지만 차에서 내려 확인해보니 범퍼가 조금 찌그러지고 전조등 귀퉁이가 깨진 정도였다. "오밤중에 골목길 한가운데 서 있으면 어떡해요!"라고 소리를 질렀으나 원인 제공자는 이미 도망치고 없었다. 짜증을 내며 다시 차에 타서 기어를 후진으로 바꿔 넣고 고개를 돌려 보니 옆자리의 아내는 미동도 없이 눈을 크게 뜨고 그대로 정면을 응시한 채 양팔로 단단히 배를 감싸 안고 있었다. 너무나 겁에 질린 표정이라 "왜 그래." 하고 어깨를 흔들었더니 마치 드라마나 영화 속의 한 장면처럼 아내는 앉은 자세 그대로 스르륵, 힘없이 미끄러지더라는 이야기였다. 공식적인 사망원인은 심장마비였고, 현장에서 즉사였다. 그리고 그와 함께 이제 막 태동을 시작한, 배 속의 5개월 된 아기도 함께 죽었다.

"다친 데도 한 군데 없었는데, 믿을 수가 없어서⋯⋯."

염을 하는 순간까지도 아내는 깨우면 그대로 깨어날 것만 같아서, 상을 치르는 동안 그를 지배한 감정은 슬픔도 분노도 아닌 '어이가 없다'는 것이었다. 울지도 않고 내내 멍하니 서서 누군가 뭐라고 말하면 얼빠진 표정으로 "예?" 하고 되묻기만 하다가 분기탱천한 처남에게 얻어맞았지만 그것조차도 남자는 어이가 없었다. 죽었을 리가 없는데, 눈을 크게 뜨고 상처 하나 없이 멀쩡했었는데.

아내의 죽음을 현실로 느끼기 시작한 것은 매장을 끝내고 텅빈 집에 돌아와 사나흘이나 지난 후였다. 뒤늦게 목격자를 찾기 시작했지만 아무도 나타나지 않았다. 분명히 사람이 서 있었고 그 사람을 피하기 위해서 운전대를 꺾었다가 사고가 났다고 몇백 몇천 번이나 되풀이해 말해보아도 결국 가해자는 자기 자신이었고 원망할 사람도 자기 자신뿐이었다. 목격자가 나타난들 죽은 아내가 살아 오겠는가, 라는 장모님의 말씀을 듣고서야 그는 벼락을 맞은 듯, 꿈에서 깨어나듯, 아내가, 태어나지도 못한 아기가 정말로 다시는 돌아오지 못할 곳으로 가버렸다는 현실을 갑작스럽게 깨달았다. 그리고 그는 처음으로, 애도하며, 울었다.

"가슴이, 아파서."

남자는 위스키 잔을 들여다보며 더듬더듬 말했다.

"그냥, 사람들이 그냥 하는 말인 줄 알았는데, 가슴이, 정말, 아프더라고요."

나는 칵테일 잔을 내려놓았다. 아내를 잃고, 아이를 잃고, 가슴이, 아프다, 라고 더듬거리며 말하는 남자에게 뭐라고 말해줄 수 있단 말인가. 뭔가 특이한 방법으로 고단수의 작전을 펴는 것일지도 모른다고 여자의 본능이 머릿속 한구석에서 속삭이기는 했지만.

"그리고 삼 년쯤 지나서, 재혼을 했어요."

위스키 잔 옆에 놓인 남자의 손을 슬그머니 잡으려다가 나는 움찔했다. 이 남자의 무거운 이야기는 도대체 어느 방향으로 가고 있는 것일까. 남자의 손을 유심히 다시 보았으나 반지는 없었다.

남자는 손을 관찰하는 내 시선을 느끼지 못한 듯, 멍하니 중얼중얼 낮은 목소리로 이야기를 이어가고 있었다.

"다 잊고, 정말로, 새로 시작하고 싶었어요. 죽은 아내와 아이에게 못해준 것도, 새 사람 만나서 다 해주고 싶었고……."

친구가 강요하다시피 소개해서 만난 아가씨는 공교롭게도 죽은 아내와 나이가 같았으나 공통점은 그뿐이었다. 활달하고 외향적이었던 죽은 아내와는 달리 새로 만난 아가씨는 말이 없고 수줍은 성격이었고, 대범하지만 덜렁거리고 뭐든지 잘 잊어버렸던 아내와는 달리 그녀는 매사에 꼼꼼하고 사려가 깊었다. 두 번째 만난 자리에서 남자는 한 번 결혼을 해서 아이까지 태어날 뻔했다는 사실과 아내가 죽은 경위를 고백했다. 말없이 받아들이고 그의 아픈 곳을 건드리지 않기 위해 배려해주는 모습에 그는 결정적으로 마음이 움직였다. 6개월이 못 되어 그들은 결혼했다.

"일 년 정도 아무 일도 없이 잘 살았어요. 너무 빨리 결혼하는 거 아니냐고 주위에서 걱정했지만, 스스로도 신기할 정도로 행복했어요."

남자는 위스키 잔을 들여다보며 중얼거렸다. 문득 생각난 듯, 이제는 얼음이 완전히 녹아버린 위스키를 한 모금 마셨다. 그리고 위스키 잔 아래 놓여 있던 예의 냅킨을 집어 습관대로 꼼꼼하게 반으로 접은 후 위스키 잔을 닦아냈다.

남자가 닦아내는 곳은 입술이 닿았던 곳도 손가락이 닿았던 곳도 아닌 손가락 자국 옆의 아주 좁은 한 부분이었다. 고개를 조금 숙이고 뾰족하게 접힌 냅킨 끝이 위스키 잔에 닿는 부분을 응시하며 섬세한 손놀림으로 한정된 부분을 집중해서 닦아내는 남자의 옆모습을 지켜보며 나는 남자가 소년이었을 때 프라모델 같은 것을 조립했다면 저렇게 순진무구하게 집중한 표정, 저렇게 약간은 무방비한 모습이었을 것이라고 상상했다.

유리잔을 닦은 후 남자는 남은 위스키를 한 모금 마셨다. 그리고 잔을 내려놓고 다시 뚫어져라 들여다보았다.

"그랬다가 다시 교통사고가 났어요."

나는 무표정하게 위스키 잔을 들여다보는 남자의 알 수 없는 옆모습을 쳐다보았다. 그리고 칵테일 잔을 쳐다보았다. 바텐더에게 살며시 손가락으로 신호했다. 바텐더가 생수를 가져다주었다. 뚜껑을 돌리자 작게 빠각, 하는 소리가 났다. 아무도 손대지 않은 새 생수병이었다. 나는 속으로 안도하며 한 모금 마셨다.

차가운 물이 식도를 타고 흘러내려가자 머리가 맑아지는 느낌이었다. 칵테일이 반 이상 남았지만 더는 마시고 싶지 않았다. 남자의 무거운 이야기도 결말이 어떻게 되든 더는 듣고 싶지 않았다. 무슨 핑계를 대야 이 상황에서 그럴듯하게 빠져나갈 수 있을지 궁리하는데 갑자기 남자가 내 쪽을 돌아보았다.

"보험사기꾼이나 연쇄살인범 같죠?"

나는 세 번째로 당황했다.

"기분 나쁘셨다면 죄송합니다."

남자는 낮은 목소리로 사과했다. 잔을 들어 남은 위스키를 전부 마셨다. 그리고 가볍게 탁 소리를 내며 잔을 내려놓고 일어섰다.

"제가 쓸데없는 얘기를 너무 길게 했나봅니다. 택시 잡아드릴게요."

속내를 들켰다는 점과 남자의 태도가 갑자기 달라진 점 중에 어느 쪽이 더 당황스러웠는지는 알 수 없지만 어쨌든 두 배로 당황한 채 나는 남자와 남자의 위스키 잔을 번갈아 쳐다보았다. 남자의 위스키 잔에는 아직 닦아내지 않은 손자국이 남아 있었다.

"아니요, 말씀 계속하세요."

이번에는 남자가 뜻밖이라는 표정으로 나를 쳐다보았다.

나는 조심스럽게 웃었다.

"기분이 나쁜 게 아니고 술기운이 좀 돌아서요. 칵테일이 생각보다 독했나보네요."

나는 생수병을 집어 들어 다시 한 모금 마신 후 칵테일 잔 옆에 내려놓았다.

"얘기 계속해주세요. 궁금해요."

그리고 나는 두 번째로, 이번에는 좀 더 눈에 띄게 바텐더에게 손짓했다.

"커피 한 잔만 주시겠어요? 블랙으로."

새로 음료까지 주문하고 전혀 일어설 태세가 아닌 나를 보고 남자는 망설이다가 주춤주춤 도로 앉았다. 빈 위스키 잔을 양쪽 검지 끝으로 가볍게 문지르며 한동안 생각했다. 그리고 다시 입을 열었다.

"이번에는 제가 아니고 아내가 운전을 했어요. 그 첫 번째 사고 이후로 저는 운전을 안 하거든요."

이번에도 골목길이었지만, 집 앞이 아니라 함께 식사를 하고 나오던 음식점 앞이었고, 아직 해가 떠 있는 낮시간이었고, 날씨는 맑았다. 술은 마시지 않았고, 아내는 운전이 능숙했으며, 좁은 골목길이라는 점만 제외하면 사고가 날 여지는 거의 없었다.

"그런데 차 빼다 말고 갑자기 비명을 지르면서 운전대를 확 꺾더라고요……. 후진해서 담벼락에 박았는데, 차 빼는 중이라 천천히 가고 있었기 때문에 다친 사람은 없었어요. 담벼락도 무사하고, 우리 차만 뒷범퍼가 나갔으니까…"

어쩔 줄 몰라 하는 아내를 진정시킨 후 서로 다친 곳이 없음을 확인하고, 차에서 내려 담벼락도 망가진 곳이 없음을 확인한 후, 음식점 주인에게 사정을 설명하고 만약을 대비하여 연락처를 남겨놓고 다시 차에 타서 보니 아내는 하혈을 하고 있었다. 병원에서는 3개월째가 원래 가장 유산하기 쉬운 시기라고 위로했다.

"임신한 줄도 몰랐는데……."

그래도 아이는 다시 가지면 된다고, 그는 입원실에 누워 있는 아내의 손을 잡고 달랬다. 아내는 아무 말도 하지 않고 울었다.

퇴원한 후에도 아내는 눈에 띄게 우울해했다. 원래 말이 없는 성격이었지만 갈수록 더 말수가 적어졌다. 얼굴에도 그늘이 지고, 야위고 초췌해졌다. 그는 아내의 기운을 북돋아주기 위해 좋다는 음식도 구해다 먹이고 낭만적인 곳에 놀러가기도 했으나 아내는 좀처럼 회복되지 않았다.

사고 후 한 달쯤 지났을 때, 뜻밖에 아내가 그때의 음식점에 식사를 하러 가자고 했다. 아내 쪽에서 뭔가를 적극적으로 하고 싶어 하는 것은 사고 후 처음이라서 그는 흔쾌히 응했다. 밥을 먹는 동안 아내는 내내 말이 없었다. 집에 돌아와 차에서 내리며 아내는 중얼거렸다.

"아이를 안고 있었어."

"응?"

그는 되물었다.

"누가?"

"여자가…… 아이를 안고 있었다고."

"무슨 여자?"

"우리 그때 사고 난 날, 차 뒤에 서 있던 여자."

그는 순간적으로 머리에 피가 확 몰리는 것을 느꼈다.

"누구야? 아는 여자야? 어떻게 생겼는데?"

아내는 고개를 저었다.

"모르는 여자야. 그 동네 사는 사람인 줄 알고 오늘 다시 간 거였는데, 그것도 아닌가봐. 음식점 사람한테 물어봐도 모른다고만 하고."

"어떻게 생겼는데?"

아내는 다시 고개를 흔들었다.

"나도 경황이 없어서 자세히 기억이 안 나. 젊은 여자 같았는데, 머리가 길고 목 뒤에서 묶었어. 어린 애기를 안고 있었고. 그것밖에 기억이 안 나."

"키는? 커? 작아?"

"몰라. 작은 키는 아니었는데, 잘 기억이 안 나."

"옷은? 뭐 입고 있었는데?"

"그냥…… 평범했어."

"무슨 색인데? 잘 좀 생각해봐."

"몰라, 하늘색이나 옅은 색이었는데 잘 못 봤어. 그런데 자기 왜 그래?"

그는 화를 냈다.

"그런 건 진작 얘기를 했어야지! 그 여자 때문에 사고가 났으면 당사자를 찾아내서 혼을 내줘야 될 것 아냐! 그런 미친년이 남이 차 빼는데 하필 그 뒤에서 얼쩡거리니까 우리는 사고 나고 애까지 유산되고……."

아내의 눈에 눈물이 고이기 시작하는 것을 보고 그는 황급히 말을 끊었다.

"미안해. 내가 잘못했어. 울지 마, 응? 제발 울지 마."

그러나 아내를 다독이면서도 그는 아이를 안은 여자에 대한 생각을 지울 수 없었다. 첫 번째 아내가 죽던 날, 비 오는 늦은 밤의 골목길에서 차 앞에 갑자기 튀어나온 것이, 아니 그가 갑자기 뛰어나오는 것을 봤다고 생각하고 운전대를 꺾었던 이유가, 긴 머리를 목 뒤에서 묶고 옅은 색 옷을 입은 여자였다는 것을 그는 두 번째 아내에게 말한 적이 없었다. 그때 그가 본 여자는 아이를 안고 있지 않았다는 데 생각이 미치자 그는 무서워졌다. 죽은 아내의 마지막 얼굴, 연약한 양손이나마 온 힘을 다해 결사적으로 배를 감싸 안은 채 눈을 크게 뜨고 공포에 질려 정면을 응시하던 그 표정이 눈앞에서 어른거렸다.

그는 눈을 감았다. 지금의 아내에게는 말할 수 없었다.

그는 아내를 꼭 안고 등을 토닥이며 말했다.

"우리, 애 갖자."

아내는 흐느껴 울기 시작했다.

그는 아내를 더 세게 꽉 껴안았다.

"그 재수 없는 동네 다시는 가지 말고, 그 미친 여자 같은 것도 잊어버려. 우리, 애 갖자. 이쁜 애기 많이많이 낳아서 당신이랑 나랑 잘 키우자. 응? 내가 잘할게. 내가 정말 잘할게."

아내는 눈물을 닦고 고개를 끄덕였다. 그리고 조금 웃었다.

남자는 한숨을 쉬고 위스키 잔을 바라보았다.

나도 남자가 바라보는 위스키 잔을 바라보았다.

남자가 갑자기 나를 보고 물었다.

"물 좀 얻어 마셔도 됩니까?"

나는 생수병을 건네주었다.

남자는 위스키 잔에 물을 가득 따랐다. 그리고 꿀꺽꿀꺽 전부 마셨다. 나는 남자의 목울대가 오르락내리락하는 것을 말없이 보고 있었다.

물을 다 마신 후 남자는 다시 가볍게 탁 소리를 내며 위스키 잔을 내려놓았다. 그리고 예의 냅킨을 집어 들어 잔을 닦았다.

"고맙습니다. 훨씬 낫네요."

나는 대답 대신 앞에 놓인 커피를 한 모금 마셨다.

뜨겁고 쓴 액체가 목구멍을 넘어가면서 뒤통수에서 피어오르는 긴장감을 누그러뜨려주었다.

"제가 독신인 척하고 여자 속여 먹는 유부남이라고 생각하세요?"

나는 대답하지 않았다.

남자가 나를 쳐다보았다. 나는 살짝 웃으며 모호하게 고개를 가로저었다. 사실 이 시점에서 남자의 결혼 여부 따위는 아무래도 상관없었다.

남자는 쓸쓸하게 웃으며 다시 위스키 잔을 바라보았다.

"아내와는 이혼했습니다. 사고 나고, 아이가 유산되고, 그러고 나서 반년 만에 헤어졌어요."

남자는 위스키 잔에 다시 생수를 조금 따랐다. 그러나 이번에는 마시지 않고 그냥 바라보고만 있었다.

"아기…… 때문이었나요?"

나는 조심스럽게 물었다.

남자는 피식 웃었다.

"아기 때문이라…… 뭐, 그렇다고 할 수도 있겠죠."

남자는 다시 검지 끝으로 위스키 잔을 가볍게 문질렀다.

나는 기다렸다.

"아기 때문이든, 사고의 충격이든…… 벗어날 수가 없었어요. 반대로 점점 더 심해졌죠."

남자는 한숨을 쉬었다.

아이를 갖자고 결심했으나 말처럼 쉽게 다시 임신이 되지는 않았다. 그러면서 아내는 조금씩 이상한 행동을 하기 시작했다.

시작은 청소를 하는 것이었다. 본래 집안일에 신경을 많이 쓰고 깔끔한 성격이라 그는 아내가 청소에 열중하는 것을 그다지 눈여겨보지 않았다. 그러나 집에 있는 날 아내가 이를 악물고 하루 종일 현관 바닥을 닦고 또 닦는 것을 보고 신경이 쓰이기 시작했다.

강박적인 현관 청소는 곧 현관과 거실 청소, 현관과 거실과 방청소, 현관과 거실과 방과 화장실, 그리고 집 안 전체의 편집증적인 대청소로 이어졌다. 아내는 계속 걸레를 들고 다니며 집 안 어딘가를 닦고 또 닦았다. 그는 아내를 말렸다. 아내는 듣지 않았다. 그래서 그도 걸레를 들고 함께 청소를 했다. 그러나 그가 어딘가를 닦으면 아내는 조용히 고개를 저으며 "거기가 아냐."라고만 말했다. 뭐가 아닌데, 하고 그가 설명을 요구하자 아내는 다시 말없이 고개만 젓고 대답하지 않았다.

계속 청소를 하며 아내는 나날이 수척해갔다. 말려도 듣지 않고, 식사를 권해도 먹지 않았다. 그래서 아내가 이사를 가자고 했을 때 그는 즉각 동의했다.

그러나 새로 이사한 집에서도 아내의 집요한 청소는 계속되었다. 그가 이유를 캐묻자 아내는 울음을 터뜨렸다. 그는 사과하고 더 이상 묻지 않았다.

아내의 요청으로, 이사한 지 한 달이 못 되어 다른 집으로 다시 이사했다. 그러나 아내는 그 집에서도 또다시 강박적으로 청소를 시작했다. 그는 제발 그만두라고 빌었다. 아내는 다시 울었다. 그러나 고개를 끄덕였다. 청소를 그만두고, 도우미 아주머니를 매일 오시라 하고, 집안일은 당분간 남에게 맡기고, 신경 쓰지 않고 마음 편하게 살겠다고 약속했다.

그렇게 약속한지 며칠이 안 되어 그는 현관에 신발장의 신발이 전부 나와 있는 것을 발견했다. 아내가 이번에는 신발장을 청소하는구나, 라고 생각하니 걱정과 짜증이 함께 치밀었으나 아무 말도 하지 않았다. 며칠을 두고 기다렸다. 그러나 한 번 나온 신발은 도무지 들어갈 줄을 몰랐다. 현관이 신발로 가득 차서 퇴근하고 돌아온 후에 집에 들어설 수도 신발을 벗을 수도 없게 되자 그는 짜증을 냈다. 아내는 뭐라고 설명하기 힘든 표정으로 눈을 크게 뜨고 그를 쳐다볼 뿐 아무 대답도 하지 않았다. 며칠 더 기다리다가 그는 신발을 신발장에 도로 집어넣기 시작했다. 이것을 보고 아내는 소리를 지르며 화를 냈다.

그는 깜짝 놀랐다. 아내는 말수가 적고 늘 조용하고 얌전한 사람이었다. 이렇게 히스테리를 부리는 모습은 상상도 못했다.

신발이 다시 신발장에서 나와 현관을 가득 메웠다. 그리고 아내는 매일같이 현관에 앉아서 신발을 한 짝씩 닦기 시작했다.

한 달이 못 되어 도우미 아주머니가 일을 그만두었다. 표면상의 이유는 몸이 안 좋아져서 힘들다는 것이었다. 그러나 일을 줄이고 월급을 올려주겠다는 제안에 도우미 아주머니는 불안한 표정으로 "이런 집에서는 도저히 더 이상 일할 수가 없어요."라고 말하고 도망치듯이 나가버렸다.

도우미 아주머니가 나간 후 아내는 며칠간 미친 듯이 혼자 집에서 청소를 했다. 그러다 어느 날 그가 퇴근하여 집에 와 봤더니 집 안 곳곳에 종이가 깔려 있었다. 신문지, 한지, 포장지 할 것 없이 집에 있는 종이란 종이는 모두 나와서 바닥과 가구 표면을 덮고 있었다. 이유를 물으려다가 그는 그만두었다.

집 안에 온통 종이를 깐 후 아내는 한숨 놓은 것 같았다. 아내가 조금 편안해 보였기 때문에 그도 안심했다.

며칠 후에 그는 욕실의 수건이 모두 사라진 것을 발견했다. 수건의 행방을 묻자 아내는 세탁기를 가리켰다.

그는 수건을 새로 더 사왔다. 새로 사온 수건 역시 세탁기 속으로 사라졌다.

세탁기 속으로 사라진 줄 알았던 수건이 그대로 돌아오지 않는 일이 잦아지자 그는 쓰레기 봉투를 열어보았다. 집 안에 깔았던 종이와 함께 수건이 들어 있었다.

더 이상 참을 수 없어서 그는 아내에게 이유를 물었다. 아내는 이번에는 울지 않았다.

"당신한텐 안 보여?"

"뭐가?"

아내는 쓰레기 봉투 속의 수건을 꺼내 그의 눈앞에 내밀었다.

"아주 작지만…… 거기 분명히 있어. 하나 가득 찍혀 있잖아."

그는 수건을 들여다보았다.

"안 보인다고 하지 마. 당신 눈에도 보이잖아."

아내는 떨리는 목소리로 애원하듯 말했다.

"당신 눈에도 보이지? 그렇지? 나, 나, 미친 거 아니지?"

그는 대답할 수 없었다.

그의 표정을 보고 아내는 입술을 깨물었다.

"처음에는 현관에…… 현관뿐이었어……. 그런데 점점 집 안으로 들어와서…… 거실이랑…… 가구 위도 돌아다니고…… 부엌에도…… 그릇 위에도…… 화장실에도…… 거울에도…… 그리고 이젠…… 이거야……."

그는 어떻게 대답해야 할지 몰랐다.

"우리, 이사 가자. 이 집이 이상한 거야. 새 집으로 이사 가면……."

"그래서 벌써 두 번이나 이사했잖아."

아내가 그의 말을 막았다.

"이사해도 소용없어. 우릴 따라오는 거야."

아내는 조용히 말했다.

"당신을 따라온 거야."

"……."

"당신도 알고 있었지? 처음에는 당신 신발에만, 그러더니 당신 그릇에만, 당신 수건에만, 그리고 당신 옷에도……."

그는 고개를 숙였다.

아내는 침대를 가리키며 속삭였다.

"이젠 이불에도 올라와⋯⋯."

"⋯⋯."

"나, 더 이상은 못 견디겠어⋯⋯."

아내는 여전히 차분한 어조로 조용하게 말했다.

"이혼하자."

"그러지 마."

그는 애원했다.

"제발 그러지 마⋯⋯."

아내는 그를 잠시 쳐다보았다. 그리고 말했다.

"나, 당신 사랑해."

아내의 눈에서 눈물이 굴러떨어졌다. 아내는 잠시 눈을 감고 손으로 얼굴을 가렸다. 그랬다가 곧 얼굴에서 손을 떼고 갈라지는 목소리로, 그러나 분명하게 말했다.

"나, 당신 사랑해. 그렇지만 당신을 위해서 미칠 수는 없어."

"⋯⋯."

"더 이상은 이렇게 못 살겠어."

그리고 아내는 흐느끼기 시작했다.

"더는 이렇게 못 살겠어⋯⋯. 나 좀 놔줘⋯⋯."

그는 아내를 안으려 했다. 그러나 아내는 한 발 물러섰다.

"나 달래려고 하지 마."

아내의 표정을 보고 그는 멈춰 섰다.

"어떻게 아무렇지도 않게 살 수가 있어, 당신은? 다 봤으면서,

다 알면서?"

그는 대답할 수 없었다. 아내가 다시 추궁했다.

"난 이렇게 무서운데, 당신은 다 알면서, 어떻게 모른척하고 그냥 살 수가 있냐고? 내가 이렇게 힘들어하는데, 내가 이렇게 무서워하는데, 당신은……."

아내의 양 뺨은 눈물에 젖어 부드럽게 반짝였다. 아내의 눈은 분노와 고통과 절망에 가득 차서 사납게 빛나고 있었다.

그 어느 때보다도 아름답다고, 남자는 절박하게 생각했다.

"굿을 하든지, 절에라도 가보든지, 어떻게든 해결하기 전에는 나 다시 볼 생각 하지 마."

그리고 아내는 방을 나갔다.

"그게 마지막이었어요."

남자는 생수가 담긴 위스키 잔을 살짝 돌려 다시 검지 끝으로 가볍게 문질렀다.

"그렇게 헤어졌어요."

남자는 위스키 잔을 들어 물을 전부 마셨다.

"정확히 일 년 전 오늘, 합의이혼 확정됐어요."

남자는 다시 검지로 빈 위스키 잔을 살짝 문질렀다.

그리고 고개를 돌려 나를 바라보았다.

"그게 끝입니다."

나는 잠시 남자의 위스키 잔을 바라보았다.

"정말로 사모님 말씀대로 굿을 하거나 절에라도 가보지 그러셨어요?"

남자도 내 시선을 따라 위스키 잔을 바라보았다.

"저도 제 나름대로는 합리적이고, 이런 미신은 안 믿는다고 자부하는 사람입니다."

그러나 남자는 잠시 말을 끊었다가 머뭇거리며 덧붙였다.

"그렇지만 내 아이라고 생각하니까…… 어떻게 할 수가 없어요. 건드리면, 죄짓는 것 같고……."

나는 잠시 생각했다. 그리고 화제를 바꾸어 다시 물었다.

"그 뒤로 사모님하고는 연락 안 하세요?"

남자는 웃었다.

"사모님이라고 하시니까 이상하네요."

그리고 남자는 고개를 저었다.

"연락을 해도 받질 않아요. 자꾸 괴롭히는 것 같아서 저도 이젠 자제하고 있고……."

"많이 사랑하셨나봐요."

남자는 다시 조금 웃었다.

"제가 잘못한 게 많죠. 불쌍한 사람을……."

"다른 분들한테는 이런 얘기 안 해보셨어요? 친구 분들이라든가, 가족 분들……."

남자는 웃으며 고개를 저었다.

"누가 믿어주겠어요? 마누라 정신병자 만들 뻔한 걸로도 부족해서 저까지 이런 소리를 하면……."

"그래도, 힘들지 않으세요?"

남자는 다시 위스키 잔을 들여다보았다.

"힘들다. ……글쎄요."

그리고 남자는 냅킨을 접어 그 뾰족한 끝부분으로 위스키 잔을 살살 닦았다.

"사실 평소엔 잊고 살죠. 일 년이면 시간도 웬만큼 지났고, 세월은 내버려둬도 혼자서 잘 가니까……."

남자는 말을 멈추고 위스키 잔을 들어 빛에 비추어 보았다.

"그렇지만 가끔 생각은 나죠. 첫 번째 사고가 나던 무렵이라든가, 두 번째 아내랑 헤어지던 이맘때라든가……."

남자는 위스키 잔을 내려놓고 혼잣말처럼 중얼거렸다.

"그러고 보니 시기도 비슷하네요. 첫 사고도, 이혼한 것도, 딱 이맘때……."

그리고 남자는 일어섰다.

"얘기 들어주셔서 고맙습니다. 시간이 늦었네요. 택시 타는 곳까지 바래다드리죠."

나는 웃으며 고개를 저었다.

"먼저 가세요. 전 커피 다 마시고 갈게요."

남자는 조금 망설였다.

"혹시 제 얘기 때문에 불쾌하셨어요?"

나는 다시 웃었다.

"아니요. 얘기 잘 들었어요. 그런데 다 듣고 보니까 그냥 생각을 좀 하고 싶어서요."

남자는 다시 잠깐 망설였다. 그리고 말했다.

"그럼 먼저 가겠습니다."

"예. 오늘 즐거웠어요."

"저도 즐거웠습니다."

남자는 깔끔하게 인사한 후 바텐더에게 돈을 지불하고 돌아서서 떠났다.

나는 남자가 남기고 간 위스키 잔을 들어 불빛에 비추어 보았다. 미처 닦아내지 못한 조그마한 아기의 손자국이 남자의 손가락 자국 옆에 찍혀 있었다.

아기의 손자국은 내 새끼손가락 한 마디보다도 작았다. 5개월이라고 했던가. 태어나지 못한 아기는 이렇게 작구나.

나는 어둠침침한 바를 가로질러 출입구 쪽으로 나가는 남자의 뒷모습을 지켜보았다. 남자가 출입문 그림자의 완전한 어둠 속으로 들어선 한 순간, 남자의 왼쪽 어깨에 조그마한 팔을 걸치고 남자의 목에 머리를 기댄 채 곤하게 자고 있는 아주 작은 아기의 윤곽이 분명하게 보였다. 찰나의 짧은 순간이었으나 어둠 속에 하얗게 드러난 잠든 아기의 얼굴은 세상의 모든 잠자는 아기들이 그렇듯이 평온하고, 무심하고, 사랑스러웠다.

'내 아이라고 생각하니까⋯⋯ 어떻게 할 수가 없어요.'라는 남자의 말을 나는 이해할 수 있을 것 같았다. 서글픈 부자父子의 초상이 출입문 밖으로 완전히 사라진 후에도, 빈 위스키 잔을 들여다보며 나는 오랫동안 그렇게 앉아 있었다.

■ 아 이 를   안 고   있 었 다 는 ……

이 이야기는 겨울 독자단편에 투고했다가 선정되었고 그걸 계기로 겨울 필진이 되게 해준 고마운 작품이다. 몇 년 동안 소설다운 소설은 한 글자도 못 쓰다가 어느 날 갑자기 써야겠다고 마음먹었더니 한달음에 풀려나온 이야기라서 더 고맙다.

교통사고를 유발한 정체불명의 여자가 누구인지 설명이 되지 않는다는 불만을 들은 적이 있는데, 그게 내 질문의 요점이었다. 왜 착하게 살아가던 보통 사람들에게 불행이 덮치는가. 이유는 나도 모른다. 그래서 여자가 누군지도 모른다. 그러나 불행하고 슬프고 상처 입어도 원망하지 않고 겁내거나 쫓아버리려고 하지도 않고 자기 아이니까 무조건적으로 사랑하는 걸 보면 남자는 아빠 될 자격이 충분하다. 좋은 사람 만나서 행복했으면 좋겠다.

Nessun sapra

아프또르 니까그다네브일롭스끼 지음 ㅣ 정도경 옮김

Nessun sapra

우리가 생존자를 찾아낸 것은 순전히 우연이었다. 위대한 조국 수호 전쟁이 끝난 지 60주년 되는 해를 기념하여 다큐멘터리를 촬영하게 되었다. 그러나 10주년도 20주년도 아니고 60주년이 다보니 이미 쓸 만한 아이디어는 모두 40주년이나 50주년 할 때 써먹어버렸다는 사실을 깨닫고 우리는 기획회의 내내 서로 눈치 보며 고개만 갸웃거려야 했다. 그러던 와중에 편집기사 조수가 조심스럽게 입을 열었다.

"저기, 저희 숙모님이 일하시는 요양 병원에 대조국 전쟁 생존 자라는 분이 계시는데요……."

PD는 일단 눈살부터 찡그렸다. 생존자 인터뷰도 50주년 때 이미 다 했다. 사실은 30주년 때에도 하고 40주년 때에도 했다. 아마 10주년이나 20주년 때에도 다 했을 것이다. 그때에 비하면 생존자가 이제 몇 명 남지 않기도 했지만, 그렇다고 단지 희소가치 때문에 10년 주기로 했던 인터뷰를 하고 또 하는 걸로 때울 수는 없는 일이었다.

"저기, 그건 저도 아는데, 저희 숙모님 말씀으로는, 그분이, 저기⋯⋯."

편집기사 조수가 망설이며 말을 끌었기 때문에 PD가 미간 사이에 지은 주름이 더 깊어졌다. 그리고 PD가 얼굴을 찡그릴수록 편집기사 조수는 더더욱 망설이며 똑바로 말을 하지 못했다. 지켜보는 우리들 사이에는 긴장감이 감돌았지만 짜증도 함께 솟아올랐고, 그 짜증 때문에 긴장감이 더욱 고조되었으며, 터지지 않고 점점 더 부풀어 오르는 긴장감 때문에 짜증도 함께 심화되었고, 편집기사 조수가 입을 반쯤 벌린 채로 무슨 말을 할 듯 할 듯 하면서 하지 않았기 때문에 그렇게 긴장감과 짜증은 출구를 잃은 채 악순환의 고리에 빠져 마치 자기 꼬리를 쫓는 강아지처럼 방안을 점점 더 빠른 속도로 맴돌았다.

"그분이, 저기⋯⋯."

편집기사 조수가 말하려다 말고 주위의 눈치를 살피며 다시 입을 다물었다. PD가 들고 있던 펜을 미간 사이로 가져가서 두개골이라도 뚫고 처박을 듯이 꾹 눌렀다.

저걸 떼면, 그 순간 폭발이다. 우리는 조마조마하게 구경하고 있었다.

"그분이, 저기, 그러니까⋯⋯."

편집기사 조수가 입맛을 다셨다.

PD가 펜을 잡은 손에 힘을 주었다. 이제 곧, 지금 곧 손을 뗀다. 지금 당장, 금방이라도, 폭발이다…….

PD가 미간 사이에 쑤셔 박은 펜을 떼기 직전에 편집기사 조수가 외쳤다.

"그분이 포위전 때 인육을 먹어서 미쳤다고 숙모님이 그러셨어요!"

우리 모두 어안이 벙벙해서 편집기사 조수를 쳐다보았다. 조수는 입을 연 김에 나머지 이야기도 마저 쏟아냈다.

"원래는 정신병동에서 간호사로 일했는데 포위전 때 의사들 전부 도망가고 도시가 봉쇄돼서 먹을 게 없으니까 자기가 돌보던 환자를 먹었대요, 포위전 끝나고 군인들이 들어가 보니까 그 환자 병실에서 시체랑 같이 발견됐는데 자기가 먹었다고 자기 입으로 그래서 그 정신병원에 그대로 수감돼서 오십오 년 살다가 2000년에 대통령 바뀌고 나서 요양 병원으로 옮겼다고……."
[레닌그라드 포위전: 제 2차 세계대전 당시 1941년부터 1943년까지 약 900일간 독일군이 레닌그라드를 포위하여 도시가 봉쇄되었던 사건. 물자 보급이 차단되어 추위와 굶주림으로 인해 수많은 사상자가 났으나 시민들은 전쟁이 끝날 때까지 투항하지 않고 버텨서 이후 레닌그라드는 '영웅 도시'의 칭호를 받았다. 2000년도에는 보리스 옐친이 물러나고 블라디미르 푸틴이 러시아 연방의 두 번째 대통령이 되었다. ― 역주]

PD가 이마에 쑤셔 박은 펜을 떼었다. 책상 위에 탁, 소리 나게 내려놓았다. 모두 움찔했다. 그러나 예상과는 달리 PD는 소리를 지르지는 않았다.

"이봐."

PD가 차분하게 편집기사 조수에게 말했다.

"여기가 이래 봬도 국영방송인데, 아무리 자본주의 체제로 전환하고 나서 이름에 '국영' 자 붙은 건 모조리 위상이 땅에 떨어졌다고는 하지만 그런 뜬소문 같은 이야기를 방송에 내보내서 이미 떨어진 위상을 더 떨어뜨릴 수는 없지 않나? 게다가 지금 돈도 없고 운영은 엉망이고 총체적인 난국인데 그런 이야기를 무려 대조국 전쟁 60주년 특집으로 내보냈다가 방송국 문이라도 닫게 되면 자네가 책임질 건가?"

"뜬소문이 아녜요, 저희 숙모님이 공식 기록에서 직접 보셨다고…… 악!"

말대답을 하려다가 편집기사 조수는 옆에 앉은 편집기사가 맹렬하게 발을 밟는 바람에 짧은 비명을 지르고는 입을 다물었다. 이에 대하여 PD가 여전히 모두의 예상보다 훨씬 차분한 표정으로 편집기사 조수를 바라보며 대답했다.

"포위전 때 도시가 봉쇄돼서 굶주린 사람들이 별별 해괴한 짓거리를 했다는 이야기는 나도 들었지. 그런 얘길 모르는 사람이 어디 있어? 우린 지금 대조국 전쟁의 알려지지 않은 측면을 발굴하자는 거지, 누구나 다 아는 얘기를 하자는 게 아냐. 게다가 명색이 국영방송인데 그런 이야기를, 그것도 60주년 특집 다큐멘터리에서 보도하는 건 생존자와 희생자 양쪽에게 실례야. 설령 공식 기록에 있다고 해도 그런 이야기는 그냥 뜬소문으로 남겨두는

게 그 시절을 살아 나오신 분들에 대한 예의인 걸세. 그렇게 생각
이 없나?"

"하지만…… 아악!"

또다시 토를 달려다가 편집기사 조수는 다시 한 번 옆에 앉은
편집기사에게 격렬하게 발을 밟히고 입을 다물었다. PD가 우리
를 둘러보며 물었다.

"자, 생존자나 희생자를 모욕하지 않으면서 대조국 전쟁의 알
려지지 않은 측면을 재조명할 만한 다른 의견은 없나?"

"하지만 그 생존자 할머니가 먹었다는 사람이 바로 다니일 바
실례비치 이바쵸프라고요!"

편집기사 조수가, 이번에는 옆에 앉은 편집기사에게 발을 밟을
틈을 주지 않고 이렇게 외치는 바람에 PD를 포함해서 전원이 일
순간 조용해지고 말았다.

다니일 바실례비치 이바쵸프. 시, 소설, 희곡, 수필, 평론 등 문
학, 아니 글을 다루는 분야라면 장르를 가리지 않고 모든 분야를
자유자재로 넘나든 전설적인 작가. 그러나 1937년 대숙청 때 체
포되어 이후로 생사를 알 수 없게 된 저주받은 천재. "황금시대
운동"을 주창하며 본격적으로 문학계에 뛰어든 1920년대부터
체포될 때까지 약 15년이라는 길지 않은 기간 동안 소비에트 문
학계를 혼자서 휩쓸었다고 해도 과언이 아닌 사람. 체포된 후에
도 그의 인기는 수그러들 줄 몰랐고, 오히려 정권의 핍박을 받았
다는 사실 때문에 그의 작품들은 불법 지하 출판물의 형태로 점
점 더 많은 독자를 확보해 나갔다. 스탈린이 죽고 나서 1956년

공식적으로 사면 복권된 이후로 이바쵸프는 명실공히 20세기에 발자취를 남긴 고전 작가의 반열에 올랐다. 학교에서 수업 시간에 가르치는 작가 중 학생들이 점수 때문에 어쩔 수 없어서가 아니라 정말로 마음에 들어서 읽고 또 읽고 외우기까지 하는 작가는 아마도 이바쵸프가 유일할 것이다.

내 옆에 앉아 있던 촬영 기사가 눈치 없이 에이, 거짓말이겠지 하면서 큰 소리로 웃으려다가 이바쵸프의 이름과 함께 좌중을 뒤덮은 진중한 침묵을 눈치채고 "에이"까지만 조그맣게 말하고는 입을 다물었다. PD가 편집기사 조수를 뚫어져라 들여다보다가 물었다.

"확실한가?"

"정말이라니까요."

편집기사 조수가 울 것 같은 표정이 되어 옆에 앉은 편집기사를 흘끔흘끔 쳐다보며 대답했다. 편집기사는 이번에는 발을 밟지 않았다.

"이바쵸프란 말이지……."

PD가 중얼거렸다. 그리고 들고 있던 펜을 입으로 가져가서 뒤꼭지를 씹기 시작했다.

아무도 아무 말도 하지 않았다.

"좋아."

마침내 PD가 결단을 내렸다.

"하지만 먹었다는 얘기는 되도록이면 빼. 어디까지나 이바쵸프 중심으로 가는 거야."

"당연하죠."

편집기사 조수가 신이 나서 외쳤다.

그렇게 해서 우리는 촬영을 가게 되었던 것이다.

다니일 바실례비치 이바쵸프는 1901년 뻬쩨르부르그에서 태어났다. 아버지는 작곡가였고 어머니는 결혼 전에 성악가였는데 결혼한 후에는 그림도 그리고 어린이를 위한 동화나 단편소설 같은 것도 집필했다고 한다. 즉 예술적인 재능이 많은 집안이었던 모양이다.

그런 집안 분위기와는 달리 이바쵸프 자신은 뻬쩨르부르그의 사립 김나지움[남자 고등학교 — 역주]을 마친 후 법과에 진학할 예정이었다. 그러나 이바쵸프가 만 16세 되던 1917년에 공산 혁명이 발발하는 바람에 그 꿈은 이루어지지 못했다.

대신 이바쵸프는 고등학교를 마치자마자 붉은 군대에 입대했다. 내전에도 참전했지만 심장에 이상이 생겨 제대할 수밖에 없었다. 내전이 끝나고 나서 1921년부터 레닌그라드 국립대학에서 수업을 들었다고는 하는데 공식적인 수강 기록이 존재하지 않는 것을 보면 청강생이었을 가능성이 높다. [뻬쩨르부르그는 혁명 이후 레닌그라드로 이름이 바뀌었다. 지금은 다시 원래 이름인 쌍뜨 뻬쩨르부르그로 바뀌었다. — 역주] 어쨌든 이 시기부터 문인들과 어울리기 시작했고, 19세기 낭만주의 문학의 황금시대를 되살리자는 의미에서 "황금시대"라는 문학 단체를 결성한다. 그리고 이듬해인 1922년 문예지 《붉은 처녀지》에 내전 참전 경험을 다룬 단편소설 「용기」를 게재하면서 등단했다.

　내전의 참상과 인간의 존엄성이라는 주제를 특유의 독창적인 문체로 시적이면서도 강렬하게 묘사한 그의 데뷔작은 금세 문단의 주목을 받았다. 이바쵸프는 이어서 「전차」 「조국」 등의 실험적인 시와 「코」 「배신자의 계절」 「허물을 벗다」 등의 중편, 그리고 「허수아비들의 무도회」 등의 희곡을 연달아 발표하면서 명성을 떨치게 되었다. 담담하고 시적인 묘사 속에 깊은 철학적 성찰을 담은 단편과 읽는 이의 피를 끓게 하는 박진감 넘치는 묘사가 일품인 중편소설, 또 참을 수 없이 우습다가도 어느 순간 씁쓸하게 자기 모습을 되돌아보게 되는 풍자적인 희곡 등 이바쵸프는 어느 한 스타일이나 주제에 얽매이지 않고 다종다양한 작품을 자유롭게 발표하였다. 그는 또한 집필 속도가 빠른 데다가 시의적절한 주제를 정확하게 골라내어 당대 사람들의 심리를 날카롭게 짚어내는 통찰력도 동시에 갖추고 있었다. 이러한 요소들이 그가 등단하자마자 일약 스타 작가로서 인기를 구가했고 아직까지도 세대를 넘나들며 사랑받는 이유이다.

　개인적으로 이바쵸프는 행복하지 못했다. 1924년 만 스물세 살 되던 해에 함께 "황금시대" 그룹에서 활동하던 친구의 누이와 결혼했다. 그러나 2년 뒤에 태어난 아들은 돌을 넘기지 못하고 죽었다. 그의 아내 옐레나 이바쵸바는 이때부터 몸이 약해지기 시작했고, 가까운 사람들의 말에 의하면 마음도 함께 약해지기 시작했다고 한다. 이바쵸프는 자식의 죽음이라는 커다란 절망을 문학 창작을 통해 풀어내려 했으며, 실제로 이 시기에 존재의 의미를 탐구하는 빛나는 걸작들을 생산했다. 그러나 그의 부인은 남편이 자식의 죽음을 개인적인 비극으로 묻어두지 못하고 작품 속에 "영원히 생생하게 살아 있는 상처"로 "공식화"해버린 것을 견디지 못해 괴로워했다고 한다. 이로 인해 두 사람 사이는 돌이킬 수 없이 벌어졌고, 부부는 1927년 이혼했다. 이로 인해 이바쵸프는 "황금시대" 활동에 참여했던 작가들과 결정적으로 사이가 멀어지게 된다.

이 때문인지 이바쵸프는 이혼한 다음 해인 1928년 고향 뻬쩨르부르그를 떠나 모스크바로 향한다. 이곳에서는 그는 음악가인 여동생의 소개로 볼쇼이 극장 등 여러 극장 관계자들과 알고 지내게 된다. 그중 무대 연출부로 일하던 어느 여성과 가깝게 지내다가 이바쵸프는 1931년 재혼했다. 그러나 이 결혼도 그다지 오래가지는 못해서, 이바쵸프는 1934년에 두 번째 부인과도 이혼한다. 그러나 이바쵸프가 3년 뒤에 체포당해 숙청된 것을 생각하면 미리 이혼하고 자녀도 갖지 않은 것이 이바쵸프의 전 부인들에게는 오히려 다행한 일이었다고 해야겠다.

1936년 이바쵸프는 살아생전 출판된 마지막 작품인 『왼손 위의 심장』을 발표했다. 원래 장편으로 기획된 이 작품은 문예지 《붉은 별》에 제 1부가 게재되었다. 그러나 소비에트 작가 협회로부터 돌연히 "공산주의 정신에 어긋나며 인민 대중에게 완전히 등을 돌렸다"는 혹독한 비난을 받았다. 그와 함께 《붉은 별》은 폐간되었으며 이바쵸프는 모든 작품을 출간 금지당했다. 그리고 정확히 8개월 뒤인 1937년 4월에 갑자기 체포되었다.

체포되어 모스크바로 압송된 후 감옥에서 스탈린에게 보낸 편지는 참담하다. "조국이 내게 죄가 있다고 하면 그대로 받아들이겠습니다. 그 어떤 처벌이라도, 유배라도, 사형이라도 달게 받겠습니다. 그러니 제발 고문을 그쳐주십시오⋯⋯." 이바쵸프에 대한 마지막 공식 기록은 1937년 8월 "조국을 배신한 죄"로 유죄판결을 받았다는 것이다.

이후 비슷한 시기에 체포된 이바쵸프의 지인들 중 문학 비평가 뻴라닌이 시베리아로 가는 호송 열차 안에서 옆 칸에 탔던 사람이 죽어가면서 "내가 이바쵸프와 같은 날 같은 열차 안에서 죽었다고 전해주시오."라고 말했다는 이야기를 전해 들었다고 한다. 또 이바쵸프의 친구였던 시인 크라넨바움은 유배지에서 강제 노동을 하던 중에 누군가 곁에 다가와 "내가 바로 다니일 이바쵸프요, 나는 살아 있소."라고 속삭이고 사라졌다는 말을 같은 방의 동료 죄수에게서 전해 들었다고도 한다. 그러나 이런 이야기는 모두 소문일 뿐, 확인된 바는 없으며, 소문에 관련된 장소도 시베리아부터 시작해서 중앙아시아까지 다양하다. 일설에 의하면 이바쵸프가 카자흐스탄의 알마아티에 생존해 있다고도 한다. 그러나 그가 1901년생인 점을 감안하면 세기를 넘겨서까지 살아 있으리라고 보기는 어렵다. 그러므로 이제 와서는 20세기 초반의 대작가 다니일 이바쵸프의 마지막 날들이란 역사 속에 묻혀버린 미스터리로만 남은 것이다.

요양 병원에 도착할 때까지 차를 타고 가는 다섯 시간 반 동안 우리 팀을 주로 지배했던 것은 그런 역사적, 문화적 미스터리를 밝힌다는 흥분감이 절반이었다. 나머지 절반은 그래봤자 이제 와서 사실이 밝혀질 리가 없다는 회의와 냉소였다.

어쨌든 우리는 차에서 내려 장비를 챙긴 후 병원 문을 열고 들어갔다.

편집기사 조수가 미리 숙모에게 연락해둔 덕에 생존자를 만나기까지는 그다지 오래 걸리지 않았다. 생존자의 병실이 너무 살풍경하고 공간도 협소하다는 이유로 다른 장소를 섭외했으나 병원 안이라는 것이 다 거기서 거기였다. 1층에 있는 식당이 그나마 크기라든가 조명 등 여러 가지로 괜찮은 것 같아서 급하게 치우고 장비를 설치했다. 편집기사 조수의 숙모가 생존자를 데리러 갔다.

편집기사 조수의 숙모가 미는 휠체어를 탄 생존자가 식당 안으로 들어왔을 때, 흥분과 기대와 회의와 냉소로 떠들고 있던 우리는 모두 당혹스러움을 감추지 못하며 입을 다물었다. 생존자는 한눈에 보기에도 인터뷰 같은 걸 할 만한 상태가 아니었던 것이다. 눈에는 초점이 없었고, 초점만 없는 것이 아니라 두 눈이 제각각 다른 방향을 보고 있었다. 고개를 똑바로 가누지 못해 휠체어 안에 힘없이 늘어져 있었고, 입은 조금 벌어진 채 실처럼 가느다란 침을 흘리고 있었다.

"류보프 아르카디예브나 라이스카야예요."

편집기사 조수의 숙모가 소개했다.

"무슨 일 있으면 부르세요."

그리고 편집기사 조수의 숙모는 뭐라고 말하기도 전에 가버렸다.

우리는 한동안 당황하여 서로 얼굴만 쳐다보았다. 그러다가 촬영기사가 먼저 입을 열었다.

"뭐, 기왕 여기까지 왔으니."

숙모 때문에 괜히 따라온 편집기사 조수가 나를 쳐다보았다. 나도 고개를 끄덕일 수밖에 없었다.

나는 생존자에게 다가갔다.

"안녕하십니까."

내가 인사했다. 상대는 반응을 보이지 않았다.

"류보프 아르카디예브나."

내가 몸을 굽혀 생존자의 얼굴을 들여다보며 이름을 불렀다. 여전히 아무 반응도 없었다.

"류보프 아르카디예브나. 저희는 방송국에서 나왔습니다."

말하면서 나는 생존자의 손을 살짝 건드렸다. 마치 고무장갑처럼 차갑고 물렁물렁했다.

"이거, 할 수 있을까?"

나는 허리를 펴고 촬영기사를 쳐다보았다. 촬영기사가 곤란하다는 표정으로 어깨만 움찔해 보였다.

편집기사 조수가 나섰다. 아까 내가 했던 것처럼 몸을 굽히고 생존자의 얼굴을 들여다보며 말했다.

"류보프 아르카디예브나, 다니일 이바쵸프의 마지막 날들에 대해 알고 계신다고 해서 찾아왔습니다."

딱히 기대를 걸고 했던 행동은 아니었다. 그런데 갑자기 생존자의 두 눈에 초점이 돌아왔다. 두 개의 눈동자가 같은 방향을 보기 시작했다.

편집기사 조수가 다시 말했다.

"다니일 바실례비치 이바쵸프 말입니다, 류보프 아르카디예브나."

생존자의 두 눈동자가 편집기사 조수를 향했다. 힘없이 벌어져 있던 입술이 살짝 움직였다.

"이바쵸프……."

편집기사 조수는 기뻐했다.

"예, 이바쵸프 말입니다. 류보프 아르카디예브나, 알아들으시겠어요?"

"이바쵸프……."

생존자가 다시 중얼거렸다. 눈을 한 번 감았다 떴다.

이번에는 내가 가까이 갔다.

"다니일 이바쵸프와 전쟁에 관해서입니다. 류보프 아르카디예브나, 당신의 이야기를 들으려고 방송국에서 나왔습니다."

"이바쵸프……. 전쟁……."

이번에는 내 귀에도 들릴 정도로 분명하게 생존자가 되풀이했다. 내가 뭔가 다시 격려하는 말을 하려는 차에 생존자는 이렇게 중얼거렸다.

"티파미아……."

그리고 생존자는 눈을 감았다. 입을 다물고 더 이상 아무 말도 하지 않았다.

편집기사 조수와 촬영기사와 나는 서로 얼굴을 마주 보았다.

한참 만에 편집기사 조수가 말했다.

"저기, 숙모님을 불러오는 게……."

그러나 그때, 류보프 아르카디예브나가 갑자기 주먹을 꽉 쥐었다. 그러고는 눈을 떴다. 나를 쳐다보더니 누구나 알아들을 수 있을 정도로 분명하게 이렇게 말했다.

"이바쵸프, 다니일 바실례비치. 전쟁 때, 내가 그의 간호사였어요. 레닌그라드 포위전 때 그는 자살했어요. 그리고 내가 그 시체를 먹었어요."

그 발음은 분명하고 확실했으며 표정은 평온하고 담담했다. 아까와 같은 사람이라고 믿을 수가 없을 정도였다.

우리 셋은 아무 말도 하지 못하고 서로 얼굴만 마주 보았다.

그리고 류보프 아르카디예브나는 이야기하기 시작했다.

다니일 이바쵸프는 그녀의 환자였다. 그리고 그녀는 이바쵸프와 사랑에 빠졌다. 어찌 보면 뜻밖이지만 또 어찌 보면 당연한 전개였다.

류보프 아르카디예브나는 당시 간호학교를 막 졸업한 20대 초반의 신출내기 간호사였다. 첫 직장으로 발령받은 곳이 하필이면 대숙청의 시기에 감옥에 가지 않기 위해 정신이상을 가장한, 혹은 수사기관에서 감옥에 보낼 정도의 혐의를 찾아낼 수 없었던 정치범들을 수용하는 정신병원이었다는 점은 상당한 불운이었다. 류보프 아르카디예브나 자신도 그곳에서 결코 행복하지는 않았다. 그러나 그녀는 아직 젊었고 순진했으며 간호학교에서 배운 이상을 그대로 간직하고 있었다. 그래서 그녀는 자신이 맡은 환자들을 할 수 있는 한 최선을 다해 돌보았다.

그러나 정신병원이란 본래 끔찍한 곳이다. 수용되어 있는 환자들의 대부분이 여러 가지 방식으로 정치권력을 거슬렀을 뿐 사실상 정신에 아무런 병도 없을 경우에는 더욱더 끔찍하다. 류보프 아르카디예브나가 하는 일의 대부분은 어느 모로 보나 멀쩡한 사람들에게 정신에 해로운 약을 주고, 다루기 쉽게 만들기 위해 하루의 대부분을 잠든 채로 보내도록 조치하는 것이었다. 또한 그들 중 몇몇에게는 그녀 자신처럼 경험도 없고 출신도 보잘것없으며 뒷배를 봐줄 사람도 없는 일개 간호사에게는 자세히 말해주지 않는 무서운 일들을 의학의 이름으로 자행하기도 한다는 사실 또한 류보프 아르카디예브나는 어렴풋이 짐작하고 있었다.

그래서 그녀는 절망했다. 그것은 진로를 고민하는 20대 청춘의 통과의례와도 같은 절망이 아니었다. 정의롭지 못하며 어둡고 무시무시하고 거대한 체제 안에서 그 체제의 지극히 작은 톱니바퀴 하나로서 살아가야만 하는 무력한 자의 깊고 출구 없는 절망이었다. 그런 때에 그녀는 이바쵸프를 만났다.

"그가 우리 병원에 온 것은 1940년이었어요."

류보프 아르카디예브나가 말했다. 그 연도가 확실한지 재확인하고 싶었지만 의심하기에는 눈빛이나 말투가 너무나 또렷했다.

"간호사들 사이에 소문이 돌아서 나도 알고 있었어요. 이바쵸프가 누군지도 알고, 작품도 몇 개 읽어봤었죠.”

그러나 이바쵸프 정도 되는 거물을 이제 간호학교를 졸업하고 발령받아 와서 간신히 근무 첫 해를 넘긴 신출내기 간호사에게 맡길 리는 만무했다. 그래서 이바쵸프가 수감되고 나서 2년이 더 지날 때까지도 류보프 아르카디예브나는 이바쵸프를 만나기는커녕 그의 병실 근처에도 가보지 못했다.

“내가 그를 만나게 된 건 전쟁 때문이었어요.”

이렇게 말하고 류보프 아르카디예브나는 살짝 웃었다. 여든이 넘은 노인인 데다 조금 전까지 두 눈이 각각 다른 방향을 보고 있던 사람이라고는 상상할 수 없을 정도로 생기 있는 웃음이었다.

1941년 6월 22일 독일군이 소련을 침공했다. 1939년에 2차 세계대전이 발발하고 근 2년이 지나도록 스탈린은 히틀러와 맺은 불가침 조약만 믿고 있었으나 뒤통수를 맞은 것이다. 독일군은 쉽사리 소련의 방어선을 뚫고 발트 3국을 지나 레닌그라드로 진격해 왔다.

“의사와 간호사들은 병원을 떠나 전선으로 나갔어요. 몇몇 사람들은 그냥 도망치기도 했죠.”

심지어는 환자들 중에서도 자원하는 사람은 무기 없이 전선으로 내보냈다. 병원 운영은 엉망이 되었다. 류보프 아르카디예브나는 그런 시기에 병원에 남은 몇 안 되는 의료진 중 하나였다.

“남은 환자들에게 식사와 약을 가져다주어야 했어요……. 식량도, 의약품도, 일손도 모두 모자랐지만.”

그렇게 해서 류보프 아르카디예브나는 전쟁 첫 해의 가을에 이바쵸프의 병실 문을 열고 들어섰다.

"오늘은 일찍 왔군."

그녀를 처음 보고 이바쵸프가 한 말은 이것이었다. 그러나 곧 그녀가 자신의 담당 간호사가 아님을 알아보고 물었다.

"당신은 처음 보는데. 전에 있던 간호사는 어디 갔지요?"

병사들을 돌보기 위해 자원해서 전선으로 나갔다고 그녀는 설명했다. 그리고 들고 있던 쟁반을 내려놓았다.

"식사하실 시간이에요. 약도 드셔야 하고요."

이바쵸프는 잠시 그녀를 쳐다보았다. 그리고 엷게 웃으며 고개를 끄덕였다.

"분부대로 하지요, 간호사 동무."

그녀는 이바쵸프가 식사를 마칠 때까지 옆에 서 있었다. 식사가 끝난 후 그녀가 약을 내밀자 이바쵸프는 또다시 엷게 웃으며 받아들었다. 그녀가 물컵을 내밀자 그가 말했다.

"고마워요."

그리고 그는 약을 먹었다.

이바쵸프의 이런 태도는 류보프 아르카디예브나의 머릿속에 깊은 인상을 남겼다.

"환자 중에서 약을 먹으라고 하면 찡그리거나 욕을 하거나 소리를 지르거나 덤벼드는 사람은 많아요. 하지만 '고마워요'라고 말하는 사람은 처음이었어요."

그래서 류보프 아르카디예브나는 다니일 이바쵸프를 사랑하게 되었다.

이바쵸프가 유명한 작가였기 때문이 아니었다. 잘생기고 남성적인 매력이 넘치며 카리스마 있는 인물이기 때문도 아니었다. 절망적인 상황에서 아무것도 기대하지 않았던 상대방에게 웃으면서 '고맙다'고 말해주는 사람이기 때문이었다.

"그 후로 포위전이 계속될 동안 쭉, 내가 그를 돌봤어요."

류보프 아르카디예브나가 말했다.

"먹을 것도, 약도 없었지만, 그래도 할 수 있는 한 뭐든 마련해서 그에게 가져갔어요. 그리고 그는 그 값으로 나에게 이야기를 들려주었어요."

이바쵸프는 소설을 쓰는 사람이었고, 타고난 이야기꾼이었다.

"그는 전차에 대해서, 빵가게에 대해서, 넵스키 대로에 내리는 소나기에 대해서, 여자들의 구두에 대해서 이야기했어요. 무엇이든지, 정말로 뭐든지 다 이야기로 만들 수 있었어요."[넵스키 대로는 뻬쩨르부르그 중심가의 거리 이름. ― 역주]

아무리 소소한 소재라도 이바쵸프의 입을 거치면 듣는 사람의 마음을 휘어잡는 재미있고 매혹적인 이야기로 다시 태어났다. 전차에 무임승차하려는 고양이 이야기, 빵 속에서 발견된 외화 때문에 체포됐지만 같은 빵 속에서 발견한 다이아몬드를 뇌물로 주고 풀려난 사람의 이야기, 넵스키 대로에 소나기가 내릴 때 갑자기 비를 맞고 홀딱 젖은 채로 우왕좌왕하는 사람들의 우스꽝스러운 모습들, 새로 구두를 사서 뽐내며 신고 다니다가 전차 안에서 건설 노동자의 흙투성이 발에 밟혀 울상이 된 멋쟁이 아가씨 이야기……. 류보프 아르카디예브나는 넋을 잃고 귀를 기울였다.

"전쟁 전의 생활이 다시 거기 있는 것만 같았어요. 줄어들기만 하는 연료와 식량도, 거의 떨어져버린 약품도, 전선에 나간 동료들의 생사도, 점점 가까워 오는 포격 소리도, 모두 잊을 수 있었어요."

류보프 아르카디예브나가 말했다. 다시 살짝 웃음 지은 입꼬리가 떨렸다. 주름진 눈가에 눈물이 맺혔다.

"그의 이야기를 듣다 보면 정상적인 생활, 내 어린 날의 생활이, 문만 열고 나가면 바로 바깥에서 날 기다리고 있을 것만 같았어요……."

그래서 이바쵸프에게 식사를 가져다주고 그의 이야기를 듣는 하루 세 번의 짧은 시간은 그녀에게 말할 수 없이 커다란 위안이었다.

그러나 행복한 시간은 오래가지 못했다. 겨울이 오고 있었다. 식량보다 약품이 먼저 떨어졌다. 그리고 약을 먹지 못하자 이바쵸프는 곧 정신병 증세를 보이기 시작했다.

언제나 그렇듯이 시작은 그다지 눈에 띄지 않았다. 어느 날 식사를 갖다주고 또 한참이나 이야기를 듣고 나서 류보프 아르카디예브나는 경탄하여 대체 어디서 그런 이야기를 찾아내느냐고 물었다. 그러자 이바쵸프는 웃으며 이렇게 대답했다.

"벽 속에서 이야기가 걸어 나오지요. 당신이 오지 않을 때 나는 혼자 이 방에서 벽을 쳐다보며 지내니까요."

그리고 이바쵸프는 그녀에게 종이와 연필을 얻을 수 있느냐고 물었다. 그녀는 잠시 생각한 뒤에 고개를 가로저었다.

"그런 건 금지 품목이에요."

이바쵸프는 그녀를 보고 빙긋 웃었다.

"이런 상황에서도 규칙은 지켜야 한다는 거군요, 고지식한 간수님."

'고지식하다'는 말에 그녀는 얼굴이 붉어진 채로 반박했다.

"어떤 상황이든 규칙은 지켜야 해요. 이런 상황일수록 더더욱 지켜야죠. 그리고 난 간수가 아니고 간호사예요."

"뜻대로 하세요, 간수님."

이바쵸프가 다시 빙긋 웃으며 말했다.

"당신은 이해하지 못해요."

그녀가 말했다.

"금지 품목일 뿐만 아니라 지금 병원에는 모든 물자가 다 모자라요. 종이와 연필은 사치품이에요."

그리고 그녀는 기분이 상한 채로 이바쵸프의 방을 나왔다.

여기서 그녀가 신경 썼어야 하는 것은 사실 고지식하다는 놀림이나 금지 품목을 가져다 달라는 부탁이 아니라 '벽에서 이야기가 나온다'라는 말이었다. 비유적인 표현이라 생각하고 흘려들었지만, 이후로 차츰 이바쵸프의 병실 벽에서는 여러 가지가 나오기 시작했다. 이바쵸프는 벽에 달린 (가상의) 창문을 통해 뻬쩨르부르그의 모든 거리를 내다볼 수 있다고 말했다. 이전에 알던 사람들의 생활을 엿보고 있다고도 말했다. 체포되기 전에 살던 집의 책장이 자기 병실 벽 속에 있다고 말하기도 했다. 류보프 아르카디예브나는 이런 이야기들을 들으며 그저 재미있다고 생각했고 크게 신경 쓰지 않았다.

"그런데 어느 날 식사를 가지고 들어갔더니 마구 화를 내는 거예요. 왜 그러냐고 물었더니 아들이 자기를 만나러 왔는데 내가 왔기 때문에 도로 벽 속으로 들어가버렸다고 하더군요."

그의 아들은 이미 15년 전에 죽었다. 그리고 설령 살아 있다 하더라도 정신병원의 벽을 통해 아들이 면회를 왔다는 것은 충분히 이상한 말이었다. 이번에도 꾸며내서 들려주는 이야기가 아닐까 싶었지만 아무리 보아도 이바쵸프는 진심으로 화를 내고 있었다. 류보프 아르카디예브나는 걱정이 되기 시작했다.

"의사 선생님에게 얘기했지만 할 수 있는 게 별로 없다는 답변만 들었어요. 의사도 간호사도 모자라고, 약도 없고, 게다가 애초에 병을 치료하기 위해 입원한 게 아니니까, 큰 사고를 저지르지 않고 불법으로 탈출하지 않게 막으라고만 하셨어요, 그게 최선이라고……."

그래서 류보프 아르카디예브나는 노력했다. 할 수 있는 한 먹을 것을 찾아내서 가능한 한 정해진 시간에 뭐가 됐든 식사를 가져다주고, 혼란한 세상으로부터 이바쵸프를 격리하고, 혼란한 이바쵸프로부터 세상을 격리했다. 얼마 안 되지만 그것만이 그녀가 할 수 있는 최선이었다.

그다음 날 다시 찾아갔을 때 이바쵸프는 제정신을 되찾은 것처럼 보였다. 전날 화를 낸 것에 대해 사과하고 그녀가 내미는 빈약하기 짝이 없는 식사를 받으며 감사를 표했다. 식사를 하면서 이바쵸프는 그녀에 대해서 물었다.

"당신은 어쩌다가 나의 간수가 되었죠?"

그녀는 '간수'라는 말에 화를 내야 할지, 이바쵸프가 보여주는 관심에 기뻐해야 할지 알 수 없었다. 그녀가 당혹스러워하자 이바쵸프가 다시 물었다.

"어째서 이런 일을 하게 됐어요? 젊은 아가씨가 할 수 있는 다른 일도 많았을 텐데?"

"그냥, 다른 사람을 돕고 싶었어요."

류보프 아르카디예브나가 설명했다.

그녀는 혁명이 일어나던 해에 태어났고 혁명의 와중에 부모를 모두 잃었다. 그러나 고아원에서 자신과 비슷한 아이들과 함께 별다른 불행을 느끼지 못하고 자랐다. 보모들은 친절했고, 고아원 아이들은 모두 친구이자 가족이었다. 그러므로 진로를 정해야 하는 시점에 이르렀을 때 그녀는 자신을 잘 키워준 당과 사회에 보답하는 의미에서 뭔가 여러 사람에게 도움을 주는 일을 하고 싶다고 생각했다.

"뼛속까지 혁명의 딸이군요."

이바쵸프가 웃었다. 그리고 다시 물었다.

"후회하지 않아요? 독일군이 포격해 오고, 우리가 알던 세상은 무너져가고, 당신은 남을 도우려다가 정신병원의 돌벽 안에 미치광이와 범죄자들과 함께 갇혀버렸는데?"

"후회는 하지 않아요."

대답하고 나서 그녀는 잠시 생각한 뒤에 찬찬히 설명했다.

"어쨌든 나는 당신을 포함해서 이곳에 있는 사람들을 돕고 있어요. 그건 내가 원하던 일이에요. 그리고 이 돌벽 안에 갇히지 않았다면 나도 지금쯤 전쟁터에서 병사들을 돌보다 죽었거나 길거리에서 포격을 맞아서 죽었을지도 몰라요."

"과연 혁명의 딸다운 대답이군요, 나의 간수님."

이바쵸프가 말했다. 그리고 그녀의 눈을 오랫동안 들여다보았다.

류보프 아르카디예브나는 불편해졌다. 쟁반에 식기를 챙기기 시작했다.

그런 그녀를 바라보다가 이바쵸프가 뭔가 말했다. 알아듣지 못할 말이었기 때문에 그녀는 고개를 돌려 이바쵸프를 쳐다보고 되물었다.

"예? 뭐라고요?"

이바쵸프는 웃었다. 그리고 다시 같은 말을 되풀이했다. 이번에도 그녀는 알아듣지 못했다.

"무슨 말이에요?"

이바쵸프는 알아듣지 못할 말을 세 번째로 되풀이했다. 그리고 덧붙였다.

"내 사랑, 티파미아."

그녀가 물어도 더 이상은 아무 대답도 해주지 않았다. 그래서 그녀는 식기를 챙겨 병실을 나왔다.

"티파미아가 누구죠? 전 부인인가요?"

내가 물었다. 류보프 아르카디예브나는 고개를 저었다.

"나도 그게 궁금했어요. 그의 기록을 전부 뒤져보았지만, 그가 아는 사람 중에 '티파미아'라는 이름을 가진 여자는 없었어요."

그의 첫 부인은 옐레나 이바노브나였고 두 번째 부인의 이름은 발렌티나 빅또로브나였다. 그리고 애초에 '티파미아'는 러시아 이름이 아니다. 그러나 그 어떤 문헌에도 이바쵸프가 외국인 여성과 가깝게 지냈다는 기록은 없었다. 체포된 후나 심지어 유죄판결을 받을 당시에도 그러한 죄목이 없는 것을 보면 이바쵸프가 여성이건 남성이건 외국인과 알고 지낸 사실 자체가 없었다고 보는 쪽이 옳다. [당시 소련 시민이 외국인과 교류하는 것은 국가 기밀을 유출하려는 간첩 행위로 의심받아 감시당하거나 체포당했다. — 역주]

"티파미아, 티파니, 스테파니아까지 찾아봤지만, 의심 갈 만한 건 아무것도 찾지 못했어요. 아마 벽에서 나온 그의 환각 중 하나였다고 생각해요."

류보프 아르카디예브나가 우울하게 말했다.

그리고 날이 갈수록 '티파미아'가 '벽에서 걸어 나오는' 횟수가 늘어갔다. 얼마 지나지 않아서 이바쵸프는 류보프 아르카디예브나를 전혀 알아보지 못하고 무조건 '티파미아'라고만 부르게 되었다. 그와 함께 이바쵸프가 하는 이야기들도 점점 부조리한 내용이 늘어갔다.

"한 번은 내가 방에 들어서자마자, 어둠을 비추다가 다음 날 사라지는 게 뭔지 아냐고 물었어요. 촛불을 말하는 거냐고 했더니 마치 열병이라도 걸린 것처럼 아니라고 소리치기 시작했어요. 그러더니 또, 태어날 때는 뜨겁다가 죽을 때는 차가워지는 게 뭔지 아냐고 묻더군요. 체온이냐고 물었더니 그런 게 아니라고 미친 듯이 소리치다가 갑자기 웃기 시작했어요. 그러고는 알 수 없는 말을 계속 외치면서 티파미아를 찾는 거예요. 내 사랑, 내 사랑 티파미아! 하고 말예요."

류보프 아르카디예브나는 간신히 이바쵸프를 설득해서 진정시킬 수 있었다. 그러나 저녁에 다시 찾아갔을 때 이바쵸프는 완전히 광기에 차서 날뛰고 있었다.

"벽을 바라보며 소리치고 있었어요. 어둠을 비추고 다음 날 사라지는 것은 희망이라든가, 태어날 때는 뜨겁다가 죽을 때는 차가워지는 것은 피라든가, 그러면서 피와 희망을 되풀이해서 외치다가, 또 티파미아를 찾다가, 갑자기 벽에 머리를 짓찧으려고 했어요……."

말리려 했지만 이번엔 그녀의 힘만으로는 진정시킬 수가 없었다. 그녀는 급히 나가서 의사를 불렀고, 한참 만에야 찾아낸 의사와 함께 돌아왔을 때 환자는 이미 피투성이가 된 채로 벽을 들이받으며 몸부림치고 있었다. 그녀는 의사와 함께 둘이서 젖 먹던 힘까지 짜내어 이바쵸프를 제지했다. 의사가 이바쵸프에게 진정제를 놓았고, 만약의 경우를 대비해서 잠든 이바쵸프를 침대에 고정시켰다. 그리고 의사는 다른 환자들을 돌보러 나가면서 그녀에게 무슨 일이 있으면 이바쵸프를 풀어주지 말고 우선 자신을 부르러 오라고 당부했다.

"의사가 나간 후에 나는 곁에 앉아서 그가 깨어날 때까지 지켰어요. 이마가 찢어지고 얼굴이 상처투성이가 됐지만, 약도 붕대도 없었기 때문에 아무것도 해 줄 수가 없었어요. 내 간호사복 소매를 뜯어 압박해서 지혈하고, 피가 그친 후에는 그저 물로 씻어주는 수밖에 없었죠. 그나마 깨끗한 물도 구하기 힘들었으니까요……."

이바쵸프가 눈을 떴을 때 그녀는 긴장했다. 그러나 이바쵸프는 예상 외로 얌전히 누워서 머리가 아프다고 불평했다. 벽돌 벽에 세게 부딪혔기 때문이라고 그녀가 설명했다. 왜 그랬느냐는 말에 이바쵸프는 대답하지 않고 이렇게 물었다.

"날 언제까지 묶어둘 거죠, 간수님?"

"얌전히 있겠다고 약속하면 지금이라도 풀어줄 수는 있어요."

그녀가 조심스럽게 대답했다. 그러자 이바쵸프는 이렇게 말했다.

"그럼 그냥 이대로 묶여 있는 게 낫겠어요."

그녀는 뭐라고 대답해야 할지 몰랐다. 그래서 일어섰다가 도로 침대 옆에 앉았다.

남자는 한동안 말없이 누워 있었다. 그녀가 일어나서 나가야 할까 생각하고 있을 때 이바쵸프가 입을 열었다.

"감옥에 들어갔을 때, 내 인생은 거기서 끝났다고 생각했어요."

그녀는 조용히 귀를 기울였다. 이바쵸프가 낮은 목소리로 이야기했다.

"처음에 체포됐을 때, 아주 많이 맞았어요. 정신을 잃을 때까지 맞았고, 깨어나고 싶지 않았지만 여러 가지 방법으로 억지로 깨어났어요. 그리고 깨어난 뒤에 좀 더 맞았어요. 독방에 내던져졌을 때는 어둡고, 차갑고, 단단했고, 너무 많이 얻어맞았고, 그래서 내 죽음이 거기에 있다고 생각했어요. 하지만 그건 나 혼자만의 죽음이었죠."

이바쵸프는 침대에 묶인 채로 고개만 돌려 그녀를 쳐다보았다.

"전쟁은 언제 끝날지 모르죠. 그리고 끝나더라도 세상은 이전과는 같지 못할 거예요."

그의 갈색 눈이 그녀의 눈을 들여다보았다.

"지금, 우리가 아는 세상은 멸망하고 있는 거예요. 그렇죠?"

그녀는 대답하지 못했다. 그가 여전히 그녀의 눈을 들여다보며 천천히 말했다.

"당신이 세상으로부터 나를 보호해주고 있다는 거 알고 있어요. 먹을 것이 점점 줄어들어도 어떻게든 식사를 가져다주고, 붕대도 약도 없지만 옷소매라도 찢어서 내 다친 이마를 감싸주고……."

"난, 간호사니까……."

그녀가 말하려 했지만, 그가 말을 막았다.

"티파미아. 당신은 나에게 마지막 희망이에요. 나는 당신에게 무엇인가요?"

'티파미아'라는 말에 그녀는 움찔했다. 자신을 향한 질문이 아니라고 생각했기 때문에 그녀는 대답하지 않았다.

잠시 기다리다가, 그녀가 계속 아무 말도 하지 않자 남자가 중얼거렸다.

"이런 말을 하는 날이 오게 되리라고는 상상도 못했지만, 나 혼자 죽는다고 생각했을 때가 세상이 멸망하는 모습을 보는 것보다 훨씬 나았어요."

그녀는 뭐라고 말해야 할지 알 수 없었다. 대답 대신 손을 들어 그녀는 아직도 피가 묻어 뭉쳐 있는 그의 머리카락을 살그머니 쓰다듬었다.

"나는 죽음이 두려워요."

남자가 속삭였다.

"어느 구덩이 속의 이름 없는 시신으로 끝나고 싶지 않아요. 하지만 내가 원하든 원하지 않든 그렇게 될까봐 두려워요. 숨도 쉴 수 없을 정도로 두려워요……."

"그런 일은 없을 거예요."

그녀가 위로했다.

"내가 지켜줄게요."

그녀는 남자의 머리를 쓰다듬었다. 남자는 눈을 감았다.

"이대로 묶여 있어도 좋아요, 간수님."

그리고 남자는 더 이상 아무 말도 하지 않았다.

남자의 가슴이 규칙적으로 오르내리는 것을 지켜보며, 그녀는 계속 남자 곁에 앉아서, 오랫동안 모질게 고통받아 이제는 회색으로 변해버린 부드러운 머리카락을 하염없이 쓰다듬었다.

"그럼 이바쵸프는 진짜로 정신병 증세가 있었기 때문에 입원한 건가요?"

내 질문에 류보프 아르카디예브나는 고개를 저었다.

"그곳에 입원한 사람들 모두 공식적으로는 진짜 정신병자예요. 위대한 소비에트 연방에 가짜 정신병자 따위는 없으니까요."

말하면서 그녀는 희미하게 웃음을 지었다. 나도 어쩔 수 없이 씁쓸하게 따라 웃었다.

"하지만 정상적인 사람이라도, 아니, 정상적인 사람일수록, 그런 곳에 있다보면 미치지 않을 수 없을 거예요."

류보프 아르카디예브나가 조용히 말을 이었다.

"일단 그곳에서 주는 약은 정상인이 먹어서는 안 돼요. 환자에게는 효과가 있을지 몰라도, 환자가 아닌 사람이 그 약을 먹으면 몸과 마음이 망가지게 돼요. 그리고 꼭 약을 먹지 않더라도, 그곳은……."

그녀는 말을 끊고 잠시 눈을 감았다. 또다시 초점을 잃은 상태가 되지나 않을까, 우리는 모두 긴장했다. 그러나 류보프 아르카디예브나는 곧 눈을 뜨고 말을 이었다.

"그곳은 말만 병원이지 사실은 감옥이에요. 아시겠어요? 처음에 발령받아서 도착했을 때 나는 며칠 동안이나 잠을 이룰 수 없었어요. 우리도, 의사, 간호사, 경비병들도 죄수들과 똑같이 그곳에서 먹고 자고 생활했으니까요. 그의 말대로 내 방도 차갑고, 어둡고, 단단했어요. 그곳에서 나는 아무런 희망도 발견할 수 없었고, 이대로 갇혀버린 채 속절없이 늙어갈 거라고 생각하니 미칠 것만 같았어요……."

류보프 아르카디예브나는 다시 한 번 눈을 감았다. 휘파람 같은 소리를 내며 길게 한숨을 쉬었다.

"그래도 나에겐 함께 고생하는 동료들이 있었고, 해야 할 일이 있었고, 돌봐야 할 환자들이 있었어요······. 그에게는 아무것도 없었지요."

그래서 그녀는, 이바쵸프가 두 번째로 종이와 연필을 부탁했을 때 규정을 어기고 그 부탁을 들어주었다.

이바쵸프는 그녀가 몰래 구해다 준 연필로 몰래 구해다 준 종이에 유서를 썼다. 그리고 침대 시트를 이어 만든 끈으로 병실 쇠창살에 목을 매어 자살했다.

"유서라고요?"

우리는 급격히 흥분했다.

"유서가 남아 있습니까?"

"남아 있지요."

류보프 아르카디예브나가 다시 희미한 웃음을 지었다. 그리고 손을 들어 집게손가락으로 자기 관자놀이를 톡톡 쳤다.

"여기에 남아 있어요."

우리는 흥분했을 때처럼 급격히 실망했다. 그러나 류보프 아르카디예브나는 우리의 표정은 아랑곳없이 계속해서 이야기했다.

"티파미아에게 보내는 편지였어요. 유서의 내용은 아직도 전부 기억하고 있어요."

그리고 류보프 아르카디예브나는 천천히 암송했다.

"세상이 끝날 때, 내 마지막 숨결이 허공으로 흩어질 때, 그 순간 당신과 함께하기를,

마지막으로 부르는 이름이 당신의 이름이기를, 마음 밑바닥으

로부터 소원했다.

그러나 이미 갈 곳을 잃은 이런 이야기들은 이제 그저 내 입가에서만 떠돌다가 사라질 수밖에 없다.

끝난다는 것은 그런 것이다. 미처 들려주지 못한 이야기들, 다 마치지 못한 이야기들, 목숨처럼 아쉬운 그 이야기들…….

당신과 내가 알던 세계가 무너진다. 살아남더라도 결코 이전과는 같지 못할 것이다.

그러니 종말이 다가올 때 나를 기억해주길, 부디 잊지 말아주길, 단 한 순간이라도 아프게 그리워해주길,

고운 그대, 낙원의 이름을 가진, 빛나는 내 사랑아."

류보프 아르카디예브나가 말을 멈추었다. 잠시 침묵이 흘렀다.

한참 뒤에야 류보프 아르카디예브나가 자기 무릎을 내려다보며 속삭였다.

"그리고 편지 말미에는 네순 사프라, 내 사랑, 오직 내 사랑 티파미아……, 이렇게 쓰여 있었어요."

"네순 사프라? 그게 뭐죠?"

내가 물었다. 그녀는 고개를 저었다.

"그가 몇 번이고 되풀이했던 알아들을 수 없는 말이 바로 그거였어요. 하지만 무슨 뜻인지는 나도 몰라요."

그리고 류보프 아르카디예브나는 이야기를 마쳤다.

우리는 모두 한동안 말이 없었다.

이바쵸프에 대한 자료라면 이것으로 충분했다. 그 이후의 이야기, 그러니까 비정상적인 시체 처리에 대해서 과연 물어봐야 할

것인지 나는 고민하고 있었다. 그때 편집기사 조수가 갑자기 물었다.

"그런데 시체는 어째서 먹어버렸습니까?"

촬영기사와 내가 동시에 편집기사 조수를 쳐다보았다. 내가 뭔가 날카롭게 한 마디 하려 했다. 그러나 류보프 아르카디예브나가 먼저 입을 열었다. 이야기의 마지막 부분을 들려주기 시작했다.

그녀는 이바쵸프의 시체와 일주일간 함께 지냈다.

의사를 불러왔을 때는 이미 숨이 끊어져 있었다. 의사는 벌써 죽었으니 신경 쓰지 말라고 했다. 먹이고 씻기고 돌보아야 할 환자가 하나 줄어든 걸 다행으로 알라고 말하고는 바삐 사라져버렸다.

그녀는 그렇게 생각할 수 없었다. 이바쵸프의 차가운 시신 곁을 떠날 수 없었다.

전쟁 첫 해의 겨울이었다. 봄은 아직 멀었고, 땔감은 바닥나고 있었다. 난방을 하지 못하는 돌벽 안은 뼈가 시리도록 추웠다. 이바쵸프의 병실에서 그녀는 얼어붙은 시신을 자신의 체온과 눈물로 녹였다.

그리고 일주일째 되던 날에 그녀는 그를 먹기 시작했다.

"상황이 그렇게 나빴나요?"

눈치 없는 편집기사 조수가 아까처럼 갑자기 끼어들었다. 아까처럼 나와 촬영기사가 동시에 그를 노려보았다.

"나를 발견한 군인들도 그렇게 묻더군요. 나중에 의사에게서도 그 질문을 수없이 들었어요."

류보프 아르카디예브나가 말했다. 그리고 조용히 고개를 저었다.

"배가 고팠던 건 사실이에요. 그 일주일간 나는 거의 아무것도 먹지 못했고, 그 이전에도 몇 달이나 제대로 먹지 못했으니까요. 하지만 단순히 굶주림 때문만은 아니었어요. 나는 짐승이 아니에요."

'짐승이 아니에요'라는 말에 편집기사 조수는 움찔했다. 류보프 아르카디예브나가 담담하게 말했다.

"그는 어느 구덩이 속의 이름 없는 시신으로 끝나고 싶지 않다고 했어요. 숨을 쉴 수 없을 정도로 두렵다고 했어요. 그래서 그렇게 내버려둘 수 없었어요."

"병원 마당 같은 곳에 매장을 할 수는 없었습니까?"

내가 물었다. 류보프 아르카디예브나는 희미하게 웃었다.

"그 생각도 해보았지요. 하지만 그랬다가 내가 죽으면—그리고 그때는 내가 죽을 거라고 확신했어요—내가 죽으면 그곳에 그가 묻혀 있다는 걸 아무도 모르게 돼요. 결국은 어느 구덩이 속의 이름 없는 시신으로 끝나기는 마찬가지지요."

류보프 아르카디예브나는 잠시 말을 멈추었다. 뭔가 생각하더니 덧붙였다.

"나 자신의 욕심도 있었어요…… 그의 마음은 돌이킬 수 없이 다른 여자에게 바쳐졌지만, 이제 죽었으니 그의 몸만은 내 것이라고 생각했죠. 내가 살아 있는 한 영원히 소유하고, 계속 함께 있고 싶었어요."

그래서 류보프 아르카디예브나는 사랑하는 남자의 죽은 몸을 조금씩 잘라서 먹었다. 아무도 찾으러 오지 않았고, 그래서 그녀는 죽은 연인과 줄곧 단둘이 있었다.

"그렇게 지내다가 어느 밤엔가 깜빡 잠이 들었어요. 그가 내 곁에 누워서 손을 꼭 잡아주는 꿈을 꾸었어요. 퍼뜩 놀라서 깨어났을 때, 내 앞에 그가 있었어요."

류보프 아르카디예브나는 말하면서 정말로 꿈꾸듯이 미소 지었다.

"그때부터 그는 줄곧 나와 함께 있어요. 지금도, 그리고 앞으로도 언제나."

그리고 류보프 아르카디예브나는 입을 다물었다. 기다려보았지만 더 이상 아무 말도 하지 않았다.

"그게 무슨 뜻입니까?"

참지 못하고 내가 물었다. 그러나 류보프 아르카디예브나는 수수께끼 같은 미소를 지을 뿐이었다.

"그는 언제나 나와 함께 있어요."

나는 촬영기사를 쳐다보았다. 더 이상 질문을 해도 쓸모 있는 답변은 나오지 않을 거라고 생각했다. 이만 마무리를 하자고 눈짓으로 동의한 뒤에 나는 다시 입을 열었다.

"오늘 이렇게 인터뷰에 응해주셔서 감사합니다. 그럼……"

그때 류보프 아르카디예브나가 갑자기 주먹을 꽉 쥐었다. 동시에 그녀는 순식간에 축 늘어졌다. 목에서 힘이 빠져 고개가 아무렇게나 꺾어지고 눈꺼풀이 반쯤 내려와서 눈을 덮었다. 입술이 벌어지더니 아까처럼 입가에서 가느다랗게 침이 한 줄기 흘러나

오기 시작했다.

"티파미아……."

그녀가 벌어진 입 사이로 불분명하게 중얼거렸다.

"미아……."

"의사를 불러! 아니면 자네 숙모님이라도!"

내가 황급히 편집기사 조수에게 외쳤다. 편집기사 조수가 사람을 부르기 위해 뛰어갔다.

방송국으로 돌아오는 차 안에서 우리는 각자 생각에 잠겨 있었다. 가장 먼저 입을 연 사람은 촬영기사였다.

"이거, 쓸 수 있을까?"

운전을 하면서 촬영기사가 중얼거렸다.

"못 쓸걸요."

편집기사 조수가 음울하게 내뱉었다.

"아니, 왜? 자네가 낸 아이디어잖아?"

내가 놀라서 물었다. 편집기사 조수가 부루퉁한 표정으로 대답했다.

"그거, 전부 다 지어낸 이야기예요. 저 여자, 정신이 완전히 돌아버린 게 틀림없어요."

"자네가 그걸 어떻게 알아?"

편집기사 조수는 우울한 표정으로 바닥을 쳐다보면서 말했다.

"어둠을 비추고 다음 날 사라지는 게 희망이라느니, 태어났을 때는 뜨겁다가 죽을 때 차가워지는 것은 피라느니……. 그거 어느 연극엔가 나오는 이야기예요. 정확히 제목은 생각이 안 나지만, 그 연극이 러시아에서 처음 공연된 건 이바쵸프가 죽고서 한참이나 지난 뒤였다고요. 그러니까 이바쵸프가 그런 걸 알았을 리가 없어요."

"확실해?"

내가 충격을 받고 되물었다. 편집기사 조수가 고개를 들어 흘끗 나를 보았다.

"연극 제목은 지금 생각이 안 나지만, 확실해요. 방송국에 가면 자료실에서 제목을 찾아볼게요."

"망했군."

촬영기사가 투덜거리고는 거칠게 운전대를 꺾었다. 봉고차 뒤에 앉아서 나와 편집기사 조수는 촬영장비와 함께 오른쪽으로 왕창 쏠렸다.

"이봐, 조심해! 나는 둘째치고 카메라가 다 망가지잖아!"

"그까짓 것 망가지라지, 하루를 다 버렸는데."

촬영기사가 지지 않고 대꾸했다.

편집기사 조수와 나도 같은 기분이었으므로 여기에 딱히 반박할 말이 없었다. 우리는 말없이 차 바닥을 내려다보면서 앉아 있었다. 차가 방향을 틀며 이리저리 함부로 쏠릴 때만 나지막이 욕설을 내뱉었다.

방송국으로 돌아와서 편집기사 조수는 사용할 수 없을 것이 분명한 그날의 촬영분을 촬영기사에게서 받아들고 편집실로 갔다. 나도 따라갔다. 뭐가 됐든 조금이라도 건질 게 혹시 있지 않을까 하는 생각이었다.

편집기사에게 촬영분을 넘겨주고 조수는 아까 말한 대로 연극의 제목을 확인하러 자료실로 갔다. 내가 편집기사와 함께 촬영된 내용을 확인했다.

"어디 보자……. 잠깐만, 이거 뭐야?"

테이프를 작동시킨 후에 편집기사가 화면을 쳐다보면서 중얼거렸다.

"이 사람만 왜 이렇게 초점이 안 맞아? 이거 누군데 이렇게 이상하게 나왔어?"

나는 아무 말도 할 수 없었다. 편집기사는 나머지 촬영분을 빨리 감아서 뒤로 넘겨보았다.

"처음에는 심한데 그래도 뒤로 갈수록 괜찮아지네……. 어어? 끝부분도 좀 이상한데? 이거 어쩌지? 중요한 사람 아니면 지워버릴까?"

그 흐릿한 형체는 류보프 아르카디예브나의 휠체어 뒤에 서 있었다. 처음에는 희미한 안개처럼 보였으나 이바쵸프의 이름이 언급되자 갑자기 윤곽이 뚜렷해졌다. 한 손으로는 류보프 아르카디예브나의 손을 잡고, 다른 한 손은 그녀의 어깨에 얹고 있었다.

편집기사는 내가 계속 대답을 하지 않자 질문하듯이 나를 쳐다보았다. 그러나 나는 편집기사를 보고 있지 않았다.

"이봐, 저거……."

편집기사가 다시 무슨 말인가 하려고 했다. 그러다가 화면을 다시 한 번 쳐다보고는 그대로 말을 멈추었다.

그 형체는 사람일 수 없었다. 사람이기에는 신체 비율이 너무 이상했다. 휠체어 뒤에 서서, 앉아 있는 사람의 한 손을 잡고 다른 한 손은 어깨에 얹었다면, 정상적인 인간이라면 자연스럽게 서 있을 수 없었다. 그러나 형체는 그런 상태로 아무렇지 않게 류보프 아르카디예브나의 휠체어 뒤에 서서 그녀의 머리 위로 목만 내민 채 우리를 보고 있었다.

자신의 이름이 언급되었을 때 형체는 뚜렷해지면서 동시에 류보프 아르카디예브나의 손을 꽉 쥐었다. 류보프 아르카디예브나도 여기에 대답하듯이 손을 꽉 잡았다. 그리고 그 순간부터 눈에 띄게 제정신이 돌아오기 시작했다. 눈동자가 또렷해졌고, 벌어졌던 입이 다물어졌고, 몸에 힘이 들어가고 자세가 반듯해졌다.

인터뷰 내내 형체는 류보프 아르카디예브나의 등 뒤에 서 있었다. 때로는 손등을, 때로는 어깨를 쓰다듬었다. 그리고 이야기가 마무리되자 다시 한 번 류보프 아르카디예브나의 손을 꽉 쥐었다. 그러자 그녀는 다시 정신을 잃었다.

"이봐……, 저, 저거, 대체 뭐야?"

편집기사가 떨리는 목소리로 물었다.

나는 대답할 수 없었다. 고개만 가로저었다.

화면이 꺼지기 직전, 형체는 분명하게 카메라 쪽을 쳐다보았다. 그리고 입을 움직여 뭔가 말했다.

"뭐야, 저게? 대체 어디서 뭘 찍어가지고 온 거냐고?"

편집기사가 비명처럼 물었다.

그러나 내가 미처 대답하기 전에, 편집기사 조수가 편집실 문을 왈칵 열고 쳐들어왔다.

"찾았어요!"

언제나처럼 눈치 없는 조수가 의기양양하게 외쳤다.

"〈투란도트〉예요!"

"그건 또 무슨 소리야?"

편집기사가 이제는 완전히 경악하여 고함을 질렀다.

"어둠을 비추고 다음 날 사라지는 것은 희망, 태어날 때는 열병처럼 뜨겁다가 죽을 때는 차가워지는 것은 피……. 푸치니의 오페라 〈투란도트〉 제2막에 나오는 수수께끼라고요. 하지만 푸치니는 이 작품을 완성 못하고 죽었어요. 그래서 나중에 다른 사람이 완성했고, 그 작품이 이탈리아 초연을 거쳐서 러시아에 들어온 건 한참이나 나중이란 말예요!"

편집기사 조수가 들고 있던 자료집을 휘두르며 설명했다. 편집기사가 다시 소리쳤다.

"아니, 대체 그게 무슨 소리냐고? 다들 어디 가서 무슨 짓을 하다 온 거야? 인터뷰 화면에는 저런 게 찍혀 있질 않나……."

"그것 좀 이리 내놔봐."

내가 편집기사의 말을 끊고 조수에게 요구했다. 조수가 어리둥절한 표정으로 자료집을 내밀었다.

"인터뷰 화면이 왜요? 뭐가 찍혀 있는데요?"

질문을 무시하고 나는 서둘러 자료집의 책장을 넘겼다. 내가 알고 싶은 것은 정확히 두 가지였다.

편집기사 조수의 말대로 푸치니는 〈투란도트〉를 완성하지 못하고 사망했고 프랑코 알파노라는 사람이 작품을 완성했다. 그러나 거기까지만 사실이었다. 나는 계속해서 자료집을 읽어 내려갔다.

1926년 이탈리아의 밀라노에서 초연을 했다. 소비에트 연방에서는 1928년 아제르바이잔 공화국의 수도 바쿠에서 첫 상연을 했다. 〔중략〕 1931년 〈투란도트〉는 처음으로 볼쇼이 극장에서 공연되었다…….

그리고 그 뒤로 공연에 참여한 배우들과 연출, 제작진의 이름이 전부 나열되어 있었다. 그 명단 중 나는 '무대 장식'이라는 항목 아래에서 이바쵸프의 두 번째 아내였던 발렌티나 빅또로브나의 이름을 볼 수 있었다.

나는 계속해서 자료집 책장을 넘겼다. 뒤에서 편집기사가 뭔가 항의했지만 듣지 않았다.

Il nome mio nessun sapra — 남자 주인공인 칼리프의 대사이다. "나의 이름은 아무도 알지 못할 것이다." '네순 사프라.' '아무도 알지 못할 것이다.' 이바쵸프가 몇 번이고 반복했다던 말이다. 정신병자의 헛소리만은 아니었던 것이다.

그리고 계속해서 낯선 언어를 힘겹게, 끈질기게 읽어 내려가다가, 같은 남자 주인공의 대사에서 나는 발견했다.

…… il silenzio che ti fa mia.

"'티파미아'는 사람 이름이 아니었어."

내가 중얼거렸다.

"너를 내 것으로 만든다'는 뜻이야."

"예?"

뒤에서 편집기사 조수가 되물었다. 그 질문을 무시하고 내가 편집기사에게 부탁했다.

"그 인터뷰 좀 뒷부분만 다시 돌려봐."

"왜, 뭘 보게?"

"하여간 좀 돌려봐."

내가 제대로 기억한다면, 이바쵸프의 유서는 "Nessun sapra, 내 사랑, 오직 내 사랑 ti fa mia."로 끝난다. 자료집에 나온 〈투란도트〉의 가사대로 해석하면 '아무도 모를 것이다, 내 사랑, 오직 내 사랑만이 너를 내 것으로 만든다'가 된다. 내가 확인하고 싶은 것이 그 부분이었다.

"이건 또 왜 이래?"

편집기사가 중얼거렸다.

"왜, 뭐가 문제야?"

"먹통인데."

편집기사가 멍한 표정으로 나를 쳐다보았다.

"뭐? 그게 무슨 소리야?"

"이거 봐. 전부 그냥 까매."

편집기사가 말했다.

내가 덤벼들었다. 그러나 편집기사의 말은 사실이었다. 앞으로 돌려봐도, 뒤로 돌려봐도, 조금 전까지 분명히 있었던 인터뷰는 사라지고 검은 화면만이 비칠 뿐이었다.

　멍하니 편집기사와 서로 얼굴만 쳐다보다가 내가 황급히 편집기사 조수에게 외쳤다.

"병원에 전화해봐."

"예?"

"류보프 아르카디예브나하고 다시 인터뷰하고 싶다고 해. 빨리, 다시 전화해서 약속 잡아!"

　편집기사 조수는 영문도 모르는 채로 내 기세에 눌려서 허둥지둥 편집실을 나갔다. 조수가 다시 돌아올 때까지 나는 아는 욕설을 모두 내뱉으며 점점 겁에 질려가는 편집기사와 함께 아무것도 보이지 않는 인터뷰 화면을 헛되이 앞뒤로 돌려보고 있었다.

　그리고 파랗게 질린 편집기사 조수가 편집실로 돌아왔다.

"어떻게 됐어?"

　내가 물었다. 그러나 편집기사 조수는 언제나 그렇듯이 중요한 순간에는 더듬거리면서 말을 제대로 하지 못했다.

"그게, 어, 그러니까, 저……."

"어떻게 됐냐니까? 전화했어, 못 했어?"

"저, 그러니까, 어, 전화를, 그, 하, 하긴, 했는데…."

"그런데 뭐?! 어떻게 됐어? 인터뷰 안 한대? 무슨 일이야?!"

　내가 버럭 고함을 질렀다. 편집기사 조수가 내뱉었다.

"죽었대요."

"죽다니? 누가?"

　'숙모님이?'라는 생각이 한 순간 머릿속을 스쳐 지나갔다. 그러나 물론 죽은 사람은 조수의 숙모님이 아니었다.

"류, 류보프, 아, 아르카디예브나 말예요. 죽었대요."

편집기사 조수가 말했다. 그러고는 내가 다시 고함을 지르려 하자 폭포수처럼 빠르게 내뱉었다.

"우리가 떠나고 나서 방으로 데려갔는데 아까 밤중에 상태가 갑자기 급격히 안 좋아져서 수술실로 옮겼지만 그대로 사망했대요. 사인은 뇌출혈이랍니다."

"이런 젠장……."

나는 나도 모르게 탄식했다. 그리고 편집실 문을 열고 뛰쳐나왔다.

"그래서, 여자는 죽은 남자를 먹었고, 죽은 남자는 여자를 잡아먹었고, 그 인터뷰는 우리 시간과 돈과 특집을 잡아먹었군."

PD가 한 마디로 깔끔하게 정리했다.

"50주년에 했던 거 찾아봐. 40주년이랑 30주년 것도. 되는 대로 이어 붙여서 어떻게든 짜맞춰봐."

그리고 PD는 나가라고 손짓했다.

촬영분이 전부 날아갔다는 말에 촬영기사는 불같이 화를 내며 조금 전에 내가 했듯이 자신이 아는 욕설을 모두 퍼부었다. 그러다 조금 진정이 되고 나자 담배에 불을 붙였다. 한 모금 빨아들이고 나서 뜻밖의 질문을 던졌다.

"그래서, 이바쵸프가 결국 끝까지 사랑했던 여자는 두 번째 부인이었다는 건가?"

"그게 무슨 말이야? 왜 그렇게 생각하지?"

"자료집을 보니 두 번째 부인이 〈투란도트〉 제작진에 참여했다고 하지 않았나. 그 추억을 못 잊은 거 아니었을까?"

"얘기가 그렇게 되나?"

나는 잠시 생각했다. 촬영기사가 담배를 한껏 들이마시고는 연기를 길게 내뿜더니 덧붙였다.

"그렇게 생각하면 굳이 아무도 모르는 이탈리아어까지 써 가면서 자기 마음을 감추려고 했던 것도 이해가 되지. 정치범으로 수감된 사람이 누군가의 이름을 함부로 언급했다간, 그게 이혼한 전 아내든 현재 아내든, 장모의 친구의 옆집 사람이든 가리지 않고 몽땅 잡혀 들어갔을 테니까."

"음, 그것도 말이 되는군."

촬영기사는 다시 한 번 담배를 맛있게 빨아들이고는 연기를 한껏 내뿜더니 나를 보고 물었다.

"왜, 자넨 다르게 생각했어?"

"아니, 뭐…… 자네 말을 들으니까 맞는 것 같아."

내가 얼버무렸다. 촬영 기사는 꽁초만 남은 담배를 마지막으로 한 번 빨더니 연기를 내뿜고는 중얼거렸다.

"그런데 그 두 번째 부인이 그렇게 좋았으면 왜 류보프 아르카디예브나한테 평생 달라붙어 있었을까?"

"그러게 말이야."

내가 성의 없이 대꾸했다.

인터뷰 화면이 사라지기 전에 마지막으로 찍힌 것은 류보프 아르카디예브나의 휠체어 뒤에 서서 화면을 향해 말하는 이바쵸프의 얼굴이었다. 소리가 들리지 않아 분명히 확언할 수는 없었지만 그 입모양은 확실히 "내 사랑"이라 말하고 있었다. [러시아어로 '사랑'이라는 단어는 여주인공의 이름과 같은 '류보프'이다. '내 사랑'(любовь моя)이라는 구절은 듣기에 따라 '류보프는 내 것이다'(Любовь - моя)라는 문장으로도 해석할 수 있다. — 역주]

'낙원의 이름을 가진 내 사랑.' 이바쵸프는 유서에서 연인을 그렇게 불렀다. 그녀의 이름에는 낙원이 두 개나 있었다. 류보프 아르카디예브나 라이스카야. ['아르카디아'는 고대 그리스에 있었다고 알려진 조화롭고 무구한 이상향의 이름. '라이스카야'의 '라이'(рай)는 러시아어로 '낙원'을 뜻한다. — 역주.]

간호사를 사랑한 미치광이, 혹은 간수를 사랑한 죄수.

Nessun sapra. 물론이다. 아무도 알지 못해야만 했다. 자신이 사랑한 간호사도 자신과 똑같은 혐의를 쓰고 체포되어, 자신과 똑같은 고통을 겪고 어쩌면 자신과 같은 병원에 환자로 수감되게 하지 않으려면, 아무도 몰라야만 했다. 사랑만이, 오직 그의 사랑만이 그녀를 그의 것으로 만들었다.

그러나 결국 그녀는 그가 가장 원하지 않았던 길을 가게 되었다. 55년— 반 세기가 넘도록 그녀는 그와 함께 둘만의 세계에 갇혀 있었다.

빠져나올 수 없었던 그 돌벽 안에서, 그들은 행복했을까?

"여자는 죽은 남자를 먹고, 죽은 남자는 여자를 잡아먹고, 그리고 인터뷰가 우리 특집을 잡아먹었지."

내가 중얼거렸다. 촬영기사가 물었다.

"뭐?"

"아, 아냐. PD가 한 말이야."

내가 말했다.

그리고 나는 어쨌든 마감을 맞추기 위해서 지난 특집들을 뒤지러 갔다.

■ Nessun sapra 는 ……

주인공 다니일 이바쵸프는 가공의 인물이기는 하지만 내가 좋아하는 실
존인물 두 명을 섞어서 만들었으니 개연성이 아주 떨어지지는 않을 것이라
생각한다. 이야기의 실마리가 된 첫 번째 모델은 러시아에 실존했던 초현실
주의 작가 다니일 하름스 (Даниил Хармс, 1905~1942)인데, '하름스'
는 필명이고 본명이 다니일 "이"바노비치 유"바쵸프"였다. 하름스는 실제로
정치적으로 고생을 많이 했고 정신병원에 수감되었던 적도 있으며 무척 가
난하게 살다가 불행한 죽음을 맞이했다. 그러나 하름스의 실제 일대기를 그
대로 가져다 쓰기에는 줄거리 전개상 무리가 있었으므로 주인공 이바쵸프의
이력을 만들어낼 때는 브루노 야셴스키(Bruno Jasieński, 1901~1938?)라
는 작가의 일생을 참고했다. 야셴스키는 폴란드 출신으로 공산주의의 신봉
자였고 그래서 소비에트 러시아에 귀화하여 약 5~6년간 맹렬한 창작활동을
하며 선풍적인 인기를 구가하다가 갑자기 체포되어 숙청당한 극적인 인물이
다. (소련 초기의 예술가들을 보면 사납고 무자비한 세상에 온몸으로 부딪히
며 진정 불꽃같이 살다가 죽었구나, 라는 생각을 하지 않을 수가 없다.) 이 두
사람을 적당히 섞어서 남자 주인공을 만들었는데 그 뒤로는 어떻게 해야 될
지 잘 모르겠으니까 모르면 치정, 이라는 원칙대로 풀어 나갔다.

그런데 〈투란도트〉는 어디서 나왔는지 나도 잘 모르겠다. 남녀 주인공을
대략적으로 설정했더니 그 뒤부터는 이야기가 기다렸다는 듯이 스스로 풀려
나왔다. 이런 이야기가 언젠가 또 나에게 와주었으면 좋겠다.

온우주
단편선

잃어버린 시간의 연대기

잃어버린 시간의 연대기

0. 정은 딸 셋과 아들 넷을 두었다. 그 딸들 중 둘째인 호는 다시 딸 넷을 낳았다. 그 딸들 중 셋째인 순은 다시 딸 둘을 낳았다.

나는 그 두 딸 중 맏이다.

이야기는 핏줄과 함께 여자에게서 여자에게로 전해진다.

0. "그때 우리 집에 큰 휴대용 조명등이 있었거든. 아버지가, 그러니까 너네 외할아버지가 그 시절에 드문 그런 외제 물건을 잘 구해 오시고 그래서 집에 그런 물건들이 꽤 있었는데, 나는 그 조명등이 그렇게 신기했어. 그래서 아버지가 산에 가셨을 때, 그때 산에를 왜 갔더라? 장작 땔 나무가 필요했던지 아마 그랬을 거야. 그때 그 조명등을 들고 가시길래 나도 따라갔지."

"언니가 그때 다섯 살인가 그랬지, 아마."

"그럴 거야. 그래 나는 그 조명등이 신기하니까 그걸 이렇게 들고 켰다 껐다 하면서 놀았는데, 산 밑에서 보니까 무슨 불빛이 번쩍번쩍하는 거라. 그때야 전쟁 때니깐 그걸 간첩이 북에다 신호를 한다고 생각하고 누가 신고를 한 거지. 그래 사방에서 순식간에 경찰이랑 국방군이 이렇게 새까맣게 몰려와 가지고선 아버지랑 나랑 잡아다가 경찰서로 끌고 간 거야.

경찰서에 가서 심문을 받는데, 다섯 살이면 좀 앵앵 울고 무서워하고 그래야 되는데 이 꼬마가 겁도 없이 그게 우리 아버지가 출장 가서 사온 외제인데 내가 너무 신기해서 껐다 켰다 했다, 이렇게 울지도 않고 좔좔 설명을 하니까 경찰은 되려 이거 어린애를 훈련시켜서 이렇게 외우게 시켰구나, 간첩이 맞다, 이렇게 돼버린 거지."

"그래서 어떻게 풀려났더라?"

"그때 우리 외삼촌이, 그러니까 할머니 남동생이 갓 열여덟 먹어서 국군에 입대를 해가지고, 마침 꼭 그날 휴가를 받아서 집에 와 있었던 거야. 그래 매형하고 조카가 잡혀갔다니까 부르르 경찰서로 달려와서 신원보증을 해줘서 간신히 풀려났지 뭐니."

할머니 장례식에서 큰이모에게 들은 이야기이다.

0. "할머니 시아버지가, 그러니까 네 증조할아버지가, 상과대학교 교과서에도 나오는 어마어마한 사업가였어. 그래 육이오가 터지니까 공산군이 부르조아라고 노리고 있다가 잡으러 온 거야. 그래서 그때 우리 돈암동 집 마루를 뜯고 할아버지가 그 밑에 숨

어 계셨어. 그런데 공산군이 잡으러 왔다가 보니까 없으니까 대신 아들을 끌고 간 거지.

그때가 8월 한여름 복중이라서 우리 아버지가 그냥 이렇게 샤쓰에 게다짝 신고 바깥에 뭐 사러 갔다가 집에 딱 들어왔는데 공산군이 집 안에 몰려와서 뒤지고 있는 거야. 그래 아버지가 잡혀가게 생겼으니까 그 사람들한테 아버지 집에 없다, 내가 아들인데 무슨 일이냐, 하고 나서니까 그대로 총부리 이렇게 들이대고 데려간 거야.

우리 아버지가 그때 게다를 신고 끌려가셨어요. 요즘 쓰레빠는 프라스틱이라 오죽 튼튼하니, 일 년 내리 신어도 망가지질 않아서 버릴 수가 없어서 고민이지만 그때 게다짝은 나무 판대기에다 짚으로 엮은 밧줄 쪼가리 중간에 이렇게 못으로 꽝 박아서 만든 거라 십 리만 걸으면 너덜너덜해졌다고.

나중에 우리 외삼촌이, 그러니까 외할머니 막내 남동생이, 국방군 가 있다가 포로로 잡혔어. 그때 국군이 저 위에 신의주까지 올라갔다가 중공군이 인해전술로 밀고 내려오는 바람에 다 도로 후퇴했거든? 일월 사일에 후퇴했다고 그게 일사 후퇴야. 그때 그렇게 후퇴하다가 많이 포로로 잡히고 그랬어. 그래 잡혀서 끌려가는데 그 공산군 부대가 가다가 평양에서 한 번 멈춰서 포로들을 다 어느 민가에다 가둬뒀대요. 그런데 거기서 너희 외할아버지랑 딱 만난 거야.

그래 외삼촌이 우리 아버지한테 같이 도망치자고 그랬는데, 외삼촌은 그때 군화 신고 있었지만 우리 아버지는 게다짝을 신고

서울에서 평양까지 걸어갔으니 그 발이 성했겠니? 그래 발이 다 해져서 제대로 걷지도 못하니까, 아버지가 외삼촌한테 그냥 혼자 가라고 그랬대. 그래서 외삼촌만 도망 온 거야.

아버지 소식을 들은 건 그게 끝이란다."

탈상제를 지낸 후 어머니에게 들은 이야기이다.

0. "그때 우리 집이 그 동네에서 제일 컸어. 그 집을 우리 엄마가, 그러니까 외할머니가, 이렇게 무릎 꿇고 앉아서 마룻장을 하나하나 다 닦아서 기름 먹이고 그런 집이거든. 그런데 동네에서 제일 큰 집이니까 국군이 들어오면 제일 먼저 우리 집으로 와서 사령부로 쓰고, 또 공산군이 들어오면 또 제일 먼저 들어와서 사령부로 쓰고 그랬어.

그런데 공산군이 들어와서 자기네 사령부라고 군홧발로 막 방 안에 들어오고 그러니까 할머니가 그 사람들한테 신발 벗으라고 그랬대. 그랬더니 공산군이 총부리를 이렇게 할머니 목에 들이댔는데, 아유, 그때 어떻게 해서 살아났다더라?"

할머니가 어떻게 해서 살아나셨는지 나는 아마 영영 알지 못할 것이다.

어머니는 그때 세 살이었다.

"너희 외할머니도 평생을 소설로 쓰면 아마 박경리 『토지』 같은 어마어마한 대하소설이 하나 나올 거다."

할머니는 잊혀진 이야기들을 남긴 채 돌아가셨다.

어머니는 한숨을 쉬며 덧붙였다.

"그 시절에 그 정도 사연 없는 집은 없지."

세대의 교체는 세대의 상실을 의미한다.

…… 그렇게 시간은 흐르고, 잊혀진 이야기들은, ……잊혀졌다는 사실조차도 잊혀지고 만다.

1. 승리자

……적군은 물밀듯이 쳐들어왔다.

군사를 모두 잃고 왕은 어린 왕자와 수하의 호위병 몇 명만을 데리고 참모인 장수와 함께 산 위로 피신하였다. 산 아래에서 궁성이 불타고 적군이 추격해 오는 것을 보고 왕은 하늘을 향하여 탄식한 뒤 칼을 뽑아들고 모두에게 자결을 명하였다. 이에 장수가 대답하였다.

— 전투에 패배하고 군주를 위험에 처하게 한 것은 모두 소신의 불충이오니 명을 받들어 자결하겠나이다. 그러나 소신이 죽은 뒤 기이한 일이 벌어지거든 부디 죄 없는 병졸들과 꽃다우신 왕자 전하의 목숨을 거두지 마시고 다시 한 번 왕조의 융성을 꾀하여주시옵소서.

그리고 장수는 왼손으로 자신의 머리채를 움켜쥐고 오른손으로 칼을 뽑아 스스로 자신의 목을 베었다. 목이 떨어진 후 장수는 칼을 땅에 던지고 양손으로 자신의 목을 받쳐 들고 세 걸음 걸어 왕의 앞으로 나아가 무릎을 꿇고 자신의 목을 바쳤다. 그리고 장수의 몸은 땅에 쓰러져 움직이지 않았다.

잘린 목에서는 피가 한 방울도 흐르지 않았고, 목이 잘린 후에도 장수의 머리는 평온한 표정으로 눈을 감지 않고 주위를 둘러보았다. 그리고 조용히 입을 열어 이렇게 말했다.

— 이 산의 동쪽으로 내려가면 좁은 골짜기에 동굴이 있습니다. 폐하와 왕자 전하께서는 부디 동굴에 피신하시고 호위병들을 골짜기에 매복시켜 적군이 오는 대로 베게 하소서.

왕은 장수의 머리가 지시하는 대로 동쪽 골짜기에 몸을 숨겼다. 과연 골짜기는 좁고 깊어 적의 병사가 한 번에 한두 명 이상 접근하지 못하였고, 그리하여 적은 수의 호위병이 매복하여 적의 대군을 무찌를 수 있었으니 이것은 모두 장수의 잘린 머리가 한 충언을 따른 덕분이었다. 전쟁이 끝나고 무사히 왕궁에 복귀한 왕은 장수의 잘린 머리를 금쟁반에 얹고 절하며 탄식하였다.

— 짐의 경솔함으로 인해 명장을 잃었구나! 비록 머리만이라도 그대는 짐의 장수이니 앞으로도 계속 짐을 이끌어주지 않겠는가?

이에 장수의 잘린 머리는 처음으로 눈을 감고 미소를 띠었다. 곧 목에서 피가 강물과도 같이 흘렀고, 장수의 머리는 창백하고 뻣뻣하게 시들어 다시는 말하지 않았다.

—『연대기』권Ⅱ 중 발췌인용—

0. 어떤 이야기들은 잊혀지지 않는다.

2. 굳셀 무武

문법 자체가 성별 구분에 민감하지 않은 언어의 경우 고문서의 해독에 있어 특히 주의해야 한다.

왕과 사랑에 빠진 장수가 아들을 낳은 후에도 왕비의 자리를 거부하고 본분에 충실하여 굳세게 무인武人으로 남은 이야기는 『연대기』권 I의 마지막 부분에 기록되어 있다.

미술관에 특별 전시중인 청동 조상〈승리자〉에 장수가 남자로 묘사되어 있는 것은 언어의 불명확성과 일반의 편견에 기인한 오류이다.

0. 나는 청동 조상〈승리자〉앞에 서 있다. 조상의 왼손이 높이 쳐든 잘린 머리의 표정을 나는 오랫동안 들여다본다. 얼굴은 갸름하고 매끄러우며, 감긴 눈은 평온하고, 끝이 살짝 들린 입술은 아무도 이해할 수 없는 이유로 웃고 있다. 설명문은 사실성史實性을 강조한다. 그에 따르면 이 얼굴은 작가가 창의력으로 상상해낸 것이 아니라 고대 기록을 토대로 복원했다고 한다.

그 얼굴은 이야기와 함께 흐르는 시간 속의 한 순간에 그대로 영원히 정지되었다.

0. 할머니 장례식에는 내가 알지 못하는 사람들이 많이 찾아왔다. 의례대로 그 낯선 사람들을 응대하던 어머니는 그중 어느 한 사람을 글자 그대로 버선발로 뛰어나가 반갑게 맞이하였다. 당사

자조차 그런 환대는 예상하지 못했는지 몹시 당황한 표정이었다.

우리 큰딸이에요, 라고 나를 소개한 어머니는 엄마 사촌오빠란다, 라고 내게 그분을 소개했다. 성씨로 미루어 나는 그분이 외할아버지 쪽 친척일 것이라 짐작했다.

얼굴이 갸름하고 손발이 긴 외할머니 쪽 핏줄과는 달리 그분은 얼굴이 둥글고 눈썹이 짙었고, 노년에 들어서도 여전히 숱 많은 머리카락은 희게 서리가 내렸으나 고집스럽게 곱슬곱슬했다. 나는 사진조차 한 번도 보지 못한 외할아버지가 살아 계셨다면 아마 저분과 비슷한 모습일 것이라 짐작했다.

그래서 나는 어머니가 그분을 그토록 반가워하는 이유를 조금 알 것 같았다.

나와 어머니와 어머니의 사촌오빠, 세 사람은 모두 고수머리다.

그렇게 나는 누군가의 머리카락에서 불멸의 한 조각을 보았다.

3. 어머니와 아들

왕자의 어린 시절 동안 장수의 죽은 머리는 내내 옥좌 곁을 지켰다.

시간이 지나면서 왕자는 모든 여성의 얼굴에서 죽은 어머니의 그 뻣뻣하고 창백한 미소를 발견하게 되었다.

이로 인하여 왕자는 청년기를 맞이한 후에도 여성을 가까이하기를 거부하였다.

그리하여 아들의 목숨과 함께 왕조의 앞날을 구하려던 장수의 노력은 수포로 돌아갔다.

4. 결혼

스물한 살이 되던 해 왕자는 과거 자신의 나라를 거의 멸망에 빠뜨리고 어머니를 죽음으로 몰고 간 바로 그 적국의 공주와 결혼하였다.

결혼식 날 밤 왕자는 신방에 들어 인형처럼 앉아 있는 공주의 면사포를 벗겼다. 앳된 열여덟 살 소녀의 얼굴에서 또다시 창백하고 뻣뻣하게 시든 죽음의 미소를 발견하고 왕자는 공포와 경악을 숨기며 천천히 말하였다.

— 내가 지금 이 방을 나감은 결코 그대를 욕되게 하려는 목적이 아니오. 날이 밝으면 편전便殿으로 오시오. 어좌御座 곁에 그대에게 보여줄 것이 있소.

이에 공주가 대답하였다.

— 어머님이신 장군님의 이야기는 익히 들어 알고 있습니다.

왕자는 소녀의 죽은 얼굴을 말없이 들여다보다가 물었다.

— 이미 알고 있다면 어째서 결혼을 수락하였소?

공주가 대답하였다.

―본분에 충실했을 뿐입니다.

이에 왕자는 잠시 생각한 후 제안하였다.

―그대에게 남편으로서의 역할은 해줄 수 없으나, 이 나라의 왕자로서, 미래의 군주로서 대신 이것만은 약속하겠소. 그대가 왕자비로서, 그리고 훗날 왕비로서의 본분에 충실히 임해준다면 다른 부분에 있어서는 완전한 자유를 보장하겠소.

공주는 대답하였다.

―제가 왕자님의 아내라면 왕자비로서의 본분과 아내로서의 본분은 서로 떨어질 수 없는 것입니다. 떨어뜨릴 수 없는 것을 갈라놓는 자유는 원치 않사오니 부디 다시 생각해주시옵소서.

왕자는 이에 대답하지 않고 방을 나갔다.

0. "그 털북숭이가 내 인생을 망쳤지."

할머니는 웃으면서 이렇게 말씀하셨다.

할아버지는 할머니 오빠의 친구였다. 어느 날 집에 놀러 왔다가 할머니를 보고 첫눈에 반해서 '장안이 떠들썩한' 구애를 시작했다.

할머니는 그때 고등 여학교를 갓 마치고 어느 여학교에서 가정 선생님으로 근무하기 시작한 참이었다. 할아버지는 매일 아침 꽃다발을 들고 할머니가 근무하는 학교 정문 앞에서 할머니를 기다렸다.

보수적인 시절이었고, 여학교의 가정 선생님이란 여학생들을 가르친다기보다 조신하고 참한 여인으로서 본보기를 보이는 역할이 더 컸다. 일생일대의 스캔들을 맞이하여 할머니는 할아버지의 구애를 받아들였다. 할머니는 고운 열여덟 살이었다.

할아버지가 몇 살이었는지는 아무도 내게 말해주지 않았다. 할머니의 사망신고를 위해 떼어온 서류들에서 할아버지가 혼인 당시 스물여덟이었음을 발견하고 나는 할아버지가 할머니에게 '내 인생을 망친 털북숭이'라는 폭언을 들어 마땅하다고 결론지었다.

십 년 뒤에 할아버지는 할머니에게 딸 넷을 남기고 북으로 끌려가 돌아오지 않았다.

0. "아버지가 허구헌 날 집에 사람들을 데리고 와서 엄마가 고생 많이 하셨지. 밥이 귀하던 시절이니까 아는 사람이 먹을 게 없으면 다 우리 집에 데려와서 먹이고 재우고, 집에 항상 사람들이 들끓어 시끌벅적한 데다 낮이고 밤이고 시도 때도 없이 누굴 데려와서 밥상 차려 내오라고 하고, 우리 엄마 예민한 성격에 많이 시달리셨을 거야."

"아버지 다리 다쳐서 집에 석 달인지 넉 달인지 누워 계신 적이 있었지? 아마 엄마가 십 년 결혼생활하면서 그때 딱 한 번 좀 조용하고 행복하셨을걸."

그리고 할머니는 57년 동안 할아버지를 기다렸다.

5. 선물

3년간 공주는 신방에서 홀로 지냈다.

공주가 스물한 살이 되던 날이었다. 어지러운 하루의 일과를 마치고 피곤한 몸으로 잠자리에 들려는 공주의 침실 문을 누군가 두드렸다. 공주는 문을 열었다.

문밖에 젊은 남자가 서 있었다.

—무슨 일이냐?

공주가 물었다.

—왕자님께서 보내셨습니다.

젊은 남자가 망설인 끝에 머뭇거리며 대답했다.

—나를 부르시더냐? 무슨 일로?

공주가 잠옷 위에 걸칠 것을 찾으며 물었다.

—그런 것이 아니오라…….

젊은 남자는 말을 끝맺지 못했다.

—그럼, 무슨 분부라도 전하라 하시더냐?

남자는 한동안 고개를 숙이고 있다가 작은 목소리로 말했다.

—공주님을 즐겁게 해드리라 하셨습니다.

공주는 잠시 이해하지 못하고 멍하니 서 있었다.

남자가 고개를 들고 말했다.

—공주님과…… 밤을 보내라 하셨습니다.

공주는 남자의 얼굴을 들여다보았다. 그리고 물었다.

—너는 누구냐?

— 저는 왕자님의 시종입니다.

— 이름이 무엇이냐?

남자가 이름을 말했다.

공주는 손을 들어 남자의 뺨을 쳤다. 그리고 말했다.

— 왕자님께 가서 내가 대답 대신 너의 뺨을 쳤다고 아뢰어라. 이것은 시종인 네가 주인 대신 맞은 것이다.

그리고 다시 손을 들어 남자의 뺨을 치고 말했다.

— 이것은 너를 향한 것이다. 부끄러운 줄 알아라.

그리고 남자가 뭐라고 말하기도 전에 공주는 침실 문을 닫고 걸쇠를 걸어 잠갔다.

6. 결론

다음 날 아침 공주는 손이 아파 잠에서 깨어났다.

태어나서 그때까지 공주는 한 번도 힘을 쓰거나 사람을 때려본 일이 없었다. 붉게 부어오른 손바닥을 보고 공주는 전날 밤 젊은 남자 시종의 얼굴과 이름을 기억했다.

『연대기』에 따르면 공주는 후일 남자 시종을 불러들여 자신의 시종으로 삼는다. 공주가 딸을 낳자 이미 왕이 된 왕자는 딸을 빼앗고 왕비를 본국으로 내친다. 왕비는 본국에서 군대를 일으켜 남편의 나라를 침공하여 딸과 왕위를 빼앗고 무능한 왕을 참수형에 처한다. 젊은 시종의 이름은 그대로 기록에서 사라져 다시 나타나지 않는다.

참수된 왕의 시신은 그 어머니의 목과 함께 묻혔다. 어머니와 달리 왕의 목은 아무 말도 하지 않았다.

0. 할머니의 묘에는 할아버지의 위패를 함께 묻었다. 돌아가신 날짜를 알 수 없어서 위패에는 할머니의 기일을 써 넣었다.

탈상제를 지내고 내려오면서 아무도 울지 않았다. 장례식 후 백 일 만에 모인 친척들은 점심을 함께 먹고 헤어졌다.

할머니의 이야기는 그렇게 끝났다.

7. 여섯 번째 손가락

남편의 나라를 점령하여 왕비가 된 공주의 딸은 왼손에 손가락을 여섯 개 지닌 채 태어났다.

왼손 손가락이 여섯 개인 공주는 열세 살이 되던 해 초경을 시작하였다. 그와 함께 공주는 꿈을 꾸었다. 꿈은 매달 월경을 시작하는 날 반복해서 찾아왔다.

꿈속에는 숲이 있었다. 그리고 숲을 가로질러 걸어가는 사람의 몸이 있었다. 몸은 갑옷을 입었다. 그리고 머리가 없었다.

머리가 없는 몸은 조용히 노래를 부르며 숲을 가로질러 하염없이 걸었다. 가사는 없이 가락만 흥얼거릴 뿐인 그 노래는 어딘지 모르게 그립고 정다운 구석이 있었다. 공주는 꿈속에서 차분히 그 노래에 귀를 기울였다.

꿈은 언제나 똑같이 끝났다. 갑자기 잘린 목에서 분수와도 같은 피가 솟구쳤고, 몸은 비틀거리며 몇 발자국 더 걷다가 개울가에 쓰러졌다. 개울물은 피로 새빨갛게 물들었다. 머리 없는 몸은 그렇게 쓰러진 채로 움직이지 않았다. 그러나 공주는 잘린 목에서 피와 함께 조용히 흘러나오는 노랫소리를 들을 수 있었다.

공주는 눈물을 흘리며 잠에서 깨어나곤 했다. 그리고 다리 사이에서 비치는 피를 발견하고 꿈속의 목 없는 몸에서 흘러나오던 피를 떠올리며 공주는 왠지 모를 안도감을 느꼈다.

8. 칼

열여섯 번째 생일이 지나고 공주는 왼손의 여섯 번째 손가락을 잘라내기로 결심했다.

다른 손가락들처럼 여섯 번째 손가락은 세 개의 마디와 두 개의 관절과 둥근 분홍빛 손톱을 갖추어 가늘고 길고 튼튼하고 아름다웠다. 다른 손가락과 다른 점이 있다면, 마치 독립된 또 하나의 엄지손가락처럼 손바닥 안으로 완전히 접을 수 있다는 것이었다. 그래서 평소에 공주는 여섯 번째 손가락을 조심스럽게 접어 그 위에 장갑을 끼고 다녔다.

공주의 장갑 안에 무엇이 있는지 궁궐의 사람들은 모두 알고 있었다. 공주는 공주였으므로, 장갑을 벗고 다닌다 해도 아무도 감히 그에 관해 언급하지는 않을 것이었다. 그러나 공주는 장갑을 벗을 수 없었다. 여섯 번째 손가락이 다른 열 손가락과 다름없이 길고 튼튼하고 아름답고 자연스러웠기 때문에 더더욱, 공주는 장갑을 벗을 수 없었다.

그리하여 아무에게도 말하지 않고 공주는 어느 날 밤 침대에 앉아 단검을 꺼냈다. 여섯 번째 손가락 밑동에 단검을 가져다 댔다. 날카롭게 갈아둔 칼날이 부드럽고 연약한 살을 파고들었다. 고통은 크지 않았으나 살이 베어지는 섬뜩한 느낌이 오른손에 전해져오자 공주는 흠칫 놀라 칼을 놓았다. 다시 마음을 가다듬고 단번에 찍어내려고 칼을 높이 쳐들었다. 그리고 목표물인 여섯 번째 손가락을 들여다보았다.

태어나서 16년이 지나도록 공주는 여섯 번째 손가락을 그토록 주의 깊게 관찰해본 적이 없었다. 언제나 장갑에 가려 해를 보지 못한 손가락의 살갗은 조금 창백할 정도로 희었지만 그래도 왼손의 다른 부분처럼 건강하고 부드러웠고, 관절과 마디는 유연하게 움직였으며, 손톱은 사랑스러운 옅은 분홍빛이었다.

얇은 피부 아래로 파르스름하게 지나가는 핏줄에 눈길이 미치자 공주는 의지를 잃었다. 공주는 치켜들었던 단검을 침대 아래로 던졌다. 베인 살갗에서 배어 나오는 핏방울을 보며 공주는 절망감에 휩싸여 울었다. 그리고 잠이 들었다.

그날 밤 공주는 언제나 월경 전날 꾸던 꿈을 다시 꾸었다. 그러나 이번에 꿈은 언제나 끝나던 순간에서 시작되었다. 개울물을 새빨갛게 물들이며 피를 쏟은 머리 없는 몸은 피가 전부 흘러나간 후 비척비척 일어났다. 그리고 입고 있던 갑옷을 벗기 시작했다.

갑옷을 벗고 나체가 된 몸은 아직 젊은 여자의 몸이었다. 피와 생명이 전부 빠져나간 창백한 피부가 숲의 나뭇잎 사이로 흘러들어오는 햇살에 비추어 푸르스름하게 빛났다. 머리 없는 여자의 나신은 조용히 가사 없는 노래를 흥얼거리며 햇빛이 비추는 방향으로 비틀비틀 천천히 걷기 시작했다. 그리고 나뭇잎에 가려졌다가 이윽고 사라졌다.

붉게 물든 개울물과 벗어놓은 갑옷 위로 나뭇잎을 뚫고 비쳐드는 햇살과 가사 없는 노랫가락만이 희미하게 공기 중에 떠돌았다.

9. 노래

잠에서 깨어난 후에도 공주는 햇빛 속에 푸르스름하게 빛나던 창백한 여자의 머리 없는 나신을 머릿속에서 지울 수 없었다. 햇빛 비치는 방향으로 가볍게 비틀거리며 걸어가는 여자의 뒷모습은 희고 투명하고 자연스러웠으며 그래서 아름다웠다.

그 뒷모습과 가사 없이 흥얼거리던 노래를 곱씹으면서 공주는 몸이 마음을 가둔 감옥이 아니라 마음이야말로 몸을 가둬두는 함정임을 깨달았다. 머리를 잃고, 피를 잃고, 생명과 집착과 의지를 모두 잃고 단지 잘린 목에서 흘러나오는 노래를 흥얼거리며 햇빛을 향해 걸어가는 몸은 그 자체로 완전한 육체였으며 그 자체로 완전히, 자유로웠다.

침상에서 일어나 세안을 하고 머리를 빗고 아침의 몸단장을 마치고 나서 공주는 장갑을 끼기 전에 왼손을 다시 들여다보았다. 햇빛을 보지 못한 살갗은 여전히 희고, 관절과 마디는 부드럽고 건강했으며, 손톱은 사랑스러운 옅은 분홍빛이었다. 얇은 피부 아래로 푸르스름한 핏줄이 지나갔다. 공주는 조심스럽게 여섯 번째 손가락을 접고 그 위로 장갑을 끼었다.

그날을 마지막으로 공주는 머리 없는 몸의 꿈을 다시 꾸지 않았다. 매일 밤 잠들기 전에 공주는 장갑을 벗고 소중하게 감춰두었던 여섯 번째 손가락을 조심스럽게 폈다. 마음과 의지와 판단을 잃으면 몸은 완전하게 자유로워질 수 있다는 사실을 여섯 번째 손가락은 공주에게 매일 밤 일깨워주었다. 공주는 미소를 짓고, 햇살 비추는 나뭇잎 사이로 걸어가는 머리 없는 여체를 한 번 더 만날 수 있기를 희망하며, 가사 없는 노래를 흥얼거리며 잠이 들었다.

0. 나는 공주의 얼굴을 들여다본다.

박물관의 조명은 공주의 얼굴을 아래쪽에서부터 부드럽게 밝혀준다. 입을 한 일자로 굳게 다물고 눈을 감은 그 하얗게 말라버린 얼굴에는 아무런 표정도 없다.

입관식에서 할머니의 얼굴을 마지막으로 보았을 때 할머니는 잠든 듯이 평온한 표정이었다. 연락을 받고 병원으로 달려갔을 때, 이미 생명이 떠나간 할머니의 피 묻은 입술은 참혹한 시옷자로 구부러지고 얼굴에는 무시무시한 고통의 표정이 그대로 새겨져 있었다. 할머니의 구부러진 입술을 펴고 핏자국을 닦아내고 소리 없이 괴로운 비명을 평온히 잠든 얼굴로 바꿔준 장의사는 직업적 본분을 다 했을 뿐이었겠지만 나는 무한한 고마움을 느꼈다.

그리고 한동안 나는 할머니의 피 묻고 구부러진 입술이 떠오를 때마다 혼자 울었다.

인간은 타인의 죽음을 공유할 수도 공감할 수도 없다. 육신의 얼굴은 타인의 손으로 근육을 주물러 표정을 바꿀 수 있지만 그 안의 존재가 무엇을 느끼는지는 확인할 수도 바꿀 수도 없다. 고통을 느낄 육신을 잃어버리고 할머니가 자유로워졌을지, 고통을 치유할 신체를 영원히 잃고 단지 그 고통만이 영속되는지, 종교나 무속에 의지하지 않고 경험적 사실로서 확인할 방법은 없다. 할머니의 피와 살로서, 나는 그 절대적 단절이 너무나 억울했다.

철학자들은 여기에 관하여 여러 가지 책을 썼다. 도서관의 서가에는 그런 책들이 끝없이 늘어서 있다. 나는 단지 밤에 잠을 이룰 수 없을 뿐이었다.

그런 단절의 밤에 나는 오래전 잊혀진 언어로 기록된 누군가의 잃어버린 이야기들을 읽었다. 조각난 시간의 연대기를 한 단어씩 나의 언어로 바꾸었다.

죽음과 시간과 망각 앞에서도 어떤 이야기들은 살아남는다. 시간이 흐르면 죽어 잊혀질 인간에게, 그것은 커다란 위로가 된다.

10. 동굴

공주가 열여덟 살이 되자 어머니인 여왕은 공주의 혼처를 구하기 시작했다.

나라 안의 사람들은 모두 여왕이 남편의 나라를 침략하여 왕위를 차지한 사실과 공주의 왼손에 손가락이 여섯 개 있다는 사실을 알고 있었다. 그러므로 나라 안에서 감히 공주의 남편이 되겠다고 자청하고 나서는 사람은 없었다.

여왕은 그리하여 외국으로 사신을 보냈다. 때로는 이국의 왕자가, 때로는 귀족이 공주를 만나러 찾아왔다. 때로는 공주가 사신을 따라 외국으로 나갔다.

혼약자가 될 상대방을 만나는 자리에 나가면 공주는 우선 장갑을 벗었다. 그리고 왼손으로 찻잔을 들고 차를 마셨다.

이국의 왕자와 귀족들은 차례차례 서둘러 자국으로 돌아갔다. 공주는 혼자 남았다.

그리고 공주는 혼자 웃었다.

스물두 살이 되던 해 어느 날 공주는 말을 타고 궐 밖으로 나
갔다. 긴 장마 끝에 오랜만에 갠 날이었고, 하늘이 유난히 맑았
다. 공주는 뒤따라오는 시종들을 물리치고 무작정 말을 달렸다.

돌아가는 길이 보이지 않을 정도로 멀리 나왔을 무렵 공주는
산골짜기에서 길을 잃었다. 말에게 길을 맡기고 공주는 아무런
목적도 없이 그저 나아갔다. 말은 골짜기를 흐르는 좁은 개울을
따라 천천히 느긋하게 걸었다.

하늘은 맑았고, 개울물은 졸졸 명랑한 소리를 내며 흘러갔고
빗물에 씻긴 숲에 나무가 우거져 공기는 시원하고 신선했다. 공
주는 즐거웠다.

말이 멈췄다. 개울물을 조금 마시고 옆에 있는 나무의 잎을 씹
기 시작했다. 공주는 말에서 내렸다. 배고픈 말이 양껏 먹도록 내
버려두고 갈기를 쓰다듬어준 후 공주는 걷기 시작했다.

멀지 않은 곳에 작은 동굴이 있었다. 공주는 동굴로 들어갔다.
입구 가까운 곳은 춥지도 덥지도 않고 아늑했다. 공주는 자리를
잡고 앉은 후 가지고 온 주머니에서 간단한 음식을 꺼내 먹기 시
작했다.

공주가 식사를 마칠 무렵 말도 식사를 마쳤다. 말은 동굴로 공
주를 찾아왔다. 동굴 입구에 서서 말은 조용히 되새김질을 시작
했다. 공주는 그런 말을 지켜보다가 깜빡 잠이 들었다.

자신이 잠든 줄도 몰랐던 공주는 조용한 노랫소리를 듣고 잠
에서 깨어났다.

옆에 사람이 앉아 가사 없는 곡조를 흥얼거리고 있었다.

익숙한 곡조를 듣고 공주는 몸을 일으켰다.

─너는 누구냐?

남자는 대답하지 않았다.

─누구냐고 물었다.

남자는 공주를 쳐다보았다. 새파란 눈동자가 어둠 속에서 반짝, 빛났다. 남자와 눈이 마주치자 공주는 문득 양 볼이 달아오르는 것을 느꼈다.

남자가 공주를 향해 미소 지었다.

공주는 손을 뻗어 남자의 미소 짓는 입술을 만졌다. 남자가 공주의 손가락 끝에 입 맞추었다.

이후 공주는 궐내에 알리지 않고 가끔 말을 달려 어디론가 사라졌다. 스물세 살이 되던 해에 공주는 남녀 쌍둥이를 낳았다. 여왕이 자초지종을 물었을 때 공주는 대답하지 않고 웃었다.

쌍둥이가 일곱 살 되던 해에 공주는 사라졌다. 이전처럼 아무에게도 말하지 않고 쌍둥이를 말에 태운 채 어디론가 달려갔다. 해가 진 후에야 말이 쌍둥이만 태운 채 돌아왔다.

공주의 행방을 묻는 질문에 쌍둥이는 대답하지 않았다. 여왕이 직접 물었다. 여아는 대답하지 않았다. 다만 여왕이 눈물을 흘리며 재차 물었을 때에야 남아가 대답했다.

─어마마마는 그 사람과 함께 가셨습니다.

'그 사람'이 누구냐는 질문에 남아는 대답하지 못했다.

'

11. 전쟁

쌍둥이가 열일곱 되던 해에 나라는 적국의 침략을 당했다. 적군은 물밀듯이 쳐들어와 왕궁을 포위했다. 남아는 이미 노쇠해진 여왕을 업고 왕궁을 탈출했다. 여아는 검을 들고 얼마 남지 않은 호위병을 이끌고 죽음을 맞이하러 나아갔다.

적군은 닥치는 대로 죽이고 파괴했다. 검을 잃고 말에서 떨어져 피투성이가 된 여아는 마지막으로 하늘을 보기 위해 투구를 벗었다.

그때 여아는 자신과 똑같이 머리카락과 눈이 푸른 남자가 다가오는 것을 보았다.

— 함께 가자.

남자가 말했다.

— 혼자 죽게 둘 수 없어 데리러 왔다.

— 비켜라.

여아가 말했다.

— 나는 이 나라의 왕녀다. 왕궁을 버리고 도망칠 수는 없다.

남자가 웃었다. 그리고 뒤를 가리켰다.

여아는 뒤를 돌아보았다.

거무스름한 갈색 갑옷을 입고 투구를 쓰지 않은 무인이 칼을 휘둘러 적군을 베고 있었다. 무인이 잠시 몸을 돌렸을 때 여아는 오래전에 사라졌던 어머니의 얼굴을 알아보았다.

— 너는 네 본분을 다했다.

푸른 눈과 푸른 머리카락의 남자가 손을 내밀었다.

— 데리러 왔다. 함께 가자.

여아는 남자가 내민 손을 잡았다.

여왕은 전쟁이 끝난 후 남아와 함께 수복된 궁성으로 돌아왔다. 왕궁 마당에서 여왕은 적들의 시체와 함께 오래전에 사라졌던 공주의 시체를 발견했다. 공주는 오래되고 녹이 슬어 거무칙칙해진 갑옷을 입고, 역시 오래되어 거무칙칙해진 검을 손에 꽉 쥐고 투구를 쓰지 않은 채 눈을 부릅뜨고 하늘을 보며 죽어 있었다.

여왕은 공주의 눈을 감기며 울었다.

남아가 시체 더미 속에서 여아의 갑옷을 찾아냈다. 그러나 갑옷과 투구, 그리고 검만 발견했을 뿐, 여아의 시신은 끝내 찾지 못했다.

0. '혼자—죽게—둘—수—없어—데리러—왔다.'

나는 한 글자씩 천천히 조심스럽게 옮겼다.

"얘 어떡하니, 할머니 벌써 운명하셨단다." 라는 이모의 목소리가 떠올라서,

죄책감이 가슴을 찢었다.

12. 푸른 머리카락

국립 박물관에는 원(園: 왕세자나 세자비의 무덤)에서 옮겨온 공주의 시신이 보관되어 있다. 피에 젖어 거무칙칙해진 갑옷을 입고 투구를 쓰지 않은 채 왼손에는 여섯 개의 손가락으로 검을 꽉 움켜쥔 모습 그대로이다.

검의 손잡이에는 작은 향낭香囊이 달려 있다. 안에서는 재료를 알 수 없는 진귀한 향과 함께 투명한 푸른색의 털처럼 보이는 섬유가 발견되었다고 한다. 이 섬유는 분석 결과 사람의 머리카락으로 밝혀졌다. 자연 상태의 머리카락이 어떻게 해서 투명한 푸른색을 띠게 되었는지는 밝혀지지 않았다.

13. 역사의 끝

열일곱에 난을 겪고 쌍둥이 누이를 잃은 태자는 스물두 살에 왕위에 올랐다. 그리고 스물세 살 되던 해에, 자신의 어머니가 그러했듯이, 산골짜기로 말을 달려 사라져서 돌아오지 않았다.

"이미 퇴위한 선왕은 비탄에 잠겨 원인 모를 병으로 시름시름 앓다가 붕어崩御하였다. 나라는 내란과 외세의 침략으로 인해 안팎으로 혼란을 겪다가 사분오열四分五裂되어 멸망하니 그 흔적조차 찾을 수 없게 되었다. 사가史家는 말한다. 아아! 공주와 태자의 뜻이 드높았으나 동쪽 산골짜기에 푸른 마물이 있어 미혹을 떨치지 못하니, 선대의 희생이 헛되고 또 헛되었음을 일러 무삼하리오."

—『연대기』권Ⅲ의 끝

0. 헛된 일이란 세상에 존재하지 않는다. 단지 인간의 의도대로 이루어지지 않았을 뿐이다.『연대기』가 살아남아 후대에 전해졌다는 사실이 그 증거이다.

0. 문학은 역사보다 우월하다고, 오래전 서양의 누군가가 말했다. 이 말은 사실이 아니다.

역사와 문학의 경계는 시간 속에서 지워진다. 그러므로 모든 이야기는 평등하다. 이미 일어난 사건도, 일어날 가능성이 있었던 사건도, 직접 겪지 않은 후대의 인간에게는 모두 이야기일 뿐이다. 그중 어떤 이야기들은 살아남아 핏줄과 함께 전해진다.

0. 내게는 이야기를 전해줄 핏줄이 없다. 그래서 나는 이야기를 써야만 했다.『연대기』가 핏줄의 도움을 빌리지 않고 살아남았듯이, 나의 이야기도, 내 할머니의 이야기도 살아남기를 희망하면서.

그러나 이야기가 살아남지 못하더라도, 우리가 모두 그러하듯이, 시간 속으로 사라질 것이다. 그러므로 이 모든 것은 공정하다. 헛되고 헛되지 않고는 결국, 이야기를 쓰는 사람이 아닌 전해 받는 사람이 결정할 몫이기 때문이다.

■ 잃어버린 시간의 연대기는 ……

『원초 연대기』는 중세 러시아의 첫 역사서이다. 주로 남성인 왕을 중심으로 역사가 기록된 이 연대기에 드물게 등장하는 여성 중에 올가 공주라는 사람이 있다. 남편인 왕자가 적과 싸우다 죽음을 당하고 어린 아들이랑 둘만 남았는데, 처음에는 지략을 이용하여 정복자들을 위한 잔치를 열겠다고 적들을 초대해서 떼로 몰살시키고 나중에는 정식으로 군사를 일으켜 쳐들어가서 남편의 원수들을 싸그리 없애버리는 여장부이다. 굉장히 인상적인 캐릭터라서 기억에 남았기 때문에 '연대기' 부분은 『원초 연대기』와 이 올가 공주를 발단으로 해서 이리저리 변형 발전시켜서 블로그에 조각조각 연재했던 이야기인데 어떻게 끝을 내야 할지 몰라서 흐지부지 그만두었다.

그리고 외할머니가 돌아가셨다. 장례식을 치르는 과정에서 이모들에게 내가 몰랐던 외가 쪽의 여러 가지 이야기를 들으면서 개인의 역사, 가족의 역사와 국가의 역사에 대해서 생각하게 되었다. 그래서 예전에 썼다가 내팽개쳐 두었던 「연대기」가 생각났다. 분량은 예상보다 짧아졌지만 사실과 허구가 여러 층위에서 잘 엮인 것 같다. 소설이라는 측면에서 만족스럽지만 나라는 개인과 가족의 역사라는 측면에서 이 작품은 다른 이야기들보다 아프다.

달 아 래 칼

달 아래 칼

밤하늘이 고요하고 바람도 스산하니 그믐달에 얽힌 이야기를 하나 해줄까. 오래된 이야기야.

옛날 옛적, 산을 일곱 개 넘고 바다를 일곱 개 건너야 갈 수 있는 아주 먼 나라에 칼 만드는 장인이 살고 있었어. 아주 솜씨가 뛰어난 장인이었지. 그가 만든 칼은 강하고도 아름다웠어. 자루는 쥐는 순간 손바닥에 착 달라붙었고, 칼날은 웬만큼 굵은 나무나 두꺼운 가죽도 마치 무 조각처럼 슥슥 잘라낼 정도로 날카로웠지. 게다가 이 장인은 어린아이들도 한 손으로 다룰 수 있을 정도로 가벼운 칼부터 장정 서너 명이 달라붙어도 들어 올릴 수 없는 무거운 칼까지, 쓰는 사람이 원하는 대로 마음에 꼭 맞게 만들어주는 재주가 있었거든. 모양새도 흠잡을 데 없어서 검집이나 칼날의 장식도 화려하면 화려한 대로, 수수하면 수수한 대로 기품이 있었고, 특히 칼 코등이에 특유의 장식 문양을 넣는 걸로 유명했어. 그 문양은 섬세하고도 정교한 데다 난해할 정도로 복잡해서 다른 장인들이 아무리 흉내 내려 해도 따라할 수가 없었지.

그러다 보니까 온 나라의 한다하는 무인들이 그가 만든 칼을 사기 위해서 멀리 다른 고장에서까지 찾아오곤 했어. 온 나라의 높으신 분들이 쓰는 칼도 꼭 그 장인이 만들어다 바치는 일이 허다했고 말이야. 바로 여기서 이야기가 시작된 거지. 어느 날 장인은 자기가 사는 고을 영주에게 부름을 받고 찾아갔다가 영주의 딸을 보고 한눈에 반해버렸거든.

여기서 설명을 좀 하자면 이 영주는 돈도 좋아하고 금은보화도 좋아하고 명검이라든가 명궁이라든가 이런 잘 만든 고급 물건도 좋아하지만 세상 무엇보다도 여자를 특히나 밝히는 양반이었어. 어느 마을의 아무개 여인이 생김새가 제법 반듯하다는 소문을 듣거나 혹은 지나가다가 얼굴이 좀 반반한 젊은 처자가 눈에 띈다 싶으면 그 여자가 기생이 됐건 여염집 아낙이 됐건 양갓집 규수가 됐건 아랑곳없이 잡아다가 자기 욕심을 채우고야 마는 성질인 거지.

더군다나 딱한 노릇은 일단 그렇게 버려놓은 여자는 질린다고 다시 쳐다도 안 보고 헌신짝처럼 내친다는 거야. 개중에는 운이 없어서 영주의 씨를 배 속에 품은 채로 버려진 여자들도 꽤 되었는데, 배가 북통같이 부풀거나 혹은 갓 낳은 아이를 품에 안고 찾아와도 영주는 콧방귀도 뀌지 않고 한 번 내다보지조차 않더라는 거지. 고작해야 돈 몇 푼 던져주거나, 내키지 않으면 그나마도 주지 않고 빈손으로 쫓아내는 일이 허다했다지. 새파랗게 젊은 시절부터 내일모레 일흔을 바라보는 이날 이때까지 내내 그러고 살았는데, 그러다 보니까 길 가다가 공연히 신세 망친 여자가 셀 수가 없을 지경이고, 정말로 갈 데 없는 처지가 되어 나무에 목을 매달거나 우물에 뛰어들어 불쌍한 목숨을 스스로 끊은 여자도 한둘이 아니라는 소문이야.

이 장인도 영주한테 칼 맞추러 불려가고 또 다 만든 칼 바치러 간 적이 한두 번이 아니니까, 자기 아버지한테 칼 배우고 따라다니면서 심부름하던 젊은 시절부터 벌써 이십 년이 넘도록 성에 갈 때마다 영주가 옆에 끼고 있는 여자가 바뀌는 꼴을 지겹게 보았던 거야.

영주가 워낙이 예쁜 여자만 좋아하니까 옆에 끼고 노는 여자들도 당연히 모두 미인이었지. 개중에는 정말로 보는 순간 눈이 번쩍 뜨이고 오금이 저릴 만큼 아름다운 여자들도 있었고, 그런 미모에다가 목소리 하나로 애간장을 녹일 만큼 노래를 잘하거나, 듣는 사람 가슴을 후벼 팔 정도로 악기를 잘 다루거나, 천상에서 내려온 선녀가 아닌가 싶게 춤을 잘 추는 여자들도 있었어. 혹은 그렇게 눈에 띄는 재주 하나 없더라도, 그저 아무것도 모르는 어리고 순진하고 아리따운 처녀가 영주의 명이라니까 죽지 못해 끌려와서는 주무르는 대로 주물리고 희롱하는 대로 농락당하면서 눈에 눈물이 그렁그렁한 채로 시키는 대로 술도 따르고 바들바들 떨면서 안주도 집어서 먹여주는 꼴을 보면 그것만으로도 마음이 짠하고 안쓰럽고 불쌍하기 한이 없는 거야.

장인도 사내인데, 젊은 시절부터 보아왔던 그런 여자들 중에 마음에 남거나 혹은 욕심이 생겼던 여자가 왜 없었겠어. 철모르던 시절에는 그런 여자들의 고운 얼굴이며 보드라운 맵시가 머릿속에서 아무래도 지워지지가 않아서 집에 돌아와 남몰래 한숨도 쉬어보고 야밤에 몰래 담장이라도 넘을까 이리저리 궁리하면서 몇 날 며칠 잠을 이루지 못했던 적도 있었지. 하지만 그때마다 매번 한숨과 궁리로만 끝난 거지.

　세상에 탐내고 욕망할 대상이 어디 여자뿐이던가. 대궐 같은 집, 화려한 옷, 입안에서 살살 녹는 산해진미와 혀에 착착 감기는 맑은 술, 또 남들의 우러름을 받는 명예와 권세까지, 마음이 갖고자 욕심을 내기 시작하면 원할 수 있는 것에는 끝이 없는 법이지. 그리고 장인은 젊은 시절부터 온갖 세도를 부리고 갖은 부귀와 복록을 누린다는 높으신 양반들의 집을 드나들면서 원하면 원하는 대로, 내키면 내키는 대로 한껏 소유하고 누리고 즐기는 삶이 어떤 건지 똑똑히 보아온 거야.

　하지만 원한다고 마음대로 가질 수 있는 사람은 세상에 정말로 몇 안 되는 법이고, 아무리 원해도 가질 수도 누릴 수도 없는 삶에 발목 잡혀 하루하루 근근이 살아가는 사람이 언제나 훨씬 더 많은 법이지. 장인도 또한 자기에게 주어진 세계가 어디서 시작해서 어디서 끝나는지 그 한계를 분명히 알고 있었고, 그 안에서 자기가 있어야 할 자리가 어느 만큼인지도 확실하게 알고 있었거든. 아무리 높으신 양반들의 집을 제 집처럼 드나든다 한들, 또 그 양반들이 칼 잘 만들었다고 상으로 내리는 값지고 귀한 보물을 아무리 산처럼 쌓아둔다 한들, 지금 있는, 지금 있어도 되는 조그만 자리에서 그 높으신 분들이 사는 저 까마득한 세상으로 넘어가려면 말 그대로 죽었다가 다시 태어나는 수밖에 없다는 걸 장인은 철들면서 차츰차츰 깨닫게 된 거야. 뼈가 저리고 가슴이 아리도록 처절하게.

그래서 장인은 자기가 있을 수 있는 곳, 자기가 있어도 되는 곳에서 발밑만 바라보면서, 열심히 쉴 새 없이 손을 움직여서 쇠를 벼리고— 세상에 단 하나, 장인이 다루면 마음대로 다루어지는 쇠를 벼리고, 칼 손잡이에 매듭을 씌우고 칼집에 상감을 하고, 칼 코등이에 문양을, 세상에서 오로지 자기 한 사람만이 새길 수 있는 문양을 한 조각씩 새겨 넣으면서, 자기와 같은 세계에서 태어나 같은 자리에서 살아가는 착하고 어여쁜 여인을 아내로 맞이해서 자기와 같은 운명을 살아갈 아들을 낳고 그렇게 살아갔어. 한 눈을 감고, 한 귀를 막고, 때때로 칼날에 비친 하늘 너머 어딘가 알 수 없는 곳에서 보이지 않는 무언가가 찾아와 꿈틀거리고 맥박 치는 심장을 감싸 쥐고 끌어당기더라도 그저 누르면서, 보지 않고, 듣지 않고, 생각하지 않고……. 그렇게 여름이 가고, 가을이 오고, 겨울이 지나 봄이 오고, 또 여름이 돌아와 가을이 되고, 겨울이 지나 봄이 오길 스무 번 가까이 되풀이하면서, 쇠를 수없이 벼리고 칼 코등이에 수없이 문양을 새기면서, 아이는 자라서 소년이 되고 또 소년은 청년이 되고, 장인은 그 모습을 지켜보면서, 무던하고 부드러운 아내와 함께 무던하고 부드럽게 나이 먹어가면서…… 사람은 그렇게 살아가는 거라고, 그게 인생이라고 차츰 스스로도 믿게 되었던 거야, 어느 봄날 같지 않은 스산한 봄날에 마당의 매화나무 아래 서 있는 영주의 딸을 보기 전까지.

　여기서 이 영주의 딸에 대해서 이야기를 하자면 사실은 정실에게서 낳은 딸이 아니고 영주의 성에 끌려오고 끌려 나갔던 수많은 여자들 중 하나가 불행하게도 배 속에 품어 가지고 나갔던 씨앗, 그러니까 서녀야. 소문에 따르면 그 어미 되는 여자는 그나마 운이 좋아 부모가 부유하고 마음도 약해서 영주가 내친 후에도 몸 버리고 신세 망쳐 돌아온 딸을 다시 받아들여 돌봐줬지만 이미 들어선 아이는 어쩔 수가 없어서 처녀는 배가 불러올수록 시름에 잠기다가 해산하기 얼마 전부터는 곡기도 끊고 물 한 모금 입에 대지 않더니 여자아이를 낳고는 얼마 되지 않아서 이내 세상을 떠나버렸다지. 그래 아비가 버리고 어미도 죽고 세상에 아무도 받아주려 하지 않는 갈 곳 없는 핏덩이를 그 외조부모 되는 양주가 그래도 정성으로 길렀는데 참 무슨 악연인지 계집아이가 열다섯 되던 해에 명절을 맞아 절에 불공 드리러 가다가 영주의 눈에 띄었다는 거야. 하여 항용 그렇듯이 영주가 데리고 들어오라고 명을 내리니 그 외조부모가 기겁을 해서 아직 나이 어린 데다 이 아이는 영주님의 핏줄이니 제발 그러시면 안 된다고 간곡히 애원을 했다지. 하지만 그 말을 듣자 영주는 오히려 옳다구나 하면서 내 딸이니 내가 거두겠다고 그 외조부모에게 쌀섬이며 돈 궤짝을 잔뜩 실어다 주고는 빼앗다시피 데려가버렸다는 거야. 아는 사람은 다 아는 이야기고 소문 들은 사람들은 모두 설마 설마 했지만 영주를 제대로 아는 사람들은 그 딸 이야기만 나오면 혀를 쯧쯧 차면서 고개만 설레설레 젓고는 아무 말도 하지 않았다지.

그래 그 딸은 열다섯 나이에 영주의 성에 들어가서 한 해가 지나고 두 해가 지나고 어느덧 시집갈 나이가 꽉 찼건만 영주 쪽에서 혼담이라고는 꼬투리도 내비치지 않고, 그나마 간간이 들어오던 혼삿말도 칼로 자르듯이 내치는 데다가, 몇 번 그러고 나니 소문이 돌고 돌아서 그 뒤로는 지나가는 말이라도 영주의 딸 시집가는 이야기는 아무도 꺼내지조차 못하게 된 거야. 그리고 세월은 일부러 보내지 않아도 저 혼자 잘 가는 법이라서 그때부터 근 십 년이 물 흐르듯 순식간에 지나고 보니 이제 영주의 딸에 대해서는 아무도 새삼 기억해주지도 않게 되었고, 그러는 사이에 속절없이 나이 먹어 혼기를 훌쩍 넘겨버린 그 딸은 꼼짝없이 영주의 성에서 그저 그렇게 그림 속의 꽃처럼 소리 없이 지내다가 단물 다 빨리고 더 나이 들어 영주가 흥미를 잃으면 제 어미가 그랬듯이 헌신짝처럼 버려질 날만 기다리는 처지가 되어버린 거지.

장인도 이런 이야기는 모두 알고 있었어. 영주의 성에 드나든 것이 한두 해가 아니다 보니 벌써 오래전에 그 처자가 처음 영주의 집에 들어올 때부터 얼마나 크게 야단법석이 일어나고 하인이며 아랫사람들 사이에서 은근히 얼마나 뒷말이 많았는지 전부 보고 들었지. 이제까지 영주가 하던 양으로 보면 한 달도 못 버틸 거라고들 재미 반 동정 반으로 수군거렸지만 의외로 한 달이 지나고 두 달이 지나고, 일 년이 지나고 이 년이 지나도 여자가 꿈쩍도 하지 않고 별채에서 십 년 세월을 그대로 뿌리라도 박힌 듯

이 지내는 걸 보면서 어린년이 속에 여우가 들어앉아서 영주를
어떻게 홀렸길래 저렇게까지 붙잡고 놔주지를 않느냐는 둥, 아무
리 그래도 제 아비인데 인륜도 도덕도 모르는 더러운 년이라는
둥, 감히 영주에 대해서는 함부로 말을 할 수가 없으니까 그 처자
에 대해서만 등 뒤로 입방아들을 찧어댔지. 그리고 그걸 들으면
서 장인은 한 번 보지도 못한 영주의 딸이 어떻다는 생각은 안 해
봤고 사람들이 자기 일 아니니까 말을 참 함부로 한다고 속으로
만 혀를 찼을 뿐이었지. 그러다가 그날, 몇 년 동안 이러쿵저러쿵
말만 많이 듣다가 처음 영주의 딸을 실제로 보게 된 거야.

사실 영주의 딸이 얼굴만 봐서는 그렇게 첫눈에 반할 만한 미
인이라고까지 할 수 없었어. 뭐 제 어미가 영주한테 한눈에 들어
온 절색이었다니까 그 딸도 이목구비가 단정하게 오목조목 박히
긴 했지만, 또 생각해보면 애초에 시집도 못 갔고 아이도 못 낳아
봤으니 제 나이보다 훨씬 어려 보이기는 했지만, 그래도 이제는
이팔청춘 한창 나이의 꽃다운 소녀도 아니고, 또 여자치고는 키
가 참 너무 크고 얼굴도 너무 창백하고 그에 비하면 머리카락은
너무 까맣고 게다가 표정이 하나도 없는 게 어딘지 어둡다면 어
둡다고 할 수도 있는 인상이었지. 하지만 장인의 눈길을 끈 것은
그런 게 아니었어.

여자의 주변만 공기의 흐름이 달랐어. 그러니까, 장인이 나중
에 한참이나 생각해보고서야 알게 된 일이지만, 여자의 주변은
기묘하게 고요했던 거야.

마당은 초봄답게 바람도 아직 좀 쌀쌀하게 불고, 그래서 매화

나무 이파리도 좀 흔들리고 꽃잎도 좀 떨어지고, 저기 어디서 새들이 짹짹 하는 소리도 들리고 그래도 양지에는 햇볕도 제법 따스하게 내리쬐니 고양이가 담장 위에서 가릉가릉하면서 털도 고르고 그렇지만 응달에는 아직도 지난 겨울의 냉기가 남아 있고 사방의 모든 것이 제 나름대로 활개 치고 고동치며 피어나고 살아가고 순리에 따라 움직이며 돌아가고 있었는데 그런 가운데 오로지 여자가 있는 곳, 그 부근을 둘러싼 공기만이 완전한 정적이었어. 그리고 여자를 본 순간, 더 정확히 말하자면 그 정적을 응시한 순간, 장인은 마음속에서 뭔가 자물쇠 같은 것이 철컥, 소리를 내며 잠기는 걸 들었다고 생각한 거야.

하지만 그 순간 여자는 아무 말 없이 돌아서더니 별채 쪽으로 사라져버렸지.

그걸로 끝이었어. 영주의 딸이 칼 만드는 장인에게 무슨 볼일이 있겠으며, 칼 만드는 장인은 또 영주의 딸에게 무슨 할 말이 있겠어. 언감생심 쫓아가서 손이라도 한 번 잡아볼 수 있는 것도 아니고, 그저 여자가 있던 매화나무 아래를 멍하니 쳐다보며 서 있다가 퍼뜩 정신 차리고 영주의 집안 사람들이 이상하게 보기 전에, 혹여 어딘가에서 또 뒷말이라도 나기 전에 얼른 그곳을 나오는 수밖에 없었지. 장인은 그러고 나서 집에 돌아와서 오랜만에, 정말로 오랜만에 가슴이 뛰어서, 아니 정확히 말하면 뛴다기보다는 어쩐지 심장이 마음 밑바닥으로 한없이 한없이 가라앉아서 며칠 밤이나 잠을 이루지 못했지만, 그냥 그뿐일 거라고, 그러다 말 거라고, 가슴을 움켜잡고 끝없이 가라앉는 심장을 추스르려고 애쓰면서, 옆에 누워 곤히 잠든 부드럽고 어여쁜 아내를 바라보면서, 애꿎은 천장을 쳐다보면서 자기 자신을 달랬던 거지.

하지만 장인의 생각과는 달리 그걸로 끝이 아니었어. 그 잠 못 이루는 며칠이 지나고, 장인이 영주에게 명 받은 칼을 만들기 위해 쇠를 벼리고 가죽을 고르면서 가라앉는 마음을 애써 바삐 재촉하고 있었을 무렵, 영주의 딸이 장인의 공방을 갑자기 찾아온 거야.

뜻밖에 귀한 손님을 맞이해서 모두들 깜짝 놀랐지. 장인의 아내는 서둘러 부엌으로 가서 없는 살림에 대접할 만한 것을 찾기 시작했고, 장인의 아들은 구석으로 도망쳐서 아버지만 곁눈질하면서 어쩔 줄 모르고 서 있었고.

하지만 누구보다도 가장 놀란 사람은 장인이었을 거야. 영주의 딸이 가마에서 내리더니 영주의 딸답지 않게 사내 같은 걸음으로 성큼성큼 공방에 걸어 들어와서는 한 바퀴 휘둘러보더니 똑바로 장인을 향해 다가와서 이렇게 물었으니까.

"여자가 쓸 수 있는 칼도 만드시나요?"

영주의 딸은 젊은 여자치고 목소리가 무척 낮고 말이 느렸어. 그 때 매화나무 아래 서 있는 모습을 처음 봤을 때 주위를 둘러쌌던 정적이 목 안에서 공명하면서 울려나오는 것만 같은, 그리 깊고 고요한 목소리였지. 그 목소리를 듣고 한순간이나마 어쩐지 넋을 놓고 서 있다가 장인은 문득 정신을 차리고 당황했어. 여자가 쓰는 칼? 글쎄, 은장도라든가 아기자기하게 장식된 부인용 단검 정도라면 만들어본 적도 있으니까, 허둥지둥 몇 개인지 찾아다가 늘어놓았지만 영주의 딸은 과연 그런 것에는 눈길도 주지 않았어.

"이런 장신구 말고, 진짜로 쓸 수 있는 칼은 없나요?"

그러더니 장인이 대답을 못 하고 서 있으니까 영주의 딸은 휘적휘적 벽 한쪽으로 걸어가는 거야.

"이 칼, 만져봐도 될까요?"

그러고는 장인이 뭐라고 대답도 하기 전에 벽에 걸린 장검을 한 손으로 훌쩍 떼어내더니 천장 높이를 눈대중해보고는 그대로 왼손에 쥐고 밖으로 나가는 거야. 장인은 그걸 보고 또 어떻게 해야 될지 몰라서 허겁지겁 따라 나갔고.

그래 장인의 공방 마당에 나가 서서 여자는 칼집에 든 칼을 양손으로 쥐고 천천히 휘두르기 시작했어. 이마 위로 똑바로 들었다가 자기 머리 높이로 내려치기도 하고, 다시 똑바로 들었다가 어깨에서 허리까지 사선으로 내려치기도 하고, 그렇게 몇 번을 휘두르더니 다시 왼손으로 칼집을 잡고 오른손으로 칼을 뽑아서 높이 들고 햇볕에 칼날을 비추어 보았어. 잘 벼린 쇠가 햇빛을 받아 반짝였고, 그걸 보면서 영주의 딸은 처음으로 미소를 지었지.

장인은 처음부터 끝까지 그 모습을 지켜보고 있었어. 칼을 머리 위로 치켜들었을 때 소매가 흘러내려 드러난 팔이 희고 길고 아름다웠다든가, 버드나무처럼 늘씬하고 호리호리한 몸으로 칼을 휘두르는 모습이 우아하고 매혹적이었다든가……. 그런 것도 보았지만, 그보다도 장인의 눈길을 끈 것은 여자가 휘두르는 칼끝에 흔들림이 없다는 사실이었어. 동작이 느리기는 했지만 칼을 쥐고 휘두르는 손은 가볍고 능숙했고, 칼을 뽑는 손놀림도 많이

해본 듯이 익숙했던 거야. 장인으로서는 진정 뜻밖이었지. 그 움직임에 흔들림도 망설임도 없었기 때문에 여자를 둘러싼 공기는 칼이 훑고 지나가도 여전히 고요했어. 그 정적에는 바닥이 없어서, 장인은 다시 한 번 심장이 그 고요 속으로 빨려 들어가 한없이 한없이 가라앉는 것만 같았지.

그리고 또 여자가 칼을 처음 머리 위로 치켜들었을 때, 처음 소매가 흘러내려 길고 우아한 팔이 드러났을 때, 여자의 하얀 팔에 새겨진 여러 색깔의 멍자국, 특히 그 손목을 빙 둘러 마치 끈 같은 것으로 단단히 묶였던 듯 가늘지만 뚜렷하게 나 있는 검붉은 자국이 원하건 원치 않건 장인의 눈에 아프도록 선명하게 들어왔던 거야.

그렇게 몇 번 휘두르다가 마침내 여자가 칼집에 들었던 칼을 뽑아 햇빛에 비추었을 때, 자신이 벼린 쇠가 여자의 손에 들려 햇살 아래 아른아른 빛났을 때, 장인은 다시 한 번 귓가에서, 아니 머릿속에서, 가슴속에서 철컥, 하고 그 자물쇠가 잠기는 듯한 소리를 들었던 거지. 그리고 이번에는 완전히 깨달은 거야. 어여쁘고 무던하고 부드러운 아내의 무구하게 잠든 얼굴을 아무리 들여다본다 해도, 쇠를 수백 수천 번 벼리고 코등이에 문양을 수만 개 새겨 넣는다 해도, 여자를 둘러싼 정적 속으로 빠져든 심장을 되찾아올 방법은 없다는 것을.

그리고 여자는 순식간에 칼을 탁, 하고 칼집에 넣더니 장인에게 건네주고는 아무 말도 없이 가마에 올라타서 휘장을 내려버렸어. 그러자 하인들이 기다렸다는 듯이 가마를 메고 공방 대문

밖으로 척척 사라졌고, 그런 후에 마치 아무도 왔다 가지 않은 것처럼, 아무 일도 일어나지 않았던 것처럼 공방은 조용해졌지. 단지 장인만 마당 한가운데 여자가 돌려준 칼을 들고 벼락맞은 것처럼 멍하니 서 있었어. 여자의 하얀 팔에 난 멍자국과 가느다란 손목을 빙 두른 검붉은 상처와 여자가 치켜든 칼날을 비추던 햇빛을, 그 작지만 휘황한 일만 가지 빛깔의 파편들이 아른아른 춤추던 모습을 생각하면서.

그래서 그날부터 장인은 여자에게 줄 칼을 만들기 시작한 거야. 여자의 아버지인 영주가 명령한 칼도, 나라 안팎의 그 어떤 힘 있고 권세 있는 사람이 명령한 칼도 만들지 않고, 이미 받은 명은 미루어두고 새로 들어오는 주문은 거절한 채로, 오로지 여자가 쓸 칼을 만드는 데만 집중한 거야. 여자와 그녀를 둘러싼 정적을 지켜줄 칼, 가볍고 아름다우면서 또한 깊고 강하고 고요한 그런 칼을.

여자를 위한 칼을 만드는 데는 생각보다 오래 걸렸어. 일단 칼날이 가벼우면서도 날카롭고 강해야 했는데, 어째 가벼우면 충분히 강하지가 않고, 날카롭고 강하면 또 충분히 가볍지가 않아서 장인이 마음에 꼭 차도록 쇠를 담금질하고 벼리는 일부터가 쉽지 않았으니까. 그렇게 벼린 칼날에 은은하게 무늬를 넣고, 손잡이에 가죽으로 매듭을 지어 씌우고, 코등이에 그 유명한 자신만의 문양을 새기고, 칼집에 장식을 달고 비단끈으로 매듭을 지어 자루끈과 칼집고리끈을 만들어 달면서, 장인은 즐거웠어. 걸음마를 할 때부터 아버지를 따라다니며 배웠던 칼이지만 평생에 이토록 행복했던 적이 없었지. 누가 시키지도 않았고 그러므로 값을 받지도 못할 일에 미쳐 하루하루를 보내는 동안 높은 사람들과 힘 있는 사람들이 비싼 돈을 주고 주문한 칼을 기일에 맞추어 만드느라 아직은 솜씨가 서투른 아들이 힘에 겨워 끙끙거리는 걸 알면서도 장인은 여자를 위한 칼을 만드는 일에서 손을 뗄 수가 없었어. 다른 칼에는 어쩐지 손길도 눈길도, 무엇보다 마음이 가지 않았으니까. 그가 여자를 위한 칼에 무늬를 넣고 끈을 달기 위해 권세 있는 사람들이 주문한 칼에 써야 할 금사, 은사 장식과 최고급 비단실을 아낌없이 써버리는 걸 보면서 아내가 남몰래 한숨 쉬는 걸 장인도 알고 있었지만 그래도 아랑곳하지 않았지, 그에게는 지금 여자를 위한 칼이 세상 그 어떤 금은보화보다도 중요했으니까.

그러나 칼이 완성되어가면서 장인은 차츰 우울해졌어. 칼이 다 완성되어도 여자에게 전해줄 방법이 없다는 걸 깨닫기 시작했거든. 그가 영주의 성에 들어갈 수 있는 것은 영주가 불렀을 때 아니면 영주의 칼이 완성되어 바치러 갈 때뿐이었어. 그러나 장인은 지금 영주의 칼 따위에는 신경도 쓰지 않았으니 바치러 갈 물건이 있을 리 없었지. 그렇다고 시키지도 않은 여자의 칼을 들고 무작정 찾아갔다가는 결과적으로 어떤 일이 일어날지, 아무리 미쳤다지만 그 정도는 장인도 짐작할 수 있었거든. 그러니 여자가 쓸 수 있는 칼, 여자를 위한 고요하고 아름다우면서도 강하고 치명적인 칼을 다 만들어놓고도 장인은 칼을 볼 때마다 한숨만 쉬었던 거야.

그러는 사이에 시간은 여자를 처음 보았던 그때로부터 한 달이 지나고 두 달이 지나서 이제 매화는 모두 져버리고 단오절이 다가와 집 안에는 인형을 장식하고 집 밖에는 종이 물고기를 달고 성에서는 영주의 아들과 그 아들의 아들이 대대손손 무병장수하고 아들의 아들도 아들을, 그 아들도 또한 아들을 낳기를 기원하면서 집안의 여자들이 모두 절에 가서 불공을 드리는 날이 되었지. 여자들이 모두 절에 가서 치성을 드리게 되었다는 소식은 평소에 드나들면서 친해두었던 하인에게서 전해 들었고, 그렇다고 해서 장인이 뭘 할 수 있는 건 아니었지만 그래도 혹시나 먼발치에서라도 여자를 볼 수 있을까 하는 마음에 절에 가보았는데, 어쩐지 그곳에는 영주의 부인과 그 부인이 낳은 딸들과 그 부인과 딸들을 모시는 시녀들만 있을 뿐 여자의 모습은 아무 데도 보이지 않았던 거야. 그래서 장인은 한편으로는 섭섭하고 허전하면서 다른 한편으로는 참을 수 없이 절박한 마음이 점점 커진 거지. 그리고 그런 마음을 주체할 길이 없어서 해가 지고 어둠이 깔리고 손톱 같은 초승달이 이제는 조금, 아주 조금 더 크게 부풀어 올라 오른쪽으로 기울어진 채 밤하늘을 고요히 떠갈 무렵에, 어쩌겠다는 생각도 계획도 없이 그저 여자를 위해 만든 칼을 손에 들고 집 밖을 나와 한참이나 헤매다가 다시 한 번 그 절에 가보았던 거야.

그리고 그곳에 여자가 있었어. 달은 아직 어리고 약해서 사위를 제대로 비추어주지 못했지만, 대신 탑 주위에 횃불을 밝혀놓고, 시녀 한 명만 데리고 여자는 쓸쓸하게 서 있었지.

여자를 찾기 위해서, 여자를 만나고 싶어서 왔지만, 막상 그곳에 여자가 있는 걸을 보니까 장인은 선뜻 다가갈 수도 없고 아무 말도 할 수 없었지. 여자를 위해 칼을 만들었으니 받아달라고? 여자 둘만 서 있는 탑 앞에 웬 남자가 어둠 속에서 칼을 들고 불쑥 나타났다가는 한 마디 말도 꺼내기 전에 강도나 무뢰한으로 오인할 게 뻔하지 않나, 그런 생각도 하면서 망설였지만 그저 핑계일 뿐이고, 좋아하는 사람 앞에 나서서 마음을 드러내야 하는 순간이 오면 누구나 겁부터 나게 마련이지. 더구나 그 좋아하는 사람이 저 높은 탑 위의 손 닿을 수 없는 꽃일 때는 더더욱.

사실 매화나무 아래에서 여자를 처음 본 순간부터, 혹은 여자가 햇빛 아래 칼을 휘두르는 모습을 본 순간부터, 여자를 위한 칼을 만들었던 지난 두 달 동안 장인이 정말로 하고 싶었던 말은 따로 있었어. 그 말은 아무 희망도 없이 오로지 여자만을 생각하면서 칼을 조금씩 조금씩 완성시켰던 그 끝없이 긴 인고의 시간 동안 장인의 가슴속에서 여자가 남기고 간 정적을 뚫고 천천히 형태를 바꾸며 차츰차츰 부풀어 올라 이제 더 이상은 마음에 담아 두고만 있을 수가 없게 된 거지. 매화나무 아래에서 여자를 보았을 때 장인은 자신의 마음속에도 욕망이라는 짐승이 살아서 꿈틀거린다는 걸 생전 처음으로 깨달았고, 여자가 공방에 다녀간 그 날 밤에 그 욕망을 분명한 문장으로 떠올릴 수 있게 된 거야— 그는 여자를 원했어. 너무나 간절히 원해서 겁이 날 정도였지. 세상에서 무언가를, 누군가를 그 정도로 강렬하게 욕망할 수 있다는 사실을 그 전에는 상상도 하지 못했거든. 그러나 쇠를 벼리고 칼자루에 가죽을 씌우고 코등이와 칼집에 문양을 넣으면서 두 달을 보내는 동안 장인의 심장은 바닥 없는 정적 속에서 조금씩 조금씩 절망적으로 추락해갔고, 그 어둡고도 조용한 추락은 최초에 느꼈던 욕망이 강렬했던 만큼이나 길고도 깊었던 거야. 그토록 원해도 절대로 가질 수 없다는 걸 처음부터 알고 있었고, 그렇게 두 달 동안 어둠 속으로, 빠져나갈 길 없는 어둠 속으로 잠겨 가다가 장인은 마침내 결심했던 거지. 어떻게든 여자를 만나서 칼을 건네주리라, 그리고 여자에게 그 칼로 자신을 죽여달라, 그렇게 말하리라고.

그러나 막상 가늘고 어린 달이 떠 가는 침묵의 밤하늘 아래 그가 그토록 강렬하게 원하는 그 여자가, 그녀를 향한 그의 마음은커녕 그런 마음을 품은 그의 존재조차 아는지 모르는지 어스름한 횃불의 빛 앞에 무방비하게 서 있는 고요하고 가느다란 모습을 마주 대하자 장인은 자기도 모르게 발이 움직여 여자 앞으로 나아가 자기도 모르게 칼을 뽑아 여자의 목에 겨누고는 자기도 모르게 전혀 생각조차 못했던 말을 뱉고 만 거야.

"저와 함께 가시지요."

낯선 남자와 칼을 보고 시녀가 우선 비명을 질렀고, 그래서 장인도 덩달아 당황했어. 이러려던 게 아니었는데, 내가 대체 무슨 짓을 하는 거지?

하지만 여자는, 전혀 예상치 못하게도, 웃었어. 장인의 공방에 찾아와 햇빛 아래 칼날을 비추어보면서 입술에 떠올렸던 그 소리

없이 서늘한 미소였지. 그리고 여자는 가늘고 하얀 손을 들어 손가락으로 목에 닿은 칼날을 살짝 밀어내고 이렇게 말했어.

"앞장서세요."

손가락은 날카롭게 벼려놓은 칼날에 닿자 상처가 났고, 여자는 여전히 아무렇지 않다는 듯 손가락을 입에 넣고 빨았어. 손을 들어 입에 대자 그 서슬에 다시 소매가 흘러내렸고, 손목에 여전히 검붉은 색으로 변한 멍자국이 그때보다 더 짙고 아프게 나 있는 걸 장인은 어스름한 횃불 빛에도 똑똑히 볼 수 있었지. 그래서 비명을 지르는 시녀가 덜덜 떨다가 도망치게 내버려두고 장인은 검붉은 멍자국이 빙 둘러 나 있는 여자의 손목을 덥석 움켜잡은 채 숲으로, 산속으로, 깊이 깊이 무작정 들어갔던 거야.

여자의 손목을 잡고 숲 속으로 끌고 들어가면서 장인은 여자가 무서워하지 않는지, 자기가 너무 빨리 걸어서 힘들어하지 않는지, 혹시 나뭇가지에 스치거나 돌부리에 걸려 다치지나 않는지 가끔가끔 돌아보았어. 하지만 그렇게 돌아볼 때마다, 눈이 마주칠 때마다 여자는 그저 싱긋 웃었지. 마치 낯선 남자에게 붙잡혀 끌려가는 것이 아니라 데리러 와주기를 기다리고 있었던 것처럼. 그 미소를 보면서 장인은 어쩐지 더욱더 긴장했고, 더욱더 흥분했고, 그 어느 때보다도 더 간절하게, 더 절박하게, 더 필사적으로 여자를 원했어. 그래서 그는 물었지.

"제가 누군지 아십니까?"

여자는 고개를 끄덕였어. 그는 다시 물었지.

"제가 무섭지 않습니까?"

여자는 고개를 저었고, 그리고 다시 미소 지었어. 그 미소는 소리 없이 서늘하게, 참담하게 장인의 심장을 꿰뚫었지.

그래서 깊은 숲 속에 숯장이가 쓰다가 버리고 간 오두막에 도착해서 문을 열고 검댕투성이 방바닥을 대충 치워 일단 여자를 앉힌 후에 장인은 여자 앞에 꿇어앉아 칼을 내밀었던 거야.

"당신을 위해서 만들었습니다."

여자는 웃으면서 칼을 받았어. 거기까지는 장인도 예상하고 있었지. 그래서 장인은 여자 앞에 그대로 꿇어앉아 있었어. 그 뒤로 어떻게 해야 할지는 몰랐거든. 여자가 돌아가겠다고 하면 데려다 주고, 여자가 그 칼로 베면 기꺼이 그대로 베일 생각이었어.

하지만, 이번에도 전혀 뜻밖에, 여자는 이렇게 물었던 거야.

"날 어떻게 하고 싶어요?"

장인은 고개를 들었어. 눈이 마주치자 여자는 다시 웃었지. 언제나 그렇듯이 고요했지만, 이번에는 서늘하지 않았어, 그래서 장인은 불에 덴 듯 움찔했지.

장인은 대답하지 않았어. 대답할 수 없었거든. 그러자 여자는 칼을 한 옆에 놓더니 천천히 옷을 벗기 시작했어.

"안 돼……. 아닙니다, 아닙니다."

장인은 비명을 지르듯이 이렇게 말하고 덤벼들어 옷을 벗으려는 여자의 손을 잡아 막았어. 여자를 원한 것은 사실이었지만, 정말로 간절하게 필사적으로 열망했지만, 그래도 그가 여자를 원했던 방식은 이런 게 아니었거든.

여자가 의아하게 쳐다보았어. 그는 여자의 손을 놓았지. 여자는 표정 없는 얼굴로 눈을 내리깔고 천천히 옷깃을 도로 여몄어.

"용서하십시오."

장인이 여자 앞에 엎드려 고개를 숙이고 중얼거렸어.

날이 샐 때까지, 숯 굽는 오두막의 조그마한 창문으로, 나무를 얼기설기 엮어 만든 벽의 틈 사이로 이른 아침의 햇살이 비쳐 들어올 때까지, 두 사람은 그렇게 말없이 마주 앉아 있었어. 여자는 무릎 위에 장인이 준 칼을 놓고 그린 듯이 조용히 앉아 있었고, 장인은 그 앞에서 차마 고개를 들지 못하고 그렇게 엎드려 있었지.

해가 뜨고 사위가 밝아지고 나서도 한참이나 있다가 장인은 몸을 일으켜 밖으로 나갔어. 먹을 것과 마실 물을 구하고, 또 여자의 손목에 난 상처 자국, 검붉은 색으로 변한 멍 자국이 처음 본 순간부터 내내 머릿속을 떠나지 않아서 다친 곳에 바를 약초도 캐 모았지. 오두막으로 돌아가면서 장인은 여자가 사라지고 없으려니, 이제 다시는 만나지 못하고 곧 영주의 군사들이 잡으러 오겠거니 생각했지만 웬걸, 여자는 오두막 안에 장인이 준 칼을 껴안고 전처럼 소리 없이 그린 듯이 앉아 있었던 거야. 그리고 장인과 눈이 마주치자 다시 그 고요한 미소를 지었지.

장인이 먹을 것과 마실 물을 내놓자 여자는 아주 조금씩 입을 댔어. 그리고 장인이 약초를 찧어 짓이겨서 섞는 동안 여자는 가만히 바라볼 뿐 아무 말도 하지 않았지. 약을 준비한 후에도 장인은 한참이나 망설이며 어쩔 줄을 몰랐어. 마침내 장인이 용기를 내어 간신히 다가가서 여자의 손을 잡았을 때 여자는 아무 말도 하지 않고 손을 빼지도 않았지만 그 표정과 눈길이 서늘해지고 칼을 잡은 다른 손에 힘이 들어가는 걸 장인은 느낄 수 있었지. 하지만 어쩌겠어, 기왕지사 여기까지 내친걸음이니 장인은 여자의 양 손목에 차례로 약을 바르고 자기 옷자락을 찢어서 감싸주었어. 여자의 새하얀 손목에 땀과 흙먼지와 숯검댕이 얼룩진 자신의 더러운 옷자락이 감기는 게 송구했지만 지금은 가진 게 그것밖에 없었으니 어쩔 수 없었지.

"용서하십시오……."

장인이 다시 말했을 때 여자는 이번에도 대답하지 않았어. 다만 뭐라고 말할 수 없는 표정으로 장인이 약을 바르고 옷자락을 찢어 감싸준 두 손목을 내려다볼 뿐이었지. 그 입가가 가느다랗게 떨리는 걸 보고 장인은 정말로 어쩔 줄 모르게 되어버렸지만 그래도 여자는 울지 않았어.

그렇게 손톱 같은 초승달이 부풀어 반달이 되고 다시 보름달이 될 때까지 여자와 장인은 숯 굽는 오두막에 내내 말없이 마주 앉아 있었어. 여자가 잠시 벽에 기대 눈을 붙이면 장인은 그 앞에 꿇어앉아 여자의 잠든 모습을 가만히 지켜보았지. 그러다가 해가 뜨면 장인은 밖에 나가 어떻게든 먹을 것과 마실 물과 여자의 상처에 바를 약초를 구해 오고, 그동안 여자는 오두막 안에서 장인이 준 칼을 껴안고 소리 없이 그린 듯이 앉아 있었어. 매번 오두막을 나갈 때마다 장인은 이번이 마지막이려니, 돌아와 보면 여자는 사라지고 없으려니 생각했지만, 매번 오두막으로 돌아왔을 때마다 여자는 장인이 준 칼을 무릎 위에 놓고 그대로 앉아 있다가 눈길이 마주치면 미소를 지었던 거야. 그리고 그 미소는 처음에 보았을 때처럼 고요했지만 이제는 더 이상 서늘하지 않았고 여자를 둘러싼 정적에 깃들었던 밑바닥이 보이지 않는 어둠도 그와 함께 조금씩 조금씩 걷혔던 거지. 여자가 어째서 도망치지 않는지, 어째서 성으로 돌아가 아버지인 영주에게 고해서 군사를 보내 자신을 죽이게 하지 않는지 장인은 잘 이해할 수 없었고 굳이 묻지도 않았어. 하지만 여자와 눈이 마주치고 여자가 소리 없이 미소 지을 때마다 여자가 그렇게는 하지 않으리라는 걸 확신할 수 있었지. 그리고 보름이 가까워진 어느 날, 제법 화려해진 달빛이 오두막의 조그마한 쪽창과 얼기설기한 벽의 틈 사이로 하염없이 내리비추는 속에 여전히 장인이 준 칼을 껴안고 그런 듯이 앉아 있던 여자가 입을 열어 그 나지막한 목소리로 속삭였던 거야.

"사람을 죽이고 싶었어요……."

깜짝 놀라서 장인은 대답하지 못했어, 뭐라고 대답해야 할지 알지도 못했고. 여자가 다시 속삭였어.

"사람을 죽이고, 나도 죽으려고 했어요."

그리고 여자는 미소 지었지, 깊고 서늘하고 고요한 미소를, 참담하고 서글프게 장인의 가슴을 후벼 파는 그런 미소를. 그 미소를 보고 장인은 더럭 겁이 났고, 그래서 여자가 안고 있는 칼, 자신이 만들어준 칼을 도로 거두어 가려고 손을 내밀었어. 여자는 피하지 않았지만 대신 고개를 저으면서 칼을 품으로 끌어당겨 좀 더 꼭 안았지. 그 서슬에 다시 소매가 흘러내렸고, 그래서 장인은 칼을 잡는 대신 여자의 손목을 살며시 잡아 끌어당겨서 약초를 짓이겨 바르고 감아두었던 헝겊 조각을 풀고 말라붙은 약초 찌꺼기를 닦아주었어. 손목의 검붉은 멍 자국은 거의 다 나아서 사라졌고, 그걸 본 장인은 자기도 모르게 그 손목에 조심스럽게 입 맞추었지. 그때 마른 약초의 향과 함께 여자의 살 냄새가, 꽃향기와도 같이 신선하고 달콤한 냄새가 연하게 풍겨왔던 걸 장인은 그후로도 죽는 순간까지 잊을 수 없었다고 해.

"날 원하지 않아요?"

여자가 물었어. 장인은 대답하지 않고 고개만 숙였지. 여자의 손목에 입 맞춘 순간, 마른 약초 냄새 사이로 달콤하고도 향기로운 여자의 살 냄새가 희미하게 유혹적으로 콧속을 파고 들어온 순간 장인의 욕망은 터질 듯이 부풀어 올랐기 때문에, 입을 열었다가는, 소리를 냈다가는, 몸을 조금이라도 움직였다가는 여자에게 무슨 짓을 할지 몰라서, 두려워서 장인은 도저히 대답을 할 수가 없었거든.

"왜 날 갖지 않아요?"

여자가 다시 물었고, 그 말에 장인은 퍼뜩 정신이 들었지. 고개를 들어 여자의 얼굴을 보았어. 그 눈은 다시 서늘해졌고, 창백한 얼굴에는 부드럽지만 깊고도 고요한 어둠이 깃들어 있었지.

장인은 대답 대신 여자의 다른 손목에도 입 맞추고 손을 도로 놓아주었어.

"당신은 제가 가질 수 있는 분이 아닙니다."

장인이 갈라지는 목소리로 간신히 대답했어.

"제가 아닌 누구라도…… 당신은, 가질 수 있는 분이 아닙니다."

그리고 장인은 무릎걸음으로 물러나서 고개를 숙였어.

여자는 한동안 대답하지 않았지. 기다리다가 장인이 고개를 들었을 때 여자는 다시 그 뭐라 말할 수 없는 표정으로 장인을 쳐다보고 있었어. 입가가 떨렸고, 눈에는 눈물까지 가득 고였지만 여자는 울지 않았지. 그런 여자가 한없이 작고 연약하고 무방비해 보여서, 그리고 뭐라 말할 수 없이 측은하고 귀하고 소중하게 여겨져서 장인은 자기도 모르게 다가가 여자를 껴안고 싶어졌지만 온 힘을 다해 그대로 눌러 참았어.

"고마워요."

여자가 속삭였어.

"고마워요……."

대답 대신 장인은 고개를 숙였지. 그리고 여자도 대답 대신 칼을 품 안으로 끌어당겨 좀 더 꼭 껴안았어.

그렇게 산 속에 숨은 숯 굽는 오두막에서 고요하고 평온하게 초승달이 부풀어 올라 반달이 되어갈 동안 산 아래 마을에서는 난리가 났어. 여자와 함께 있었던 시녀가 성으로 달려가 영주에게 사건의 전말을 고했고, 영주의 군사가 곧 장인의 공방에 들이닥쳤고, 그래도 다행히 평소에 장인이 친해두었던 영주의 하인 하나가 황급히 찾아와 미리 알려주어서 장인의 아내와 아들은 결정적인 순간에 어찌어찌 도망칠 수 있었던 거지. 그렇게 도망쳐서 우선 어머니만 이웃 고을로 피신을 시키고 아들은 당연한 얘기지만 아버지를 찾아 나섰어. 아버지가 어째서 이렇게 어처구니없는 일을 벌였는지 도저히 납득할 수 없으니까 필시 무슨 누명을 쓴 것이라고, 한시바삐 찾아내서 사정을 이야기하고 자초지종을 들어보면 어찌된 노릇인지 알 수 있을 거라고 생각한 거지.

평소에 아버지가 갈 만한 곳은 다 알고 있다고 생각했지만 지금은 평소가 아닌 데다가 산은 깊고 숲은 넓고 또 영주의 군사들을 피해 다녀야만 했기 때문에 아들은 숯 굽는 오두막을 쉽게 찾아낼 수 없었지. 밤에는 찬 이슬 맞고 낮에는 배를 곯아 가면서 몇 날 며칠이나 갖은 고생을 한 끝에 아들이 그 오두막에 들어섰을 때에는 사위에 벌써 어둑어둑 어스름이 내리고 동녘 하늘에 눈물 같은 보름달이 살며시 떠올라 있었지만 먹을 것을 구하러 나간 아버지는 아직 돌아오지 않았고 오두막 안에는 여자만 혼자 동그마니 앉아 있었어. 공방에도 찾아온 적이 있고 하니까 아들은 여자의 얼굴을 기억하고 있었지만 여자는 아들을 알아보지 못했지. 그래서 낯선 청년이 불쑥 들어오니까 여자는 기겁을 해서 들고 있던 칼을 더 꽉 껴안았어. 그런데 반대로 아들은 여자를 보고는 안심을 한 거야. 일단 여자가 무사하니까 이대로 탈 없이 영주의 성으로 돌려보내기만 하면 모든 오해가 풀리고 아버지가 썼던 누명도 전부 벗겨지리라고 생각한 거지. 그래서 아들은 앞뒤 없이 이렇게 말했어.

"함께 돌아가시지요. 영주님께서 찾으십니다."

그러나 여자는 '영주'라는 말에 품에 안은 칼을 더 꽉 껴안고 흠칫흠칫 뒤로 물러앉을 뿐, 아무 말도 하지 않았지. 그래서 아들은 다시 물었어.

"제 아버지는 어디 있습니까?"

여자는 여전히 대답하지 않았지. 하지만 이번에는 겁이 나서 혹은 대답하기 싫어서가 아니라 정말로 몰랐기 때문이었어. 장인이 낮 동안에 어딜 가서 무슨 수로 물과 먹을 것을 구해 오는지 여자는 알지 못했고 묻지도 않았거든.

어쨌든 여자가 대답을 하지 않고 빤히 쳐다보기만 하니까 아들은 답답하고 조급해진 마음에 성큼 걸어 여자가 물러앉은 만큼 다가갔지. 여자는 또 그만큼 물러앉으려다가 등 뒤에 벽이 부딪쳐서 몸을 움츠렸고. 품에 안은 칼만 더 결사적으로 꽉 쥐고 여자가 아무 말도 없이 쳐다보니까 아들은 점점 더 초조해져서 한쪽 무릎을 꿇고 바닥에 앉아서 여자 쪽으로 몸을 기울였어.

"제 아버지는 어디 있습니까? 아가씨를 납치했다는 누명을 써서 영주님의 군사들에게 쫓기고 있습니다. 저희 집안은 지금 풍비박산이 났습니다. 함께 돌아가시지요. 누명을 벗겨주십시오. 제발 살려주십시오……."

앞뒤 없이 쏟아놓으면서 아들은 절박한 마음에 점점 더 여자 쪽으로 몸을 기울였고 여자는 품에 칼을 꼭 안고 물러날 곳을 찾아 망설였어. 그리고 산속은 순식간에 해가 지는 법이라, 어느새 캄캄해진 밤하늘에 때마침 둥실 떠오른 보름달이 오두막의 열린 문과 얼기설기한 벽의 틈 사이로 여자를 향해 교교한 달빛을 비추었고, 그리하여 하필 그 순간 아들은 본 거야, 여자가 소중하게 껴안고 있는 칼의 코등이에 새겨진 아버지의 문양을.

그리고 열흘 가까이 먹지도 자지도 못하고 영주의 군사에게 쫓기며 산속을 헤매 다닌 아들은 그 문양을 본 순간 머릿속에서, 아니 가슴속에서, 뭔가 툭, 하고 끊어진 거지.

이유도 모르면서 아들은 여자에게 덤볐어, 아버지의 문양이 새겨진 칼을 여자의 품에서 떼어내기 위해서. 여자는 당연히 저항했지, 장인이 준 칼을 낯선 남자에게 빼앗기지 않기 위해서. 아들은 한창 나이의 청년이었지만 여자도 마냥 연약한 아녀자만은 아니었기 때문에 둘은 엎치락뒤치락 하면서 한참이나 실랑이를 했어. 그러다가 아들이 그토록 찾아 헤맸던 아버지가 오두막으로 돌아왔을 때는 이미 장인이 여자를 위해 만들어준 칼을 그 아들이 여자의 가슴에 꽂아버렸던 거야.

장인은 문가에 가만히 서서 여자의 시신과 아들을 번갈아 쳐다보았어. 아들도 공포에 질려 어쩔 줄 모르고 여자의 시신과 아버지를 번갈아 쳐다보았지. 억겁과도 같은 무거운 시간이 지나고 나서 장인이 마침내 아들에게 말했어.

"가라. 도망쳐라."

아들은 아무 말도 하지 못했어. 움직일 수도 생각할 수도 없었던 게지.

장인은 들고 있던 물과 먹을 것을 바닥에 아무렇게나 팽개치고 다가가서 아들의 어깨에 손을 얹었어. 아들은 화들짝 놀라서 아버지를 쳐다보았지.

장인은 아들의 눈을 들여다보면서 갈라진 목소리로 속삭이듯 말했어.

"내 죄다. 모두 내 잘못에서 비롯된 일이니 너는 생각도 하지 말고 다시 돌아보지도 마라."

말하면서 장인은 아들의 어깨를 잡아끌고서 오두막의 문밖으로 밀어냈어.

"가라. 도망쳐."

장인이 소리쳤어. 하지만 아들은 여전히 멍하게 서서 장인을 쳐다보며 한 걸음도 움직일 수 없었어.

"도망쳐라. 다시는 돌아오지 마."

장인이 아들의 어깨를 때리며 다시 한 번 소리쳤어.

그때서야 아들은 비로소 정신이 든 거야. 퍼뜩 돌아서서 달리기 시작했지.

영주의 군사가 들이닥쳤을 때 장인이 가슴에 칼이 꽂힌 여자의 시신을 오두막 바닥에 반듯하게 눕혀놓고 그 앞에 꿇어앉아 있었다고 해. 군졸들이 오두막 안으로 뛰어 들어와 닥치는 대로 때리기 시작했을 때도 장인은 소리도 내지 않고 아무런 변명도 하지 않고 그대로 두드려 맞으면서 여자의 시신 앞에서 미동도 하지 않았다지.

여자를 납치해서 죽인 죄로 장인이 처형을 당하게 되었다는 소식을 듣고 그 아내는 혼절하더니 그 길로 병석에 누워버렸어. 아들은 어떻게든 아버지를 빼내려고 옥쇄장을 구워삶았지만 도

리가 없었지. 칼집과 코등이에 순금으로 상감한 반야도를 바치고
서야 간신히 처형되기 전날 밤에 몰래 한 번 만나러 올 수 있게
되었을 뿐이었어.

밤하늘은 깜깜했고, 비스듬하게 기울어진 반달이 침침한 빛을
흘리고 있었어. 옥 안은 어두웠고, 벽에 걸려 그을음을 내며 타오
르는 횃불 빛이 오히려 더 음습하게 보였지. 아들은 옥쇄장이 가
리키는 대로 장인이 갇혀 있는 곳으로 다가갔어. 장인은 누가 다
가오는 소리를 듣고 고개를 들어 밖을 내다보았지.

아들이 찾아온 것을 보고 장인의 머릿속에는 한순간 별별 생
각이 다 떠올랐어. 어떻게 여기까지 들어왔는지, 다친 데는 없는
지, 아내는 무사한지 그런 것도 묻고 싶었고, 사정이 이렇게 되어
버린 것이 한없이 미안했고, 그래도 아버지라고 찾아와준 것이
고마웠고……. 하지만 다른 무엇보다도, 이렇게 위험한 곳까지
섣불리 찾아왔다가 자칫 실상이 발각되면 아들이 고초를 당하게
될지도 모른다는 걱정과 두려움이 가장 컸지. 그래서 반가운 마
음에도 불구하고 입에서는 '왜 왔냐' 소리가 목구멍까지 올라왔
어. 그런데 그렇게 말하려는 순간, 아들이 갑자기 옥문 바로 앞까
지 와서 털썩 주저앉더니 얼굴이 하얗게 질려서는 어느 한 곳을
가리키며 덜덜 떨기만 하고 아무 말도 못 하는 거야.

"왜 그러냐?"

장인이 물었어, 그렇지만 아들은 여전히 새파랗게 질린 채로
부들부들 떨면서 입만 멍하니 벌리고 말을 잇지 못했지. 장인이
아들의 이름을 몇 번이나 소리쳐 부르고 난 뒤에야 여전히 덜덜

떨면서 간신히 이렇게만 말한 거야.

"여자······."

"여자라니? 무슨 여자?"

장인이 재우쳐 물었지. 그러자 아들은 이렇게 말했어.

"여자······. 가슴에······ 칼······."

그 말을 듣고 장인은 만신창이가 된 몸을 바늘에 찔리기라도 한 듯 벌떡 일으켰어. 옥문에 매달리다시피 얼굴을 내밀고 아들에게 있는 힘껏 소리쳤지. 떠나라, 잊어라, 다시는 돌아오지 말라고.

하지만 겁에 질린 아들은 장인이 하는 말을 들은 건지 못 들은 건지 그대로 주저앉은 채 한 곳만 바라보면서 부들부들 떨 뿐이었어. 떠나라, 다시는 생각하지 말고 돌아오지 말라고 몇 번이나 소리쳤지만 아들은 듣지 못하는 것 같았지. 할 수 없이 장인은 옥쇄장을 불러야만 했어. 그리고 영주의 감옥을 지키면서 평생을 보낸 옥쇄장은 창백하게 질려서 이제는 제대로 몸도 가누지 못하는 장인의 아들을 들어 올리다시피 일으켜 세워서는 잡아끌어 데리고 나가면서 장인을 한 번 보고, 장인 뒤의 구석을 한 번 보고는 혀만 쯧쯧, 차더니 가버렸어.

아들이 그렇게 돌아가고 나서 장인이 아무리 물어도 옥쇄장은 대답해주지 않았어. 만약 여자가 가슴에 칼이 꽂힌 채로 장인을 만나기 위해 돌아왔다면, 아들도 볼 수 있고 옥쇄장도 볼 수 있었지만 장인만은 그녀를 볼 수 없었던 거야. 다만 아들이 가리켰던 곳, 옥쇄장이 돌아보았던 곳, 어딘지 모를 감옥 한구석에 그녀가 죽어서도 나를 만나기 위해 찾아와서 애타게 바라보며 앉아 있으려니 생각하면서, 손바닥으로 그곳을 쓸면서, 주먹으로 가슴을 치면서 누구에게 향하는지 알 수 없을 미안하다, 미안하다, 미안하다를 되뇌며 하염없이 눈물만 쏟았던 거지. 그렇게 서러운 밤이 지나고 동틀 무렵에 장인은 목이 잘렸어.

목이 잘린 장인의 시신은 거적에 싸여 성 밖에 아무렇게나 버려졌어. 잘린 목은 영주의 성벽에 오랫동안 내걸려 있었고, 장인의 아들과 아내가 그 목 잘린 시신을 수습해서 묻어주었고, 돌아오는 길에 성벽에 내걸린 장인의 잘린 목을 보고 아내는 또다시 그 자리에서 혼절해서 이번에는 일어나지 못했어. 며칠간 물 한 모금 넘기지 못하고 끙끙 앓다가 그대로 불귀의 객이 되어버렸지. 장인의 아들은 어머니를 묻고 나서 아버지의 칼만 몇 자루 챙겨서 고향을 떠나 도망쳤고, 그 뒤로 아들의 소식을 들은 사람은 아무도 없다지.

그리고 나서 달은 수십 번이나 차고 기울었고, 매화도 몇 번이나 피고 지고, 피고 지고……. 벌써 오래된 이야기야. 하지만 아직도 그 고을 사람들 사이에 떠도는 소문을 들어보면, 장인이 처형을 당해 목이 잘린 뒤부터, 그믐이 가까워오면 숲 속의 그 숯 굽는 오두막 근방에서 머리 없는 남자의 모습이 가끔 눈에 띈다는 거야. 장인의 아들이 아버지의 목 잘린 시신을 그 부근에 묻어주었나보지.

그리고 또 그믐이 다가올 무렵이면, 장인의 잘린 목이 내걸렸던 성벽 근처에는 흐릿하게 기운 달빛 아래 가슴에 칼이 꽂힌 여자의 형상이 나타나서 헤매 다닌다더군. 아마 목 잘린 장인의 시신이 멀리 숲 속의 숯 굽는 오두막에서 자기를 기다린다는 걸 모르는 모양이지. 그래서 둘은 그렇게 각기 다른 장소에서 서로를 찾아 헤매면서 죽어서도 좀처럼 만나지 못하는 거야.

그게 옳은 거겠지, 나에게 그녀는 처음부터 절대로 가질 수 없는 사람이었으니까. 하지만 목을 잃어 앞을 볼 수 없게 된 내 주검은 잠시나마 함께 있었던 오두막 주변에서 언제까지나 그녀를 기다리고, 희미한 달빛 속에 성벽 아래를 맴도는 여자의 가슴에는 그녀를 위해 내가 만들어준 칼이 여전히 박혀 있는 거야, 영원히.

■ 달 아 래 칼 은 ……

   검도를 처음 배우기 시작했을 때 칼 월鉞이라는 한자를 어디서 우연히 보고 소설 제목으로 꼭 쓰고 싶다고 생각했다. 쇠와 달이 만나서 칼이 된다니 낭만적인 조합 아닌가. 그리고 낭만 하면 치정이지 (음?).

   검도는 도구를 쓰기 때문에 이것저것 살 것도 많고 예쁘고 멋져 보이는 물건도 많다. 왕초보 시절이나 지금이나 너무 좋은 물건을 갖춰놓고 쓰기에는 실력도 저질인 데다 일단 돈이 없어서 군침만 흘리다 마는 일이 많았기 때문에 '무척 갖고 싶지만 가질 수 없는 것'에 대한 쪽으로 이야기가 흘러가버렸다. 그러니까 이 소설의 근본은 궁상인데 결과물은 꽤 우아하게 완성된 것 같아서 흡족하다.

온우주
단편선

초 혼

초 혼

영안실은 대형 식당 같다. 나는 향을 피우고 두 번 절하고 일어나서 만지면 벨 듯한 소복을 입은 여자에게 인사한다.

"상심이 크시겠습니다."

인사말은 공허하다. 말해놓고 나는 나도 모르게 어쩔 수 없이 비죽비죽 올라오는 자조自嘲를 간신히 누른다.

여자는 말없이 고개만 숙여 답한다.

여자는 내가 누구인지 안다.

여자가 안다는 사실을 나도 안다.

내가 안다는 사실을 여자도 안다.

알면서도 여자는 아무 말도 하지 않는다. 나도 아무 말도 하지 않는다.

너무 오래 우리는 아무 말도 하지 못했다.

여자가 전화했을 때 내가 받은 것은 아마 그 때문이었을 것이다.

"죄송해요, 바쁘실 텐데."

"아뇨, 괜찮습니다."

나는 담배를 한 개비 꺼낸다.

"피워도 됩니까?"

여자가 고개를 끄덕인다.

나는 재떨이 옆에 놓인 카페 성냥으로 담배에 불을 붙인다.

한 모금 빤다. 고개를 옆으로 돌리고 내뿜는다.

여자가 얼굴을 조금 찡그린다. 그러나 아무 말도 하지 않는다.

나는 기다린다.

여자가 힘들게 입을 연다.

"저, 자살인지, 사고사인지……."

여자는 찻잔을 든다. 차와 함께 나머지 문장을 삼켜버린다.

그리고 덧붙인다.

"보험 회사에서……."

여자는 다시 한 번 어색하게 말을 멈춘다.

"보험이오."

담배 연기를 내뿜으며 내가 중얼거린다.

여자는 불편한 얼굴로 차를 한 모금 더 마신다.

그리고 묻는다.

"저, 그 전날 밤, 같이 계셨죠?"

이것은 질문이 아니다. 질문이 아니기 때문에 나는 대답하지 않는다.

여자가 다시 묻는다.

"그 사람, 그날 밤 어땠어요?"

"뭐가 말입니까?"

"평소하고 똑같았나요?"

"예."

"무슨 말, 안 하던가요?"

"무슨, 말요?"

여자는 한참 망설인다. 그리고 찻잔에게 속삭인다.

"그 사람, 그날 밤에 저한테 전화해서 미안하다고 했어요."

"……."

"그날 밤에 무슨 일 있었나요?"

여자는 나를 쳐다보며 여전히 속삭이듯 낮은 소리로 말한다.

"있었으면 말씀해주세요."

나는 절반도 피우지 않은 담배를 재떨이에 비벼 끈다.

"아무 일도 없었습니다."

그리고 나는 일어선다.

사고사는 사고사다. 경찰과 병원과 보험회사와 장의사는 여자에게 연락한다. 나는 연인의 죽음을 14개월 전에 그만둔 회사의 동료에게서 전해 듣는다. 그러므로 내가 여자에게 해줄 말은 없다.

여자는 그의 죽음이 자기를 향한 것이기를 바라고 있다.

사람의 죽음에 방향 따위는 없다. 나는 연인의 죽음을 어느 방

향이든 바라지 않았다. 그러나 언젠가 어쩔 수 없이 그를 빼앗겨
야 한다면, 최초의 만남이 갑작스러웠듯이 그렇게 돌발적으로 무
의미하게 잃는 쪽이 나으리라 생각했던 적은 있다. 그것은 최소
한 공평하다.

"세상은 공평한 거야."

라고 그는 말했다. 그것이 내가 들은 그의 마지막 말이었다.

나에게 그렇게 말하고 그는 내 집을 나가서 차의 시동을 걸었
다. 내 시야를 벗어난 후 그는 여자에게 전화했다. 그리고 여자에
게 미안하다고 말했다. 내가 알지 못한, 그가 사라지기 전의 몇 분
간을 여자는 알고 있다. 내가 듣지 못한 그의 마지막 목소리를 여
자는 들었다.

그러므로 내가 가진 얼마 안 되는 기억을 여자에게 내주어야
할 이유는 없다.

"더 이상은 못 하겠어."

나는 그에게 말했다. 그는 담배를 피우며 말없이 듣고 있었다.

"형 지금 성은 씨한테도 나한테도 못할 짓 하는 거야. 알아?"

"알아."

그가 담배 연기를 내뿜고 한숨처럼 나지막하게 대답했다.

"알면서 왜 계속하는데?"

그가 항의했다.

"그럼 달리 어쩌겠어? 나도 힘들어."

내가 반박했다.

"형이 선택한 거니까 형이 결정을 해야 될 거 아냐?"

그의 눈이 번쩍 빛났다.

"내 책임인 건 나도 알아."

그가 낮고 무겁게 말했다.

"내 책임이고, 내 잘못이고, 그러니까 내가 결정해야 되는 건 나도 안다고."

목소리가 점점 더 낮아졌다. 그는 화가 나면 목소리가 낮아졌다.

"그렇지만 내가 선택한 건 아니다."

그는 잠시 말을 끊었다. 갈라지는 목청을 가다듬었다.

"난 선택한 적 없어. 누가 뭐라 해도 너만은 그거 인정해야 돼."

나도 화가 나 있었다. 그래서 그의 갈라진 목소리를 듣고도 물러서지 않았다. 나는 화가 나면 물러서지 않는다.

"그럼 책임지고 결정해."

그때 물러섰어야 했다.

여자는 왜 그와 결혼했을까?

그가 왜 여자와 결혼했는지는 안다. 나도 보통 사람들처럼 살고 싶었어, 라고 그는 말했다. 대학을 나오고, 군대를 마치고, 직장을 잡은 후, 가정을 꾸리고, 마음 편한 노후를 맞이한 부모님을 가끔 효도 관광이라도 보내드리는 삶을 그는 원했다. 그러나 그가 보통 사람이 아니고 보통 사람이 될 수도 없는 걸 알면서 여자는 그와 결혼했다. 여자도 보통 사람이 아니었던 걸까? 아니면, 보통 사람이 아닌 그를 보통 사람으로 만들 수 있다고 생각했을 정도로, 여자는 보통 사람이었던 걸까?

6개월 후에 여자가 찾아왔을 때 문을 열어준 것은, 아마 궁금했기 때문이었을 것이다.

"커피, 괜찮으세요?"

"예……."

여자는 의자 가장자리에 불안하게 앉아 있다.

"설탕, 넣어드릴까요?"

"아뇨……."

여자는 말랐다. 창백해진 얼굴에 광대뼈와 턱 선이 두드러진다. 눈 밑이 푸르스름하게 가라앉았다. 여자는 화장을 하지 않았다. 여자는 머리에 흰 핀을 꽂았다. 핀의 날카로운 끝이, 리본의 흰빛이 전등의 불빛을 받고 내 눈을 찌른다.

"드세요."

나는 커피 잔을 내민다.

"감사합니다."

내 시선이 커피를 받는 여자의 손으로 향한다.

여자의 시선도 내 시선을 따라서 자신의 손으로 향한다.

반지의 부재를 응시하는 나를 여자가 응시한다.

나는 여자의 손처럼 반지가 부재하던 그의 손을 떠올린다. 시계를 차지 않은 그의 손목을 떠올린다.

문을 열어준 것은 실수였다.

여자는 말없이 커피를 마신다.

나는 여자의 반지 없는 손과 흰 핀을 번갈아 바라본다.

담배를 피우고 싶다.

"지난 6개월 동안, 집에 있었어요."

여자가 말문을 연다.

"예."

내가 모호하게 대답한다.

"집에서, 그 사람이 저한테 보낸 편지를 전부 다 다시 읽었어요."

"……."

"다 다시 읽고, 하나하나 답장을 다시 썼어요. 종이에, 손으로."

"……."

"밤새 답장을 써서, 아침에 태웠어요. 6개월 동안."

나는 대답할 수 없다.

여자가 나를 본다. 수척한 안와에 깊이 자리 잡은 눈동자는 검고 공허하다.

"그 사람이, 편지에 원진 씨 얘기 많이 썼어요."

나는 자세를 조금 바꾼다. 여자가 내 이름을 발음한 순간 복부의 근육이 흠칫 긴장하는 것을 들키고 싶지 않다.

"나한테는 그 사람이 세상에서 제일 중요했는데, 그 사람한테는 원진 씨가 더 중요했어요."

"……."

"질투는, 추한 감정인데……."

여자가 커피 잔을 내려다보며 말한다.

나는 말없이 동의한다.

"그렇지만, 난 그 사람 아내예요."

여자가 다시 시선을 들어 나를 본다.

검은 눈동자에서 빛나는 절박한 확신 때문에 나는 여자를 마주 보지 못한다.

"지금도, 앞으로도 영원히, 그 사람한테 아내는 나밖에 없어요."

여자는 커피 잔을 탁자에 내려놓는다.

담배가 몹시, 피우고 싶다.

"그러니까, 난 알아야 돼요, 무슨 일이 있었는지."

여자의 목소리가 떨린다.

"말씀해주세요……."

내가 대답하기 전에 잠시 생각하는 것은 여자를 존중해서가 아니다. 내가 존중하는 것은 여자와 나를 묶고 있는 공동의 감정이다.

질투라는 감정 안에서 우리가 동료인지, 적인지 아니면 포로인지는 분명하지 않다.

"말씀드릴 게 없습니다."

나를 바라보는 여자의 입술이 떨린다.

"정말, 아무 일도 없었습니다."

여자가 고개를 숙인다. 어깨도 떨리기 시작한다.

"죄송합니다."

나는 일어선다. 크리넥스를 찾는다. 침실에 들어간다. 화장지 통을 집어 든다. 침대 옆 탁자 위를 본다. 나오면서 침실 문을 닫는다. 다시 거실로 나온다. 여자에게 화장지를 내민다. 나는 천천히 주의 깊게 움직인다.

　그와 나 중에 한쪽이 여자였다면, 우리는 달라졌을까?

　"네가 여자였으면 애초에 널 좋아하지도 않았겠지."

　그가 담배 연기를 내뿜으며 중얼거렸다.

　나는 그의 손에서 담배를 넘겨받아 한 모금 빨았다. 그리고 물었다.

　"형은 그럼 성은 씨가 남자였으면 하는 생각은 해본 적 없어?"

　담배를 다시 넘겨받으면서, 그는 대답하지 않았다.

　"성은 씨가 남자였으면, 좋아했을 거 같아?"

　"여자잖아."

　그는 시선을 피하며 담배를 한 모금 빨았다.

　담배를 넘겨받으며 내가 다시 물었다.

　"형, 성은 씨랑 그거 해?"

　"쓸데없는 거 묻지 마라."

　그가 고개를 옆으로 돌리고 담배 연기를 내뿜으며 대답했다.

　"그거 할 때, 성은 씨가 남자였으면, 그런 생각 안 해?"

　"쓸데없는 거 묻지 말랬지."

　그의 목소리가 낮아지고 굳어졌다. 나는 말을 멈추었다.

　나는 담배를 그에게 넘겨주었다.

　그가 한 모금 빨고 다시 나에게 넘겨주었다.

　번갈아 피우면서, 담배가 다 탈 때까지 그도 나도 아무 말도 하지 않았다.

"성은이가 너였으면, 그런 생각은 가끔 한다."

그가 꽁초만 남은 담배를 재떨이에 비벼 끄면서 털어놓았다.

오래는 못 견디겠다는 생각이 처음 든 것은 아마 그때였는지도 모르겠다.

여자가 화장지를 받아 든다. 조심스럽게 두 장만 뽑는다. 얇은 화장지 두 장을 겹쳐서 반으로 접는다. 처음에는 얼굴의 왼쪽에, 그리고 다음에는 얼굴의 오른쪽에 갖다 대고 살며시 누른다.

그는, 이런 여자와 살았다. 걷잡을 수 없이 흐느낀 후에도 화장지를 반으로 접어 얼굴을 한 쪽씩 닦아내는 여자. 그는, 이런 여자의 남편이었다.

"나, 그 사람 열두 살 때부터 알았어요."

여자가 말한다. 화장지를 반의반으로 접었다. 왼손으로 옮겨 쥐었다.

"십칠 년 동안 내 제일 소중한 친구였어요. 애인, 약혼자, 남편이라고 남들이 정해줬지만, 그 무엇과도 달랐어요. 그냥 평생 알아온 사람이었고, 앞으로도 계속 같이 갈 사람이라고 생각했어요. 왠지 알아요?"

여자의 검고 절박한 눈이 나를 올려다본다.

"그 사람을 그냥 있는 그대로 인정해준 사람은 나밖에 없었어요. 그리고 날 그냥 있는 그대로 받아들여준 사람도 그 사람밖에 없었어요. 그래서 계속 같이 가기로 약속한 거예요. 세상의 누가 뭐라고 해도 우리 두 사람만은 서로를 인정해줬으니까."

인정 같은 건 필요 없다고 나는 말하고 싶다. 여자가 인정해주지 않아도 그는 그냥 그였다고, 어느 누구의 인정도 필요 없다고 나는 말하고 싶다.

이해하지 못한다면 내버려두는 편이 낫다. 이해하지 못하면서 최선을 다하는 부류가 가장 골치 아프다.

그러나 나는 여자에게 아무 말도 할 수 없다.

여자가 왼손에 구겨 쥔 젖은 화장지를 향해 속삭인다.

"그 사람, 결혼하고 나서 조금씩 변했어요. 조금씩…… 망가졌어요."

"……."

"이럴 줄 알았으면, 결혼하지 말 걸 그랬죠."

"……."

"그 사람이 망가져서, 주변 사람들도 같이 망가졌어요. 그 사람이 죽어서…… 다른 사람들도, 조금씩 죽었어요."

"……."

"난 더 이상 어떻게 살아야 될지 잘 모르겠어요."

마음속에서 뭔가 무너진다. 나는 여자 앞의 의자에 주저앉고 싶다.

나는 앉지 않는다.

이런 말을, 여자의 입에서 듣고 싶지는 않았다.

"네가 여자였어도 너하고는 결혼 못 했을 거야."

그는 담배를 입 한쪽 끝에 물고 말했다. 입 끝에 문 담배 때문에 그는 웃는 것처럼 보였다.

내가 그의 입에서 담배를 빼내 한 모금 빨면서 물었다.

"왜?"

"네가 결혼 같은 거 안 해줬을걸."

그리고 그는 담배를 돌려달라고 손짓하면서 덧붙였다.

"넌 자유로우니까."

내가 그의 입에 담배를 꽂아주면서 되물었다.

"형은 그럼 그렇게 답답하면 왜 결혼했는데?"

그는 담배 연기를 내뿜으면서 과장되게 한숨을 쉬었다.

"너도 서른 넘어봐라."

"서른이 그렇게 무서워?"

"말도 마. 빼도 박도 못해."

내가 서른을 넘기기 전에 나 자신이 되기로 결심한 것은 그 때문이었다.

에이전시에서 보내온 모델들의 포트폴리오를 훑어보면서 나는 그에게 물었다.

"선배."

"왜."

"이런 애들 고등학교 다니다 말고 열일곱 열여덟에 화장 예쁘게 하고 사진 한두 장 박으면 몇천씩 버는데, 우린 대학까지 나와서 밤새 뼈 빠지게 회의하고 기획하고 뺑이치고 쥐꼬리만큼 버는 거 억울하지 않아요?"

"화무花無는 십일홍十日紅이란 말도 모르냐."

그는 사진을 들여다보며 느긋하게 담배 연기를 뿜으면서 대답했다.

"이런 애들 다 한철 상품이야. 우리는 그 상품을 골라서 소비하는 입장이고. 3년만 지나봐라. 지금 이렇게 쌔고 쌘 애들 중에 이 바닥에서 살아남는 게 몇이나 될 거 같냐?"

저녁으로 배달된 자장면을 먹으면서 그는 물었다.

"너 글 쓰고 싶다고 그랬지?"

"예."

"그럼 빨리 써, 더 나이 들기 전에."

나는 그냥 웃었다.

그는 진지했다.

"광고 카피 5년만 써봐라. 그 다음엔 카피 아닌 글은 쓰려고 해도 안 나와. 인 박히기 전에 한 살이라도 젊을 때 너 하고 싶은 거 해."

"저 지금 권고사직 당하는 거예요?"

농담으로 받았지만, 회사를 그만둘 것을 진지하게 생각하기 시작한 것은 그때부터였다.

송별 회식 자리에서 그는 지나가는 말처럼 나에게 이제부터 어디로 갈 것인지 물었다.

이사하는 날 아침 일찍 그가 전화했다.

함께 종일 이삿짐을 옮기고 짐을 풀고 가구를 정리하고 나서 그는 아직도 신문지 뭉치와 이삿짐을 쌌던 상자가 여기저기 널린 내 지저분한 새 자취방에서 자고 갔다.

그가 떠난 후 침대 옆에서 새 담배를 한 갑 발견했다. 약소한 이사 선물인지 아니면 단순히 출근을 서두르다 잊어버렸는지는 알 수 없었다.

여자에게 이런 이야기를 할 필요는 없다.

그가 나에게 여자에 대해서 말했듯이, 그는 여자에게도 나에 대해서 말했다. 그것이 계약이었다.

그래서 그가 내게 찾아올 때마다 여자의 그림자도 함께 찾아왔다.

여자도 나처럼, 아마 그에게 실려 온 나의 그림자와 함께 살았을 것이다.

14개월 동안 여자와 나는 서로의 그림자 주위를 맴돌았다.

14개월 동안 여자와 나는 서로의 그림자를 외면했다.

외면했지만, 그 14개월 동안 여자와 나는 서로의 그림자가 되어버렸는지도 모른다.

"형, 미쳤어? 성은 씨한테 내 얘기를 왜 해?"

"처음부터 그렇게 약속했어."

그는 시선을 피했다. 담배를 든 오른손을 향해 고개를 숙였다.

"그따위 약속이 어디 있어? 그리고, 약속했다고 다 부는 형은 뭐야?"

그는 대답하지 않았다. 담배를 소리 나게 빨았다.

내가 그의 손에서 담배를 빼냈다.

"어디까지 얘기했어?"

나는 한 모금 기계적으로 빨았다.

니코틴이 모래처럼 입안에 퍼졌다.

그가 연기를 내뱉고 말했다.

"할 만큼 했어."

"그게 무슨 뜻이야?"

"네가 성은이에 대해서 아는 만큼은 성은이도 알아야 될 거 아냐?"

"그건 경우가 다르잖아?"

여자와 나는 입사 동기였다. 신입사원 180명 중 여성은 3명이었다. 여자는 그 3명 중 나이가 가장 많았다.

여자는 다른 계열사의 인사과로 발령받아 간 후에도 가끔 회사로 그를 찾아왔다. 여자가 그를 따라서 다니던 대학원을 그만두고 같은 그룹사에 지원했다는 것과 그와 약혼한 사이라는 것을 모르는 사람은 아무도 없었다.

그와 나에 대해서 아는 사람은 아무도 없었다.

나는 그렇게 유지하고 싶었다.

"형만 정직하고 형만 공정하면 다야?"

"정직이나 공정이 문제가 아냐."

그의 표정을 보고 나는 입을 다물었다.

그는 눈을 감았다.

한참 뒤에 감았던 눈을 천천히 떴다.

"나 지금, 인생이 전부 다 거짓말이야. 너하고 성은이한테까지 숨기고 거짓말하기 시작하면 나 더 이상 감당 못해."

그는 고개를 숙였다. 손가락으로 미간을 문질렀다.

"한 번만 봐줘라."

내가 대답하지 않자 그는 덧붙였다.

"제발, 부탁이다."

나는 그에게 몇 번이나 말했다.

"헤어지자."

"원진아."

"헤어져."

"차원진."

나는 재떨이에 담배를 신경질적으로 비벼 끄고 말했다.

"나 이따위로 살려고 형이랑 사귄 거 아냐. 얼마나 기분 더러운 지 알아?"

"미안하다. 나도⋯⋯."

"나랑 헤어지기 싫으면 성은 씨랑 이혼해."

그는 잠시 내 얼굴을 들여다보다가 물었다.

"그다음엔?"

"그다음엔 뭐?"

"이혼한 다음엔? 너랑 결혼하냐?"

나는 대답할 수 없었다.

그가 다시 물었다.

"내가 성은이랑 헤어지면, 그리고 그게 너 때문인 게 알려지면 우리가 계속 만날 수 있을 거 같냐?"

나는 일어섰다.

뭔가 깨뜨리고 싶어졌다.

주먹을 꽉 쥐고 방 안을 배회하는 나를 쳐다보다가 그가 조용히 말했다.

"그리고 성은이하고 내 문제는 성은이하고 나만의 문제가 아냐."

나도 안다. 결혼이란 두 개인으로 대표되는 두 집안의 결합이다.

그가 새 담배에 불을 붙였다. 라이터의 찰칵, 소리에 나는 움찔했다.

그는 라이터를 내려놓고 담배연기를 내뿜으며 천천히 조용하게 말했다.

"집안에 커밍아웃 하면 내가 여태까지 지켜왔던 거, 애썼던 거 전부 다 잃게 돼."

그것도 안다. 단지 내가 했기 때문에 그에게도 똑같이 하라고 할 수는 없다. 의절이란 유쾌하지 못한 경험이다. 결혼하지 않았는데도, 존재하지 않는 처가 따위에 신경 쓸 필요 없었는데도, 나를 낳아준 친부모님을, 함께 자란 내 형제를 상대하는 것만으로도 충분히 벅찼다.

그는 여전히 내 주먹을 쳐다보면서 말했다.

"나 비겁한 거 나도 알아. 욕하고 싶으면 욕해. 그렇지만 난 너처럼 강하진 못해."

나는 강하지 않다.

단지 그에게 배운 것을 행동으로 옮길 수 있었을 뿐이다.

그는 고개를 푹 숙이고 담배를 다시 한 모금 빨았다. 그리고 바닥을 향해 연기를 내뿜었다.

"그래도 너랑 있으니까 내가 산다. 그렇지만 너랑 헤어지면 그 다음엔 어떻게 될지 몰라."

그는 담배를 내려다보면서 말했다.

"그러니까, 헤어지자고 하지 마라. 비겁하고 더러워도 난 네가 있어야 되니까, 뭐든지 네가 하자는 대로 다 할 테니까 제발 헤어지잔 말은 하지 마라."

나는 주먹을 풀 수밖에 없었다.

"담배 줘."

내가 말했다.

그는 여자에게도 그렇게 말했을까?

여자는 이제 넋 놓고 앉아 있다. 양손을 모아 화장지를 구겨 쥐었다. 건조한 눈으로 정면을 응시한다.

여자에게서 그의 흔적, 혹은 그가 표현했거나 하지 않았을지 모를 애정의 흔적을 찾는 것은 무익한 일이다.

여자가 입을 열었다. 여전히 정면을 응시하고 있다.

"그 사람 묘, 가보셨어요?"

여자가 내 쪽으로 천천히 고개를 돌린다.

"아니요."

나는 짧게 대답한다.

"어디 있는지 아세요?"

여자가 다시 묻는다.

"아니요."

내가 다시 짧게 대답한다.

발인 전날 영안실에서 밤을 샜다. 전 직장 동료 두 명과 함께였다. 다음 날 아침에 그의 친구들, 그의 동생, 그의 동생의 친구들이 관을 들었다. 사람은 충분했다. 그래서 나는 운구 행렬에 끼지 않았다. 영구차가 묘지를 향해 떠났다. 전 직장 동료들은 사우나로 향했다. 나는 집에 돌아왔다. 영구차에는 그의 부모님, 여자의 부모님, 그의 동생, 그리고 여자가 타고 있었다. 그곳에 내 자리는 없었다.

"가보시겠어요?"

여자가 묻는다.

"지금, 요?"

여자가 고개를 끄덕인다.

집을 나와 골목으로 들어선다. 나는 담뱃갑을 꺼낸다. 택시를 잡기 전에 여자는 내가 담배 한 대를 다 피우도록 기다려준다.

버스 안에서 여자는 창밖을 내다보며 아무 말도 하지 않는다.

기다려주겠다고 여자가 말했다고, 그가 말했다. 여자가 결혼하자고 했을 때 그는 자신이 원하는 것은 남자라고, 다시 한 번, 밝혔다. 여자는 기다리겠다고 했다. 그가 원하는 만큼 남자를 사랑한 뒤에, 돌아갈 곳이 필요해지면 그때 자신에게 오라고, 받아주겠다고 여자는 말했다.

처음부터 이기는 싸움이라는 것을, 여자는 알고 있었다.

혹은, 영원히 이길 수 없는 싸움이라는 것을.

여자는 지금도 마치 뭔가를 기다리는 것처럼 버스 창밖을 열심히 응시한다. 버스가 목적지에 도착하면 그가 나타나기라도 할 것처럼. 버스 창밖에 서서, 여자를 기다리고 있었다고 말해주기라도 할 것처럼.

기다리는 것이, 여자의 사랑의 방식이었다. 다른 남자와 함께 있는 그가 돌아오기를 기다리고, 언젠가는 갈 곳이 없게 될 그를 구원해주는 그날이 오기를 기다리는 것이, 여자에게는 사랑이었다.

그리고 어쨌거나, 그녀는 그의 인생에 유일한 여자였다. 지금도, 그리고 앞으로도 영원히 그럴 것이다.

공원묘지는 헐벗은 산이었다.

입구에서 꽃과 맥주, 생수와 김밥을 샀다. 새로 만든 지 얼마 되지 않는 공원묘지 입구에는 아직 변변한 가게도 없었다.

내가 맥주와 생수를 들었다. 여자가 꽃과 김밥을 들었다.

산중턱까지 올라가는 길은 흙먼지가 몹시 일었다. 산은 다만 노랗게 벌거벗었을 뿐, 다른 묘지는 보이지 않았다.

여자는 오르막길을 힘들어했다. 자주 멈춰 섰다. 가빠진 숨을 골랐다.

나도 멈춰 섰다. 생수 병을 건네주었다. 여자가 물을 마시고 숨을 돌렸다. 나는 담배를 피웠다.

노랗게 벗겨진 산중턱에 그의 묘비가 홀로 서 있다. 봉분에 입힌 뗏장은 아직 완전히 뿌리를 내리지 못했다.

묘비에 새겨진 그의 이름은 낯설다. 나는 처음 보는 사람처럼 그의 이름을 한 글자씩 읽는다. 이름 아래 새겨진 숫자를 손가락으로 만진다. 나는 그가 정말로 이곳에 묻혀 있다는 사실을 믿을 수 없다.

서른 고개를 버거워했던 그는 서른넷에 죽었다.

묘비 앞의 구멍에 꽃을 꽂았다. 맥주를 땄다. 여자가 봉분에 반을 부었다. 나머지는 김밥과 함께 묘비 앞에 차렸다. 돗자리를 잊었다는 사실을 기억했다. 종아리를 드러낸 치마 차림으로 흙먼지 가득한 맨땅에 그대로 꿇어앉아 절하려는 여자에게 내 외투를 깔아주었다. 여자가 사양했다. 그래도 깔아주었다. 여자가 조심스럽게 내 외투 위에 꿇어앉았다. 절했다. 담배에 불을 붙였다. 연기가 피어오르기 시작한 담배를 묘비 앞에 돌로 고여 놓았다. 잔디에 닿지 않게 조심했다.

절하고 나서 여자는 내 외투 위에, 나는 맨땅에 잠시 움직이지 않고 그대로 꿇어앉아 있었다.

담배 연기가 조용히 먼지투성이 땅에서 푸르고 맑은 하늘을 향해 피어올랐다.

조금 아래쪽에서 누군가의 장례가 조촐하게 치러지고 있었다.

이상할 정도로 사람이 적은 장례였다. 과부인 것으로 보이는 소복 입은 여자와 검은 옷을 입은 남자 어른 한 명과 아이 두 명, 그 외에는 인부들뿐이었다.

땅에 파놓은 구멍으로 관이 내려갔다. 노란 표면과는 달리 구멍 안쪽의 흙은 붉었다.

관이 천천히 내려간다.

붉은 대지 속으로.

소복을 입은 여자가 통곡한다.

"당신 없이 나는 어떻게 살라고……. 나는 어떻게 하라고……."

타인의 슬픔이 노랗게 헐벗은 산에 가득히 메아리친다.

내 외투 위에 앉아 있던 여자가 말한다.

"매장할 때, 그 사람 어머님 두 번 실신하셨어요."

여자는 가늘게 피어오르는 담배 연기를 보면서 속삭이듯 낮은 소리로 말한다.

"사람들 말이, 내가 관을 따라서 구덩이 안으로 뛰어내리려고 했대요."

담배가 꺼진다. 길게 탄 재가 땅으로 떨어진다.

"난 기억이 안 나요."

여자가 말한다.

아래쪽 장례식의 소복한 과부는 이제 구덩이 가장자리에 주저 앉는다.

"여보……. 여보……."

관에 흙이 덮인다. 붉은 흙이 관을 덮는 것을 보면서 소복 입은 여자는 기운이 다한 목소리로 끊일 듯 끊일 듯 오열한다.

나는 꺼진 담배를 응시하면서 소복 입은 과부의 오열을 듣는다.

"지난 6개월간 뭐 하셨어요?"

여자가 갑자기 물었다.

나는 대답할 수 없다.

여자는 기다린다.

"모르겠습니다."

내가 간신히 대답했다.

"죄송해요. 괴로우셨을 텐데."

여자가 사과했다.

"아니요……. 갑자기 기억이 안 나서요."

정말로 기억이 나지 않는다.

그가 없는 6개월 동안, 나는 무엇을 했을까?

일주일에 세 번, 논술 학원에 강의를 나갔을 것이다. 주말이면 학생들의 과제를 모아서 첨삭했을 것이다. 불규칙하게 요리를 하고 설거지를 하고 빨래를 하고, 아마 한두 번은 청소도 했을 것이다. 그리고 대량의 담배를 태워 연기로 만들었을 것이다.

글은, 한 줄도 쓰지 못했다.

그는 내가 담배를 피우며 학생들의 논술 답안을 첨삭하고 채점하는 동안 침대에 누워서 담배를 피우며 신문이나 잡지를 읽었다. 흥미로운 답안을 발견하면 나는 보여주었다. 그는 가끔 내가 보여주는 것을 읽었다. 그러나 주로 내 말에 건성으로 고개만 끄덕였다. 그리고 읽던 잡지를 계속 읽었다.

"이번 주 주제가 동성 결혼이야."

"그래?"

그는 신문을 읽으며 심드렁하게 대답했다.

나는 문제를 읽어주었다.

"미국 캘리포니아 주와 매사추세츠 주에 이어 영국에서도 동성 결혼이 합법화되었다. ……가정의 사회적 역할과 관련하여 동성 결혼에 대한 자신의 의견을 논술하시오. 800자 이내."

"그래서, 뭐래?"

그가 여전히 심드렁하게 물었다.

"뻔하지, 뭐. 가정은 사회의 최소 단위이고, 애를 낳아야 가정이 이루어지고 사회가 유지되니까 결혼은 남자하고 여자 사이에만 가능하다……. 역'활'이 아니고 '할'……. 동성 결혼 합법화하면 인류 종말이네……."

"내 그럴 줄 알았다."

"가만 있어봐. 결혼은 사랑하는 두 사람의 결합……. 성적 소수자의 인권……. 가정의 사회적 역할 통째로 빼먹었으니까 감점……. 어, 얘는 이반이란 말도 아네……."

"어디 인터넷에서 주워들었겠지."

"꽤 잘 썼는데?"

"그런다고 그거 가지고 동성 결혼 합법화 되겠냐. 우리나라가 어떤 나란데."

"합법화 되면, 형 나하고 결혼할 거야?"

"넌 담배를 너무 많이 피워서 안 돼."

푸르고 맑은 가을 하늘 아래 노란 흙먼지가 이는 공원묘지 산길에 새 뗏장을 입힌 묘와 낯선 사람의 이름 같은 묘비는 그 기억에 비해 지나치게 비현실적이다.

아래쪽에서 검은 옷을 입은 남자가 검은 옷을 입은 두 아이를 데리고 여전히 오열하는 소복 차림의 과부를 부축하고 산길을 내려가기 시작한다.

"그 사람, 사랑하셨어요?"

여자가 또다시 갑자기 물었다.

나는 대답하지 않는다.

여자는 외투 위에 꿇어앉은 채로 자기 손가락을 들여다본다.

"그 사람 묘, 보여드려야겠다고 생각했어요."

한참 만에 여자가 조그맣게 중얼거렸다.

나는 가슴 주머니에서 담뱃갑을 꺼냈다. 담배를 한 대 빼냈다.

라이터를 찾았다. 바지 주머니에 없었다.

외투에 손을 뻗었다. 여자가 일어나려고 했다.

나는 손짓으로 만류했다. 외투 주머니에 손을 넣었다.

여자가 조금 비켜 앉았다. 외투 주머니에서 라이터를 꺼냈다.

담배에 불을 붙였다. 다시 묘비 앞에 돌로 고여 놓았다.

담배 연기가 다시 하늘을 향해 가느다랗게 피어오른다.

담배 연기를 보면서 내가 말했다.

"그날 밤, 형이 헤어지자고 했습니다."

외투 위의 여자가 고개를 돌려 나를 본다.

"성은 씨한테 못할 짓이라고, 더 이상은 안 되겠다고……."

나는 길게 휘어지는 담뱃재를 응시한다.

담배를 집어 든다. 재를 떤다. 다시 돌 위에 고여 놓는다.

"집에 가겠다고 했을 때, 잡았더라면……."

그리고 나는 깨닫는다.

"아…… 죄송합니다. 그런 뜻이 아니라……."

여자가 고개를 끄덕인다.

"죄송합니다."

나는 고개를 숙인다.

"죄송합니다."

그것은 사실 그에게 하고 싶은 말이다.

"죄송합니다."

이번에는 여자가 내게 화장지를 내민다.

여자는 내가 울음을 그칠 때까지 기다려준다.

그리고 말한다.

"고마워요, 원진 씨."

나는 대답하지 못한다.

여자가 다시 한 번, 중얼거리듯이 말한다.

"고마워요……."

돌아가는 버스 안에서 여자는 역시 아무 말도 하지 않는다. 나도 아무 말도 하지 않는다.

그는 말했다.

"성은이가 애 갖자고 하더라."

내가 물었다.

"가질 거야?"

"아니."

그가 지나치게 빨리 대답했다.

"성은 씨랑 애 가지면, 나랑은 끝이야."

담배 연기를 내뿜으며, 나는 최대한 무심하게 말했다.

이것은 감정적 선언이 아니라 사실의 진술이다.

"그래."

그가 한숨처럼 담배 연기를 내뿜었다.

"결정해야겠지."

나는 그의 손에서 담배를 건네받았다.

한 모금 빨았다. 다시 그에게 담배를 건네주었다.

"성은이하고 얘기해볼게."

그가 담배 연기를 내뿜고 말했다.

"뭘?"

내가 담배를 건네받으며 말했다.

그는 잠시 망설였다. 그리고 조심스럽게 단어를 발음했다.

"이혼."

"할 거야?"

내가 담배를 건네주며 물었다.

"나도 몰라."

담배 연기를 내뿜으며 그가 중얼거렸다.

마지막 밤에 옷을 입으며 그가 말했다.

"세상은 참 공평한 거야."

"뭐가?"

셔츠에 재를 떨어뜨리지 않도록, 그의 입에서 담배를 빼내며 내가 물었다.

그가 셔츠의 단추를 채우며 말했다.

"세상엔 행복한 사람도 있고, 불행한 사람도 있고, 배고픈 사람도 있고, 배부른 사람도 있고, 결혼하는 사람도 있고, 이혼하는 사람도 있고, 죽고 싶은 사람도 있고, 살고 싶은 사람도 있고, 그렇잖아."

"그래서?"

내가 담배 연기를 뿜고 물었다.

그가 양말을 신으며 설명했다.

"그 사람들 각각을 보면 넘치고 모자라는 게 아귀가 안 맞는 것 같아도, 다 합쳐놓고 보면 총계는 플러스 마이너스 제로라고. 그러니까 개인적인 입장에서 보면 세상이 불공평한 것 같지만, 거시적으로 보면 세상은 공평한 거야. 그런 생각 안 드냐?"

"안 드는데."

그가 양말을 다 신고 몸을 일으켰다. 내 손에서 담배를 받아가며 말했다.

"세상엔 부자도 있고, 가난한 사람도 있고, 남자도 있고, 여자도 있고, 일반도 있고, 이반도 있고, 모든 게 다 있으니까, 우리가 사는 세상은 지금 이대로 완전한 거야."

담배를 건네받으며 나는 그의 표정을 살폈다. 그리고 물었다.

"형 지금 우리가 이반이라서 세상을 완전하게 만든다고 말하고 싶은 거야?"

"뭐, 그렇게 생각할 수도 있고."

그는 담배 연기를 내뿜고 웃었다.

그가 외투를 집어 들었다. 현관을 나가려다 내 쪽으로 몸을 돌렸다. 나는 담배를 내밀었다.

그는 내 양팔을 잡고 나를 끌어당겼다. 내 입술에 키스했다.

끌어당기는 완력은 거칠었다. 나는 담배를 떨어뜨렸다.

그의 입술은 부드러웠다.

키스하고 나서 그는 내 머리를 쓰다듬었다. 그리고 말했다.

"전화할게."

그리고 그는 나갔다.

그가 가고 나서 나는 침대 옆에 그가 두고 간 손목시계를 발견했다.

시계는 6개월 동안 같은 자리에 그대로 놓여 있었다.

나는 여자에게 시계에 관해서 말하지 않았다.

여자도 묻지 않았다.

집에 돌아와서 나는 침대 옆의 시계를 집어 들었다. 책상 위 재떨이 앞에 놓았다. 담배에 불을 붙였다. 불붙인 담배를 재떨이에 올려놓았다.

벌거벗은 산중턱에서처럼, 가느다랗고 하얀 연기가 푸른 하늘이 아닌 천장을 향해 피어올랐다.

나는 시계에게 말했다.

"형이 없으니까, 세상이 불완전해."

　담배가 다 탈 때까지, 나는 손목시계와 함께 앉아서 천장으로 피어오르는 가느다랗고 하얀 연기를 지켜보았다.

■ 초혼은……

대학교 때 통신 등속을 통해서 만난 이반 모임 사람들과 교류했던 적이 있다. 매번 만날 때마다 다들 담배를 줄기차게 피워대는 바람에 결국은 앉아 있는 시간이 너무 견디기 힘들어서 그냥저냥 안 나가게 되어버렸지만 그곳에서 한국 사회 이반들의 역사와 현실에 대한 적나라하고도 충격적인 이야기를 많이 들었다. 그게 십여 년 전이었고, 이 소설을 쓴 지도 거의 십 년 가까이 되어간다. 그 사이에 외국 여러 나라에서 동성 결혼은 합법화되었고 이제는 그렇게 결혼한 동성 부부도 전통적인 방식으로 결혼한 이성 부부와 모든 면에서 똑같은 혜택과 권리를 누려야 한다고 주장하는 마당에 한국은 동성애에 대한 공식입장 자체가 존재하지 않았던 20세기에서 별로 벗어나지 못한 것 같다. 나는 다른 여러 단편에서 동성애를 종종 치정극의 한 수단으로 사용했지만 여기서는 진지하게 사랑과 결혼을 말하고 싶었다.

온우주
단편선

타 인 의   친 절

타인의 친절

엄마가 아저씨를 처음 만난 것은 큰 집에 들어가서 복잡한 종이에 여러 가지를 써서 내고 온 날이었습니다.

그녀가 프레즐 가게에서 일하기로 결심한 것은 다분히 충동적인 결정이었다. 그녀는 프레즐이 뭔지 몰랐다. 그러므로 그 가게에서 정확히 무슨 일을 해야 하는 건지도 몰랐다. 다만 가게니까 뭔가 파는 곳이 분명했고, 물건을 파는 일이라면 할 수 있을 것 같았다. 무엇보다도, 그녀는 전에 해보지 않았던 새로운 일을 시도해보기로 결심한 참이었다. 그래서 매대에 "직원 구함"이라고 써 붙인 종이를 보고 그녀는 약 삼 초간 망설인 뒤에 분연히 일어서서 카운터로 향했던 것이다.

"어서 오세요. 뭘로 드릴까요?"

카운터 뒤에 서 있던 남자가 사근사근하게 물었다.

아무리 봐도 남자는 그 카운터에 서서 그렇게 사근사근한 목소리로 손님을 맞이하는 데 어울리지 않는 생김새였다. 그보다는 권투 선수나 이종격투기 선수라고 하면 어울릴 것 같았다. 키는 그렇게 크지 않았지만 어깨가 딱 벌어지고 무척 다부진 몸집이었다. 카운터 위에 올린 손도 그렇게 크지는 않았지만 두꺼웠고, 손등의 관절마다 굳은살이 배겨 있었다. 팔뚝에는 오래된 화상 자국이 여러 개 있었다. 그녀는 그 흉터를 들여다보면서 몹시 아팠을 것 같다고 생각했다.

"……님."

그녀는 듣지 못했다.

"손님."

남자가 조금 더 큰 소리로 불렀다. 그녀는 퍼뜩 고개를 들었다.

"손님, 괜찮으세요?"

"예? ……아, 예……."

그녀는 눈을 깜빡였다.

"뭐, 마실 거 드릴까요?"

카운터 뒤의 남자가 조금 걱정스러운 표정으로 물었다. 그녀는 여전히 조금 멍한 채로 중얼거렸다.

"아, 아뇨……."

남자는 그녀를 잠시 관찰하다가 물었다.

"메뉴 보시고, 천천히 골라보시겠어요?"

그녀는 여기에 물건을 사러 온 것이 아니라 일자리를 구하러 왔다고 말하려 했다. 그러나 그렇게 말하려고 고개를 들었을 때 남자와 눈이 마주쳤다.

"메뉴 여기 있습니다."

남자가 카운터 옆에 세워놓은 메뉴를 내밀었다.

그래서 그녀는 얼떨결에 남자가 시키는 대로 메뉴판을 들여다보았다. 그리고 오리지널 프레즐과 체더치즈 소스를 주문하고 말았다. 게다가 남자가 '음료는 안 하시겠어요?'라고 묻는 바람에 고분고분 콜라까지 시켜버렸다.

"만들어놓은 게 없어서 지금부터 구워야 되는데, 한 이 분 정도 걸립니다. 괜찮으시겠어요?"

이 분이 어느 정도 긴 시간인지 그녀는 짐작할 수 없었다. 무조건 고개를 끄덕였다. 그리고 좁은 매장 안에 세 개밖에 없는 테이블 중 하나를 차지하고 털썩 앉았다.

남자의 몸집에 비해 주방은 너무 작았다. 그러나 남자는 의외로 꽤나 효율적으로 움직였다. 그녀의 예상보다 훨씬 빨리 프레즐이라는 것이 구워져서 나왔다. 남자는 바구니에 담은 갈색 빵을 치즈 소스와 콜라와 함께 플라스틱 쟁반 위에 놓고 그녀를 불렀다.

"손님, 주문하신 오리지널 체더치즈 나왔습니다."

그녀는 카운터로 다시 가서 쟁반을 받아 들었다. 다시 테이블로 돌아왔다. 그리고 하트 모양으로 꼬인 뜨겁고 부드러운 빵을 손가락 끝으로 조심조심 뜯어서 입에 넣었다.

아저씨가 구워준 빵을 엄마는 아주 맛있게 먹었습니다.

빵은 뜨겁고 부드럽고 폭신폭신했다. 그녀는 조심스럽게 작은 조각을 뜯어내어 입에 넣고 천천히 씹었다.

갓 구워서 달콤한 냄새를 풍기는 폭신하고 따뜻한 빵 조각의 달착지근한 맛이 입안 가득히 퍼졌다. 말랑말랑하고 따끈한 빵 조각이 식도를 타고 위장으로 내려갔다. 문득 그녀는 자신의 위장이 아주 오랫동안 비어 있었다는 사실을 깨달았다. 그래서 빵을 조금 더 뜯어서 입에 넣고 씹었다. 빵 조각이 천천히 차곡차곡 그녀의 텅 빈 위장을 채웠다. 그것은 기분 좋게 부드럽고 가벼운 포만감을 주었다.

……그리고 그녀는 문득 바구니가 빈 것을 알았다.

빵은 전부 먹었지만 치즈 소스와 콜라에는 손도 대지 않았다. 그녀는 쟁반째로 전부 들어 카운터로 가져갔다.

카운터 뒤에서, 그 자리가 전혀 어울리지 않는 남자가 쟁반을 받아 들며 사근사근하게 물었다.

"맛있게 드셨어요?"

말하면서 남자는 웃었다. 눈꼬리에 주름이 잡히고 온 얼굴이 인간 전체에 대한 호의로 가득한 웃음을 띠었다.

그래서 그녀는 그곳에 왔던 본래 목적을 기억해냈다.

"저, 여기서 일하고 싶은데요."

그녀는 매대에 써 붙인 "직원 구함" 종이쪽지를 가리켰다.

이력서가 없다는 말에 남자는 아주 잠깐 곤란하다는 표정을 지었다.

"전에 이런 일 해보신 적 있으세요? 프레즐 굽는 거…….."

그녀는 고개를 저었다.

"빵집이라든가…….."

그녀는 다시 고개를 저었다.

"커피 가게에서 일한 적은 있는데요."

남자가 반색을 했다.

"그럼 거기서 빵 같은 거 구워보셨어요?"

"아뇨."

남이 구워다 주는 케이크와 과자를 정리해본 적은 있었다.

남자는 잠시 생각했다.

"뭐, 그렇게 어려운 일은 아니니까…….."

그리고 남자는 물었다.

"언제부터 나오실 수 있어요?"

그렇게 해서 그녀는 쇼핑몰 식당가의 프레즐 가게에서 일주일에 세 번, 하루에 여덟 시간씩 일하게 되었다.

엄마도 아저씨처럼 빵을 구웠습니다. 맛있는 빵을 열심히 만들어서 손님들에게 많이 많이 팔았습니다.

가게 일은 생각보다 즐거웠다. 우선 커다란 철제 쟁반에 기름을 두른 후 냉동해둔 생지(반죽을 그렇게 불렀다)를 하나씩 떼어 적당히 공간을 두고 줄지어 얹은 뒤에 냉장실로 옮겨 숙성시킨다.

두 시간 정도 지나면 반죽이 녹으면서 부풀어 오른다. 그러면 꺼내서 치대어 길게 뽑는다. 그리고 프레즐 특유의 하트 모양으로 꼬아 그대로 구워내는 것이다.

하트 모양이 아니고 속에 여러 가지를 넣어 초승달 모양의 피자처럼 구워내는 종류도 있었다. 이쪽은 시간이 조금 더 걸리고 손이 조금 더 갔다. 어쨌든 그녀는 양쪽 다 재미있었다. 녹아서 적당히 숙성된 반죽을 치댈 때의 폭신폭신하고 찰진 느낌이 좋았고, 길게 뽑아 늘여서 하트 모양으로 꼬거나 안에 속을 넣고 초승달 모양으로 휘어서 위쪽을 오므려 닫는 작업도 재미있었다. 처음에는 매번 어느 한쪽이 일그러졌지만, 실패작을 몇 개 생산하고 나니 그럭저럭 손님에게 내놓을 만한 작품을 만들 수 있게 되었다. 물론 그 실패작과 영업이 끝난 후에도 팔리지 않은 상품은 그녀가 먹을 수 있었다. 그 점도 좋았다.

힘든 점은 좁은 주방 공간의 대부분을 커다랗고 뜨거운 오븐이 차지하고 있다는 사실이었다. 처음 일하기 시작했을 때에는 반죽을 넣거나 다 구워진 빵을 꺼내는 도중에 뜨거운 오븐 가장자리에 닿아 손이나 팔목을 자꾸 데곤 했다. 오븐 앞에서 일하지 않을 때에도, 카운터 뒤의 조그만 공간 전체가 언제나 건조한 열기로 후끈후끈했다.

"겨울에는 견딜 만한데, 여름에는 정말 힘들어요."

남자가 수건을 물에 적셔 얼굴을 닦고 카운터 아래의 냉장고에서 생수를 꺼내 벌컥벌컥 들이켠 후에 말했다. 그리고 덧붙였다.

"목마르면 물 얼마든지 드세요. 모자라면 더 사 올게요. 그리고 배고프시면 빵도 얼마든지 만들어 드셔도 돼요."

그러나 물론 그녀는 그 빵 하나하나가 다 파는 물건이고 가게를 지탱하는 상품이라는 사실을 알고 있었다. 그러므로 '얼마든지' 만들어 먹지는 않았다.

가게는 대체로 한산했다.

"아직 방학을 안 해서 그래요."

남자가 설명했다.

"중고생이랑 대학생들이 주 고객이라서, 주말하고 방학 때가 대목이거든요."

그녀는 평일 낮에 일했다. 그러므로 얼마 동안 남자가 말하는 '대목'은 보지 못했다. 첫 하루 이틀 정도는 일을 배우느라 그 나름대로 바쁘게 지나갔다. 그러나 그 후로는 남자와 단둘이 가게 안에 그저 앉아 있는 일이 많아졌다.

"이래도 장사가 돼요?"

그녀가 걱정했다. 남자는 웃으며 태평하게 대답했다.

"방학하면 그럭저럭 할 만해요."

별것 아닌 이야기라도 남자는 말하면서 자주 웃었다. 그리고 웃을 때면 남자는 눈꼬리에 주름을 지으며 입이 아니라 온 얼굴로 웃었다. 그렇게 웃는 얼굴을 보면 그녀도 어쩐지 따라서 웃게 되었다. 그래서 손님을 기다리는 지루한 시간 동안에도 남자와 단둘이 가게에 있는 것이 그녀는 불편하지 않았다.

가게에 일하러 가지 않는 날이면 그녀는 대체로 고시원의 창문 없는 방 안에 누워서 주위의 소리에 귀를 기울이곤 했다. 복도에서는 언제나 사람들이 걸어 다니는 소리가 들렸다. 가끔은 전화하는 소리가 들리기도 했다. 에어컨이 돌아가는 소리도 들렸다. 그리고 아침과 저녁이면 많은 사람들이 문을 여닫는 소리, 샤워실과 화장실의 물소리, 공용 부엌에서 뭔가 요리하거나 밥을 먹거나 설거지를 하거나 빨래를 돌리는 소리가 들렸다. 사람들이 살아가는 소리, 생활의 소리가 언제나 주변에 넘쳐흘렀다.

그녀는 형광등을 하얗게 밝힌 천장을 올려다보며 몇 시간이고 그런 소리를 들었다. 단 하나 들리지 않는 소리, 이제는 들을 수 없는 소리를 찾기 위해 자신도 모르게 주의 깊게 귀를 기울였다.

그래도 엄마는 울지 않았습니다. 그래서 나는 조금 안심했습니다.

그녀가 다섯 번째 일하러 간 날부터 방학이 시작되었다. 하필 그날 남자는 본사에서 교육이 있다고 그녀에게 가게를 맡기고 사라져버렸다. 다행히 그날은 손님이 그렇게까지 많지 않았다.

여섯 번째 날은 손님이 파도처럼 밀어닥쳤다. 남자는 이번에는 가게 공간 재계약 문제로 협상하러 가고 없었다. 그녀 혼자서 가게를 지키며 눈코 뜰 새 없이 빵을 구워내고 구워내고 또 구워냈다. 음료수를 따라내고 남자가 미리 조그만 용기에 나누어 담아둔 소스를 곁들여 내고 또 빵을 구웠다. 중간에 용기에 미리 담아둔 소스가 다 나가버리는 바람에 빵을 구워내고 음료수를 따라주는 사이사이에 소스도 덜어야 했다. 오븐을 한계치까지 가동해서 주방 안은 그녀까지 구워지는 게 아닐까 싶을 정도로 더웠다.

남자는 폐점 시간이 다 되어서야 돌아왔다. 1.5리터짜리 생수 몇 병과 트레이에 칠할 기름과 위생 장갑과 종이 타월과 프레즐 속에 넣을 재료와 또 무엇무엇…… 해서 서너 개나 되는 커다란 비닐 주머니를 남자는 아무렇지 않다는 듯 가뿐하게 들고 왔다.

"어땠어요? 혼자서 할 만했어요?"

남자가 비닐 주머니를 가게 안으로 하나씩 들여놓으며 물었다.

"말도 마세요. 정신 하나도 없었어요."

그녀는 아직도 땀이 뚝뚝 떨어지는 이마를 닦으며 대답했다. 남자가 건네주는 생수병을 받아서 한꺼번에 절반이나 들이켰다. 남자가 사과했다.

"미안해요. 내가 있었어야 되는데, 저쪽에서 쓸데없는 일로 얘기가 길어져서……."

"아니에요."

그녀는 생수병을 카운터 아래 냉장고에 챙겨 넣으며 활짝 웃었다.

"굉장히 재미있었어요. 저 오늘 밥값 했어요. 매상 올린 거 보세요."

남자는 금전출납기를 열어보았다. 그리고 언제나 그렇듯이 온 얼굴로 웃었다.

"그러네요. 진짜 대활약하셨네요."

남자가 정산을 하는 동안 그녀는 오븐을 끄고 조리대와 주방 바닥과 매장을 청소했다. 가게를 잠그고 나왔다. 남자는 지하 주차장으로, 그녀는 전철역으로 가기 위해 엘리베이터를 기다리면서 남자가 말했다.

"일이 재미있다고 하셔서서 다행이에요."

그녀도 남자를 따라서 활짝 웃었다.

남자가 덧붙였다.

"처음에 오셨을 때는 굉장히 어두워 보였는데, 많이 밝아지셨네요."

"제가요? 어두워 보였어요?"

그녀는 조금 놀랐다. 남자가 고개를 끄덕였다.

"예. 어딘가 힘든 것 같았는데, 지금은 훨씬 좋아 보여요."

그리고 남자는 또 눈가에 주름을 잡으며 온 얼굴로 웃었다.

아저씨가 그렇게 말했기 때문에, 엄마의 마음이 움직였습니다.

고시원의 자기 방으로 돌아와서 그녀는 쓰러지듯 침대에 누웠다. 팔다리가 욱신거리고 손이 저릿저릿했다. 일할 때는 몰랐는데 지금 보니 손목뼈 안쪽에 엄지손가락 정도 크기로 덴 상처가 생겨 있었다. 벌겋게 붓고 쓰라렸다.

화상 자국을 보면서 그녀는 오히려 이유 없이 기분이 좋아졌다. 내일도 쉬지 말고 그냥 일하러 갔으면 좋겠다고 생각했다.

가끔 그릇이 너무 무거워서 물이 넘쳤습니다. 그러면 엄마는 울었습니다.

잠들었다가 그녀는 숨이 막혀서 깨어났다. 정확히 말하자면 깨어난 것이 아니라 몸부림치고 헐떡이면서도 깨어나는 데 실패했다. 반쯤 잠들고 반쯤 깬 상태에서 그녀는 언제나 자신을 짓누르는 그것을 또 보았다. 커다란 그릇이었다. 물이 가득 담겨 있었다. 그녀는 자기 몸만큼이나 커다란, 게다가 물이 넘칠 듯이 찰랑거리는 그 그릇을 언제나 가지고 다녀야만 했다. 물을 쏟으면 안 된다. 조금이라도 쏟아서는 절대로 안 된다.

물그릇을 지고 씨름하다가, 물그릇에 눌려 숨이 막혀 허우적거리다가 그녀는 드디어 잠이 깼다.

창문 없는 방 안의 칠흑같이 깜깜한 어둠 속에서 그녀는 천장을 올려다보았다. 천장은 보이지 않았다. 대신 눈앞에 여러 가지 글자와 숫자가 떠다녔다.

고급 명주 수의 99만 원. 최고급 삼베 수의 130만 원. 아기 수의는 터무니없이 쌌다. 중국산밖에 없었다. 향나무 유골함. 자개 유골함. 오동나무관. 소아 2.7×40×48×150. 이 역시 아기 관은 한 종류밖에 없었다.

열 번 가까이 전화했지만 상대방은 받지 않았다. 문자를 보냈을 때에야 겨우 전화가 왔다. 상대방은 몹시 내키지 않는다는 목소리로 말했다.

"차라리 잘된 거잖아. 너도 이젠 다 잊고 새로 시작해."

그리고 덧붙였다.

"계좌번호 알려줘. 부의금 보낼게."

마치 아무 관계 없는 타인의 일이라는 듯 발음한 '부의금'이라는 단어 때문에 그녀는 그대로 전화를 끊었다. 그러나 '차라리 잘 된 거잖아'라는 그 말은 전화를 끊고 나서도 오랫동안 그녀의 귓가에 달라붙어 지워지지 않았다.

그래서 그녀는 아무에게도 말할 수 없었다. 아무에게도 말하지 않았다. 그녀 외에는 아무에게도 축복받지 못하고 혼자 세상에 나왔던 그녀의 아기는 아무도 알지 못한 짧은 생을 살고 아무도 모르는 사이에 죽었다. 그리고 그녀는 '차라리 잘된 거잖아'라는 말을 다시 듣느니 아무에게도 말하지 않기로 결심했다.

그러나 밤마다 꿈속에서 그녀가 껴안고 있는 물그릇은 점점 더 커졌고, 점점 더 무거워졌고, 물은 점점 더 불어나 넘칠 듯이 출렁거렸다.

그래서 엄마는 아저씨를 찾아갔습니다.

다음 날은 일하는 날이 아니었다. 그래서 남자는 그녀가 나타나자 조금 놀란 표정을 지었다. 그녀는 변명처럼 말했다.

"바쁘실 것 같아서……."

그러나 아무리 방학 때라지만 평일 오전에는 손님이 없었다. 어쨌든 그녀는 안으로 들어가서 앞치마를 두르고 손을 씻고 숙성된 반죽을 하나 꺼내서 치대기 시작했다.

"천천히 하세요."

남자가 말했다.

"손님 없으니까 쉬엄쉬엄 하셔도 돼요."

그녀는 남자의 말대로 천천히 반죽을 주물렀다.

"사장님은 이쪽 일 오래 하셨어요?"

반죽을 조물조물 만져서 조금씩 잡아 늘이면서 그녀가 물었다.

"천천히 하세요. 급하게 쭉 잡아 늘이면 끊어져요."

남자가 대답 대신 말했다. 그녀는 남자의 말대로 천천히 주물러 반죽을 길게 뽑았다.

"가게 시작한 지는 삼 년 됐어요."

남자가 말했다. 대답을 기대하지 않았기 때문에 그녀는 조금 놀랐다.

"그전에는요?"

그녀가 반죽을 하트 모양으로 꼬아 매듭 부분을 누르면서 다시 물었다.

"운동 선수였어요."

남자가 말했다. 그녀는 속으로만 역시, 하고 웃었다.

모양이 잡힌 반죽을 기름칠한 트레이에 받쳐서 오븐에 넣었다. 타이머를 맞추고 나서 그녀는 오븐 옆 주방 구석에 앉았다.

몸을 움직이는 편이 좋을 것 같았다. 가만히 있으면 마음속에 안고 있는 물그릇이 점점 더 무거워졌다. 물이 넘쳐서, 당장이라도 주저앉아 울어버릴 것만 같았다.

그녀는 일어섰다. 냉장고 문을 열고 반죽을 하나 더 꺼냈다.

"그냥 앉아서 쉬어요."

남자도 일어섰다. 그녀가 꺼내려던 반죽을 도로 냉장고에 넣었다.

"손님도 없는데, 그렇게 열심히 일할 필요 없어요."

남자는 대신 물을 꺼냈다.

"덥죠?"

말하면서 남자는 종이컵에 한 잔 따라서 그녀에게 주었다. 자신도 한 잔 따라 마셨다.

"고등학교 때 유도부에 있었는데요."

남자가 물을 마시고 나서 갑자기 말했다.

"운동하러 가면, 하루에 연습을 세 시간씩 했는데, 선배들이 기합을 주는 거예요."

그녀는 입에서 종이컵을 떼고 귀를 기울였다.

"기본 자세를 시키는데, 연습 시간 세 시간 중에서 두 시간 오십 분을 기본 자세만 하면서 기합 받다가 마지막에 낙법 십 분 하고 끝나요. 그래서 나는 야, 이 선배라는 자식들이 미친놈들이구나……."

신나게 이야기하는 남자의 표정과 목소리, 무엇보다도 엉뚱하게 튀어나온 '미친놈'이라는 단어에 그녀는 갑자기 웃기 시작했다.

그녀가 웃자 남자도 같이 웃었다. 그리고 말을 이으려 했다. 그러나 그녀는 웃음을 멈출 수가 없었다. 한참이나 소리 내어 웃다가, 자기가 생각해도 이상한 것 같아서 참았다. 그래도 완전히 참을 수는 없었다. 숨을 죽이고 킥킥 웃었다.

남자도 따라서 웃으면서 이야기를 계속했다.

"……그래서 나는 이 선배들이 미친놈들이구나, 어떻게 연습은 하나도 안 시키고 기본 자세만 하다가 끝나나, 이게 대체 무슨 소용이 있나, 그렇게 생각했거든요. 그런데 나중에 보니까 그게 다 쓸모가 있더라고요."

"어떻게요?"

그녀가 웃음을 참기 위해 종이컵에 남은 물을 모두 마신 후에 간신히 진정하고 나서 물었다.

"기본 자세를 계속 하면요, 나중에는 그게 완전히 몸에 배거든요. 뭐든지 운동을 처음 시작하면 긴장을 하는데, 긴장하면 몸에 쓸데없이 힘을 주고, 그죠? 그런데 기본 자세가 몸에 배면 쓸데없는 힘을 안 주게 되는 거예요. 딱 필요한 것만, 적시 적소에 하는 거죠."

그녀는 운동을 해본 적이 없었다. 운동과 가게 일이 무슨 상관이 있는지도 잘 알 수 없었다. 그러나 어쨌든 고개를 끄덕였다.

"무슨 일이든지 다 마찬가지더라고요. 가게 일도, 딱 기본만 잘 하면 돼요. 쓸데없는 데 힘 빼지 말고, 적시 적소에 딱 해야 할 일만. 그럼 나머지는 저절로 되더라고요."

남자는 다시 눈꼬리에 주름을 잡으며 얼굴 전체로 웃었다.

"그러니까 손님 없을 때는 놀아도 돼요. 선미 씨도 너무 열심히 하지 말고 그냥 쉬어요. 오늘 원래 일하는 날도 아닌데."

아저씨가 뭐라고 말을 하면 엄마가 웃었습니다. 엄마가 많이 웃어서, 나도 좋았습니다.

손님이 왔기 때문에 그녀와 남자는 일을 해야만 했다. 시나몬과 아몬드 프레즐, 크림치즈 소스, 페퍼로니 프레즐과 음료 세트를 하나씩 팔고 나서 다시 손님이 끊어졌다.

페퍼로니 프레즐을 만들다가 녹은 피자 치즈가 트레이에 넘쳐서 눌어붙었다. 그녀는 손님이 없는 틈에 트레이를 새로 갈고 치즈가 눌어붙은 트레이를 싱크대에 넣고 씻었다. 남자가 말렸다.

"그냥 쉬어도 된다니까요. 그런 건 나중에 폐점할 때 내가 한꺼번에 정리할게요."

"아, 그렇지만……. 손을 좀 움직이고 싶어서……."

남자가 뺏어가려는 트레이를 그녀가 도로 가져다가 싱크대에 집어넣었다. 수세미를 든 손을 기계적으로 움직이면서 그녀가 물었다.

"운동은 힘들어서 그만두신 거예요?"

"아, 그거요? 그게, 꼭 힘들다기보다는……."

남자가 잠시 망설였다. 그러더니 다시 카운터 아래 냉장고 안에서 물을 꺼내 종이컵에 따랐다.

"사람이 여러 가지를 해보다가, 벽에 부딪힐 때가 있잖아요? 열심히 하던 걸 포기해야 될 때도 있고……."

트레이에 눌어붙은 치즈는 좀처럼 떨어지지 않았다. 그녀는 수세미로 박박 문지르면서 고개만 끄덕였다. 남자가 말을 이었다.

"권투 하시는 분들 보면 말예요. 제가 권투 하시는 분들을 좀 많이 알거든요, 전문적으로 하시는 분들요. 그런 분들은 얻어맞지 않으면 운동이 안 되니까, 오래 하다보면 여기저기 아파요. 그럼 아프니까 술을 마시고, 술을 마시니까 몸이 더 아파지고. 악순환이더라고요."

그녀는 아까 유도부였다고 했는데 어떻게 권투로 넘어갔는지 묻고 싶었다. 그러나 트레이에 눌어붙은 탄 치즈의 마지막 조각이 아무래도 떨어지지 않았기 때문에 묻지 못했다.

남자가 말했다.

"사람이 혼자서 모든 걸 다 지고 갈 수는 없는 거예요. 아까 말한 것처럼 긴장 풀고, 힘 빼고, 필요 없는 건 차례차례 버려야 될 때도 있는 거죠."

그녀의 손이 움직임을 멈추었다.

혼자서 모든 걸 다 지고 갈 수는 없다는 말에, 이제까지 마음속에 혼자서 지고 있던 물그릇이 흔들렸다. 물이 쏟아질 것만 같았다. 그래서 그녀는 가만히 숨죽이고 서 있었다. 움직이면 물이 쏟아진다. 물을 쏟아서는 안 된다. 절대로 안 된다. 그녀는 꼼짝도 하지 못하고 물그릇이 흔들림을 멈출 때까지, 다시 균형을 찾을 때까지 기다렸다.

"잘 안 떨어져요? 거봐요, 내가 한다니까……."

남자가 싱크대로 와서 트레이를 들여다보았다.

"아녜요, 거의 다 됐어요."

그녀가 대답했다. 그러나 목소리는 마음속에서 흔들리는 물그릇의 무게에 눌려서 속삭이는 소리처럼 들렸다.

물은 사실 아주 조금 쏟아졌다. 그녀는 남자가 눈치채지 못하게 닦아냈다. 그러나 어쩐지 남자라면 눈치를 채더라도, 그녀가 물을 전부 다 쏟더라도, 화내거나 당황하지 않고 쏟은 물을 모두

닦아줄 것 같았다. 천천히, 느긋하게, 눈가에 주름을 잡고 온 얼굴
로 웃으면서.

그래서 엄마는 아저씨에게 손을 내밀었습니다.

영업이 끝나고 나서 정산을 하고 청소를 하고 가게를 잠그고
나와서 엘리베이터 앞에 나란히 서 있다가 그녀가 남자에게 불쑥
물었다.

"사장님은 술 안 좋아하세요?"

"예?"

남자가 조금 놀랐다.

"술요. 안 드세요?"

그녀가 다시 말했다.

"사장님 안 드시면 저만 마실 테니까, 그냥 옆에 앉아서 말동무
해주시면 안 될까요?"

"예? 아, 저기, 아주 안 먹는 건 아닌데……."

남자가 당황하며 대답했다.

그래서 남자는 그녀를 이끌고 가게가 있는 쇼핑몰 길 건너편
에 늘어선 포장마차로 갔다.

그녀는 남자의 이야기를 들었다. 이야기를 들으면서 술을 많이
마셨다. 술을 많이 마시고, 많이 웃었다. 그리고 당연하다는 듯 남
자에게 키스했다.

남자의 몸은 굵고 단단했다. 삽입할 때 남자는 그녀의 양 손목

을 꽉 쥐고 팔을 머리 위로 밀어 올리면서 온몸으로 그녀를 내리눌렀다. 아래에 깔려서 그녀는 전혀 움직일 수 없었다. 그러나 이상하게도 그것이 싫지 않았다. 그녀의 손목을 가죽띠처럼 둘러싼 남자의 손은 두껍고 피부가 거칠고 굳은살이 많았지만 아프지는 않았다. 온몸을 내리누르는 무게는 쇳덩어리처럼 딱딱했지만 따뜻한 체온이 실려 기묘한 안정감이 느껴졌다. 남자의 몸에서 땀 냄새가 났다. 살아 있는 사람의 냄새였다. 그녀는 조금 핥았다. 입 안에 퍼지는 짭조름한 맛도 싫지 않았다. 오랜만에, 참으로 오랜만에 그녀는 남자에게 쾌락의 도구로 이용되고 있다는 느낌이 아닌 감싸여 보호받고 있다는 느낌을 받았다.

남자에게 안겨 있는 동안 그녀는 마음속에 언제나 지고 다니던 물그릇에 대해서 전혀 생각하지 않았다. 아침이 오기까지 그녀는 한 번도 깨지 않고 짓눌리지 않고, 돌처럼 깊고 꿀처럼 달콤한 잠을 잤다.

아저씨와 함께 있을 때 엄마는 행복한 것 같았습니다.

다음 날 아침에 잠이 깨었을 때 남자는 그녀에게 등을 보이고 서 있었다. 옷을 다 입고 지금이라도 나가려는 것 같았다.

남자를 불러야 할지, 부른다면 그다음에 뭐라고 말해야 할지 망설이며 그녀는 남자의 등을 바라보았다. 남자가 지난밤을, 자기 자신을 어떻게 생각할지 알 수 없어서 두려웠다. 전부 다 실수라고 생각할지도 모른다. 내일부터는 일하러 나오지 말라고 할지도 모른다. 눈가에 주름을 잡으며 얼굴 전체로 웃는 웃음이, 단단한 몸의 따뜻한 체온이 그저 한순간의 즐거운 환영으로 녹아 사라질지도 모른다.

그녀는 침대에서 몸을 일으켰다. 남자가 돌아보았다.

"아, 깼어요?"

남자는 이전과 똑같이 얼굴 전체로 웃었다.

"깨울까 말까 하고 있었어요. 너무 곤히 자서……."

"사장님은 잘 주무셨어요?"

그녀가 간신히 말했다. 목이 잠겨서 목소리가 잘 나오지 않았다.

남자가 다시 얼굴 전체로 웃었다.

"이런 데서 사장님이라고 하니까 웃기네요, 그죠?"

그녀도 웃었다. 남자가 다시 말했다.

"아침 먹으러 나갈래요?"

침대에서 일어나 서둘러 씻고 허둥지둥 옷을 입는 그녀에게 남자는 다시 온 얼굴로 웃으면서 천천히 해요, 괜찮아요, 라고 말했다. 그리고 그녀와 남자는 나란히 밖으로 나왔다. 아침을 먹을 수 있을 만한 곳을 찾아 천천히 걸어가면서 남자의 거칠고 두꺼운 손이 어젯밤처럼 살그머니 그녀의 손을 쥐었다.

아침을 먹으면서도 그녀는 지금 이 상황을 완전히 믿을 수가 없었다. 지난밤도 현실로 믿을 수 없었고, 밤이 지났는데도 남자가 그녀 앞에 마주 앉아서 아침을 먹으면서 눈이 마주칠 때마다 얼굴 전체로 웃는 것도 현실이라고 믿기 힘들었다.

믿을 수 없었지만, 아무리 확인해도 현실이었다. 그래서 그녀는 행복했다.

아침을 먹고 나서 남자가 말했다.

"어제 일하는 날 아니었는데 일하러 왔으니까, 오늘은 가게 안 와도 돼요."

그녀는 가슴이 철렁했다.

"그렇지만, 선미 씨만 괜찮으면……."

남자가 말하다 말고 망설였다. 그녀는 조마조마해하면서 기다렸다.

"선미 씨만 괜찮으면, 저기……."

남자는 곤란해하면서 그녀를 흘끗 보았다. 그리고 마침내 말했다.

"저기, 같이, 장 보러 가지 않을래요? 가게에 사다 둬야 될 게 있어서……."

"갈게요."

그녀가 서둘러 대답했다. 그리고 웃었다.

남자도 다시 눈가에 주름을 잡으며 얼굴 전체로 웃었다.

엄마가 행복해서, 나도 좋았습니다. 아저씨는 좋은 사람인 것 같았습니다.

그녀는 남자와 함께 마트로 들어갔다. 남자가 카트를 밀었다. 그녀는 옆에서 따라 걸으며 남자가 불러주는 물건을 골라 카트에 집어넣었다.

위생장갑은 아직 꽤 남아 있었다. 키친타월은 언제나 모자랐다. 또 뭐가 필요하더라, 하고 남자가 카트를 세우고 장 봐야 할 목록을 적은 종이를 꺼내 들여다보며 중얼중얼 읽었다. 그녀는 키친타월을 집으려고 손을 뻗었다.

그래서 엄마에게 알려주고 싶었습니다. 아저씨는 좋은 사람이니까, 행복하게 살라고 말해주고 싶었습니다.

그녀가 키친타월에 손을 대기도 전에 옆에 쌓여 있던 티슈가 선반에서 툭 떨어졌다. 그녀는 바닥에서 티슈를 집어 도로 선반에 올려놓았다.

그 순간 그녀는 등 뒤로 뭔가 그림자가 지나간 것 같다는 느낌을 받았다. 그녀는 티슈를 선반에 밀어 넣고 고개를 돌렸다.

등 뒤에는 아무것도 없었다. 그녀가 다시 키친타월 쪽으로 손을 뻗는 순간, 아까 올려놓은 티슈가 다시 선반에서 튀어나와 바닥에 더 멀리 떨어졌다.

그녀는 튀어나간 미용 티슈를 따라갔다. 몸을 숙여 바닥에 떨어진 티슈를 집었다. 일어섰다. 눈앞에는 키친타월 건너편 선반에 하나 가득 진열된 갖가지 상표의 물티슈가 있었다.

아기용 물티슈가 눈에 들어왔다. 그녀는 선 자리에 그대로 얼어붙었다.

남자와 함께 보냈던 짧은 하룻밤 동안 느꼈던 안정감, 행복감,

보호받는다는 느낌이 일시에 사라졌다. 물그릇이 제자리로 되돌아왔다. 그리고 점점 커졌다. 그녀가 미동도 못한 채 숨도 제대로 쉬지 못하고 아기용 물티슈를 바라보며 서 있는 동안 마음속의 물그릇은 점점 기울어져 마침내 엎어졌다. 물이 쏟아졌다. 사방으로 흘렀다.

이제는 돌이킬 수 없다.

"왜 그래요?"

남자가 옆에서 물었다. 그녀는 대답하지 못했다.

"선미 씨? 어디 아파요?"

남자가 다시 물었다.

그녀는 대답하지 못하고 손가락만 들어 물티슈를 가리켰다. 남자의 어리둥절한 시선이 그녀의 손끝을 따라 물티슈 쪽으로 향했다.

남자는 영문을 모르고 점점 더 당황하며 그녀와 물티슈를 번갈아 바라보았다.

그녀가 간신히 목소리를 짜냈다.

"물티슈를 샀어요. 육십 매짜리 세 팩. 양이 제일 많은 걸로. 아기 물티슈……. 항상 필요하니까."

"물티슈요? ……아기?"

남자가 되물었지만 그녀는 개의치 않고 말을 이었다.

"마지막에 산 거, 첫 팩, 육십 매, 반도 못 썼어요……. 남은 건 다, 기저귀랑 같이 전부 싸서 병원에 줬어요. 간호사들 쓰라고. 병원에선 그런 게 많이 필요할 테니까……."

남자는 뭐라고 말하려다가 입을 다물었다.

"그때는, 물티슈 같은 거, 그때는 괜찮았는데……. 지금, 저걸 보니까……."

그녀는 더듬거렸다.

"지금, 방금, 저걸, 보니까……."

"가요."

남자가 말했다.

"어디 가서 좀 앉아요."

말하면서 남자는 그녀의 어깨에 가볍게 손을 얹었다. 그녀가 역시 가볍게 밀어냈다.

"선미 씨."

남자가 불렀다. 그러나 그녀는 듣지 않았다.

타인이 줄 수 있는 위안이란 환상에 불과하다는 것을 그녀는 이제 완전하게 이해했다. 죽음, 그중에서도 혈육의 죽음은 그녀가 혼자 감당해야 할 몫이었고, 온전히 그녀만의 몫이었다. 마음을 다잡고, 어두운 기억을 극복하고 밝게, 심기일전, 새로 시작— 이런 생각은 모두 착각이었다. 사랑했던 존재의 죽음은 애도하는 것이 당연했고, 그 상실은 슬퍼해야 마땅했다. 일상을 무심하게 이어 나갈 수 있을 정도로, 관계없는 타인 앞에서 숨 쉬고 웃을 수 있을 정도로 그 슬픔과 상실감이 엷어지려면 시간이 지날 만큼 지나야 했다. 그 시간이 얼마나 걸릴지는 사람이 자신의 의지나 결심으로 재촉할 수 없었다. 그리고 그런 시간이 지나간 뒤에도 슬픔과 상실감의 결정체는 애도하는 사람의 마음 밑바닥에 영원히

남아서 아주 작고 사소한 자극에도 수면 위로 떠오르곤 하는 것이
다. 때로는 고통스럽게, 때로는 달콤하게.

일상생활을 멈추고, 타인과의 관계를 멈추고, 자신의 존재를
멈추어서라도 사랑했던 사람, 영원히 잃어버린 존재의 죽음을 애
도하는 것은 혈육으로서 당연한 의무이자 권리였다. 그것은 혈육
이 아닌 사람, 그 죽음을 함께 옆에서 지켜보지 않은 관계없는 타
인이 밝게 극복하느니 새로 시작하라느니 하는 가볍고 무의미한
말로 모욕할 수 있는 과정이 아니었다.

"그 사람은 부인이 있어요."

그녀가 중얼거렸다.

"이혼하고, 나랑 평생 같이 있겠다고……. 내가 바보였어
요……. 임신했다고 말했더니 연락을 끊어버렸어요."

남자는 그녀의 어깨를 건드리려던 손을 내렸다. 그녀는 거의
들리지 않는 목쉰 소리로 속삭였다.

"나 혼자 낳아서, 나 혼자 키우고, 내가 혼자 묻었어요."

그녀는 고개를 들어 남자의 눈을 똑바로 바라보았다. 그러나
앞에 서 있는 타인의 눈동자에서 이제는 아무런 의미도 찾을 수
없었다.

"사장님 가게 찾아간 날이, 사망신고한 날이었어요."

남자가 입을 조금 벌렸다가 다시 다물었다.

"사망한 지 한 달 안에 신고해야 한다고, 그래서…… 신고했는
데……."

그녀는 '세대주 및 관계'에 '사망자의 母'라고 썼던 것을 기억했

다. '사망 종류'에 '병사'도 포함된 것을 보지 못하고 실수로 '사고'로 넘어가서 '교통사고, 자살, 추락사고, 익사사고, 타살'이라는 글자를 보면서도 전혀 이해하지 못한 채 그 끔찍한 단어들을 몇 번이고 차례차례 되풀이해 읽었던 것을 기억했다.

"아이를 두 번 묻은 것 같았어요……."

'사인'까지는 그럭저럭 쓸 수 있었다. 그러나 '발병부터 사망까지의 기간'이라는 말을 보자 아이를 품에 안고 지낸 날들이 하나씩 떠올랐다. 사망진단서에 적힌 대로 '미상'이라고 쓰려는데 마음속에서 뭔가 찢어졌다. 그녀는 한 손으로 가슴을 움켜잡은 채 한동안 움직이지 못하고 서 있었다. 그런 일들을 기억했다.

우두커니 서 있는 그녀를 한동안 바라보다가 남자가 조심스럽게 불렀다.

"선미 씨."

그녀는 남자를 쳐다보았다.

"왜 그랬어요?"

"예?"

남자가 영문을 모르고 되물었다. 그녀가 다시 물었다.

"처음에 왔을 땐 어두워 보였는데, 밝아졌다고……. 그런 말은 왜 했어요?"

남자는 당황해서 대답하지 못했다.

그녀가 조용히 중얼거렸다.

"나 그때, 일한 지 이 주 됐을 땐데……. 여섯 번째 일하러 간 날이었는데……. 사장님한테 나는 잘 모르는 사람이고, 나도 사장님 어떤 사람인지 잘 모를 때였는데……. 그런 말은 왜 했어요? 모르는 사람한테?"

남자가 더듬더듬 변명했다.

"난, 그저……. 좀 걱정이 됐었는데, 밝아진 걸 보고 안심이 돼서……."

"아이가 죽어서 사망신고를 했어요."

그녀가 조용히 말했다.

"내가 왜 밝아 보여야 해요?"

남자는 대답하지 못했다.

그녀는 돌아서서 남자를 떠났다.

나는 괜찮다고 말해주고 싶었습니다. 하지만 엄마는 듣지 못했습니다.

고시원으로 돌아와서 그녀는 다시 창문 없는 방의 깜깜한 암흑 속에 누웠다.

물그릇이 엎어졌다. 물이 쏟아졌다. 그녀는 뒤집힌 빈 그릇 속에 갇혀 있었다. 물속에 잠겨 있었다. 숨을 쉴 수 없었다. 몸을 움직일 수 없었다. 벗어날 수 없었다.

그래도 상관없었다.

고통스러운 것은 아이를 사랑했기 때문이었다. 지금도 여전히, 앞으로도 영원히 사랑하기 때문이었다. 사랑하기 때문에 고통스럽다면 그것으로 좋았다. 아무도 모르는 아이의 죽음을 이 세상 누군가는 고통스러워해주는 것이 아이를 위해서도 공정할 거라고 그녀는 생각했다. 그리고 그 누군가가 바로 자기 자신이며 세상에 자기 혼자뿐이라는 사실을 그녀는 기꺼이 자랑스럽게 받아들였다.

■ 타 인 의   친 절 은 ……

　양가 할머니가 2년 간격으로 돌아가셨는데 사망신고를 두 번 다 내가 했다. 사망신고는 장례식만큼 괴로웠다. 두 번 모두 사망신고를 하고 나서 마치 내가 할머니를 죽인 것 같은 무시무시한 죄책감에 꽤 오랫동안 시달려야 했다.

　외할머니가 먼저 돌아가셨을 때 가장 싫었던 말이 '호상'이었다. 오래 괴로워하시지 않고 깨끗이 떠나셨으니 그나마 다행이라는 뜻이었겠지만 내 귀에는 가족이 아닌 사람이 그런 말을 하면 '잘 죽었다'로 들려서 참을 수 없이 화가 났다. 그리고 나는 죽을 것같이 괴로웠고 지금도 생각하면 괴로운데 사람들은 부모형제도 아니고 할머니 돌아가신 걸 왜 그렇게 괴로워하느냐는 식으로 잘 이해하지 못했다. 그래서 2년 뒤에 친할머니가 돌아가셨을 때 나는 아무에게도 말하지 않았다. 아흔이 넘어서 돌아가셨으니 그놈의 '호상' 소리를 또 들을 것이 뻔했는데 정말 견딜 수가 없을 것 같아서였다. 그러니까 친할머니 돌아가신 직후에 나를 본 사람들은 내가 어딘가 이상해졌다고 생각했을 것이다. 그리고 시간이 좀 지나서 내가 회복된 후에 만난 사람들은 내가 어딘지 이상했다가 나아졌다고 했다.

　다들 몰랐으니 한 말이고 또 본래는 좋은 의도에서 한 말이었겠지만 그들은 모두 나와는 상관없는 타인이었다. 할머니가 돌아가셨으니 괴로운 게 당연하다. 사랑하는 가족이 죽으면 어딘가 이상해지는 게 당연하다. 그 말을 하고 싶었지만 어디서부터 어떻게 말해야 할지 몰라서 이 이야기를 썼다.

온우주
단편선

내 친구 좀비

내 친구 좀비

1

동창회에는 사람이 별로 없었다. 생각해보면 원래부터 그다지 살뜰한 동기 사이도 아니긴 했다. 귀국한 지 갓 석 달째라 고국의 모든 것이 다 무조건 반갑던 참에 또 마침 졸업 십주년 기념이라고 해서 호기심 반, 얄팍한 감상 반으로 얼굴을 내민 내 쪽이 애초에 너무 많은 걸 기대했던 건지도 모른다. 누군지 잘 알 수 없는 사람들, 혹은 전혀 모르는 사람들과 어색하게 웃음을 지으며 눈인사를 나누고 적당히 자리 잡고 앉아 말라빠진 뷔페 음식으로 대충 배를 채운 후에 낭비한 시간과 식사비와 차비를 아까워하며 눈에 띄지 않게 빠져나온 것까지는 좋았는데 (사실 눈에 띄었다고 해도 굳이 붙잡을 사람도 없는 분위기였지만) 호텔을 나오기 전에 화장실에 들렀다가 마주친 것이 그녀였다. 그래서 우리는 근처 커피 가게로 자리를 옮겨 둘이서 진짜 동창회를 시작했던 것이다.

그녀가 누구냐 하면 나랑은 대학교 동기다. 그러나 같은 과도 아니었고 같은 동아리에 있었던 것도 아니고 단지 어쩌다가 수업을 한두 번쯤 같이 들은 게 전부인데 그러다가 친해져서 4년 내내 단짝까지는 아니라도 꽤나 가깝게 지냈고, 졸업하고 내가 유학을 떠난 뒤에도 한 3~4년 정도는 정기적으로 연락을 유지했으니 생각해보면 그것도 꽤나 신기한 인연임은 틀림없다. 물론 이제는 서로 소식 못 들은 지가 5~6년이나 돼버려서 나는 그녀가 결혼한 것도 몰랐고 그녀는 내가 귀국한 것도 몰랐다. 그러나 그렇게 돼버린 지금도 호텔 화장실 같은 데서 마주쳤을 때 곧바로 얼굴을 알아보고, 서로의 인생에서 일어난 큰 사건들, 그러니까 결혼이라든가 귀국이라든가 이런 얘기를 하면서 세월 무섭네, 시간 정말 빨리 간다, 그래놓고 한숨을 쉰 게 아니라 반갑고 기뻐서 깔깔 웃고는 당장 의기투합하여 커피숍으로 출동하면서, 동창회 온 보람이 아주 없지는 않다고 우리 둘 다 생각했다.

2

대학을 졸업한 후 그녀의 인생은 전혀 예상하지 못했던 방향으로 흘러갔다.

물론 스물몇 살에 인생의 방향을 정해봤자 그게 그대로 흘러 갈 만큼 사는 게 만만한 일은 아니다. 그리고 실용성이라고는 약에 쓰려 해도 찾을 수 없는 애매모호한 문과 계통 전공으로 고만 고만한 대학에서 졸업장 하나 받은 사람치고 그 전공과 딱 맞는 일을 하면서 예측 가능한 인생을 평탄하게 안정적으로 살아가는 사람은 거의 없다고 봐도 좋을 것이다.

내 친구도 그랬다. 졸업한 후에 그녀는 예술 계통으로 전공을 바꿔서 다른 학교에 편입을 했다. 그리고 교직과정을 이수해서 교사 자격증을 땄다.

여기까지는 나도 알고 있었다. 예술 계통이라니 뜻밖이었지만 선생님은 여러 가지 측면에서 흔히 말하는 대로 '좋은 직업'인 데 다 그녀에게도 잘 어울린다고 생각했기 때문에 응원했었다.

내가 몰랐던 것은 그녀가 졸업하고 선생님이 되지 않았다는 사실이었다. 두 번째 학교를 졸업하고 그녀는 예술 분야를 전문으로 다루는 좀 마이너한 잡지사에 취직을 했다. 1년을 채 못 다니고 잡지사가 망했기 때문에 그녀는 다른 잡지사로 직장을 옮겼다. 그러나 이번에도 다닌 지 1년이 좀 넘었을 때 잡지사가 또 망했다. 정확히 말하자면 재정난 때문에 다른 회사로 소유권이 넘어갔는데, 그러면서 잡지의 성격이 완전히 달라져버렸다. 그래서 그녀는 계속 다니라는 권유를 과감하게 뿌리치고 퇴직했다.

직장을 그만두고 그녀는 대학원에 들어갔다. 그리고 첫 직장에서 만나서 사귀던 남자와 결혼을 했다. 그것이 4년 전의 일이다.

이야기를 들어 보아하니 이후로 그녀의 인생은 제자리걸음을 하면서 조금씩 표류하는 중이었다. 대학원을 계속 다니고는 있지만 가까운 시일 내에 졸업할 가능성은 보이지 않았다. 정확히 말하자면 학위를 마쳐도 그 뒤에 어떻게 해야 할지 알 수 없어서 졸업을 미루는 것 같았다.

"사실 대학원도 내가 가고 싶어서 간 게 아니고 우리 엄마가 하도 성화를 해서 간 거야. 너도 알잖아, 나 학부 들어갔을 때부터 엄마가 박사, 박사 노래 부르신 거."

그녀의 어머니를 직접 만나본 적은 없지만, 이야기를 듣고 보니 어렴풋이 기억이 났다. 그녀가 조금 씁쓸하게 웃으며 덧붙였다.

"부모님은 대학원만 졸업하면 곧바로 교수 되는 줄 아시지만, 너도 알다시피 현실은 그런 게 아니잖아."

그렇다고 잡지 일은 다시 하고 싶지 않고, 학교 선생님은 어떠냐는 내 물음에도 그녀는 지금 새로 시작하기엔 나이가 너무 많아서, 라고 중얼거리며 고개를 가로저었다.

사실 그녀가 정말 바라는 건 전업 예술가가 되는 일이라고 했다. 그러나 그렇게 되려면 재능보다도 인맥과 돈이 훨씬 더 중요하다는 것이 그녀가 이제까지 관찰하여 내린 결론이었다.

"그런데 나는 양쪽 다 없잖아."

그녀가 다시 씁쓸하게 웃으며 말했다.

나는 모호하게 고갯짓을 했다. 그녀는 눈을 내리깔고 커피 잔을 입으로 가져갔다.

우리 둘 다 커피를 마시며 잠시 아무 말도 하지 않았다.

"참, 너 개 소식 들었니?"

"누구 소식?"

그녀가 갑자기 물었기 때문에 나는 어리둥절했다.

"있잖아, 왜. 선이."

그녀가 커피 잔을 탁자 위에 내려놓으며 말했다. 나는 조금 멍청하게 입을 벌리고 고개를 주억거렸다.

"아, 선이……."

선이도 그녀처럼 나와 전공은 달랐지만 수업을 같이 들으면서 친해진 친구였다. 그녀와 선이는 전공이 같았기 때문에, 그리고 솔직히 말해서 선이가 나보다는 그녀 쪽과 더 성정이 잘 맞았기 때문에, 그녀와 훨씬 더 친했다. 그러나 4학년이 되면서 선이는 돌연히 고시 공부를 하겠다고 선언하고는 책과 학원에 파묻혀버렸고, 내가 유학을 가게 되면서 흐지부지 연락이 끊어졌다.

"예전에 일시귀국했을 때 한 번 만났는데 그 뒤로는 소식 못 들었어. 넌 계속 연락해? 어떻게 지낸대?"

"그게…… 좀……."

말을 하다 말고 그녀는 입을 다물었다.

나는 예의상 조금 기다렸지만, 그녀는 다시 입을 열지 않았다. 그러면서 그녀는 점점 더 당혹스러운 얼굴이 되었고, 입을 열 듯 말 듯하면서도 망설이고만 있었다. 궁금해서 더 참을 수가 없어졌기 때문에 나는 재촉했다.

"왜, 무슨 일인데?"

그녀는 대답 대신 주위를 둘러보고, 내 얼굴을 한 번 쳐다보았다. 그리고 커피 잔을 들여다보면서 또 망설였다. 한 번 더 재촉할까 하는 순간 고개를 들고 내 얼굴을 다시 쳐다보았다.

"저기, 너 다른 애들한테는 이런 얘기 안 할 거지?"

"왜, 무슨 얘긴데?"

나는 점점 더 흥미가 동했다. 그녀는 곤란한 표정으로 주위를 한 번 더 둘러본 후에 한 번 더 다짐했다.

"진짜 이상한 얘기거든. 내가 얘기했단 말, 절대로 하면 안 돼."

"내가 어디 가서 얘기를 하겠어. 나 지금 동창들이랑 전부 연락 끊어진 지 오래됐어."

"그래? 하긴……."

그녀는 조금 안심하는 얼굴이 되었다. 또 고개를 숙이고 한동 안 주저하다가 한숨을 푹 쉬더니, 고개를 들고 나를 보았다.

"정말이지 내가, 어디 가서 이런 얘기 할 데도 없고……. 그런 데 혼자서 생각하면 할수록 너무 이상해서……."

그녀는 또 한숨을 푹, 내쉬었다. 그리고 이야기하기 시작했다.

3

결론부터 말하자면 선이는 고시에 실패했다. 그 뒤로도 이런저 런 '공부' 혹은 '준비'를 한다고는 했는데, 실질적으로 아무런 성 과도 내지 못하고 언제나 뭘 하는지 모르게 지내는 중이었다.

"이것저것 손댄 게 얼마나 많은데. 내가 아는 것만 해도 고시 그만두고 나서는 공무원 시험 준비하다가, 그것도 금방 때려치우더니 갑자기 공인중개사 시험을 보겠다고 했다가, 한 달도 못 가서 그만두더니 또 무슨 컴퓨터 아트 학원을 다니다가, 너 유학 가고 얼마 안 됐을 때는 갑자기 자기도 독일로 유학 가겠다고 독일어 학원도 다녔고, 그런데 그것도 아마 오래 못 갔을 거야. 유학 갔다는 소식은 못 들었거든."

어쨌든 매번 만날 때마다 '준비'하는 종목이 바뀌었기 때문에 그녀도 슬슬 걱정이 되었다. 뭐든 한 가지를 붙잡고 끝까지 해봐야 하지 않겠냐고 충고했지만 별 효과는 없었다.

"이렇게 눈을 초점 없이 크게 뜨고는, 마치 자기는 다른 일에 손댄 적 한 번도 없고 평생 지금 하는 거 한 가지만 붙들고 열심히 해왔는데 너 무슨 소리 하느냐는 얼굴로 멍하니 쳐다보는 거 있지. 친구로서 충고를 해주려고 해도 도대체 말이 통해야 말이지."

그녀는 잠시 생각하더니 가볍게 몸을 떨었다.

"게다가 그 멍한 얼굴이…… 지금 생각하니까 너무 소름 끼쳐서."

그녀는 고개를 흔들었다. 그리고 이야기를 계속했다.

선이는 아주 어렸을 때 사고로 아버지를 잃었다. 선이의 어머니는 젊어서 과부가 된 이래 딸과 단둘이 지내왔고, 그래서인지 딸에게 몹시 집착하는 것 같았다. 학교 때도 선이는 저녁에 해만 지면 서둘러 집으로 돌아가곤 했다. 낮에도 같이 있다 보면 어머니에게서 몇 번씩이나 호출(핸드폰이 일상화되지 않았던 시절이니까)이 오곤 했다. 선이 자신도 종종 불평은 했지만, 어쨌든 호출이 오면 고분고분 집에 전화를 하고, 미팅이나 술자리가 있어도 뿌리치고 해가 지면 어김없이 집으로 돌아갔다.

졸업한 후에도 그런 일은 계속되었던 모양이었다. 그녀가 선이와 만나서 밥을 먹거나 차를 마시거나 이야기를 하고 있을 때면 언제나 선이의 어머니에게서 전화가 왔다. 선이가 그녀와 함께 있다고 말한 뒤에는 반드시 그녀도 전화기에 대고 선이의 어머니에게 목소리를 들려드려야만 안심을 했다.

"나 같으면 애저녁에 돌아버렸을 텐데, 걔는 너무 익숙해져서 그런지 아니면 원래 엄마랑 친한 건지 짜증도 안 내더라. 엄마가 전화를 하면 고분고분 받아서 물어보는 대로 대답 다 하고, 엄마가 날 바꿔달라고 하면 또 고분고분 바꿔주는 거야."

친구의 어머니에게 매번 자신들의 위치와 활동 내용을 신고하는 것도 고역이라면 고역이었지만, 원래 그렇다는 걸 오래전부터 알고 있었기 때문에 그녀는 크게 신경 쓰지 않았다. 그렇다고 선이의 어머니가 어떤 식으로든 그녀를 의심하는 것도 아니었고 목소리를 들으면 언제나 무척 반가워하셨기 때문에 전화 통화 자체는 딱히 불쾌한 일도 아니었다.

"그렇게 딸한테 의존하는 게, 그때는 좀 불쌍했거든……. 그런데 그 어머니도 그렇고 선이도 그렇고, 둘 다 확실히 정상이 아니더라고."

"왜, 무슨 일이 있었어?"

내가 물었다. 그녀는 다시 당혹스러운 얼굴이 되었다.

"그러니까 무슨 일이 있긴 있었는데…… 이걸 어떻게 얘기해야 될지 잘 모르겠네……."

그리고 그녀는 완연히 불편한 표정이 되어 이제는 다 식은 커피를 또 다시 홀짝였다.

선이는 나이에 비해 어린애 같은 구석이 있었다. 조금만 친절하게 대해주면 아무나 쉽게 믿었고, 언제나 주위에 사람이 있어야만 안심했다. 그런 면은 아마 어머니의 영향일 거라고 우리는 짐작했다. 그래서 선이가 갑자기 고시 공부를 하겠다고 선언했을 때는 내가 아는 선이의 성격과 너무나 어울리지 않아서 나도 그녀도 무척 놀랐다.

선이는 고시 공부를 시작하면서 첫 1년 정도는 연락을 완전히 두절했다. 그러나 2년째가 되었을 무렵에 다시 그녀에게 연락을 해왔다. 그리고 그때부터는 이전과 똑같이 친하게 지냈다고 했다. 그녀가 아직 두 번째로 들어간 학교를 다니던 무렵이었다. 그때 선이는 예고도 없이 불쑥 그녀를 찾아와서 수업 들어가야 한다는 그녀에게 놀아달라고 조르기도 했고, 심지어 그녀를 따라서 전공 수업을 같이 들어간 일도 있었다. 실기 수업이었기 때문에 완전히 문외한인 선이는 수업 시간 내내 아무것도 하지 못하고 멍하니 옆에 앉아 있을 수밖에 없었다. 다행히 교수가 내쫓지는 않았지만, 그녀도 선이도 무척 창피했다고 했다.

"그래도 그때는 내가 계속 학생이었으니까 상관없었지, 뭐. 다른 애들은 다 졸업하고 바빠져서, 그렇게 학부 때처럼 자주 만나서 같이 놀 만큼 한가한 사람도 별로 없었고……."

그녀는 다시 말을 멈추었다. 손을 커피 잔으로 가져갔다. 이미 다 마신 것을 깨닫고 그녀는 곤란한 표정으로 빈 커피 잔을 내려다보았다.

"리필해달라고 할까?"

내가 물었다. 그녀는 고개를 저었다.

"아니, 괜찮아."

그녀는 눈살을 조금 찌푸린 채 빈 커피 잔 바닥을 들여다보았다. 그러다가 갑자기 다시 입을 열어 이야기를 계속했다.

4

잡지사에 취직을 하면서 그녀는 선이와 잠시 사이가 멀어졌다. 선이는 여전히 전화도 자주 하고 회사 앞으로 찾아오기도 하면서 어떻게든 이전처럼 친하게 지내려고 했지만, 직장인이 된 그녀로서는 학생 때처럼 아무 생각 없이 선이가 원하는 대로 놀아줄 수가 없었다.

"미안하기도 하면서 한편으로는 부담스럽고 짜증이 나더라고. 대학 졸업했으면 사회인인데 어쩌면 그렇게 마냥 어린애 같을 수가 있니?"

그래도 그녀와 선이는 어쨌든 친구였다. 그리고 선이만큼이나 그녀도 자유롭던 학생 시절처럼 직장과 관계없이 만나서 수다를 떨고 맛있는 것을 먹고 같이 재미있는 일을 할 상대가 필요했다. 그래서 그녀와 선이는 주로 주말에 만나서 함께 놀았다.

선이가 조금 이상하다고 그녀가 느끼기 시작한 것은 이 무렵
이었다.

"딱 집어서 뭐가 잘못된 건 아닌데…… 그 왜, 있잖아. 그냥 기
분이 안 좋은 거."

발단은 그러니까 옷차림이었다. 그녀의 직장은 옷차림이 자유
로운 편이었지만, 그래도 처음 하는 직장 생활이고, 일 관계로 외
부 사람을 만나야 할 때도 있고 해서 그녀는 가능한 한 신경 써서
정장에 가까운 차림을 하고 다녔다. 그런데 언제부터인가 선이가
자신의 옷차림을 따라하고 있다는 사실을 깨닫기 시작한 것이다.

"걔가 그때 아마 컴퓨터 학원 다니면서 자격증 시험 준비하다
가 때려치우고 유학 가겠다고 독일어 학원 다니기 시작했던 그
무렵일걸. 학원이야 뭐, 다들 자기 마음대로 하고 다니잖아. 선이
도 학교 다닐 때처럼 그냥 아무렇게나 입고 다녔고."

여자들 사이에서는 이런 게 은근히 중요한 법이다. 그녀도 선
이도, 뭐 따지고 보면 나도 본래 옷차림이나 화장 등에 공을 들
이는 성격은 아니었다. 애초에 서로 친해진 이유도 아마 꾸미지
않고 편하게 다니는 걸 선호한다는 면에서 취향이 잘 맞았기 때
문이었을 것이다. 그녀가 취직한 지 얼마 안 되었을 때까지만 해
도 선이는 언제나 똑같이 편한 옷차림으로 다녔다. 운동복 바지
에 구겨진 티셔츠 차림으로 그녀의 회사 앞에 만나러 오기도 했
고, 그런 선이에게 그녀는 부럽다고 말한 적도 있었다. 그래서 갑
자기 선이가 정장을 차려입고 직장인 같은 모습으로 나타났을 때
그녀는 내심 조금 놀랐던 것이다.

"어디 좋은 데 가냐, 혹시 소개팅 하냐고 물어봤지. 그냥 농담이었어. 사실 선이 그렇게 꾸민 거 처음 봤는데, 굉장히 예뻤거든."

그녀가 더욱 놀라면서 동시에 기분이 나빠진 것은 선이의 반응 때문이었다. 평소 선이의 성격으로 보아 기뻐하거나 부끄러워하면서 똑같이 농담으로 받아칠 줄 알았는데, 선이는 정색을 하고 이렇게 말했던 것이다.

"학원 갔다 오는 길이라고, 스터디하고 사람 만나느라 피곤해 죽겠다는 거야. 그런데 그 말투가 왜, 회사원들이 예를 들면 영업 뛰느라 피곤해 죽겠다는 그 말투 있지? 딱 그거였어."

옷차림이나 겉모습뿐만이 아니라 말투도 표정도 그녀가 아는 선이와는 전혀 다른 사람 같아서 그녀는 좀 섬뜩했다고 했다. 그리고 바로 며칠 전에 통화하면서 마감 때문에 피곤해 죽겠다고 불평했던 것이 생각나자 그녀는 더욱 기분이 나빠져버렸다.

"그날 선이 진짜 이상했거든. 계속 정색을 하고 앉아서 무슨 말을 해도 피곤하다느니 바쁘다느니 딱딱거리기만 하고. 사람이 완전히 달라진 것 같았어."

그다지 기분이 좋지 않은 채로 헤어지면서 그녀는 자신이 직장인인 데 비해 선이는 아직까지 진로가 정해지지 않았기 때문에 뭔가 열등감이라도 느끼는 모양일 거라고 해석하고 더 깊이 생각하지 않았다. 그러나 그 뒤로도 선이를 만날 때마다 비슷한 상황이 벌어졌다.

"매번 만날 때마다 옷차림만이 아니고 신발이랑 화장이나 머리모양까지, 바로 그 전번에 만났을 때 내가 했던 차림이랑 거의 똑같이 하고 나타나는 거야. 그러면서 내가 만나기 바로 직전에 전화로 했던 얘기를 자기 버전으로 바꿔서 똑같이 되풀이해. 내가 이번 호 마감 무사히 끝내서 다행이라고 하면 그다음에 만났을 때는 자기 이번 시험 무사히 끝내서 다행이라고 하고, 기삿거리가 없어서 고민이라고 하면 자기도 '아르티켈'을 써서 학원에 '넘겨야' 하는데 소재가 없어서 고민이라는 거야. 그게 작문 숙제지 무슨 아티클이니?"

가장 어이가 없었던 것은 원고 청탁 이야기를 하고 며칠이 지났을 때 선이가 함께 스터디하는 사람들에게 '발제를 청탁'했다고 말한 것이었다. 그 말을 듣고 그녀는 하마터면 소리 내어 웃어 버릴 뻔했다. 그러나 선이는 어디까지나 정색을 하고 아무렇지도 않게 대화를 이어 나가는 것이었다.

"처음에는 얘가 날 놀리나 싶었는데 아무리 봐도 너무 진지한 얼굴로 그런 말을 하는 거야. 그게 정말로 자기 생활이라고 믿는 것 같았어. 그러니까 그 왜 있잖아, 자기도 나처럼 원고 쓰고 마감하고, 뭔가 아주 중요한 일을 매일매일 하고 있다는 그런 얼굴로 얘기하는 거야."

선이가 자신이 쓴 '쿤슈트'에 대한 '아르티켈'을 읽어달라고 그녀에게 보내기 시작한 것도 그 무렵이었다.

"쿤슈트가 뭐야?"

"독일어로 예술이래."

"너한테 독일어로 쓴 걸 보냈다고? 그걸 무슨 수로 읽어?"

"한국어 번역 붙여서 보내더라."

선이의 '아르티켈'은 그녀의 평가에 따르면 중학생의 작문 수준이었다. 배운 지 얼마 안 되는 외국어로 쓴 것을 다시 한국말로 옮겼으니 어찌 보면 당연했다. 곤란해진 그녀가 아무런 답변도 하지 않자 선이는 다른 잡지에도 투고를 했다. 그러다가 어느 잡지였는지 채택이 돼서 독자 투고란에 한 번 실렸다.

"선이 말로는 담당 기자하고 통화를 했는데 자기더러 독일에서 유학했냐고 물어보더라는 거야. 내가 보기에는 그쪽에서 그냥 의례적으로 물어본 것 같은데 선이는 정말 진지하게 기뻐하면서 자기 실력을 인정받았다고 생각하더라고."

그 뒤에도 선이는 여기저기 몇 번 더 투고를 했던 모양이지만 채택된 경우는 없었다.

이런 일들을 겪으면서 그녀는 선이가 점점 더 불편해졌다. 또 마침 그 무렵에 연애를 시작했기 때문에 선이와는 점차 만나지 않게 되었다.

5

"그게 끝이야? 그 뒤로 연락 안 해?"

그녀는 대답 대신 눈살을 찌푸렸다. 그리고 카운터를 향해 손을 들었다.

"여기요."

종업원이 다가오자 그녀는 리필을 부탁했다. 종업원이 커피 잔을 가지고 사라진 뒤에도 그녀는 한동안 아무 말도 하지 않았다.

"왜, 무슨 일인데?"

종업원이 리필된 커피를 가지고 돌아올 때까지도 그녀는 아무 말도 하지 않았다. 눈살을 찌푸린 채로 탁자를 내려다볼 뿐이었다. 그러다가 뜨거운 커피를 한 모금 마시고는 다시 입을 열었다.

선이는 그 뒤로 몇 년간 연락하지 않았다. 그 사이에 그녀는 두 번째 직장을 그만두었고, 대학원에 들어갔고, 결혼을 했다. 선이는 결혼식에도 오지 않았다.

"사실은 내가 일부러 안 불렀어. 그전에 이상하게 굴던 거 생각하면 결혼식장에 와서 무슨 짓을 할지 좀 불안했거든. 나랑 똑같이 웨딩드레스라도 차려입고 나타나면 큰일이잖아?"

그래도 일부러 따돌린 데 대해서 미안한 마음이 없지는 않았기 때문에 그녀는 선이가 혹시 다른 친구들에게라도 연락 받고 나타나지 않을까 반쯤은 걱정하고 반쯤은 기대했다. 그러나 선이는 나타나지 않았다. 그녀가 결혼한 후에도 한동안은 아무 소식도 듣지 못했다.

"그러다가 갑자기 전화가 왔어. 아마 재작년쯤 됐을 거야."

화면에 나타난 것은 모르는 번호였다. 무심코 받았는데, 상대방은 천천히 무겁게 숨을 몰아쉬면서 아무 말도 하지 않았다. 그래서 그녀는 변태의 장난전화라고 생각하고 화를 내며 전화를 끊었다. 잠시 후에 다시 전화가 왔지만 그녀는 받지 않았다. 그리고 십 분쯤 더 지나서 이번에는 집으로 전화가 왔다.

"그때가 저녁이었는데, 나 집에 혼자 있었거든. 갑자기 전화벨이 울려서 깜짝 놀랐어. 그런데 설마 그 전화가 그 전화일 줄은 모르고 그냥 받았지."

수화기 저편에서 들려온 것은 이번에도 천천히 무겁게 몰아쉬는 숨소리였다.

"등줄기에 소름이 쫙 끼치더라고. 그 숨소리도 기분이 나빴지만, 저녁이라 해 떨어지고 어둑어둑할 땐데 핸드폰도 아니고 집으로 그런 이상한 전화가 오면 진짜 무섭잖아."

그래도 그냥 끊으면 계속 전화가 올 것 같아서 그녀는 경찰에 신고하겠다거나 하는 의례적인 맞대응이라도 해주려고 떨리는 목소리를 가다듬어 입을 열었다. 그러나 그녀가 뭐라고 말하기 전에 수화기 저편에서 들려온 것은 선이의 목소리였다.

"자기 지금 많이 아프니까, 보러 와달라는 거야……. 입원했다고, 병원 이름이랑 입원실 번호 가르쳐주더라. 어디가 어떻게 아픈지 물어봐도 대답도 안 하고, 다 죽어가는 목소리로 꼭 만나러 와달라고, 그 소리만 되풀이하는데……."

연락이 끊어진 지 몇 년이나 되었고, 그렇게 되기까지의 정황이 그다지 유쾌하지 않았던 것은 사실이었다. 그러나 오랜만에 전화해서 아프니까 만나러 와달라고 부탁하는 친구의 꺼져가는 목소리를 듣자 그녀는 어쩐지 눈물이 났다.

"그래서 당장 가겠다고, 조금만 기다리라고 그랬거든. 그랬는데……."

그녀는 잠시 말을 멈추고 주저했다.

"그런데, 전화 끊기 전에 선이가 이상한 소리를 하더라고."

"뭔데?"

"와서 자기 좀 데리고 나가달래."

"그렇게 아픈데 어떻게 데리고 나가?"

"모르지. 그때야 그냥 얘가 너무 아파서 헛소리를 하는구나 싶었지."

"선이가 너네 신혼집 전화번호는 어떻게 알았대?"

내 질문에 그녀는 한순간 대단히 공포에 질린 얼굴이 되었다.

"몰라."

어쨌든 그녀는 부랴부랴 과일을 조금 사서 병원으로 향했다.

도착했을 때는 해가 완전히 지고 주위가 깜깜해져 있었다. 면회 시간이 끝나지 않았을까 걱정했지만 병실로 올라가는 그녀를 아무도 붙잡지 않았다.

엘리베이터에서 내린 그녀는 처음에 방향을 잘못 잡아 반대쪽으로 한참이나 갔다가 복도 거의 끝까지 가서야 잘못 왔다는 것을 깨닫고 돌아서서 또 한참을 걸어야 했다. 다시 아까 내렸던 엘리베이터 앞에 도달해서 그녀는 자신이 왜 본능적으로 반대쪽을 향했는지 깨달았다. 그녀가 가야 하는 방향, 그러니까 엘리베이터를 내려서 오른쪽 복도는 조명이 반쯤 꺼져서 어두침침했던 것이다. 반대쪽 복도는 병원답게 형광등이 심하다 싶을 정도로 환히 켜져 있었는데, 이쪽은 거기에 대비되어 더 어두워 보였다. 그래도 자신이 찾는 병실이 이쪽에 있었기 때문에, 그녀는 침침한 복도에 서서 불안하게 깜빡이는 전등 불빛에 의지하여 병실 문

옆에 붙은 방 번호를 하나씩 확인하며 천천히 나아갔다.

선이가 알려준 병실은 복도 끝에 있었다. 미닫이문에 달린 조 그만 창문으로 들여다보이는 방 안은 깜깜했다. 자는 걸까 싶어 서 돌아서려다가, 선이가 그렇게 간절하게 전화했는데, 들고 온 과일이라도 두고 가서 자기가 다녀갔다는 흔적 정도는 남기는 것 이 낫겠다고 생각을 바꾸었다. 그래서 그녀는 가능한 한 소리를 내지 않으면서 조심스럽게 미닫이문을 열었다.

복도가 어두침침했다면, 방 안은 마치 검은 천이라도 덮어씌운 것 같은 완전한 암흑이었다. 안에 들어서자 아무것도 보이지 않 아서 그녀는 문가에 한동안 서 있었다. 어느 정도 어둠이 눈에 익 고 나서 그녀는 천천히 발소리를 죽이며 침대로 다가갔다.

선이야, 자니, 하고 불러보려는 순간, 그녀는 침대 위에 사람 크 기 정도의 뭔가 거무스름한 덩어리 같은 것이 올라앉아 있는 것 을 보았다. 그와 함께 선이에게 전화가 왔을 때 수화기 너머에서 들려오던 무겁고 깊은 숨소리를 다시 들었다. 그리고 그 숨소리 가 날 때마다 침대 위의 검은 덩어리는 앞뒤로 조금씩 천천히 흔 들렸다.

너무 놀라서 그녀는 소리도 내지 못하고 못 박힌 듯 그 자리에 우뚝 서 있었다. 거무스름한 덩어리는 계속해서 힘겨운 숨소리 를 내면서 앞뒤로 조금씩 움직였다. 한참이었는지 아주 잠깐이었 는지, 얼마인지 모를 시간 동안 그렇게 침대 옆에 움직이지 못하 고 서 있다가 그녀는 그 검은 덩어리가 기다란 혀를 내밀어 침대 에 누운 사람을 핥고 있다는 사실을 깨달았다. 혀를 내밀어 침대에 있는 사람을 휘감을 때와 감았던 혀를 거두어들일 때 검은 그림자의 몸체는 앞뒤로 흔들렸다. 그리고 검은 그림자의 혀가 들고 날 때마다 침대에 누운 사람은 고통스러운 듯 힘겨운 숨소리를 냈다. 검은 덩어리가 혀를 빨아들였을 때, 언뜻 침대에 누운 사람의 얼굴이 눈에 들어왔다.

"선이야."

그녀가 자기도 모르게 불렀다.

"선이야, 괜찮아? 어떻게 된 거야?"

검은 덩어리와 침대에 누운 사람이 동시에 그녀를 돌아보았다.

"명이야……."

선이가 그녀의 이름을 대답해 불렀다. 수화기 너머에서 들려왔던 꺼져가는 목소리였다.

"명이야……. 나 좀 살려줘……."

"어떻게 된 거야? 너 왜 이렇게 됐어?"

대답 대신 선이는 그녀를 향해 팔을 뻗었다. 칠흑 같은 어둠 속에서, 사람의 팔이라고는 믿을 수 없을 정도로 빼빼 마른 막대기 같은 것이 침대에서 자신을 향해 가늘게 떨리면서 뻗어 오는 모습을 그녀는 보았다.

"제발, 나 좀, 데리고, 나가줘……."

선이가 속삭였다.

그녀도 무심코 손을 내밀어 선이의 손을 잡으려 했다. 그러나 그 순간, 그녀는 자기 쪽을 돌아본 침대 위의 검은 덩어리가 머리(그 부분을 머리라고 가정한다면)를 점점 가까이 기울이는 것을 보왔다.

검은 덩어리가 입을 벌렸다.

"어머, 명이 왔니?"

그 입에서 흘러나온 것은 전화로 몇 번이나 들었던 선이의 어머니 목소리였다.

목소리는 몇 년 전과 다름없이 상냥하고 사근사근했다. 시각과 청각의 괴리에 너무나 충격을 받아서 그녀는 아무 말도 할 수 없었다.

"선이 문병 왔구나? 고마워서 어쩌나? 저런, 뭘 또 그렇게 사 왔어?"

검은 덩어리의 머리(일 것 같은 부위)가 조금 더 가까이 다가왔다. 그녀는 살그머니 한 발을 뒤로 빼서 약간 뒷걸음쳤다.

"그렇게 서 있지 말고 앉아, 앉아. 과일 사 왔구나? 무겁지? 이리 줄래?"

그와 함께 선이를 핥던 혀가 그녀 쪽으로 뻗어왔다.

"그래서 어떻게 했는데?"

그녀는 들고 있던 과일 봉지를 떨어뜨렸다. 그리고 그대로 돌아서서 도망쳤다.

그녀가 선이를 본 것은 그때가 마지막이었다.

6

이야기가 끝난 후에도 우리는 한동안 아무 말도 하지 않았다. 각자 커피 잔을 들여다보며 생각에 잠겨 있었다.

그러다가 내가 먼저 입을 열었다.

"나 사실은 작년에 선이 만났어."

"뭐? 진짜?"

그녀가 입에서 커피 잔을 떼고 고개를 홱 들어 나를 보았다. 놀랐다기보다 겁먹은 얼굴이었다.

"어땠어? 아무 일 없었어? 선이, 어때 보였어?"

"별로 안 좋았어."

내가 중얼거렸다. 그녀가 재차 물었다.

"왜, 선이 계속 아프던? 병원에 있었어?"

"아니, 그건 아닌데……."

학부 때부터 계속 쓰던 메일 주소로 어느 날 갑자기 메일이 왔다. 다분히 횡설수설이라 무슨 말인지 잘 알 수 없었지만 내 나름대로 요약해본 바, 요즘 힘들고 우울하다, 그냥 생각나서 한번 메일 보내본다는 이야기인 것 같았다. 마침 내가 한국에 있을 때였기 때문에 또 그 '호기심 반 감상 반'이 발동하여 만나자는 답장을 보냈고, 그리하여 나는 선이와 만났다.

겉보기에 선이는 대학 때와 그다지 변한 점이 없었다. 다만 내 기억 속의 모습보다 많이 말라서 홀쭉해 보였다. 그러나 자리를 잡고 앉아서 '어머, 진짜 오랜만이다. 잘 지냈어?' 등의 인사라기보다 감탄사에 가까운 말로 서로 반가워 어쩔 줄 모르는 단계가 지나고 나자 눈앞에 앉은 사람이 대학교 때 내가 알던 그 선이가 아니라는 사실이 차츰 명백해지기 시작했다.

"왜, 오랜만에 만나면 보통은 서로 그동안 뭐 하고 지냈는지 그것부터 얘기하잖아. 그런데 선이는 계속, 난 앞으로 뭘 할 거고, 이것도 할 거고 저것도 할 거고, 그런 얘기만 계속 하더라고."

오랜만에 만난 친구의 미래 계획을 듣는 것도 그 자체로는 나쁘지 않았을 것이다. 그러나 선이는 앞에 앉은 내가 아니라 자기 손을 내려다보면서 서로 연속성도 공통점도 없는 여러 가지 계획을 두서없이 늘어놓았다. 나는 혼란스러워지기 시작했다.

"그래서 내가 뭐부터 먼저 하고 싶냐고 물어봤거든. 그랬더니 나를 이렇게 흘끗 보고는 나도 유학 갈 거야, 나도 외국 가서 공부할 거야, 나도 외국 가서 유학할 거야, 이렇게 똑같은 말을 계속 되풀이하잖아."

돌연히 이야기의 방향이 바뀌어서 나는 더 당황했다. 그래도 장단을 맞춰주기 위해 뭘 공부할 건지, 어디로 갈 예정인지 물어보았다.

"그랬더니 또 갑자기 자기 엄마 얘기를 하는 거야. 엄마가 유학 보내준댔어, 엄마가 대학원 보내준댔어, 엄마가 고시 공부도 붙을 때까지 다 도와준댔어, 계속 그러더라고. 그때는 서른이 한참 넘은 다 큰 어른이 말끝마다 엄마, 엄마 하는 것만 이상하게 생각했는데, 네 얘기 듣고 나니까 좀 이해가 된다."

'엄마'라는 말에 그녀는 다시 겁먹은 얼굴로 나를 쳐다보았다.

"혹시 전화도 왔어?"

나는 고개를 끄덕였다.

"너한테도 바꿔주고?"

나는 다시 고개를 끄덕였다.

그녀는 가볍게 진저리를 치며 들고 있던 커피 잔을 탁자 위에 내려놓았다. 그녀의 표정을 보고 내가 달랬다.

"그냥 별일 없었어. 걔네 엄마가……."

"됐어, 그만해."

그녀가 손사래를 치며 소리쳤다. 공포와 혐오감으로 굳어진 그 얼굴을 보고 나는 입을 다물었다.

"선이, 앞으로는 연락하지 마. 그게 좋을 거야."

그녀가 한참이나 굳은 표정으로 커피 잔을 들여다보다가 말했다.

7

남은 시간 동안 우리는 애써 화제를 돌려 다른 친구들에 대해 이야기했다. 잘 풀린 사람도 있었고 소식을 모르게 된 사람도 있었다. 한 가지 놀랐던 점은, 삼십대 중반을 달리는 나이에도 여전히 이것저것 '준비'만 하면서 인생의 가닥을 잡지 못하는 사람이 동기 중에 의외로 많다는 사실이었다.

"전에는 그런 얘기 들으면 그러고 사는 애들이 한심했는데, 이제는 세상이 뭔가 잘못됐다는 생각이 들어. 우리가 막 큰 걸 바란 게 아니잖아? 서른이 넘으면 어쨌든 직장이 있고, 결혼해서 아이가 있고, 안정된 생활이 있고, 그럴 거라고 생각했는데……. 그런데 고작 그거 이루기가 왜 이렇게 힘드니. 아주 약간 다르게 사는 게 뭐가 그렇게 큰 죄라고? 대체 어디서부터 엇나간 걸까?"

그녀는 무기력한 자조의 웃음을 띠었다.

"나만 해도, 직장 두 군데 다녔는데 둘 다 경력 될 만한 기간도 못 채웠고, 대학원에 이름은 걸어놨지만 졸업이나 제대로 할지 모르겠고……."

"그래도 넌 결혼을 했잖아. 그것만 해도 크게 한 가지 이룬 거 아냐?"

내가 위로했다. 그녀는 다시 쓴웃음을 짓더니 마치 기다렸다는 듯 털어놓았다.

남편과 그녀는 겉보기에는 무난하게 결혼 생활 4년차에 접어들었지만, 실상은 눈에 띄지 않게 조금씩 소원해지는 중이었다. 가장 큰 원인은 아기를 가지라는 주위의 압박이었다.

"시댁이나 친정이나, 어른들 눈으로 보기에는 취직을 해서 어딜 매일 다니면서 돈을 벌어오지 않으면 다 노는 거잖아. 대학원 다니면서도 계속 아르바이트하고 내 나름대로는 노력하는데 어른들은 남편 등골 빼서 놀고먹는 줄 알아. 그러면서 계속 무위도식하지 말고 한 살이라도 젊을 때 빨리 애를 낳으라는 거야. 시댁이랑 친정 양쪽에서 달달 볶아서 아주 노이로제 걸릴 지경이야."

그녀는 한숨을 쉬었다.

"그런데 애를 나 혼자 낳는 게 아니잖아. 남편이 애라고 하면 무슨 돈 먹는 기계쯤으로 생각하거든. 아이 얘기 꺼낼 때마다 펄쩍 뛰면서 지금 우리 살림에는 절대로 안 된대. 근데 남편 혼자 출판사 다니는 월급 가지고는 앞으로도 무슨 떼돈 버는 수가 생길 것 같지도 않고……."

"너는 어떤데? 아이, 갖고 싶어?"

내가 물었다. 그녀는 시선을 피하며 말끝을 흐렸다.

"글쎄……. 그렇지만 남편이 저 모양인데, 내가 갖고 싶다고 애가 저절로 생기는 것도 아니고……."

"그래도, 아이를 낳아도 결국은 네가 낳는 거고, 대학원도 결국은 네가 다니는 거니까, 네가 하고 싶은 대로 해야지. 네가 원하는 쪽으로 결정해서 밀고 나가는 게 너한테는 최선 아닐까?"

그녀는 다시 무기력한 자조의 웃음을 지었다.

"너 진짜 순진한 소리 한다. 사는 게 그렇게 자기가 마음먹은 대로 되니?"

"마음먹은 대로 된다는 게 아니라, 최소한 자기가 원하는 게 뭔지는 확실히 알아야……."

그러나 그녀는 말을 끝까지 마칠 기회를 주지 않았다.

"네가 결혼도 안 하고 외국에서 오랫동안 혼자 살아서 세상을 잘 몰라서 그러나본데, 마음먹는다고 생각대로 다 될 정도로 사는 게 그렇게 쉬운 일 아니다, 너. 다들 좀 부족해도 적당히 맞추고 포기하고 타협해가는 거야."

포기하거나 타협하지 말라는 얘기가 아니었는데, 라고 입을 열려고 했지만, 이번에도 그녀는 말할 틈을 주지 않았다. 대신 화살을 내게 돌렸다.

"그런데 넌 요즘 뭐 해? 어디 강의 나가?"

"아니. 나 그냥 백수야."

"어머, 왜? 학교에서 강의 안 줘?"

"학교에서 내가 귀국한 거 몰라."

학부 졸업하고 곧바로 떠나서 내내 아무 연락 없다가 10년 만에 갑자기 나타나서 일자리를 구걸한다는 게 보통 배짱으로 할 수 있는 일은 아니다. 그래서 나는 아직 귀국한 지 얼마 안 된 것을 핑계로 미적미적 미루면서 망설이고 있었다.

그녀는 눈을 동그랗게 떴다.

"그럼 지금이라도 교수님들한테 인사 다녀야지? 네가 한국 학교 사정을 잘 몰라서 그러나본데……."

그리하여 나는 그녀에게 한국의 대학원 상황에 대한 강의를 잔뜩 들었다. 그리고 이어지는 질문은 예측 가능하게도 사귀는 사람이 있느냐는 것이었다.

"내가 누구 좀 소개해줄까? 너 설마 어렸을 때처럼 외모니 조건이니 따지는 건 아니지? 결혼이야말로 자기 마음먹기 나름인 거야. 해야겠다고 마음을 먹어야지, 결심 안 하면 평생 결혼 못 한다."

딱히 결심할 생각이 없는데, 라고 우물우물 대답하려 했으나 그녀가 다시 말을 가로막았다.

"지금은 네가 잘 모르겠지만, 기왕 귀국했으니까 남자도 열심히 만나보고 적당한 사람 보이면 얼른 붙잡아서 더 늙기 전에 빨리 빨리 가. 이미 한참 늦었는데 완전히 퇴물 되는 거 순식간이다, 너."

어린아이를 타이르는 말투로 진지하게 충고하는 그녀의 표정과 목소리에는 어째서인지 당사자인 나보다도 더 절박한 구석이 있었다. 그래서 나는 잠자코 고개를 끄덕였다.

8

고향에 고향에 돌아와도
그리던 고향은 아니러뇨.

집으로 향하는 전철 안에서 창밖을 바라보면서 나는 생각했다.

작년에 만났을 때, 선이는 헤어지기 직전에 나를 보면서 이렇게 말했다.

"다시 만날 수 있지? 다음번엔 우리 어디 여행 가자."

그 순간만은 내가 알던 대학교 때의 선이로 돌아간 것 같았다. 선이는 눈을 반짝이며 내 손을 꼭 쥐었다.

"우리, 여기 떠나서 어디 멀리 가자."

그러나 그때 나는 출국을 해야 했다. 떠난다고 전화했을 때 선이는 다시 그 생기 없는 목소리로, 나도 유학 갈 거야, 나도 외국 갈 거야, 엄마가 보내준댔어, 라는 말만 되풀이했다.

선이에게 전화라도 해볼까, 생각하면서 나는 전화기를 꼭 쥔 채로 앉아서 멍하니 전철 창밖을 바라보았다. 그녀에게 들은 이야기가 사실이라면 선이를 어떻게든 구해낼 수 있을 가능성은 거의 없어 보였다. 무엇보다도, 그러기 위해서 내가 뭘 해야 할지 알 수 없었다. 나는 괴물과 싸우는 용사가 아니다. 그리고 선이를 구해낸다 해도, 이곳을 떠난다 해도, 달리 갈 데가 없었다.

내가 할 수 있는 일은 아무것도 없다. 기분 나쁜 상황은 피하는 게 상책이다…….

전화기를 들여다보며 계속 망설이다가, 나는 통화 버튼을 눌렀다.

신호가 가는 소리를 들으면서 지금이라도 빨리 끊는 편이 좋지 않을까 계속 망설였다. 신호음은 오랫동안 끈질기게 울렸고 나는 오랫동안 끈질기게 망설였다.

그리고 돌연히 누군가 전화를 받았다.

"선이야……? 선이니?"

상대가 아무 말도 하지 않았기 때문에, 내가 먼저 물었다.

"윤이야…….."

마치 강 건너에서 외치는 소리가 바람결에 전해지듯이, 그렇게 작고 희미한 목소리가 내 이름을 불렀다.

"선이야? 여보세요?"

"윤이구나? 어머나, 이게 얼마만이니? 귀국했나 보네? 아주 온 거야?"

전화기 저편에서 갑작스럽게 기운찬 목소리가 들려왔다.

말투는 선이보다 선이 어머니 쪽에 가까웠다. 목소리만으로는 누구인지 짐작할 수 없었다.

그대로 전화를 끊어버리려다가, 나는 심호흡을 하고 목소리를 가다듬고 대답했다.

"저기, 여보세요? 어, 죄송하지만, 선이 전화죠? 선이랑 통화하고 싶은데요."

"어머, 어쩌나. 선이 지금 전화 못 받는데?"

나는 손으로 전화기를 가리고, 통화구에 입을 바짝 대고 조용히 속삭였다.

"선이, 바꿔주세요."

전화기 저편에 잠시 침묵이 흘렀다. 마침내 누구인지 알 수 없는 목소리가 대답했다.

"선이, 이제 여기서 못 나간다. 앞으로 연락하지 마라."

그리고 전화는 끊어졌다.

9

방금 일어난 일을 믿을 수 없어서 나는 전화기의 조그만 화면을 멍하니 들여다보았다. 하얗게 밝았던 화면은 설정된 시간이 지나자 곧 까맣게 죽어버렸다. 다시 전화했지만, 아무도 받지 않았다.

나는 다시 통화 버튼을 눌렀다. 전철에서 내려야 하는 순간까지 공허한 신호음이 계속 새어 나오는 전화기를 귀에 대고 있었다.

나이 먹는 게 원래 그런 거다, 사는 게 원래 그렇다는 말만은, 어쩐지 아무래도 받아들일 수가 없었다.

■ 내 친 구 좀 비 는 ······

　화자의 친구들인 '그녀'와 선이는 사실 주변에서 보았던 세 명을 적당히 나눠서 섞어서 만들었다. 자신은 "다르게 산다"고 자부하면서도 실제로는 부모의 기대와 주위의 눈치에서 벗어나지 못하고 바로 그 때문에 인생이 표류하는데 아무 행동도 취하지 않으면서 모든 것이 남 탓, 세상 탓이라고 불평만 하는 경우를 갑자기 한꺼번에 너무 많이 보았다. 이상하게 부모가 돈이 많고 학벌이나 지위나 모든 면에서 빠지는 게 없는 사람일수록 그런 여러 가지 보호막에서 벗어나지 못하고 결정적인 순간에 어른이 되지 못해 비틀거리곤 했다.

　그러나 또 생각해보면 산다는 건 원래 오랫동안 희로애락 속에 오르락내리락하는 것이라서, 잘사는 게 뭔지, 행복이 뭔지는 나도 잘 모르겠다. 나나 잘해야지.

온우주
단편선

내 일 의   어 스 름

내 일 의   어 스 름

사이비 종교의 형태에는 여러 가지가 있을 수 있지만 그 근본은 모두 같다. 가장 중요한 특징은 보통 사람을 신으로 섬긴다는 것이다. 여기에서 파생되는 또 한 가지 특징은 신도들을 사회적으로 고립시키고 경제적으로 파탄에 이르게 한다는 것이다. 이렇게 되면 정상적인 사회생활이 불가능해진 신도들은 더욱더 사이비 종교와 사기꾼 교주에게 매달릴 수밖에 없다. 그리고 매달릴수록 정상적인 사회생활은 불가능해진다. 악순환이다.

　그들은 세상이 끝날 것이라 했다. 벌써 20년 전의 이야기다.

　그리고 내 부모는 그들을 믿었다.

　교주는 두 명이었다. 남자는 자신을 '천존상제', 즉 옛날이야기에 나오는 옥황상제의 현신이라고 했다. 여자는 그 아내인 '천상선녀'라 했다.

두 사람이 정말로 부부였는지는 알 수 없다. 정상적인 부부 사이에서 남편이 수없이 많은 다른 여자들과 정기적으로 잠자리를 하는 것을 알면서 허용할뿐더러 심지어 권장해주다 못해 일정표까지 짜주는 아내란 상상하기 힘들기 때문이다. 그러나 다시 생각해보면 자신들이 옥황상제와 선녀의 현신이라고 믿는 정신병자들인데 무슨 짓인들 못하랴 싶기도 하다.

내 부모가 그들을 믿은 이유는 평범했다. 인간은 약하고 인생은 종종 지나치게 무거우며, 누구에게나 마음을 기댈 곳이 절실히 필요할 때가 있기 때문이다. 우선은 외할아버지가 중풍으로 쓰러졌다. 그리고 아버지가 아주 오랜 기간 친하게 지냈던 선배에게 사기를 당해 집안 재산을 전부 날렸을 뿐만 아니라 거액의 빚까지 졌다. 내 부모로서는 각자 세상이 이미 무너졌다고, 혹은 무너져간다고 느꼈을 것이다― 그것도 서서히, 가장 가혹하고 견디기 힘든 방식으로. 차라리 모두 다 함께 세상의 끝을 향해 웃으면서 절벽으로 행진하고 있다고 믿는 편이 더 위안이 되었을지도 모른다. 그런 상황에서 아무라도 그 절벽의 끝에서 붙잡아주겠다고 하는 사람이 나선다면, 구세주로 보였을 수도 있다.

거기까지는 나도 이해할 수 있다. 내가 이해하지 못하고 이해할 의향도 없는 것은 다른 부분이다.

천존상제와 천상선녀는 삼생, 즉 전생, 현생, 내생을 지배한다고 했다. 현생에서 천존상제와 천상선녀를 만나 '가르침'을 받고

'은혜'를 입은 사람들은 전생에서부터 덕업을 쌓아 인연이 이어져 선택받았기 때문이며, 현생에서도 두 교주를 잘 모시면 내생에 다시 그 은덕을 입게 되리라 했다. 더구나 현생은 이제 끝날 날이 얼마 남지 않았고, 그 이후에는 영원한 내생만이 이어질 것이니 지금부터라도 교주 부부를 신으로 받들어 복덕을 쌓지 않으면 현생의 종말이 찾아와 모든 것이 무너져버린 뒤에 빠져나올 수 없는 무저갱의 어둠 속에서 영구히 헤매어 다니게 될 것이라고 그들은 말했다. 국민학교 (그때는 국민학교였다) 4, 5, 6학년에 해당하는 3년이라는 시간 동안 매일같이 하루에도 몇 번씩 귀에 못이 박히도록 들었던 이야기다. 20년이 더 지난 지금도 필요하다면 그대로 외울 수 있다.

나는 어째서 다니던 학교를 그만두고 이런 이야기들만 매일같이 외워야 하는지 이해할 수 없었다. 물론 처음에는 재미있었다. 어쨌든 나는 아이였으니까. 학교를 가지 않아도 되는 것이 기뻤고 지루한 교과서 대신 처음 들어보는 옛날이야기들을 하루 종일 듣는 것도 즐거웠다. 그러나 곧 친구들이 그리워졌고, 선생님도 보고 싶었다. 넓은 강당에 수십, 수백 명이 거적 같은 이부자리를 깔고 자고 식당에서 공동으로 형편없는 음식을 먹어야만 하는 생활은 며칠 만에 질려버렸다. 부모님과 함께 사는 집이 있고 내 방이 있었던 때가 그리웠다. 휴일도 주말도 휴식 시간도 없이 밥 먹는 시간과 최소한의 수면 시간만 빼면 언제나 딱딱하고 차가운 바닥에 꿇어앉아 교주의 말씀을 읽고 '치성'을 드리는 일과가 참을 수 없이 지겨웠다. 평일에는 학교를 가고 동네 아이들과 함께 학원을 다니고 주말이면 엄마와 함께 텔레비전을 보고 아빠와 손잡고 나들이 가기도 하던 안정된 일상으로 돌아가고 싶었다.

이런 이야기를 하면 부모님은 나를 때렸다. 모든 사람들이 지켜보는 강당에서 부모님에게 큰 소리로 야단을 맞으며 함부로 얻어맞는다는 것은 어린아이의 마음에도 굉장한 모욕이었다. 그리고 그런 후에는 언제나 '선생님'이라는 사람들이 나를 데려다가 '반성'할 때까지 어두운 방에 가두었다.

그러나 내가 금방 적응해서 고분고분해진 것은 이런 처벌 때문이 아니라 결정적으로 영양 부족과 수면 부족 때문이었던 것 같다. 공동 식당에서 배급해주는 음식은 맛이 없을 뿐만 아니라 양도 질도 밑바닥이었다. 바짝 메마르고 냄새가 나는 밥에 멀건 국물이 거의 전부였다. 그런 식사를 하루에 두 번, 어떨 때는 한 번만 할 때도 있었다. 그리고 '하늘이 열리는' 시간에 맞추어 '치성'을 드리기 위해 한밤중에도 자다 말고 몇 번씩이나 벨을 울려 사람들을 모두 깨웠다. 10시에 취침했다가 12시에 깨서 '치성'을 드리고, 1시에 다시 잤다가 새벽 4시에 또 일어나서 '치성'을 드리고, 다시 조금 잔 뒤에 해가 뜨는 시각에 맞추어 '치성'을 드린 후 하루 일과를 시작하는 것이 기본이었다. 그곳에서 지낸 시간이 길어져 부모님이 어느 정도 '복덕'을 쌓은 후에 음식은 조금 나아졌고 세 끼를 다 먹을 수 있게 됐지만 수면만은 언제나 부족했다. 그런 날들이 이어지다보니 나는 얼마 지나지 않아서 언제나 반쯤 몽롱한 상태가 되어버렸다. 부모에게 반항하기는커녕 이전의 생활이 어땠는지, 아니 지금 여기가 어디이고 내가 무엇을 하고 있는지조차 잘 파악할 수 없게 되었다. 할머니가 그곳에서 나를 데리고 나가던 날도 나는 그렇게 몽롱한 상태였다.

그날 낮에 나는 초경을 시작했다. 다리 사이에서 이유 없이 피가 흘러나왔지만 그게 무엇인지 알지 못했고 그다지 무섭지도 않았다. 다만 닦아도 닦아도 멈추지 않아서 어머니에게 말했다. 그러자 어머니는 순간적으로 몹시 어두운 표정이 되었다.

저녁 식사 시간에 어머니와 아버지는 뭔가 심각한 대화를 나누었다. 식사 시간에 말하는 것은 금지되어 있었으므로 부모님은 속삭이는 목소리로 이야기했다. 그래서 정확히 무슨 이야기인지는 알 수 없었다. 그러나 아버지가 화를 냈고, 어머니는 슬퍼하면서도 고개를 끄덕였다.

식사가 끝나고 나서 어머니는 다른 어른 여자들과 함께 설거지를 하러 주방으로 들어갔다. 아버지는 식당을 나가기 전에 식사 지도를 하던 '선생님' 하나를 붙잡고 뭔가 말했다. '선생님'은 고개를 끄덕이고 어디론가 사라졌다. 나는 아버지와 함께 저녁 치성을 드리기 위해 강당으로 돌아갔다.

그날따라 치성을 드리는 것이 몹시 괴로웠다. 배가 아파서 무릎을 꿇고 앉아 있는 것이 굉장한 고역이었다. 게다가 강당 바닥이 유난히 차갑게 느껴졌다. 다리를 타고 냉기가 전해져 올라와 배가 점점 더 아파왔다. 배를 붙잡고 끙끙 앓다가 나는 꿇어앉아 웅크린 채로 잠깐 졸았다.

꿈속에서 나는 어느 커다란 기와집으로 들어가고 있었다. 이상

할 정도로 긴 복도에 한지로 바른 문들이 줄줄이 이어져 있었다. 그곳을 지나 한없이 앞으로 나아가서 드디어 복도 끝에 이르렀다. 역시나 한지로 바른 미닫이문을 열었다. 가구라고는 없는 조그맣고 휑한 방이었다. 허술한 이부자리 안에 어떤 아저씨가 누워 있었다. 옆에는 조그만 양은 주전자와 보리차가 담긴 플라스틱 컵이 놓여 있을 뿐이었다.

내가 들어서자 아저씨는 고개를 돌려 나를 보았다. 눈이 마주쳤다. 아저씨는 웃으면서 힘겹게 몸을 조금 일으켰다.

―아가, 너무 빨리 왔구나.

아저씨가 말했다. 목소리가 조용하고 부드러워서, 왠지 안심이 되면서 몹시 그리웠다.

―나중에 다시 오렴. 꼭 다시 만나자.

……그리고 나는 잠에서 깨었다. 깨고 나서도 약 일이 초 정도는 귤처럼 노랗던 아저씨의 이상한 얼굴빛과 그 쓸쓸해 보이던 표정이 눈앞에서 사라지지 않았다.

밖이 몹시 시끄러웠다. 강당 안에 있던 사람들도 술렁이기 시작했다. 그때 '선생님'이 한 명 들어왔다. 강당 안을 두리번거리다가 나를 발견하고는 큰 소리로 아버지의 이름을 불렀다. 아버지는 나를 데리고 일어섰다. 그때 큰아버지가 강당으로 뛰어 들어왔다. 이어서 할머니가 따라 들어왔다.

대소동이 벌어졌다. 큰아버지는 막아서려는 '선생님'들과 멱살을 붙들고 드잡이를 했고 아버지에게 삿대질을 하며 목청을 높여 욕을 퍼부으며 싸웠다. 한참이나 그렇게 다투다가 흥분한 아버지와 큰아버지가 드디어 주먹다짐을 시작하려고 할 무렵에 어느 '선생님'이 들어와서 다른 선생님들을 말리는 바람에 상황이 진정되었다. 아버지는 나를 놓아주었고, 큰아버지와 할머니가 나를 사이에 끼다시피 해서 데리고 나왔다. 부모님을 본 것은 그때가 마지막이었다.

나오면서 나는 뒤를 돌아보았다. 아버지는 말리는 '선생님'에게 붙잡힌 채 뭔가 몹시 아쉬워하는, 억울하다는 표정이었다.

초경을 시작한 처녀를 교주에게 바치면 그 가족 모두 삼생의 업이 전부 소멸하고 내생에 굉장한 복록을 쌓을 수 있다고 한다. '천존상제'가 그런 교리를 설파하며 9~13세의 미성년 소녀들을 여럿 강간했다는 사실은 몇 년 후에 그가 체포되고 사이비 종교 단체 '천제법도'에 대한 여러 가지 추문이 각종 신문 방송에 오르내리고 나서도 한참 더 지나 내가 어른이 되어 그런 기록들을 일부러 찾아본 뒤에야 알게 되었다.

자기 핏줄을, 그것도 아직 어린애에 불과한 딸아이를 과대망상증에 걸린 정신병자에게 제물로 바친다는 자체만으로도 무시무시한 악업을 쌓는 짓이라고 나는 지금도 생각한다. 교주는 결국 부부 모두 감옥에 갔다. 그러나 그 이유는 다른 사람들의 몸과 마음을 망가뜨렸기 때문이 아니라 실재하는지 증명할 수 없는 내세의 '복록'을 위해 이런 미치광이에게 어린 딸을 제물로 바치는 똑같은 미치광이들의 돈을 훔쳤기 때문이었다.

그런 미치광이 중에 나의 부모도 있었다. 처음에는 내가 아이를 낳으면 절대로 내 부모와 같은 짓은 하지 않겠다고, 정상적인 가정에서 따뜻하게 사랑하며 기를 것이라고 맹세했다. 세월이 조금 더 지나면서 그런 사람들을 부모로 둔 나 같은 인간은 아예 아이를 낳지 않는 것이, 존재하지 않는 자식을 가장 위하는 길이라고 생각하게 되었다.

그러나 인연이란 사람의 힘으로 어쩔 수 없다. 인간 사이의 인연, 남녀 간의 연뿐만 아니라, 부모와 자식의 연도 마찬가지다.

그렇게 말해준 사람은 나의 할머니였다.

미치광이 사기꾼에 불과했던 교주 부부와는 달리, 할머니는 진짜로 '보는' 사람이었다.

나는 절반은 친할머니의 혈육이다.

이것은 생물학적인 사실이다. 증명은 아주 간단하다. 친할머니의 X 염색체와 친할아버지의 Y 염색체가 아버지에게 전해진다. 이렇게 아버지의 XY 염색체 중에서 다시 X 염색체가 딸인 나에게 전해진다. 어머니가 나에게 전해준 X 염색체는 외할머니로부터 왔을 수도 있고 외할아버지로부터 왔을 수도 있다. 그러나 아버지가 나에게 전해준 X 염색체는 친할머니에게서 받은 것일 수밖에 없다. 그러므로 나의 XX 염색체 중 절반은 친할머니의 것이다.

그 때문이었는지도 모른다. 할머니는 나를 '보았다'고 했다. 불충분한 음식을 먹고 잠도 제대로 못 자고 사기꾼이 읊어주는 쓰레기 같은 이야기들을 하루 종일 차가운 맨바닥에 꿇어앉아 외워야 하는 생활에 갇힌 손녀딸을 매일매일 '보면서' 한없이 슬펐다

고 했다. 그러다가 할머니는 내가 초경을 맞이한 것도 '보았고' 그
것이 어떤 의미인지도 함께 이해했다. 그래서 할머니는 큰아버지
를 불렀다. 가족과 친척들은 모두 할머니가 '볼 수 있다'는 것을
어느 정도 이해하고 있었다. 특히나 사이비 종교에 빠져버린 동
생을 언제나 못마땅하게 여기던 큰아버지는 할머니의 호출에 발
벗고 달려왔다.

큰아버지도 큰어머니도 나를 돌봐줄 수 있다고 주장했다. 그것
도 그다지 나쁘지는 않았을 것이다. 그러나 할머니의 강력한 요
청과 나의 동의로 나는 할머니와 함께 살게 되었다.

할머니와 지내는 생활은 가난했다. 할머니는 구식이었다. 행동
이 느리고 대신 잔소리가 많았다. 내가 부탁한 자질구레한 일들
이나 학교에서 필요한 준비물 같은 것을 종종 잊어버리기도 했
다. 가끔 이상한 냄새가 나는 향을 피워 온 집 안을 연기로 가득
채웠다.

그리고 할머니는 나를 사랑했다. 아무 이유 없이 그저 할머니
의 X 염색체를 절반 이어받은 혈육이기 때문에 사랑했다. 나도
같은 이유에서 똑같은 방식으로 할머니를 사랑했다. 그래서 앞서
말한 할머니의 특징들이 가끔 약간씩 짜증스럽기는 해도 내게는
별로 큰 의미가 없었다.

나에 대한 사랑을 할머니는 음식물로 표현했다. 세상의 거의
모든 정상적인 할머니들과 거의 대부분의 정상적인 어머니들이
그러하다는 사실을 나는 다시 학교에 다니면서 보통의 정상적인

아이들과 한참이나 교류한 뒤에야 이해하게 되었다. 자칭 천존상제와 천상선녀와 정신 나간 부모 때문에 한창 자랄 나이에 굶주리며 보냈던 3년 세월을 할머니와 함께 지내면서 나는 충분하고도 넘칠 정도로 보상받았다. 나는 무척 잘 먹었고, 할머니는 그래서 기뻐했다. 집에 놀러온 나의 친구들도 마찬가지로 무척 잘 먹었고, 할머니는 더욱 기뻐했다. 친구들은 그런 할머니를 재미있어했다. 그리고 음식물로 인해 돈독해진 먹성 좋은 친구들과의 교우관계는 3년이나 지체되고 중간에 한 단계 건너뛰어 매우 혼란스러워진 나의 학교생활에 어떤 식으로든 도움이 되었다.

할머니는 내게 공부나 성적을 강요하지 않았다. 성적을 잘 받으면 기뻐했지만 못 받는다고 그다지 화내거나 신경 쓰는 것 같지 않았다. 좋은 대학을 가야 한다고 짓누르지도 않았다. "사람은 다 갈 길이 있는 법이니 너도 어찌 됐든 네 길을 가게 될 거다." 할머니는 언제나 이렇게 말했다. "가야 할 길은 알아서 가는 거니까 무조건 밥 잘 먹고 건강한 게 최고다." 나도 여기에는 진심으로 동의했다. 그러나 그 '가야 할 길'이 정확히 어떤 길이냐고 물어보면 할머니는 대답해주지 않았다.

언젠가 끈질기게 캐물은 날이 있었다. 그때 나는 고등학교 졸업장을 받은 뒤에 대학을 가야 할지 아니면 취직을 하는 편이 나을지 잘 결정할 수 없었다. 할머니는 '보는' 사람이니까 이렇게 중요할 때 한 번만 알려줄 수도 있지 않을까 생각했다. 그러나 할머니는 의외로 완강하게 거절했다. 그때 단 한 번 나는 할머니와 싸웠다.

화를 내며 방에 틀어박혀 있는 나에게 할머니는 언제나 그렇듯이 먹을 것을 갖다주었다. 그것을 입에 우겨 넣으며 나는 괜히 울음을 터뜨렸다. 나이 스물이 넘은 다 큰 손녀의 철없는 어리광이었다. 할머니는 내 어깨를 도닥여주며 속삭였다. "네 길은 네가 알아서 보게 될 거다."

나는 눈물을 닦고 고개를 들어 할머니를 쳐다보았다. 할머니는 한숨을 쉬었다.

"피는 속일 수가 없으니……. 네 아버지가 그런 이상한 길로 빠진 것도, 어쩌면 내 탓인지도 모르겠다."

그때 나는 근 10년간 잊고 있었던, 초경하던 날의 꿈을 떠올렸다. '나중에 꼭 다시 만나자'고 했던 모르는 아저씨의 귤처럼 노란 얼굴과 지친 듯 기운이 없지만 부드러웠던 목소리를 떠올렸다.

어째서 그 꿈이 떠올랐는지는 알 수 없다. 할머니에게 이야기하려다가 나는 입을 다물었다. 입 밖에 내어서는 안 될 것 같은 기분이 절반이었고, 말하지 않아도 할머니라면 이미 아실 것 같다는 기분이 또 절반이었다.

나는 대학에 진학했다. 매우 실용적인 학과를 단기로 마치고 졸업장과 함께 자격증을 받아서 취직을 했다. 첫 월급을 받아서 큰아버지 가족과 할머니에게 고기를 대접했다. 우리 집에서는 어쨌든 먹을 것이 최고였다.

할머니는 그 뒤로 5년을 더 사셨다. 무척 평온한 5년이었다. 무릎이 아프고 허리가 시리고 손목이 쑤시고 눈이 침침하다고 수시로 투덜거리면서도 나와 함께 나들이처럼 병원에 다니며 할머니는 건강했다. 돌아가시기 전날까지도 혼자 저녁상을 차려 드시고 퇴근해 돌아와서 설거지를 하는 나에게 세제를 너무 많이 쓴다고 잔소리를 했다. 함께 텔레비전을 보다가, 졸다가 할머니는 이제 자러 가야겠다고 방으로 들어가면서 이렇게 말했다.

"피곤하니까 내일은 깨우지 마라."

나는 방문이 닫힌 뒤에도 한참이나 멍하니 서 있었다.

어렴풋이 짐작할 수는 있었지만, 절대로 받아들일 수 없었다. 절대로 결단코 인정하고 싶지 않았다. 그래서 마지막 밤을 할머니와 함께 보내는 대신, 너무나 바보스럽게도 나는 내 방으로 들어가 잤다.

아직도 후회하고 있다. 아마 평생 후회할 것이다.

……길을 걷고 있었다. 사방은 어두웠지만, 길 끝은 동이 트려는지 푸르스름하게 보였다. 새벽하늘에서만 볼 수 있는 맑고 차갑고 깨끗하고 더없이 아름다운 푸른빛이었다. 그래서 나는 그 푸른 하늘을 향해서 걸었다.

그 길에 나보다 앞서 가는 사람이 있었다. 뒷모습을 보니 젊은 여자였다. 나는 그 여자에게 급히 할 말이 있었다. 그래서 따라갔다.

그러나 여자는 걸음이 빨랐다. 아무리 열심히 걸어도 따라잡을 수가 없었다. 걷다가 뛰다가 안간힘을 쓰다가 결국 지쳐서 나는 여자를 불렀다. "저기요, 잠깐만요!" 여자가 뒤돌아보았다.

할머니였다. 지금의 할머니가 아니고 젊은 시절의 할머니였다. 어떻게 알아보았는지는 모르겠다. 꿈이란 게 원래 그런 거라고 말할 수밖에 없다. 젊은 할머니는 꽃처럼 아리따웠다.

내가 입을 열기 전에 젊은 할머니가 내게 외쳤다.

— 네 길은 이쪽이 아냐!

내가 뭐라고 대답하기 전에 할머니가 다른 쪽을 가리켰다.

— 저쪽이야, 저쪽! 안 보이니?

나는 할머니가 가리키는 곳을 돌아보았다. 그곳에는 커다랗고 휑뎅그렁한 기와집이 있었다.

어쩐지 낯익은 기와집이었다. 내가 가는 길은 어둡고, 할머니가 서 있는 곳은 푸르스름했는데, 기와집이 있는 곳은 빛바랜 사진 같은 갈색을 띤 노란빛이었다. 저기가 뭐 하는 데냐고 물어보려고 나는 고개를 돌렸다.

그러나 할머니는 없었다. 할머니를 찾아서 나는 헤맸다.

정신없이 헤매다가 전화벨이 울려서 퍼뜩 깨어났다. 큰어머니였다. 큰아버지가 간밤에 꿈자리가 몹시 사나웠다고, 전화해보라고 했다는 말씀이었다.

창밖으로 보이는 새벽하늘은 꿈속에서 보았던 것처럼 푸르스름했다. 그 푸른빛이 너무나 무서워서, 나는 침대에서 일어났지만 방을 나갈 수 없었다. 내가 울기 시작했기 때문에 큰어머니와 큰아버지가 달려왔다.

장례식이 끝난 뒤에도 얼마 동안 나는 밤에 사방이 조용해지면 그때의 전화벨 소리가 귓가에 울려서 잠을 잘 수 없었다.

이후로 석 달 정도 나는 음식을 제대로 먹지 못했다. 음식물이 위장으로 들어가면 불덩이를 삼킨 것처럼 쓰라렸다. 나중에는 배가 아무리 고파도 음식이 눈에 들어오면 겁부터 났다. 옷이 전부 헐렁해졌다. 거울을 보면 갈비뼈의 갯수와 골반의 윤곽을 눈으로 확인할 수 있었다.

혈육의 죽음을 애도하는 방식에는 여러 가지가 있는 것이다. 할머니가 돌아가셨기 때문에 잠을 자지 못하고 음식을 먹지 못하는 것이 적절하고 정당하다고 느꼈으므로, 나는 괴로웠지만 굳이 억지로 자거나 먹으려 하지 않았다.

텅 비어버린 집에서 할머니의 흔적들과 함께 지냈다. 그러나 할머니는 그 뒤로 다시는 '보이지' 않았다.

큰아버지는 그것이 할머니가 좋은 곳으로 이미 가셨기 때문이라고, 다행한 일이라고 말했다. 조금은 섭섭했지만, 그래도 위안이 되었다.

남자를 만난 것은 그렇게 잠을 자지 못하고 밥을 먹지 못하던 무렵이었다. 남자는 내 친구의 남편의 친구였다.

할머니가 없는 텅 빈 집이 괴로워서, 주말이면 나는 주로 큰아버지 댁에 가거나 가끔 친구 집에 놀러가곤 했다. 친구는 학창 시절부터 먹성이 좋아 할머니에게 귀여움을 받았던 아이였고, 지금은 남편과 함께 영상 계통에 관련된 조금 특이한 직업에 종사하고 있었다. 친구도 남편도 집에서 작업을 하는 일이 종종 있었는데 그럴 때면 작업에 관련된 스태프들이 집에 무시로 드나들었다. 나처럼 낯선 사람이 하나쯤 더 얹혀 있는 것을 아무도 신경 쓰지 않는 것 같았다. 친구도 친구의 남편도 모두 주변에 사람이 많은 것을 좋아했다. 나도 마음이 허전했기 때문에 북적거리는 것이 좋았다.

친구와 남편은 다른 스태프들과 함께 열띠게 회의를 하고 있었다. 그럴 때면 나는 주로 일하는 사람들에게 차를 끓여주고 과자를 내주는 역할을 했다. 그런 뒤에 한구석에 조용히 앉아서 별 목적 없이 인터넷을 돌아다니고 있었다. 그때 초인종이 울렸다. 회의하는 사람들은 목청을 높이는 중이라 아무도 듣지 못한 것 같아서 내가 나갔다.

문 밖에는 손에 종이봉투를 든 남자가 서 있었다. 무척 낯익은 사람이었다. 나를 보고 남자는 종이봉투를 내밀며 다짜고짜 명령 조로 말했다.

"이것 좀 감독님한테 전해줘요."

내가 스태프라고 생각한 모양이었다. 나도 딱히 설명하지 않고 고분고분 주는 대로 종이봉투를 받아 들었다. 안에는 울긋불긋한 헝겊 신발과 인형 같은 것이 들어 있었다. 아마도 촬영용 소품인 것 같았다.

"감독님이 찾으시면 나 갔다고 그래요."

남자는 이렇게 말하고 돌아서려다가 멈칫 걸음을 멈추더니 주머니에 손을 넣었다. 우웅, 우웅 하고 진동하는 전화기를 꺼내 귀에 대었다.

"어, 나 여기 너네 집 앞. 뭐? 어, 스태프한테 줬는데. 뭐가?

……빨간색밖에 없던데? ……보라색? 못 봤어. ……진짜 없었다 니까? 얌마, 그렇게 필요했으면 처음부터 말을 제대로 했어야지!"

남자는 전화기에 대고 화를 내더니 내 손에서 종이봉투를 홱 낚아채고는 뭐라고 말하기도 전에 안으로 성큼성큼 걸어 들어갔 다. 나도 당황해서 따라 들어갔다.

남자는 친구의 남편과 잠깐 말다툼을 했다. 그러나 그다지 심 각한 일은 아닌 모양이었다. "에이, 찐따 같은 새끼…… 저리 비 켜!" 하더니 남자는 친구의 남편을 쫓아내고 노트북 컴퓨터 앞에 앉았다. 작업할 태세를 취하고 남자는 그때까지도 어쩔 줄 모르 고 한옆에 서 있던 나를 흘끗 보더니 다시 명령조로 말했다. "커 피 줘요. 설탕 넣지 말고."

"야, 저분 스태프 아냐."

친구의 남편이 옆에서 킥킥 웃었다.

"뭐?"

남자가 짜증이 잔뜩 난 얼굴로 친구의 남편을 올려다보았다. 친구의 남편이 다시 말했다.

"진짜야. 영은이 친군데 그냥 놀러 오신 거야."

남자의 얼굴이 짜증 난 표정에서 당황한 표정으로 서서히 변 했다. 친구의 남편이 다시 킥킥 웃었다.

"스태프인 줄 알았구나? 야, 생전 처음 보는 형수님 친구 분한 테 커피 내놔라, 설탕은 넣지 마라, 그게 뭐냐?"

남자는 친구의 남편과 나를 번갈아 쳐다보면서 점점 더 당혹 스러운 얼굴이 되었다. 주섬주섬 일어나더니 고개를 숙였다.

"아, 저기, 죄송합니다. 저는 당연히 스태프인 줄 알고……."

"아뇨, 뭐……."

나도 같이 당황했다. 스태프면 처음 보는 사람에게 그렇게 명령조로 이래라 저래라 해도 되는 건지 아까부터 궁금했지만 분위기상 입 밖에 내어 물어보기는 곤란했다. 망설이는 사이에 남자가 다시 주춤주춤 자리에 앉았다.

나는 남자가 원한 대로 커피를 끓였다. 커피를 갖다주자 남자는 다시 한 번 몹시 당혹스러운 얼굴로 올려다보았다. 엉거주춤 일어나려다 말았다.

"아, 저기, 죄송합니다. 감사합니다."

"설탕 안 넣었어요."

남자는 아주 잠깐이지만 야단맞은 어린아이 같은 표정이 되었다.

저녁에 내가 집에 돌아간 후 남자는 친구와 그 남편에게 내 연락처를 물었다고 했다. 사흘 뒤에 남자가 전화했다. '사과한다'는 명목으로 별 이유 없이 밥을 사겠다고 제안했다. 나는 거절했다. 주말이 되자 남자는 역시 별 이유 없이 친구의 남편을 찾아와 공연히 객쩍은 이야기를 늘어놓으며 기다리다가 내가 나타나자 노트북을 붙잡고 몹시 바쁜 척하기 시작했다고, 친구가 웃으며 일러바쳤다.

알고 보니 남자도 '스태프'는 아니었다. 단지 내 친구의 남편의 친구일 뿐이었다. 그래픽 계통 일을 하고 있어서 가끔 급할 때 도와주는 편이라고 했다. 주말에 놀러가면 꿔다 놓은 보릿자루인

내 옆에서 남자도 함께 보릿자루 노릇을 해주었다. 왠지 조금 기뻐하는 것도 같았다.

당시 나는 아직 음식을 제대로 먹지 못했다. 남자는 내가 다시 정상적으로 식사를 할 수 있게 될 때까지 기다려주었다. 그리고 이후 약 1년 반 정도 남자는 별 이유 없이 내게 밥을 사주었다. 나도 별 이유 없이 남자에게 커피를 사주거나 끓여주었다. 설탕은 넣지 않았다.

어느 날 남자는 한때 할머니와 함께 살았던 내 집에 찾아왔다. 내가 끓여준 커피를 마신 후에 앞으로도 계속, 평생 이렇게 커피를 끓여줄 수 있겠느냐고 물었다. 민망해진 나는 진부한 멘트라고 비판했다. 남자는 다시 한 번 그 야단맞은 어린아이 같은 표정이 되었다. 나는 커피를 한 잔 더 끓여서 남자가 보는 앞에서 설탕을 잔뜩 넣어 내밀었다. 남자는 별 말 없이 받아서 끝까지 다 마셨다.

남자가 처음부터 몹시 낯익었다는 말을 나는 그때도, 이후에도 하지 않았다.

남자가 어째서 그렇게 낯익었는지는 결혼하고도 1년이 지난 뒤에야 알게 되었다.

그때 나는 임신 중이었고, 모든 것이 이미 너무 늦었다.

혹은, '늦었다'는 표현은 어폐가 있을지도 모른다. 어쩌면 그것이 좋건 싫건 내가 가야 할 길이었을지도 모른다. 그렇게 생각하며 나는 애써 자신을 위로하곤 한다.

어머니도 아버지도 할머니도 없었으므로 내 인생의 대소사가 있을 때면 언제나 그렇듯이 큰아버지와 큰어머니가 나섰다. 남자를 만나본 뒤에 두 분 다 만족했다. 결혼이라는 주제에 관한 큰아버지의 지론은 비슷한 사람끼리 서로 알아보는 법이라는 것이었다. 다만 큰아버지의 표현에 따르면 알아'보는' 것이 아니라 '냄새를 맡는다'고 했다.

"그런 건 봐서 아는 게 아냐. 겉모습만 봐선 아무것도 모르지. 사람 속에 뭐가 들었는지는 냄새를 맡아서 아는 거야. 비슷한 사람끼리 서로 비슷한 냄새를 맡으니까, 꼭 만나야 될 사람끼리는 천리 밖에 떨어져 있다가도 언젠가는 만나게 되는 거다."

그것이 얼마나 정확한 표현인지 그때는 알지 못했다.

남자는 가족과 사이가 좋지 않았다. 큰아버지에게는 단 한 가지, 그 사실만 말하지 않았다.

남자에게는 아버지가 없었다. 꽤 오래전에 병으로 돌아가셨다고 했다. 어머니만 계시는데 도시 외곽의 조금 떨어진 곳에 혼자 사신다고 했다. 형도 하나 있는데 결혼하고 분가해서 도시 반대편 외곽의, 역시나 꽤 멀리 떨어진 곳에서 산다고 했다.

남자의 형을 나는 결혼식 때 단 한 번, 아주 잠깐 보았다. 사진도 제대로 찍지 않고 식이 끝나자마자 서둘러 도망치듯이 가버렸다. 남자의 형수는 결혼식에 오지 않았다. 아이 둘을 맡아줄 사람을 구하지 못했고, 여섯 살, 세 살밖에 안 된 어린아이들을 결혼식장 같은 곳에 몰고 올 수도 없었다고 남자의 형이 설명했다. 그러나 식이 끝난 후에도, 남자와 내가 부부가 된 후에도, 주말이 지나고 명절이 지나도 남자의 형과 형수는 다시 나타나기는커녕 이후 연락도 한 번 없었다. 조금 이상하다는 생각이 들지 않은 것은 아니었다. 그러나 남자가 별 말을 하지 않았고 신경 쓰지도 않는 것 같았으므로 나도 굳이 묻지 않았다.

남자는 마찬가지로 자기 어머니와도 그다지 가깝지 않았다. 웬만해서는 찾아가려 하지 않았고, 전화를 하든 직접 말하든 대화할 때는 언제나 표정도 목소리도 굳어 있었다. 남자는 특히 어머니가 나에게 연락하는 것을 대단히 경계했다. 남자의 어머니는 가끔 나에게 전화했으나, 아들의 눈치를 몹시 보았으므로 결과적으로 거의 왕래가 없게 되었다.

결혼과 시댁에 대한 세간의 이야기들, 즉 남자는 결혼하고 나면 갑자기 효자가 된다든가, '홀시어머니'라는 존재의 무시무시함이라든가, 이런 것들을 주변에서 말로만 전해 듣고 잔뜩 긴장하고 있던 나는 시간이 지나면서 어쩐지 맥이 빠지는 느낌이었다. 부모 없이 청소년 시절을 보낸 관계로 '시'자가 붙었어도 어쨌든 '어머니'라는 존재에 대해 조금은 환상을 가지고 있었다. 딸 같은 며느리가 되리라는 얼토당토않은 결심을 하기도 했었다. 그러나 그럴 기회도 필요성도 없었다. 그리고 어쨌든 신혼이었다. 내게는 남자의 형과 형수와 조카와 어머니를 모두 합친 것보다도 남자가 훨씬 더 중요했다.

그리고 나는 다시 기와집의 꿈을 꾸기 시작했다.

꿈을 꿀 때마다 매번 기와집에 들어가기 전까지 걷는 거리가 길어졌다. 처음에는 복도를 걷는 데서 시작했다. 그다음에는 마루에서, 그다음에는 섬돌에서 마루로 올라서는 지점부터 시작했다. 그 뒤에는 마당부터, 그다음에는 대문에서부터 안으로 들어 갔다. 그러나 종착지는 언제나 같았다. 긴 복도가 있었고, 미닫이 문이 줄지어 있었다. 나는 가장 안쪽으로 걸어 들어가서 문을 열었다. 얼굴빛이 이상한 아저씨가 나를 맞이했다. 여기까지는 같았다. 그의 대사만 매번 조금씩 달라졌다.

— 왔구나. 잘 지냈니?

— 왔구나. 지금 얼마나 됐지?

— 왔구나. 이제 얼마나 남았지?

나는 마지막 질문에 대답하지 못하고 깨어나곤 했다. 그리고 꿈의 의미에 대해서 오랫동안 생각했다.

모르는 산길을 걸어 대문 앞에 선 것으로부터 꿈이 시작되던 날, 나는 얼굴빛이 이상한 아저씨 외에도 처음으로 그 꿈속에서 한 사람을 더 보았다. 그는 내게 대문을 열어주었다. 만면에 친절한 미소를 띠고 안쪽으로 안내해주었다. 나는 그를 알아보았지만 그는 나를 전혀 알아보지 못했다. 최소한 겉보기에는 그런 것 같았다. 어차피 이것은 꿈이라는 걸 알고 있었으므로 나도 굳이 별말은 하지 않았다.

그날따라 복도가 길었다. 발걸음이 무거웠다. 힘겨운 복도를 천천히 지나 가장 안쪽으로 들어갔다. 문을 밀어 열자 언제나 그러듯이 얼굴색이 이상한 아저씨가 나를 맞이했다.

— 왔구나. 잘 지냈니?

그리고 내가 뭐라고 대답하기 전에 이렇게 말했다.

— ……을 봤지? 이제 때가 됐구나.

나는 잠에서 깨어났다.

오래된 신문 기사를 찾아보았다.

할머니와 큰아버지가 나를 구출해서 데리고 나온 지 3년 뒤에 '천제법도'는 경찰 수사에 의해 무너졌다. 그 시기를 전후한 몇 년 동안 여러 가지 사이비 종교 단체들이 제각각 종말론을 외쳐댔고 그중 한두 곳은 정말로 커다란 사건을 일으켰었다. 그래서 경찰은 더 공격적으로 더 철저하게 수사했다. '천제법도'의 교주 부부를 비롯한 핵심 인사들은 탈세, 횡령, 사기, 강간, 폭력 등의 화려한 혐의로 기소되었다. 그리하여 남자 교주는 8년, 여자 교주는 7년형을 선고받고 감옥으로 향하는 것으로 '천제법도' 이야기는 일단락되었다.

교주 외에 체포된 '핵심 인물'들의 명단을 훑어본 뒤에 나는 큰아버지에게 전화했다. 큰아버지는 한숨을 푹 쉬고 대답하지 않았다. 나는 고집을 부렸다. 큰아버지가 졌다.

"네 어머니가 한 번 연락하긴 했었다. 그 사단 나고 다 잡혀 간 직후였지, 아마."

그때 나는 한창 예민할 나이였고, 3년이 지나 간신히 학교생활에 적응해서 평범한 또래의 소녀들처럼 살아가고 있었다. 큰아버지 부부도 할머니도 내가 어렵게 되찾은 평범한 청소년 시절을 망쳐줄 생각은 없었다. 무엇보다도 할머니는 어머니를 용서하지 않았다. 그 점에서는 큰아버지도 마찬가지였다. 어머니가 몇 번인가 울면서 전화했고 찾아온 적도 있었지만 다 물리쳤다고 했다. 마지막으로 전화했을 때 어머니는 일본으로 떠날 예정이라 했다. 이후의 소식은 알 수 없다.

아버지는 할머니가 나를 데리고 나온 후 '천제법도'가 무너질 때까지 3년 동안 그 안에서 상당히 출세한 듯했다. 교주 부부와 함께 체포되어 실형을 선고받은 사람들의 명단 중에 아버지의 이름도 있었다.

남자 교주는 감옥에서 병을 얻어 죽었다. 여자 교주가 형기를 마치고 출소한 뒤에 '천제법도'는 이름을 바꾸어 부활했다. 홀로 남은 여자 교주를 선녀로 모시는 교리는 이전과 비슷하지만 시대의 바람을 타고 방향을 약간 바꾸기는 바꾼 모양이었다. 종말론과 내세의 영원한 복록 대신 '천상심법회'에서는 근래의 대세인 '웰빙'을 예견했는지 여자 교주가 불치병을 낫게 해준다고 선전했다. 그것이 10년 전의 일이었다.

내세의 복록은 현실에서 증명할 길이 없지만 불치병이 낫지 않으면 사람이 죽는다. 약 4년쯤 전부터 피해자의 유가족들이 모여서 단체로 소송을 준비했다. 그러나 '천상심법회'는 의료시설이 아닌 종교단체로 등록되어 있었다. 게다가 모든 광고, 선전, 홍보에서 의료 행위에 대한 언급을 교묘하게 피하고 '수련'이나 '기도'를 하면 '의식 개혁'을 통해 '몸과 마음의 생명력을 자생시킨다' 등속의 상투적이고 애매모호한 표현을 사용했다. 그리하여 이리저리 전문가들을 만나보았으나 딱 짚어 법적인 조치를 취하기는 어렵다는 것이 중론이었다.

피해자 유가족들은 인터넷에 카페나 홈페이지를 운영하며 지금도 사이비 종교단체를 성토하고 법적인 조치를 고민하고 있었다. 한편 '천상심법회'에서는 여전히 '신도' 혹은 '수련생'이라는 이름으로 중병에 걸린 절박한 사람들과 괴로워하는 가족들을 끌어들여 거액의 돈을 받아낸 후 환자가 죽어서 아무런 항의도 할 수 없게 될 때까지 감금하고 방치하고 있었다. 이 모든 것이 현재진행형이었다.

사이비 종교단체의 실태를 파헤치는 시사교양 프로그램에서도 '천상심법회'를 다루었다. 취재진이 '법회'의 사무실을 찾아갔고, 그곳 관계자가 여러 책자와 서류 등을 펼쳐 보이며 '법회'의 행정적 적법성과 영적이고 철학적인 정당성을 주장했다.

나는 그 '관계자'의 얼굴을 알아보았다. 꿈속에서 기와집의 대문을 열어준 사람이었다.

아버지는 이제 낯선 타인 같았다.

아이는 네 살이다. 그래서인지 가끔 아이는 모든 것을 기억하는 것처럼 보인다.

아이를 임신했을 때 나는 한 번도 아프지 않았다. 그 흔한 입덧도 전혀 없었다. 임신 초기부터 오히려 건강이 더 좋아졌다. 배가 부르고 완연히 임산부 티가 나게 된 후에도 허리도 아프지 않았고 발도 그다지 붓지 않았다. 마치 누군가 몸 안에서부터 나와 아이를 받쳐주고 있는 것만 같았다. 기묘한 표현이지만 내 느낌은 그랬다. 출산도 초산인 걸 생각하면 예외적일 정도로 순산이었다.

태어난 아이는 노란색이었다. 눈과 얼굴뿐 아니라 온몸과 손바닥, 발바닥까지 모두 노란색이었다. 신생아 황달은 보통 태어난 후에 며칠 지나서 알게 된다고 했다. 아이는 갓 낳았을 때부터 눈에 띄게 노란색이었다. 나는 몹시 무서웠다. 병원에서는 며칠 두고 보자고 했다. 의사는 일주일이라 했다. 열흘이 넘게 걸렸다. 그러나 어쨌든 시간은 흘렀고, 아이는 따로 치료받지 않고도 보통의 아기들이 그렇듯이 뽀얀 분홍빛으로 돌아왔다.

아이는 한 번도 아프지 않았다. 기침 한 번 하지 않고 콧물 한 번 흘리지 않았다. 피부에 발진 한 톨 돋은 적이 없었다. 아이는 잘 먹고 잘 컸다. 배가 고프면 곧장 소리부터 질렀고 배가 부르면 웃었으며 졸리면 곧바로 곯아떨어졌다. 중간에 투정부리거나 보채는 일이 거의 없었다. 이전에 유아와 접촉한 경험은 별로 없었지만 본래 아기들이 이렇지 않다는 걸 나도 알고는 있었다. 걱정해야 할지 기뻐해야 할지 잘 알 수 없었다. 아이는 아랑곳없이 배고프면 소리 지르고 배부르면 잤다. 아이가 순하고 건강하다는 이유로 병원에 데려갈 수는 없는 노릇이었다. 그리고 병원에 갈 때마다 의사의 결론은 언제나 같았다. 아이는 순하고 건강했다.

그리고 아이는 기다리고 있었다. 지금도 기다리고 있다.

남자의 아버지는 간암으로 죽었다. 그것이 마지막으로 병원에 가서 정식 진단을 받은 공식적인 병명이었다. 피해자 유가족 단체의 홈페이지와 인터넷 카페에 올린 게시글에서 남자의 형은 영양실조와 중금속 중독을 의심했다.

병원에서는 수술을 하지 않으면 희망이 없다고 말했다. 남자의 어머니는 이 문장 중에서 '희망이 없다'는 부분만을 귀담아 들었다. 그리하여 희망이 있는 다른 가능성을 모색하기 시작했다. 그리고 '천상심법회'에서는 모든 사람에게 언제나 희망이 있다고 주장했다.

남자의 형과 남자는 아버지가 정식 의료 기관에서 '요양 치료'를 받는 것으로 잘못 알고 있었다. 남자의 형은 당시 첫 아이가 태어났기 때문에 경제적으로나 정신적, 물리적으로나 몹시 여유가 없었다. 남자는 늦게 입대해서 아직 군복무 중이었다. 그러므로 어머니가 아버지를 치료할 방법을 찾아냈다고 말했을 때 두 사람 다 그 말을 믿었다.

냉난방도 제대로 들어오지 않는 기와집의 쪽방에서 빼빼 마른 채 배만 부어오른 시신이 된 아버지를 보았을 때 남자의 형은 자신의 어머니와 사이비 종교단체 양쪽에 대하여 격분했다. 아버지의 시신 머리맡에 놓여 있던 양은 주전자에 담긴 물 값으로 어머니가 노후 자금을 전부 쏟아넣은 것은 물론 상당한 빚까지 졌다는 사실을 알고 형의 분노는 극에 달했다. 피해자 유가족 단체에서 자체적으로 조사한 바에 따르면 그 물에는 사람이 섭취해서는 안 되는 중금속과 독성 물질이 다량 함유되어 있었다. 그러나 남자의 어머니는 그 물을 마신 덕분에 아버지의 암이 치료되었고 생명이 연장되어 병원에서 말한 기간보다 훨씬 오래 살다가 가셨

418

다고 주장했다. 남자의 형은 아들로서 어머니가 진 빚을 떠안을 수는 있었으나 어머니의 잘못된 믿음은 감당할 수 없었다. 감당하기를 원하지도 않았다. 돈 문제를 일단락한 후에 남자의 형은 어머니와 연락을 끊었다.

남자도 마찬가지로 충격을 받고 슬퍼하고 분노했다. 그러나 그 분노의 대부분은 어머니가 아닌 형을 향했다. 그 이면에는 군에 갇혀서 가족이 이런 파국에 이르도록 아무것도 하지 못했던 자기 자신에 대한 자책도 있었던 듯하다. 남자는 어머니를 심정적으로 감싸면서 '지 새끼, 지 마누라만 챙기다가 아버지 돌아가시는 것도 몰랐던' 형을 '제일 나쁜 놈, 아버지를 죽게 한 개새끼'라고 비난했다. 몇 번의 고성과 주먹다짐이 오간 후에 형은 남자와도 한동안 연락을 끊었다.

남자가 먼저 형에게 다시 연락한 것은 어머니가 아버지의 죽음을 겪고도 '천상심법회'에 대한 믿음을 버리지 않았기 때문이었다. 남자가 주는 생활비를 헌납하는 것은 물론이고 몰래 부업까지 해서 돈을 만들어 가져다 바쳤다. 그리고 남자에게 끊임없이 '마음을 고쳐먹고' '의식을 개선'하라고 종용했다. 시달리다 못한 남자가 화를 내면 짐을 싸서 '기도하러 간다'고 며칠씩, 심할 때는 몇 주일씩 사라져버리곤 했다. 남자는 결국 포기했다. 어머니의 집을 나와 따로 거처를 구하고 의절을 언급했다. 그 때문인지는 몰라도 어머니는 더 이상 남자에게 '의식 개선'이나 '마음 치료'를 종용하지는 않게 되었다. 이 일을 계기로 형과의 관계도 약간 개선되었다. 그러나 갈라진 가족 관계는 근본적으로 치유되지 못했다.

이런 사연들을 남자는 결혼 전에도, 결혼한 후에도, 아이가 태어난 뒤에도 나에게 전혀 이야기해주지 않았다.

굳이 이야기해줄 필요도 없었다. 결혼과 가정의 행복을 즐기던 어느 부드러운 순간에 나는 남자의 어린 시절 사진첩을 요청했다.

사진 속 남자의 아버지는 꿈속의 기와집에 누워 있던 모습보다 젊었다. 얼굴빛도 노랗지 않았다. 남자의 형과 어머니까지 단란한 네 가족이 함께 찍힌 사진들은 내게 사진 속의 이미지보다도 훨씬 더 많은 영상들을 보여주었다. 나는 남자와 나 자신과 아이에 대해서 여러 가지를 아주 깊이 이해할 수 있었다. 그러나 내가 깨달은 것을 어떻게 받아들여야 할지는 알 수 없었다. 지금도 알지 못한다.

아이는 기와집의 그림을 그린다. 네 살 꼬마의 솜씨라고 볼 수 없을 정도로 정교하다. 남자가 보지 못하도록 나는 매번 그림을 숨긴다. 그러면 아이는 또 그린다.

아이는 그 집에 함께 가자고 조른다. 나는 안 된다고 거절한다. 아이는 울거나 보채지 않는다. 묵묵히 기와집의 그림을 또 그린 후에 그곳에 함께 가자고 또 조른다. 매번 마치 지금이 처음이라는 듯, 문득 생각났다는 듯. 그 천진난만함이 때로는 견디기 힘들다.

아이에게 이유를 물었다. 네 살짜리에게서 이성적인 대답은 기대하지 않았다. 아이는 아주 또렷하게, '그 집을 끝내야 하니까'라고 대답했다.

　아이는 여전히 한 번도 아픈 적이 없다.
　남자는 결혼 전에 두통을 자주 앓았다. 설탕 넣지 않은 커피를 입에 달고 살았던 이유가 그 때문이라고 했다. 끊임없이 카페인을 섭취하지 않으면 머리가 깨지는 것 같았으며, 처음 만났을 때 그처럼 무례했던 이유도 두통 때문이었다고 변명했다. 그러나 아이가 태어난 후로는 두통의 횟수가 현저하게 줄었다. 직장에 나가 있을 때 간혹 두통이 생겼다가도 집에 들어와 아이를 안아주면 씻은 듯이 낫는다고 했다. 그렇게 말하는 남자의 얼굴에는 아이를 향한 온화한 사랑이 가득했다. 부성애와 관계없는 객관적인 사실이라는 것을 남자는 알지 못했다.
　나는 기관지가 약했다. 환절기나 황사 철에는 늘 기침을 심하게 했다. 그러나 배 속에 아이를 품었던 때부터, 한 번도 아팠던 적이 없다.
　아이는 어린이집에 다닌다. 그곳의 다른 아이들이 아프거나 다치면 아이가 가서 달래준다고 한다. 그러면 다치거나 아픈 아이는 더 이상 괴로워하지 않는다. 어린이집 선생님들은 아이가 참 착하다고 칭찬한다. 어린 남자아이가 그런 식으로 행동하는 것을 다른 데서는 본 적이 없다고 놀라워한다…….

　꿈속의 기와집에 더 이상 얼굴빛이 나쁜 아저씨가 등장하지 않는다. 대신 나는 아이가 기와집에 있는 꿈을 꾼다. 되풀이되는 꿈속에서 아이는 점점 자란다. 여섯 살이나 일곱 살 정도. 아홉 살이나 열 살 정도. 열서너 살.

소년이 된 아이는 대청마루 위에 올라서 있다. 마당에는 사람들이 가득하다. 마당을 가득 채우고 대문 밖까지 늘어선 사람들이 하나씩 차례대로 마루에 올라선다. 아이는 아픈 사람에게 손을 대고 기도를 한다. 아이가 기도를 마치면 앓던 사람은 평온한 얼굴이 되어 마루에서 내려온다. 그리고 다음 사람이 올라선다.

아이의 곁에는 나의 아버지가 만족한 표정으로 서서 마당을 내려다보고 있다. 구름처럼 모여든 사람들이 마루 위로 우르르 몰려들지 못하도록 정리하기도 한다. 아버지는 이제 노인이다. 특이하게 고쳐 만든 화려한 한복을 입고 있다. 그 모습은 언젠가 어린 시절 단 한 번 보았던 '천존상제'와 비슷해 보인다.

사방이 어둡다. 마당에는 여기저기 횃불이 타오른다. 기와집의 지붕 너머로 보이는 하늘은 푸르스름하다.

그런 꿈을 꿀 때면 나는 새벽에 깨어나 다시 잠들지 못한다. 옆에 누운 남자가 깨지 않도록 조심하면서 일어나서 아이의 방으로 간다. 소리 없이 문을 열고 들어가서 아이의 침대 곁에 앉는다. 세상모르고 자는 아이의 얼굴을 들여다본다.

오래전 꿈속에서 마지막으로 보았을 때, 기와집 쪽방에 누워 있던 남자의 아버지는 '때가 왔다'고 말했다. 그리고 나는 임신했다.

아이의 얼굴을 들여다보면서, 나는 꿈에서 몇 번이나 보았던 익숙한 얼굴 윤곽을 찾아본다. 찾아낼 수 없기를 간절히 바란다.

그러나 어쩐지 들여다볼 때마다 아이는 더욱더 남자의 아버지를 닮아가는 것 같다.

방 안은 어둡다. 아이의 창문 밖으로 보이는 하늘은 푸르스름하다. 새벽하늘에서만 볼 수 있는 맑고 깨끗한 푸른빛이다. 저 푸른빛이 열어지면, 완전히 녹아서 흩어지고 나면 동이 틀 것이다.

꿈속의 기와집 지붕 너머로 보았던 푸르스름한 하늘을 생각한다. 그것이 해 질 무렵 어둠을 기다리는 저녁의 어스름인지, 동틀 무렵 해뜨기 전의 어스름인지는 분간할 수 없다.

그렇기 때문에, 나는 다시 침실로 돌아가 남자의 곁에 몸을 눕히지 못한다. 해가 뜨기를, 아이의 창문으로 햇살이 스며들기를 기다려야 한다. 내 눈으로 보아야만 한다. 적어도 지금 이 순간, 아이의 얼굴에 드리운 이 푸르스름한 어둠은 조금만 기다리면 물러날 것이다. 그 사실은 일시적이나마 위로가 된다.

그러나 내일도, 모레도, 어스름은 언제나 찾아올 것이고, 잠든 아이의 얼굴 위에는 밤마다 어둠이 드리울 것이다. 그 어둠은 지나고 또 새벽이 오겠지만, 그렇게 하루가 흘러갈 때마다 아이는 그만큼 자라날 것이다. 그리고 언젠가는, 내가 머리맡에 앉아서 지켜주지 못하는 날에, 내가 막아줄 수 없는 어스름이 닥칠지도 모른다.

그런 날이 혹시라도 오지 않기를, 밤이 지나고 새벽이 올 때마다 아이의 기억 속에서 기와집의 모습이 차츰 희미하게 흐려져 마침내 사라지기를, 밤이 지나고 새벽이 다가오는 어느 날에 아이가 단 한 번이라도 열이 오르고 단 한 번이라도 기침을 해주기를, 그리하여 남자를 깨워 허둥지둥 아이를 차에 싣고 서둘러 병원으로 향하여 자격 있는 의사의 위로를 받고 믿을 수 있는 약봉지를 받아 들고, 주사를 맞고 울다 지쳐 잠든 아이를 들쳐 업고 녹초가 되었지만 안심한 채로 집에 돌아오는 보통 부모의 행운이 한 번만 나를 찾아오기를……. 푸르스름한 어스름이 드리운 방 안에서 잠든 아이의 머리맡에 앉아 나는 누구인지 모를 존재를 향해, 어딘지 모를 우주를 향해 바라고 또 바라는 것이다……. 그저 바라는 것 외에는, 지구가 태양의 주위를 스스로 도는 한 내일도 모레도 찾아올 어스름의 순간을 막아내기 위해 내가 할 수 있는 일이라곤 아무것도, 진정 아무것도 없기 때문에.

■ 내 일 의 어 스 름 은 ……

〈그것이 알고 싶다〉를 굉장히 열심히 보던 시절이 있었다. 방송사 홈페이지에 들어가서 공개된 동영상을 처음부터 차근차근 백 개가 넘게 보았다. 그중에서 마음에 남았던 이야기가 사이비 종교와 그 교주들의 이야기였다. 대한민국에는 내가 상상도 못했던 정말로 다종다양한 사이비 종교가 존재했다. 그중에서도 몇 년에 걸쳐 비현실적으로 보일 정도로 기괴한 문제들을 일으키다가 교주가 감옥에 갔다 온 뒤에도 끈질기게 부활해서 계속 사람들에게 피해를 주는 단체가 있었다. 이야기의 대략적인 줄거리는 거기에서 영감을 얻었다.

〈그것이 알고 싶다〉를 그토록 열심히 보았던 것은 방송에서 보여주는 사회 문제들이 심각하기는 하지만 프로그램 자체가 원인과 결과와 그에 대한 의견을 정리해서 답을 내주기 때문이었다. 그 무렵 내 인생은 앞날이 안 보였다. 답이 절실히 필요했지만 불안감만 점점 더 심해졌다. 그래서 사람이 경험할 수 있는 가장 심한 불안감은 어떤 종류일까 생각하다가 자기 자신보다도 사랑하는 사람, 가족, 특히 아이에 대한 불안일 것이라고 생각했다. 그래서 나온 것이 「내일의 어스름」이다. 본래 나는 아이가 진짜 초능력자라서 어떤 식으로든 이 사이비 집단의 실체를 폭로하고 파멸시켜주기를 원했지만 다 쓰고 나서 보니 아이가 자라서 신흥종교의 사이비 교주가 되는 것처럼 보이기도 한다.

그 밤, 이야기들의 틈새가 텅 빈 무덤처럼 입을 벌리고
– 정도경 작품집 『왕의 창녀』

김지원

책 한 권에 대해 서평을 쓰기 전에, 책을 읽는다는 사건, 시간적으로 이미 지나가버린, 서평에 그런 식으로 이미 지나간 일로서 전제되어야만 하는 하나의 사건을 향해 먼저 돌아가자. 책을 읽고 있었던 그 현재의 기억으로 돌아가려 해보자. 그런다고 해도, 책을 읽는다는 사건은 책을 읽고 있는 와중에도 늘 과거형으로만 묘사될 수 있는 것 같다— 첫 페이지의 첫 문장을 읽어 내리는 그 순간에 이미. 책 속에서 문장 하나를 읽고 이해한다는 것은, 한 개인의 생각의 속도를 영원히 앞지르는, 내 자신의 것이 아닌 수많은 사건들을 전제하고 있다. 돌이킬 수 없는 사건들, 예컨대, 어떤 얼룩이 글자로 보인다는 사실 말이다. 이러한 문자적 시각론이 인간의 눈에 사실상 영원히 새겨진 것은 몇천 년 전이었던가? 흰 종이 위에 검은색으로 정착된 것은 몇백 년 전에, 지금 혹은 당시 지도책 속에서도 또 지도 바깥의 어느 땅들에서였던지? 이 글자들은 또한 한 작품집의 첫 단편의 첫 페이지의 맨 윗자리라는 복합적인 위치에서 처음으로 눈에 들어온다. 하나의 단편소설이라는 단일체는 수많은 나라들에서 전래된 문예와 문학의 담론을 숨 쉬는 단위이며, 앞에서 뒤, 위에서 아래, 왼쪽에서 오른쪽이라는 순서 또한 문자 문화권의 역사를 가로질러 살아남은 시각적 형식이다. 단편선이라는 형식은 또 어떠한가. 개별 단편 작품들이 책 한 권이라는, 시장에서 거래되는 물질적인 상품의 단위로 수렴된다는 것— 서적이 자본을 통해 대량 생산되며 시장의 발달과 긴밀한 관계를 맺기 시작한 것은 어느 대륙의 역사 속에서였던가? 장르로서의 환상소설이라는 개념은 어느 나라의 언어로 된 백과사전에 맨 처음 기록되었을까? 어느 이야기의 단 한 문장을 읽는다는 것은, 이 모든, 지구상 온갖 대륙들의 몇천 년을 가로질러가는 사건들을, 그저 이미 일어난 사건들로서 되돌릴 수 없이 돌이켜보는 하나의 특수한 자리로 순간 이동된다는 뜻이다. 한 공화국의 시민의 자리가 역사적 자리인 것과 마찬가지로, 한 텍스트에서 독자 각자의 자리는 역사적 자리이다. 각각의 이야기는 말 그대로 각각의 역사이다: 역사가 이야기를 통해서 쓰여진다는 의미에서가 아니라, 늘 이야기 자신이 물질적으로, 역사적으로, 사회적으로 존재하고 존재해왔다는 의미에서이다. 역사가 이야기를 통해 말해지는 것이 아니라, 이야기의 존재가 곧 역사이다. 읽는다는 행위를 통해서야 비로소 이야기 속에서 무언가가 소위 내용적으로 말해지기 이전에, 언제나 까마득히 이전부터, 이야기들은, 나라와 나라를 가로지르고 시대와 시대를 가로지르며 서로 서로를 향해서 또 서로가 서로를 잊으며, 투쟁하고 보듬으며 극렬하게 존재하고 존재해왔던 것이다. 말과 말들은, 늘 전장 속에서 서로를,

'혼자—죽게—둘—수—없어—데리러 왔다.'

나는 한 글자씩 천천히 조심스럽게 옮겼다.

(「잃어버린 시간의 연대기」, 257쪽)

무언가가 말들을 통해 말해지기 이전에, 말들이 존재한다. 역사가 이야기 속에서 쓰여지는 것이 아니라, 이야기들이 어떻게 서로를 이어받아왔는가가 곧 역사다. 서평을 쓰기 위해 책을 읽었던 기억을 거슬러 올라가다가, 책 속 이야기들의 내용에 대해 이야기할 수 있게 되기도 전에, 이러한 언어와 이야기 자체의 지독하게 두껍고 무거운 존재에 눈과 입이 가려지고 막히는 듯 하면, 그러나 다행히 이 단편선의 경우에는 다시금 두 개의 제목이 등대처럼 떠올라주는 것이다: 「Nessun sapra」와 「잃어버린 시간의 연대기」. 이 단편선의 다른 단편들도 그렇지만, 이 두 이야기는 특히 노골적으로, 단편선의 한가운데 지점에 닻을 내리고는, 바로 이 이야기들 자체의 존재로 이루어진 두꺼운 검은 바다를 측정하기 위한 나름의 경도와 위도를 제시하고 있기 때문이다. 즉슨 이 단편들은 이야기 속의 내용을 보여주는 데에 머무르지 않고, 오히려 마치 한 이야기의 내용처럼 보이는 것들이—즉 이야기/이야기가 보여주는 것이라는 수직적 관계가— 사실상 늘 이야기 자신이 다른 이야기들과 맺는 관계 형식이 아닌지—이야기/다른 이야기라는 수평적 관계—되묻고 있다. 이 단편들에서, 한 이야기의 내용은 복수 이야기들의 상호간의 관계로 끊임없이 되돌려진다. 혹은 다르게 말하자면, 이 단편들은 이야기들이 어떻게 상호 관계하게 되는지를 구체적인 내용을 통해 서술 및 관측해보고자 시도하는 것이다.

그렇다면 이 단편들에서 이야기들은 어떤 형식을 통해 서로 관계하고 있는 것으로 나타나는가? 제목에서부터 살펴볼 수 있는 바, 이 두 단편들은 각각 공간적 척도와 시간적 척도를 제시하고 있다. 첫 번째 단편은 민족어의 차이로 대표되는, 서로 서로에 대한 번역으로서의 이야기라는 개념을 제시한다. 두 번째 단편은 연대기라는 표현을 내세우며, 하나의 이야기가 어떻게 다른 이야기를 시간적 차이를 뛰어넘어 이어받는 형식으로 기능하는지 보여준다. 「Nessun sapra」에서는 제목과 설정부터 이미 이 하나의 이야기가 여러 민족어로 된 복수 이야기의 겹층으로 되어 있음을 알아볼 수 있다. 즉 이 단편은 처음부터 한국어로 쓰여진 것이 아니라, 러시아 단편 소설을 작가가 다시 번역한 것으로 설정되어 있다. 제목은 또한 오페라 〈투란도트〉의 이탈리아어 대사로 처리되어 있는데, 이 이국의 오페라가 어떤 경로를 거쳐 언제 러시아에 유입되었는가가 내용 중 중요한 단서가 된다. 그런데 이 서로 다른 민족어들로 된 이야기들이 어떻게 서로 만나서 겹쳐질 수 있었는가? 이 이야기들 사이의 틈이 메워지는 방식은, 또 다른 복수 이야기들의 틈을 통해서이다: 이번에는 러시아 내부의 사회-역사적 담론들로부터 비롯되는 틈 말이다. 단편의 주인공인 소설 작가는 생사가 불분명해진 지 오래다. 그는 직접 등장하지 않으며, 한 여성의 이야기 속에서만 언급된다. 이 여성의 이야기는 다시 방송사의 정치적 사건 특집 인터뷰라는 틀에 포섭되어 있다. 이 여성의 이야기와 방송사 인터뷰 사이에는 역시 아직 결정되지 않은 불분명한 틈이 있다. 이 여성의 이야기가 특집 인터뷰에서 요구되는 만큼의 진실성을 지니고 있느냐는 부분이다. 이때 이 진실성을 입증할 만한 자료가 되어주는 것이 오페라 투란도트의 대본에 나온 대사와, 그 대본이 러시아에 들어온 과정이다.

이 하나의 단편은 일률적으로 하나의 역사를 이야기하지 않는다. 이 단편은 한편 하나의 이야기란 곧 여러 이야기들의 복층임을 보여주며, 다른 한편으로는 하나의 이야기로서의 단일성이란 즉 이 복수의 이야기들이 서로 관계하는 혹은 관계가 가능하게 되는 형식들로 이루어져 있음을 드러낸다― 이 형식들 자체가 역사이기에. 예컨대 한 여성의 개인적이고 자전적인 이야기라는 형식과 개국 특집 방송사 인터뷰라는 또 다른 이야기 형식이 서로 어떻게 이어질 수 있는가, 혹은 없는가라는 문제에서 보듯이, 또 소설 작가와 이 여성이 정치범 수감소의 역할을 하던 정신병원에서 간호사와 환자로서 처음 만나 대화를 주고받고 서로의 사적 이야기를 알게 되었다는 점에서 보듯이, 이야기들이 서로 만나게 되는 계기는 결코 중립적으로 결정되지 않는다. 일견 우연한 계기를 통한 것으로도 보이지만, 다른 한편으로 이 우연이란 늘 정치적으로, 사회적으로, 역사적으로 이미 조건화되어 있는 것이다.

「잃어버린 시간의 연대기」는, 민족어의 차이로 대표되는 공간적 비연속성을 강조한 위의 단편과는 달리, 시간적 비연속성에 보다 초점을 맞추고 있다. 모든 이야기는 한편으로는 연대기이다. 앞으로부터 뒤로 쓰여지며, 시간적 순서를 전제한 가운데 서사적 연속성을 지키는 것이다. 이러한 연대기로서의 이야기란 무엇인가? 이는 시간적 비연속성을 뛰어넘을 수 있는 형식이다. 삶의 시간성은 유한하고 순간적이다. 생은 단 한 번뿐이고, 유일하며, 역시 유일한 죽음으로서 끝난다. 그러나 연대기적으로 기술되는 시간성은 '역사'로서 연속적이며 유구한 것이다. 각각의 이야기란, 삶과는 다른, 역사로서의 시간성을 제공하는 한 형식이다. 이러한 면에서 보면, 하나의 잃어버린 이야기를 발굴해낸다는 것은, 하나의 역사를 내용적으로 발굴해낸다는 것뿐만이 아니다. 이는 한편 우리가 잃어버렸던 하나의 무한한 시간성을 되찾는다는 뜻이기도 하다. 이 이야기의 제목을 우리는 잃어버린 시간의—연대기라고도, 잃어버린—시간의 연대기라고도 끊어 읽을 수 있을 것이다: 즉슨 단순히 과거의 한 시대에 대한 기록을 잃어버렸다는 의미로도, 또 한편으로는, 유한한 삶의 시간을 무한한 역사로 전환시킬 수 있는 한 가지 가능성을 잃어버렸다는 의미로도 읽을 수 있는 것이다. 즉 하나의 시간성의 상실로 말이다. 현재의 덧없음과 소멸을 극복할 수 있는 시간성의 형식을 우리는 과거 속에서 다시 찾아내야 할지도 모른다. 잃어버린 이야기들을 발굴해내는 일들을 통해서. 그러나 이렇게 발굴된 하나의 이야기가 이어받을 수 있는 것은 삶이 아니라 또 다른 이야기일 뿐이다. 이 단편에서 화자는 할머니의 죽음에 맞닥뜨려 과거의 연대기를 찾아내고 기록하기 시작한다. 그러나 화자가 강조하듯이, 삶의 존재는 상실로 끝난다— 세대의 교체 자체는 상실일 뿐, 역사가 아니다. (231쪽 참조) 역사로서의 시간 형식이란, 핏줄로 상징되는 삶 자체의 시간성과 무관한 이 유구한 존재 양식은 이야기와 이야기의 사이에만 있다(233쪽 참조). 하나의 이야기란 사실은 삶들을 기술하는 연대기가 될 수는 없으며, 다시금 다른 이야기들을 기술하는 연대기가 될 뿐인 것이다. 이 단편 속에서는, 할머니의 죽음이라는 되돌릴 수 없는 상실로 대표되는 삶의 시간성과, 화자 자신의 할머니에 대한 이야기/화자가 발굴해낸 연대기라는 이야기들 사이의 상호 '옮겨 쓰기'로 대표되는 이야기의 시간성이 서로 날카로운 대조를 이루고 있다.

이 단편선의 단편들은 늘 한 이야기란 복수 이야기들의 겹층으로 되어 있음을 보여주며, 내용을 통해서는 이 복층이 이루어질 수 있는 조건과 형식들을 탐색한다. 이는 때로는 문학사적 자기반영을 통해, 때로는 언어의 근원적 구조, 때로는 정치 사회적 담론들, 때로는 철저하게 개인적인 연대감으로 기술된다. 예컨대 「어두운 입맞춤」은 문학적 장치들을 다양하게 활용하고 있다. 인물간 시점마다 다른 이야기들을 빠르게 교차 전환시키며 이를 통해 시간적으로도 파편화된 구조를 이루는 한편, 다른 비슷한 테마의 고전 이야기들을 직간접적으로 인용하고 있다. 「휘파람」은 철저하게 정치적으로 담론화된 언어들의 투쟁 공간과 자연 자체에 가까운 언어 공동체의 공간이 서로 서로의 그림자가 되어 하나의 이야기를 이룬다― 혹은 둘 중 어느 쪽의 이야기도 그 자체로는 완결될 수 없게끔 서로를 방해한다. 담론에 침식된 언어는 담론 외적인 언어의 가능성을 잊고 있다. 그러나 한편 이러한 소위 자연 언어로의 회피는 투쟁을 망각하는 것으로, 즉 독재에의 굴종으로밖에 실현될 수 없는지도 모른다. 「내 친구 좀비」에서 오랜만에 고국에 돌아온 화자는 옛 친구인 선과 끝까지 직접 제대로 통화하지 못한다. 동창회 때 우연히 만난 친구의 이야기와, 선의 어머니와의 짧은 통화를 거쳐서 간접적으로 선과 접할 뿐이다― 혹은, 다르게 말하자면, 화자는 선에 대한 자신의 개인적 기억으로부터 혹은 고국에 대한 기억으로부터, 이제는 사회적 타인들이 된 옛 지인의 이야기들을 통해 단절된다. 「타인의 친절」에서는 반면 개인적인, 철저하게 개인적이라는 면에서만 가치를 지니는 연대감이 이야기들의 조건이자 한계로서 강조된다. 화자의 삶이 행복하게 이어지기를 기원하는 죽은 아이의 목소리가 화자의 목소리와 겹치면서 남자와 화자의 이야기가 시작되고 이어지지만, 한편 화자가 죽은 아이와 화자 자신간의 이러한 연대 자체를 포기하지 않으려는 시점에서 남자와의 이야기는 끊어져버린다.

지금까지 우리는 이 단편선의 단편들을 통해 이야기들 자체의 존재를 논하였다― 그러면서 이야기를 삶과 떼어놓았다. 이야기들은 존재한다, 서로를 이어받으며. 하나의 이야기란 곧 이야기들이 상호 관계하는 형식이며, 이 구체적인 상호 관계가 곧 역사이자, 언어이며, 연대기이다. 이야기는 사실은 삶을 이야기할 수 없으며, 늘 다른 이야기들만을 다시 이야기하는 것이다. 삶과 이야기는 결국은 서로 유리되어 있다. 삶 자체는 이야기가 될 수 없으며, 이야기는 삶이 될 수 없다.

그러나 바로 이 차이를 통해 삶과 이야기는―동전의 양면처럼—서로 맞물려 있는 것이다. 혹은 다르게 말하자면, 죽음과 이야기는. 우리는 이야기들이 어떻게 서로 관계할 수 있게 되는지, 그 구체적인 조건들을 관찰했다. 시간적, 공간적, 언어적, 또는 사회 정치적 차이들을 통해서, 또 이 차이들을 뛰어넘어서. 그러나 한편으로 우리는, 이야기들이 '서로' 관계한다는 데에는, 늘 이야기들 간의 불연속성이 전제되어 있다는 점을 알고 있다. 즉슨 이 차이들을 한 번도 뛰어넘지 못하고, 그 자리에서 가로막혀서, 살해되고 죽어 나간 사람들 말이다. 정치범으로서, 유산된 아이로서, 폭군 왕으로서, 잊혀진 공주로서. 이야기들이 서로를 만나는 자리는 한편으로는, 살아 있던 자들이 죽어 나간 그 자리들을 역사 속에서 가리킨다. 혹은 다르게 말하자면, 그 자리들을 역사적 자리로서 기린다. 어디에서 그들은 죽었던가?— 이야기들이 서로를 향해 뛰어넘는 그 차이를 결코 뛰어넘을 수 없었던 바로 그 자리에서. 그 정치적 담론들 사이에서, 그 시대와 시대 사이에서, 또 그 국경을 넘지 못하고. 이 상흔 같은 틈들은, 민족어들의 사이에서,

> [러시아어로 '사랑'이라는 단어는 여주인공의 이름과 같은 '류보프'이다. '내 사랑(любовь моя)'이라는 구절은 듣기에 따라 '류보프는 내 것이다(Любовь-моя)'라는 문장으로도 해석할 수 있다. — 역주] (221쪽)

또는 한 민족어 자체 안에서도,

문법 자체가 성별 구분에 민감하지 않은 언어의 경우 고문서의 해독에 있어 특히 주의해야 한다. (……) 미술관에 특별 전시 중인 청동 조상 〈승리자〉에 장수가 남자로 묘사되어 있는 것은 언어의 불명확성과 일반의 편견에 기인한 오류이다. (233쪽)

또는 가장 근본적인 형식으로는, 이야기가 이야기들이라는 사실 자체로서—삶이 아니라, 이야기일 뿐이라는 사실에서—자신을 드러내는 것이다. 옮겨 쓰고 옮겨 쓰여지는 유구한 검은 항해는 혈육의 유일한 죽음 위를 가로지른다.

    '혼자-죽게-둘-수-없어-데리러 왔다.'
    나는 한 글자씩 천천히 조심스럽게 옮겼다.
    "얘 어떡하니, 할머니 벌써 운명하셨단다."라는 이모의 목소리가 떠올라서,
    죄책감이 가슴을 찢었다. (250쪽)

삶은 이야기들 속에서 말해지는 것이 아니다— 삶은 이야기의 부재이다. 삶은 이야기들이 서로 갈라져 나간 순간의 상흔으로, 이야기라는 무한한 시간성에 대치되는 영원한 부재로 돌아오는 것이다. 이러한 면에서 죽음으로서의 삶은 모든 이야기들의 과거이며, 때문에 모든 이야기들의 정해진 운명이다. 이 단편선의 단편들에는 죽음 테마가 끊임없이 다루어지며, 죽은 자들은 특히 유령의 모습으로 반복해서 되돌아오는 경우가 많고, 이야기의 시

작과 끝맺음에 중요한 역할을 한다. 「방문」에서는 동생이 새로운 소식을 가지고 오면서 이야기가 시작되지만, 말미에서 동생은 시신의 모습으로 되돌아오며, 사실 이야기의 초반부부터 이미 죽어 있었음이 암시된다. 「사흘」에서 죽은 자는 그저 똑같은 모습으로 되돌아와 똑같은 일을 반복하며, 산 자만이 어떻게든 그 반복을 달리―반복하며 이 반복을 치유하려 한다. 「아이를 안고 있었다」에서는 아이의 유령은 물론, 그 이전에, 아무 설명도 없이 그저 희끄무레하게 나타나서는 아이의 죽음을 비롯해 모든 운명을 결정했던 유령이 있다. 「달 아래 칼」에서 마지막 순간, 이야기 속에서는 죽었던 인물이 이제 이야기의 화자의 시점으로 옮겨와서, 그러니까 마치 처음부터 그가 화자였던 듯이, 이야기를 마무리짓는다. 「Nessun sapra」에서 작가의 유령은 필름에 나타나서는, 필름을, 그러니까 스스로가 이야기가 될 가능성을 오히려 파괴해버린다. 「초혼」에서 여자와 남자 사이를 지금 묶어두는 것은 원래는 서로간의 갈등의 원인이 되었던 한 사람의 죽음이다. 「내일의 어스름」에서 이야기는 어느 사교의 신화라는 형태로 나타난다. 이 이야기는 개인들의 수많은 죽음과 폭력들을 조건으로 하여서야 여러 삶들 속에서, 새로 태어난 아이 속에서도 그렇게도 끈질기게 반복된다.

이 서평은 작품집의 맨 뒷자리에 위치하게 될 것이다. 소설의 독자로서 책을 읽었던 기억을 돌이키면서, 나는 지금 비평자로서 이 책에 대한 서평을 쓰고 있다. 이 작품집의 이야기들과/서평이라는 내 이야기의 사이에서, 한편으로 나는 분명히 의식하고 있다: 서평을 쓰고 읽는 독자의 자리는 소설을 쓰고 읽는 독자의 자리와 전혀 다른 역사-사회적 공간에 자리하고 있고, 즉슨 문예학이라는 학문의 공간과 문예라는 예술의 공간으로서 서로 분리되어 있으며, 나는 지금 이쪽 공간의 내부로 이미 떠나온 이후에야 저쪽의 전혀 다른 공간을 일방적으로 돌이켜보고 있다는 것을. 그러나 한편으로 나는 주장하고 싶다: 나는 다만 이 작품집의 이야기들을 다시 내 이야기들로 반복하고 있을 뿐이며, 이 반복의 구조는 이 작품집의 이야기들 자체로부터 이미 되뇌어진 것이라고. 우리들의 두 이야기가 분명히 서로 단절되어 있는 만큼, 한편 우리들은 서로 이야기의 존재로 연결되어 있다고. 평자로서, 문예학 전공자로서 늘 경계하게 되는 것은, 이론으로 일방적으로 작품들을 재단하며 문예/학에서 예를 잊고 학으로서만 남는 것이다. 그러나 어떤 문예 작품들은 그쪽에서부터 내게 말을 걸어오고, 예술로서 학문에게 말을 걸어오고, 예술로서 이미 학문의 오랜 무의식을 이룬다. 내 쪽에서도 가벼운— 저편 이야기들의 가볍고 희미한 그림자들로서 함께 걸을 수 있기를, 이미 함께 걸어왔기를 바라며.

2013년 5월 19일, 뮌헨

김지원
현재 뮌헨 대학의 독어독문학과에서 박사논문을 쓰고 있다.
환상문학웹진 거울에서 jxk160이라는 필명으로 소설을 창작하기도 한다.

정도경 작가는 아주 오랫동안 다양한 글로 만나왔던 사람이었다. 사실 곽재식 작가와 마찬가지로 정도경 작가와도 환상문학웹진 거울 독자단편란에서 먼저 만났어야 했는데, 하필이면 내가 잠시 선정단을 쉬던 사이에 정도경 작가가 글을 올려서 아무 정보 없이 읽고 내 손으로 그 글을 뽑는 기회를 영원히 놓치고 말았다. 처음에 보았던 단편은 「아이를 안고 있었다」와 「죽은 팔」이었는데, 이때에는 한국을 배경으로 한 호러와 환상이 적절히 어우러진 단편을 쓰는 작가구나 정도로 생각을 했었다.

나중에 각 작가에 대한 설명을 쓰느라 강제로 작가들의 특징을 한 마디로 압축해야만 하는 일이 생겼었는데, 이때의 인상을 바탕으로 '어둠의 작가'란 칭호를 정도경 작가에게 내렸더랬다.

그런데 이 작품집 다음에 『씨앗』에 실린 「높은 탑에 공주와」 「달빛 아래 기사와」 「사랑하는 그대와」 연작을 보면서, 그리고 우리나라 민담과 다른 나라 옛이야기들에 대한 작가의 열광과 박식함을 보고서, 그리고 또 다른 글 몇 편을 더 읽으면서 점점 생각이 바뀌었다.

정도경 작가는 어둠의 작가일지 모르지만, 이때의 어둠이란 태양보다 더 뜨겁고 빛나는 역설적인 무언가이다. 그의 글에서는 항상 어떤 부정적인 상황이든, 시련이든 조용히 감내하거나 부당하게 인내하기보다는 오롯이 견디고 반항하고 무엇이라도 해보려는 생명력이 느껴지기 때문이다. 정도경 작가는 얼핏 보면 어둠의 작가란 면밖에 안 보일지 모르지만, 사실은 인간사 모든 면을 글로 쓸 수 있는 사람이다. 각 작품의 후기들을 보면 알 수 있지만, 정도경 작가는 겪은 것, 느낀 것, 본 것, 생각하는 것 모두를 소설이란 도구를 통해 다른 형태로 자아내고 빚어낼 수 있는, 진짜 천생 작가이기 때문이다.

분량의 문제로 이 다양한 색깔을 가진 멋진 작가를 두 권의 작품집 스무 편 남짓의 글로만 소개할 수 있다는 점이 아쉽다. 그래도 이 작가의 가장 큰 특징을 드러내고 싶었기에 이 작품집 『왕의 창녀』는 '무언가를 맺지 못해서 돌아오는 사람들'을 주제로 삼아 글을 모았고, 다음 작품집 『씨앗』은 다양한 문화권과 다양한 옛이야기를 바탕으로 한 글을 모았다. 기준에 딱 맞지 않는 작품의 경우에는 전체 작품집의 분위기에 따라 적당히 분배했다. 이러한 배분이 완전히는 아니라도 작가의 큰 면을 맛보는 데에 도움이 되길 바라는 바이다.

단편선을 내기로 했을 때 온우주 출판사 측에서 여러 가지 좀 색다른 기획을 제시하셨는데 그 중 하나가 각 작품별 후기를 따로 쓰자는 것이었다. 나는 실제로 생활에서 겪었던 이야기나 그런 일을 겪으면서 생각했던 것을 바탕으로 작품을 쓰기 때문에 뒷이야기도 소설 자체만큼이나 소중하게 생각하므로 당장 좋다고 했다. 그런데 알고 보니 각 작품별 후기 말고 단편선 전체 후기도 또 써야 한다는 것이다. 아니 잠깐, 나 작품별 후기에서 할 말 다 했는데 또 무슨 얘기를 더 하라고? 막 심각하게 고민했더니 편집장님께서 그러면 책이 만들어지는 과정에서 있었던 이야기를 써보라고 하셨다. 그리하여 책 뒷담화다.

1. 제목

처음에 단편선을 만들 때의 생각은 표제작을 쓰지 말고 그냥 단편선 전체의 분위기에 맞는 제목을 따로 만들자는 것이었다. 이 역시 처음에는 굉장히 마음에 드는 제안이라서 당장 그러자고 했다. 그런데 사람은 자기가 해보지 않은 일은 모르는 법이라서 나는 "단편선 제목"을 따로 짓는다는 게 얼마나 어려운 일인지 모르고 덤빈 것이었다. 평소에 제목을 못 짓는 증후군을 살짝 앓고 있는 데다가 (한때 "제목을 못 짓는 병"이었던 때도 있었지만 많이 나아져서 지금 이 모양이다) 앞서 말했듯이 나는 단편 하나하나의 내용과 배경과 뒷이야기까지 너무 뚜렷하게 알기 때문에 말하자면 나무만 보고 숲은 절대로 볼 수 없는 입장에 있었던 것이다.

그리하여 제목을 짓는 중책은 전적으로 편집장님에게 넘어갔다. 단편선 두 권의 제목을 놓고 총 마흔네 번의 메일이 오갔는데 중간중간에 "지금 머리 하러 미용실 와 있어요" "토요일 저녁 일곱 시인데 왜 일하고 계시는 거죠" 뭐 이런 쓸데없는 대화가 오간걸 제외하면 약 스물두 번의 제안과 답변이 오가면서 편집장님이 어떤 제목을 내놓아도 내가 다 퇴짜를 놓았다. 그렇게 결론이 안 나다보니까 출판사 대표님까지 끼어들어서 궁리를 하게 되었는데 그리하여 나온 가제가 이전 출간된 단편선 뒷날개를 비롯하여 기타 홍보자료에 이미 실려버린 『고요한 손길』과 『찬란한 심장』이었다.

그런데 나는 저 '고요한' 뒤에 이어진 '손길'이 참 마음에 안 들었다.

'고요한'과 '찬란한'이라는 형용사도 괜찮고 '손길'과 '심장'도 따로따로 놓고 보면 괜찮은데 연결을 했더니 왜 마음에 안 드는지 알 수 없었다. (심지어 '손길'은 마흔네 번의 이메일 초기 어드메에선가 내가 제안한 적도 있었다.) 그러나 메일이 마흔네 번 오간 끝이라 대충 양보하고 뭐라도 제목을 지어야겠다고 결심을 하고 그럼 그렇게 하자는 메일을 보내놓고 월요일에 일하러 가면서 전철 안에서 나는 내내 '손길'이 진짜 마음에 안 든다는 생각을 하고 있었다. 그러면서도 편집장님을 주말 내내 못살게 굴고 대표님까지

동원해서 지은 제목인데 좋다고 해놓고 한 입으로 두말하면 미움 받겠지, 라는 소심한 걱정을 하면서 책만 잘 팔리면 될 거야, 라고 마음을 다잡았다. 그래놓고 한 달쯤 지나서 편집장님을 만난 자리에서 제목이 진짜 마음에 안 드니까 그냥 표제작을 골라버리면 좋겠다고 털어놓았고 편집장님도 사실 표제작으로 처음부터 찜해둔 게 몇 개 있었다고 털어놓아서 그냥 그 자리에서 마흔네 통의 메일은 무위로 돌아가고 단편집 제목은 두 권 다 홀라당 바뀌고 말았다는 것이 이 싱거운 이야기의 전말이다. 써놓고 보니까 원고지 분량 때우려고 쓴 것 같은데 그런 의도가 아니고 제목 짓기는 정말 어렵다는 얘기를 하고 싶었다.

2. 어법

나는 1920-40년대 작가들을 좋아한다. 채만식, 최서해, 김유정, 주요섭, 나도향 같은 작가들을 고등학교 때부터 좋아했다. (김동인과 김동리, 주요한과 주요섭을 계속 혼동하는 게 문제라면 문제다.) 그래서 고등학교 때부터 하나씩 사 모았던 문고판 책들을 유학 나갈 때 가지고 나갔고, 근 십 년 외국 생활을 하면서 그 책들을 계속 되풀이해서 읽었다. 오랜 시간에 걸쳐 영향을 받았기 때문에 아마 마음 깊이 남은 인상은 앞으로도 지워지지 않을 것 같다.

그리고 러시아와 폴란드 문학을 전공하면서 깨달은 사실은 내가 한국의 1920-40년대 작가들만이 아니라 그냥 이 시대 사람들과 그 사람들이 쓴 작품을 다 좋아한다는 것이다. 그중에서 특히 좋아하는 어떤 러시아 작가는 글을 굉장히 이상하게 쓰는 사람이다. 러시아 사람들도 그 작가의 글은 어렵다고 고개를 내젓는다. 나는 처음에는 이 작가가 대체 무슨 소리를 하는지 알아듣을 수가 없어서, 그렇지만 읽다보니까 그 부조리하면서도 슬프고 다정한 분위기가 너무너무 좋아서, 계속 읽었다. 그러다보니까 깨달음을 얻었는데, 이 작가가 하려는 말은 그 괴상한 방식이 아니면 다른 식으로는 표현할 수가 없더라는 것이다. 그러니까 언뜻 보기에 괴상해 보이지만 사실은 말하고자 하는 내용을 가장 적절하게 표현했던 것이다. 그래서 나는 그 작가가 더 좋아졌다. (궁금하신 분을 위해 이름을 말하자면 안드레이 플라토노프라는 사람이다.)

좋아하면 영향을 받게 되고, 여러 번 되풀이해 읽다보면 문체나 어법이 비슷해진다. 그리고 러시아어와 폴란드어는 문법이 굉장히 정교하고 복잡하기 때문에 계속 읽고 배우다보면 생각하는 방식 자체가 러시아식 혹은 폴란드식으로 조금씩 바뀌는 경향이 있다.

그 결과 나는 상당히 이상한 한국말을 구사하게 되었다. 단편집을 내기 위해 이야기들을 편집하고 교정하는 과정에서 편집장님이 '문장이 이상하다'고 지적하신 부분이 몇 군데가 있었는데, 대체로 내가 좋아하는 1920-40년대 여러 작가들의 문체에서 영향을 받았거나, 러시아어나 폴란드어의 특징적인 문법이나 표현 방식이 마음에 들어서 한국어로 옮기려고 한 부분들이었다. 보기에 좀 이상해도 나의 의도를 표현하려면 고치지 않는 쪽이 맞다고 느꼈기 때문에 나는 편집장님한테 구구절절 설명을 했다. 편집장님은 머리를 싸매고 괴로워하셨다.

"원래 작가는 좀 불친절하려고 하고 편집자는 그래도 친절하게 설명해야 하지 않을까요, 이런 태도이기는 한데 이런 설명은 처음 들어봐요. 게다가 영향 받았다는 작가들 국적이 다 달라!"

그렇지만 내가 계속 고집을 부리니까 편집장님이 그럼 이 혼란스럽기 짝이 없는 다국적 영향력에 대한 설명을 후기에 꼭 넣어달라고 하셨다.

이와 관련해서 특히 설명이 필요한 이야기가 「Nessun sapra」다. 일단 제목은 오페라 가사에서 따온 이탈리아어인 데다가 원작자 "아프또르 니까그다네브일롭스끼"라는 사람이 러시아어로 쓴 이야기를 내가 번역한 것처럼 돼 있는데, 원작자 이름을 러시아어로 해석하면 "작가는 한 번도 존재하지 않았다"라는 뜻이 된다. 그러니까 그런 작가 원래 없고 내가 쓴 글이다. 근데 작가 이름의 말장난을 흔한 외국어가 아니라 러시아어로 해놔서 그런지, 환상문학웹진 거울에 이 이야기를 처음 발표했을 때 어떤 다른 출판사의 편집장님께서 당시에 출간하려던 다른 번역 작품에 대한 일로 연락을 하셨다가 웹진 거울에서 본 러시아 단편이 인상적이었다고 그 작가 작품이 더 있으면 번역해서 단편집을 내 보자고 진지하게 제안하신 일이 있었다. 사실 그런 작가 없고 내가 쓴 거라고 고백을 했더니 "아니, 독자를 그렇게 속여도 되는 겁니까!"라고 분개하셨다. (이 자리를 빌려 다시 한 번 사과드린다.)

「Nessun sapra」뿐만이 아니라 단편선 전체에서 한국말이 이상해 보이는 부분이 있다면 편집이나 교정 탓이 아니라 전부 내가 고집을 부린 탓이라는 점을 밝혀두고 싶다.

3. 사진

교정만 보면 책이 홀랑 완성돼서 나오는 게 아니고 프로필 사진 작업을 하러 가야 했다. 작가 사진을 찍는다는 것도 온우주 측에서 처음부터 내놓은 특이한 기획 중 하나였는데 문제는 내가 얼굴 나오는 사진 찍히는 걸 무척 싫어한다는 것이다. 그래서 사진작가님과 사전 미팅까지 해가면서 얼굴이 안 나와도 프로필이 될 수 있을 것 같은 컨셉을 찾아서 고민했다. 얼굴이 안 나오는 프로필 사진이란 모순되는 개념으로 보이지만 사진작가님은 의외로 쉽고 빠르게 구상을 하셨고 그리하여 여의도 샛강 부근 생태공원에서 "나뭇가지와 풀잎에 가려진 미스테리한 자연 속의 작가" 프로필 사진을 찍게 되었다.

나는 나뭇가지와 풀잎과 자연을 몹시 싫어한다. 왜냐하면 벌레가 나를 몹시 좋아하기 때문이다.

미모의 사진작가님은 능력도 출중하시거니와 굉장히 인상이 좋은 분으로 처음부터 죽이 잘 맞았다. (작가님은 어떠셨을지 모르겠지만 나는 마냥 좋았다.) 그리하여 사진 찍으러 가서 사진작가님이 나뭇가지를 이렇게 저렇게 세팅을 해서 나보고 얼굴이 가려지게 들고 있으라고 주문을 하셨고 나는 고분고분 나뭇가지를 얼굴 바로 앞에 바짝 대고 있었다. 처음부터 내가 얼굴이 나오지 않아야만 한다고 주장했기 때문에 상황이 이렇게 된 것인데 셔터 소리가 찰칵찰칵 들려오기 시작한 순간 나는 얼굴 바로 앞에 바짝 쳐든 나뭇잎 뒷면에 벌레가 줄줄이 달려 있는 장면을 목격하고 말았다.

나는 시력이 아주 안 좋다. 안경을 쓴다. 프로필 작업을 하면서 사진작가님은 안경을 벗어달라고 요청하셨다. 그리하여 나는 시키는 대로 안경을 벗고 세상이 다 흐릿한 가운데 나뭇가지를 눈앞에 들고 서 있었다. 그런데 그 순간 나뭇잎에 붙은 벌레 네 마리가 풀HD 고화질 영상으로 눈에 들어왔다. 안경을 안 썼는데 이 정도 선명하게 보인다는 것은 대단히 가깝다는 뜻이다. 그 사실을 깨달은 순간 벌레 네 마리 중 한 마리가 매우 기운차게 움직이기 시작하여 나뭇가지를 잡은 내 손을 향해 기어오르기 시작했다. 내가 괴상한 표정을 지으며 꿈틀거리자 사진작가님은 내가 어색해서, 혹은 땡볕에 나뭇가지를 얼굴 앞에 치켜들고 서 있는 게 힘들어서 그런 줄 알고 달래주려고 하셨다. 그 와중에도 벌레는 옆에서 고치 비슷한 것을 짓고 잠들어 있는 친구(벌레 입장에서는 가족이었을 수도 있다)를 타고 넘어 열심히 내 왼손 집게손가락을 향해 믿을 수 없을 정도로 빠른 속도로 질주해 왔다.

벌레가 막 왼손에 도달하려는 찰나 그 장소에서의 촬영은 극적으로 끝이 났고 나는 마음껏 질색을 하며 나뭇가지를 내던질 수 있었다. 날아다니는 벌레가 아니었다는 사실이 무한히 감사하다.

그러고 나서 다른 장소로 옮겼는데 그곳에는 "여기는 산책로가 아니므로 일반 시민의 출입을 금합니다"라는 표지판이 서 있었다. 나는 소심하게 그 표지판보다 세 걸음 반 정도 안으로 들어가서 키 큰 풀 사이에 서서 이번에도 풀잎을 손으로 만져야 했다.

사진작가님은 모르셨겠지만 그 풀잎 뒷면에도 회색 벌레들이 떼로 모여서 꿈틀거리고 있었다. 나는 열심히 촬영하시는 사진작가님이 요청하시는 대로 그 풀잎을 손으로 쥐었다 놨다, 혹은 가끔 쓰다듬는 시늉을 하며 땡볕 아래 식은땀을 흘려야 했다. 아아, 사람살려, 혹은 벌레도 살려.

이상이 단편집 두 권이 나오기까지의 스펙타클한 여정이다. 내가 생각하는 이 이야기의 교훈은 일반 시민이 들어가면 안 되는 곳은 다 이유가 있어서 안 된다는 것이다. 그러나 프로필 사진은 무척 우아하게 나와서 매우 기쁘다. 벌레들과의 충격적인 조우를 생각하면 사진 속의 나는 어처구니 없을 정도로 평온한 표정을 짓고 있어서 신기하기도 하다.

단편선이 탄생하게 해주신 온우주 사장님과 편집장님과 디자이너님께 감사드리고, 실제 나보다 훨씬 부드러워 보이는 프로필 사진을 탄생시켜주신 사진작가님께도 깊이 감사드린다. 더불어 여의도 샛강 생태공원 관리하시는 분들과 평화로운 생활을 방해받은 곤충 제군들께 심심한 사과의 말씀을 전한다. 앞으로 가능하면 다시는 생태공원에 가지 않을 예정이며 혹시 가야만 할 일이 생기더라도 나뭇잎이나 풀잎은 절대 손으로 만지지 않을 것이고 산책로가 아닌 곳은 결단코 들어가지 않겠다.

정도경

왕의 창녀

정도경 작품집

초판 1쇄 펴낸날 2013년 6월 29일

지은이 정도경
펴낸이 이규승
엮은이 최지혜
디자인 303사무실, 양선희
마케팅 홍용준

펴낸곳 온우주
등록번호 제215-93-02179호
주소 138-847 서울시 송파구 석촌동 284-2 501호 (백제고분로40길 4-7 501)
전화 02-3432-5999
팩스 02-422-2999
홈페이지 www.onuju.com | onuju@onuju.com

ISBN 978-89-98711-03-0 03810

* 책값은 뒤표지에 있습니다.
* 잘못된 책은 구입한 곳에서 교환해드립니다.